SHELLEY CORIELL

Blinde Angst

Shelley Coriell bei LYX:
1. Stiller Schrei
2. Blinde Angst

SHELLEY CORIELL

BLINDE ANGST

Roman

Ins Deutsche übertragen von
Martina M. Oepping

LYX

LYX in der Bastei Lübbe AG
Dieser Titel ist auch als E-Book erschienen.

MIX
Papier aus verantwortungsvollen Quellen
FSC® C083411
FSC www.fsc.org

Die Originalausgabe erschien 2014 unter dem Titel
»The Buried« bei Forever, an imprint of
Grand Central Publishing, New York, NY, USA.

Dieses Werk wurde vermittelt durch die Literarische Agentur
Thomas Schlück GmbH, 30827 Garbsen.

Für die deutschsprachige Ausgabe:

Textredaktion: Catherine Beck
Umschlaggestaltung: © bürosüd, München
Satz: Greiner & Reichel, Köln
Gesetzt aus der New Caledonia
Druck und Verarbeitung: CPI books GmbH, Leck – Germany

Printed in Germany
ISBN 978-3-7363-0368-3

1 3 5 7 6 4 2

Sie finden uns im Internet unter www.lyx-verlag.de
Bitte beachten Sie auch: www.luebbe.de und www.lesejury.de

Für Bea Coriell

1

Mama hatte unrecht.

Von wegen, braven Mädchen stößt nur Gutes zu.

Tränen rannen Lia Grant aus den Augen, und sie zog eine blutige Hand Zentimeter für Zentimeter zu ihren Wangen hin und wischte die Feuchtigkeit weg. Sie konnte ihre Tränen nicht sehen. Oder das Blut.

Zu finster.

Aber sie konnte etwas Glitschiges ihre Handflächen und Handgelenke herabfließen spüren. Holzsplitter kratzten an ihren fleischigen Fingerstummeln, an dem, was von ihren Fingern übrig war. Ein Gewicht drückte auf ihre Brust und lastete auf ihren Lungen.

Ja, Mama hatte unrecht. Böse Dinge geschahen auch braven Mädchen.

Ein zäher, schwerer Nebel kroch über ihren Körper und drückte sie noch tiefer in den Boden.

Sie hatte sich immer bemüht, ein braves Mädchen zu sein, ganz, wie Mama es erwartete. Jeden Sonntag in die Kirche. Lauter Einsen schon im ersten Jahr ihrer Krankenschwesternausbildung. Ein Job als Freiwillige am Empfang des Krankenhauses von Cypress Bend. Aber das war Lichtjahre entfernt von dem düsteren, kalten Ort, an dem sie jetzt lag.

In einer Kiste.

Unterirdisch.

Irgendwo im Sumpf.

Erdklumpen polterten auf die Holzkiste, die ihren Körper

umschloss. Sie drückte ihr Gesicht in eine sperrige Ecke und atmete den süßlichen Moder des Schlamms über ihr ein, ein Ort, an dem Milane und Grasmücken kreischten, Alligatoren ins Wasser eintauchten und Leute umherliefen und sprachen.

Und atmeten.

Sie versuchte, den Nebel abzuwehren. Kämpfte noch mal um einen verzweifelten Atemzug. »Lasst mich raus. Bitte lasst mich raus.«

Das Poltern verstummte.

Eine Stimme von oben sagte: »Ich fürchte, das wäre gegen die Regeln.«

Regeln? Es gab Regeln, die für schlimme Leute galten, die schlimme Dinge taten?

Ein Schrei drang tief aus ihrem Inneren ihre Kehle hoch. Sie schlug mit den Fäusten gegen den grob gezimmerten Deckel ihrer Grabstätte.

Bums.

Sie trat mit ihren Sneakern zu.

Bums.

Sie krümmte Hüfte und Schultern, ihr Körper ein Rammbock. Schlammige Erde quoll durch eine der grob gehauenen Fugen und verdeckte einen letzten dunklen Streifen Blau. Sie streckte eine Kralle gegen den Himmel aus. »Nein! Kommen Sie zurück!«

Bums! Bums!

Das letzte bisschen Luft, das durch die Spalten kroch, wurde weniger. Der Nebel drückte fester. Sie hob die Arme vorsichtig über den Kopf und versuchte, den Schmerz in ihren Lungen zu lindern. Etwas klapperte, so wie Knochen in einem Sarg. War es eine Hand? Ein Fuß? Ein Ellbogen? Guter Gott, sie zerfiel in Stücke.

Sie streckte ihre Finger aus und ertastete etwas Kaltes, Hartes, etwas, das klein und rechteckig war. Kein Knochen. Eher so was wie ein Spielkartenset. Wollte dieser Teufel, der sie bei lebendigem Leib begraben hatte, dass sie sich amüsierte, während sie erstickte?

Ihre klebrigen Finger glitten über die kleine Schachtel, und ein Schluchzer versperrte ihr die Kehle. Ein Handy. Hatte ihr Kidnapper ein Handy für sie zurückgelassen? Würde ein Handy unterirdisch überhaupt funktionieren? Sie tastete nach dem Einschaltknopf.

Licht, wunderbares Licht, leuchtete auf der Tastatur auf.

»Mama, oh, Mama! Ich bin hier! Dein braves Mädchen ist hier.«

Lia Grant griff aus ihrem kalten dunklen Grab, und mit bluttriefenden Fingerkuppen hämmerte sie Mamas Telefonnummer in das Telefon.

Grace: 345. Die Bösen: 0.

Grace Courtemanche notierte immer die Punktzahl, bei ihrem Karrierestand eine relativ leichte Aufgabe.

»He, Counselor, noch ein Foto.« Ein Fotograf der Associated Press machte ihr ein Zeichen, als sie vom Mikrofon, das mitten auf den Stufen des Bezirksgerichts stand, zurücktrat.

Grace drehte sich zu dem Fotografen um und lächelte. Mit geschlossenen Lippen, Kinn vorgestreckt. Die linke Augenbraue hochgezogen. Ihre Kollegen nannten das ihr »Nachrichten-um-elf-Lächeln«, und heute Abend würde es über alle TV-Bildschirme und Zeitungen über den gesamten Florida-Panhandle flimmern, genau rechts neben der fassungslosen Fresse von Larry Morehouse. Morehouse, der frühere Chef des größten Bordellrings des Staats, der seine Bars als Stripclubs tarnte, war gerade wegen ein paar weniger geringfügigen

Verurteilungen hinter Gittern gelandet: Verschwörung, Nötigung, Geldwäsche, Drogenhandel und Steuerhinterziehung. Als Hauptanklägerin hatte Grace die Schläge ausgeteilt, zügig und hart, und sie hatte jede Minute des Kampfs genossen.

Leichten Schrittes schlängelte sie sich durch die geschäftige Menge bis zu den Büros, die dem Team von Staatsanklägern des zweiten Gerichtsbezirks von Florida zur Verfügung standen. Sie drückte den Knopf für den Aufzug, der sie zu ihrem Büro, dritter Stock mit Gartenblick, und zur Angeklagten Helena Ring bringen würde. Ring war die vierundzwanzigjährige angeklagte Meth-Userin, die in der Toilette einer Raststätte in der Nähe von Highway 319 einen Sohn zur Welt gebracht und das Neugeborene mitten in menschlichen Abfällen seinem Schicksal, nämlich dem sicheren Tod, überlassen hatte. Der Fall *Florida vs. Morehouse* war vorüber, und sie konnte es nicht abwarten, sich in das Verfahren *Florida vs. Ring* zu stürzen.

Das Handy, das sie an ihrer Hüfte trug, summte. Auf dem Display leuchtete ANONYM auf. Sie verschob den Anruf auf die Mailbox, wo er gespeichert werden würde und von wo sie ihn – und die anderen sechs, die heute gekommen waren – zum Sheriffbüro weiterleiten konnte. Ungeduldig drückte sie wieder auf den Aufzugknopf. Die unterdrückten Anrufe hatten schon vor Monaten begonnen, als das Morehouselager sie mit Bestechung belästigt hatte. Sie sollte dem Bordellkönig einen Deal zu seinen Gunsten anbieten. Damals hatte sie gelacht, und sie lachte auch jetzt. Eher würde sie mit Alligatoren zu Abend speisen, als eine Bestechung anzunehmen. Beide waren gleichermaßen dumm und gefährlich und würden einen mit Sicherheit in den Hintern beißen. Da der Aufzug anscheinend im zweiten Stock stecken geblieben war, drehte sie sich auf ihren grauen Riemchenschuhen um und nahm die Treppe.

In ihrem Büro verbeugte sich ein Mann, der seitlich zu ihr auf dem Fensterbrett saß, formvollendet. »Ich werde Sie in Pelze kleiden, Ihnen Schokoladenpralinen kaufen und Diamanten zu Füßen legen«, sagte ihr Chef, Travis Theobold.

Sie schaltete das Licht an. »Ich bin sicher, dass Ihre Frau da so ihre Einwände hätte.«

»Ach was. Sie kennt Sie doch gut genug.« Mit seiner silbergrauen Mähne und dem stets bereiten Lächeln eines Politikers war ihr Chef die ideale Besetzung als Staatsanwalt für Floridas zweiten Bezirk. »Verdammt noch mal, Grace, Sie haben diesen Hurensohn in den Boden gestampft und lassen uns brillant dastehen.«

Jemand hatte sie mal als ein Gerechtigkeit suchendes Geschoss bezeichnet. Für weniger taktvolle Kollegen war sie der blonde Bulldozer. In ihrer Jugend hatte ihr Vater sie einfach eine Gewinnerin genannt. Manchmal warf sie ganz kurz einen Blick zum Himmel und erlaubte sich ein anderes Lächeln, eins, das nicht einstudiert war, ein Kleinmädchenlächeln, das aus einem Herzen kam, von dem einige Verteidiger behaupteten, dass sie es gar nicht habe.

Siehst du, Daddy, ich habe gewonnen.

»Warum machen Sie nicht für heute Schluss? Kommen Sie mit dem restlichen Team mit zu Jeb feiern«, sagte Travis.

»Ich kann nicht. Helena Ring benötigt dringend meine Aufmerksamkeit.« Sie nahm hinter ihrem Schreibtisch Platz und schaltete den Computer ein.

Travis legte seine Hand auf ihre. »Sie sind von dem Ring-Fall abgezogen.«

Sie strich sich die Haare hinter die Ohren. Anscheinend hatte sie nicht richtig gehört. »Wie bitte?«

»Es geht um das Schmiergeld.«

»Sie meinen das Geld, das Morehouse' Leute angeboten haben und das ich nicht genommen habe?« Sie versuchte erst gar nicht, ihrer Stimme den scharfen Unterton zu nehmen. Sie hatte die Nase voll von Morehouse und seinen Lakaien.

»Heute Morgen habe ich von einem Bankkonto auf Ihren Namen in Nevis erfahren. Die Einzahlungsbelege beziffern eine sechsstellige Überweisung von einem der Morehouse-Unternehmen.«

Geträumt. Bis zum nächsten Zahltag hatte sie die Mordssumme von sechsundfünfzig Dollar zu ihren Gunsten auf dem Konto. »Das ist eindeutig ein nachweisbarer Fall von Identitätsraub.«

»Ich stimme Ihnen zu, und wenn wir erst die Ermittlungen abgeschlossen haben, hoffe ich, einige weitere Anklagepunkte gegen Morehouse zusammenzutragen, aber im Moment müssen Sie in *Urlaub*.« Er streckte eine Hand aus und wedelte mit den Fingern. »Die Schlüssel, bitte.«

Sie zuckte zurück, als wären diese Finger fünf Wasserschlangen. »Das meinen Sie nicht ernst.«

Seine Hand glitt näher.

Zehn Jahre zuvor, als ihr Privatleben durch einen Hurrikan der Stärke fünf zertrümmert worden war, war dieser Job ihre Zuflucht gewesen, ein sicherer Landeplatz, ein solides Fundament, auf dem sie neu aufbauen konnte.

»Unterstützen Sie mich hierbei«, sagte Travis. »Jedenfalls haben Sie nach dem Morehouse-Fall unbedingt Urlaub verdient.«

Ihr Computer starrte sie mit seinem riesigen starren Auge an. In den zehn Jahren, seit sie in dem SA-Büro arbeitete, hatte sie keinen einzigen Tag Urlaub genommen. »Sagen Sie mir eins: Was genau macht man im Urlaub?«

Travis grinste sie teuflisch an. »Vielleicht stellen Sie etwas mit Ihrem neuen Hausgenossen an?«

»Ha!« Letzte Woche hatte dieser Hausgenosse ihren Lieblingsseidenanzug ruiniert, und heute Morgen hatte er die Hintertür aufgebrochen. »Er ist kurz davor, zwangsgeräumt zu werden.«

»Was ist mit Ihrem neuen Zuhause? Kommen nicht bald die Bauarbeiter?«

So etwas wie ein Lächeln löste ihr Stirnrunzeln ab. Vier Monate lang war sie an einem Versteigerungskrieg für das alte Giroux-Anwesen beteiligt gewesen, acht Hektar Land am Cypress Bend River in der Nähe von Apalachicola Bay. Dort wollte sie ihr Traumhaus bauen, zweigeschossig in griechischem Stil, mit Tennisplatz und Reifenschaukel.

Noch ein Sieg, Daddy, siehst du?

Travis hatte gar nicht so unrecht. Es wäre vielleicht ganz gut, ein paar Tage zu Hause zu sein, um den Beginn der Bauarbeiten zu überwachen. »Die Erdbauarbeiten fangen morgen früh an«, sagte sie.

»Also fahren Sie nach Hause, trinken Sie ein Schlückchen Champagner und feiern Sie, dass Sie, liebe Grace, zu den privilegierten Wesen gehören, die alles bekommen, was auch immer sie sich wünschen.«

Ein Gesicht mit Augen in der Farbe des Julihimmels leuchtete vor ihrem geistigen Auge auf. Nein, nicht alles.

Sie riss ihren Aktenkoffer auf, wühlte sich durch die Papierberge und förderte schließlich ihre Schlüssel zutage. Als Travis sie ihr abnahm, vibrierte wieder ihr Handy. Kurzerhand schob sie den Anruf auf die Mailbox.

»Wieder so ein Morehouse-Spinner?«, fragte Travis.

»Acht Anrufe allein heute von einer unterdrückten Nummer. Ganz seine Art.«

»Das melden Sie doch dem Büro des Sheriffs, oder?«

»Ja, natürlich.« Sie war unabhängig, aber nicht dumm.

»Jetzt mal im Ernst, Grace, seien Sie vorsichtig da draußen. Ihr neues Gelände ist sehr abgelegen, und jetzt, da Morehouse hinter Gittern ist, sind seine Leute verärgert.«

Als Travis' Schritte im Flur leiser wurden, drehte sie sich zu ihrem Computer um und ließ die Finger knacken. Wenn sie in Urlaub gehen musste, würde sie Helena Ring mitnehmen. Sie tippte ihr Passwort ein und drückte *Enter*.

Verweigert.

Sie tippte das Passwort noch mal.

Verweigert.

Nach zehn Jahren kannte ihr Chef sie einfach zu gut. »Okay, okay«, sagte sie lachend, »ich gehe ja schon in Urlaub.«

Sie schaltete den Computer aus, und ihr unbekannter Anrufer ließ das Handy schon wieder vibrieren. Diese Spinner blühten auf, wenn sie eine Reaktion erfuhren, aber sie konnte genauso gut testen, ob sie dem Büro des Sheriffs Informationen liefern könnte. »Grace Courtemanche.«

Eine lange Pause in der Leitung, dann folgte ein tiefes Atemholen, fast ein Keuchen. »G…g…grace, sind Sie es wirklich?« Die Stimme war zart und weiblich, leise, aber kratzig. »Ich habe immer wieder versucht, Sie zu erreichen, aber keiner ging ran. Ich hatte immer nur Ihre Mailbox. Immer und immer wieder. Warum, Grace' sind Sie bloß nicht rangegangen?«

Die Worte brannten in Grace' Nacken. »Wer ist da?«

Rasselndes Atemholen. »L…Lia Grant.«

»Hören Sie, Lia Grant, oder wer immer Sie sind, ich …«

»Es ist kalt. Und dunkel. Ich bekomme keine Luft.« Hohles Rasseln erklang in der Verbindung, wie Steine, die in einer hölzernen Kiste umherkullern.

»Ich weiß nicht, wer Sie sind und was Sie wollen …«

»Hilfe! Ich brauche Hilfe. Ich bin in einer Kiste. Unter der Erde.« Abgehacktes Schluchzen, als ob der Körper der Anruferin in zwei Teile zerrissen würde, dann: »Ich brauche Ihre Hilfe.«

Grace ließ die Finger über die Perlen an ihrem Hals gleiten. Nicht nur Hilfe. *Ihre* Hilfe. Das ergab keinen Sinn. Grace kannte Lia Grant nicht, hatte nie von einer Lia Grant gehört, und es gab keinen Grund, warum Lia Grant ausgerechnet ihr sagen sollte, dass sie in Schwierigkeiten war.

»Bitte, Grace, helfen Sie mir.« Das Flüstern wurde immer tiefer, in den unterdrückten Worten schwang klirrende Kälte mit. Wenn dies das Morehouse-Lager war, das wieder einen seiner Telefonscherze inszenierte, um sie zu nerven, dann hatten sie eine verdammt gute Schauspielerin angeheuert. »Sagen Sie Momma, dass ich versucht habe, ein braves Mädchen zu sein. Ich habe versucht …« Wieder drang ein ersticktes Schluchzen aus dem Hörer, dann ein langes, verzweifeltes Röcheln.

Kälte fuhr Grace durch den Körper und fror jeglichen klaren Gedanken ein. »Lia?«

Kein Wort, nur ein schwaches Atmen.

»Lia, wo sind Sie?«

Wieder ein unterdrücktes Flüstern.

»Lia, sagen Sie etwas. Sagen Sie mir, wo Sie sind.«

Klick.

Das Licht an Grace' Telefon flackerte. Lia Grant war weg. Die Luft im Büro wurde dünner. Nein, Lia Grant war nicht ganz weg. Sie rief ihre Mailbox auf, ihr Herzschlag beschleunigte sich angesichts der acht Anrufe. Dann drückte sie *Wiedergabe.*

Piep. Wählton.

Piep. »Hm … Mein Name ist Lia Grant, und ich brauche Ihre Hilfe. Bitte rufen Sie mich so schnell wie möglich an. Dies ist – *knackende Geräusche* – ein Notfall. Hm … Danke.«

Piep. »Hier ist wieder Lia. Rufen Sie mich an. Bitte.«

Piep. »Hören Sie, Grace, ich brauche Ihre Hilfe. Das hört sich jetzt merkwürdig an, aber jemand hat mich in eine Kiste gesteckt und … vergraben. Die Kiste ist nicht luftdicht, aber es wird immer schwerer, zu atmen. Ich weiß nicht, wo ich bin, irgendwo im Sumpf, vielleicht in der Nähe von Apalachicola. Bitte rufen Sie mich an. Bitte.«

Piep. »Verdammt, Grace, jetzt gehen Sie doch an Ihr Scheißtelefon!«

Piep. Schluchzen. »Es tut mir leid, dass ich geschrien habe. Es geht mir schlecht, Grace, sehr schlecht.«

Piep. Wählton.

Piep. Husten. »He, Grace. Ich bin's noch einmal, Lia. Das Telefon, es gibt den Geist auf.« Ersticktes Schluchzen. »Das ist vielleicht mein letzter Anruf. Bitte rufen Sie meine Momma an und sagen Sie ihr, dass ich sie liebe. Gott segne Sie.«

Klick.

In der darauffolgenden lastenden Stille waren die Sehnen von Grace' Handgelenk zum Zerreißen gespannt. In ihren zehn Jahren in der Staatsanwaltschaft hatte sie wahre Angst und echtes Grauen in den Stimmen von Opfern kennengelernt, die verletzt oder vergewaltigt worden waren, und in der geflüsterten Wahrheit bei Zeugen, die dem Bösen Angesicht zu Angesicht gegenübergestanden hatten. Und da war etwas in Lias Stimme gewesen, etwas Verzweifeltes und *Echtes.*

Ein für sie untypisches Zittern erfasste ihre Hand, als sie sich wieder mit Kurzwahl ans Netz anschloss.

»Das Büro des Sheriffs von Franklin County, Kriminalabteilung«, erklang eine fröhliche Stimme. »Mit wem darf ich Sie verbinden?«

2

Golf von Mexiko, vor der Küste Floridas

Hatch Hatcher korrigierte die Fock, stützte seine nackten Füße auf einen Ködereimer von fünf Gallonen und reckte das Gesicht dem sonnigen Himmel entgegen. Er hatte gleichmäßigen Wind, nur geringen Wellengang. Das müsste ungehindertes, geradliniges Segeln bedeuten. Unter diesen Bedingungen würde er in New Orleans viel Zeit zu seiner Verfügung haben.

Er fuhr sich mit einer Hand durchs Haar. Zu lang. Vor seiner Präsentation im »Big Easy« sollte er es noch schneiden lassen. Er würde vor regionalen Gesetzeshütern eine Rede über Krisenbewältigung halten und dabei die »Blue Suits« repräsentieren. Er zog sein T-Shirt aus und knüllte es unter dem Kopf zusammen. Oder auch noch kein Haarschnitt. Er nahm eine eiskalte Flasche Bier aus dem Kühler neben sich. Natalia lebte in New Orleans. Clara auch. Er öffnete die Flasche. Das war doch ein tolles Leben, das er da führte. Ein Job, den er liebte, schöne Frauen in jedem Hafen, und Zeit, die Welt zu durchsegeln, und zwar auf einem Boot, das »No Regrets« hieß. Er hob die Flasche und prostete Sonne und Meer zu.

Sein Satellitentelefon meldete sich. Die Anrufer-ID zeigte eine Nummer aus Cypress Bend. Die Flasche stockte auf halbem Weg zu seinen Lippen. Er kannte eine Person in Cypress Bend, aber sie wollte nichts mit ihm zu tun haben. Das hatte sie vor zehn Jahren unmissverständlich klargemacht, als sie ihn mit seinem Boot von Apalachicola Bay fortgeschickt hatte.

Seine Finger packten die Flasche fester, seine Unterarmadern traten hervor.

Nope. Er würde nicht dahin fahren. Denn auch er wollte mit ihr nichts zu tun haben.

Er schob die Vergangenheit beiseite. Möge sie in Frieden ruhen.

Allezeit in Frieden.

Als er nach der Angelrute griff, ging der Anruf auf die Mailbox, und er sah das Blinklicht am Apparat. Noch eine Nachricht, dieses Mal von der »Box«, dem Hauptquartier der Special Criminal Investigative Unit des FBI, kurz SCIU. Sein Team. Diesen Anruf konnte er nicht ignorieren.

»He, Sugar and Spice, vermisst du mich?«, fragte Hatch, als sich seine Teamkollegin Evie Jimenez meldete. Evie war die Bomben- und Waffenspezialistin der SCIU, und er liebte es, sie auf die Palme zu bringen.

»Ich weigere mich, dein gewaltiges Ego auch noch zu füttern«, sagte Evie. »Du magst ja jede Frau östlich des Mississippi mit deinem süßlichen Südstaaten-Singsang rumgekriegt haben, aber mich nicht, *Amigo*. Wo wir gerade von deinem Ego sprechen: Wir hatten einen Anruf vom Atlanta Police Department. Das Kind, das du überredet hast, sein Bömbchen in der Highschool aufzugeben, hatte eine ernsthaft kranke mentale Grunddisposition. Er ist jetzt in einem Behandlungscenter und versucht, sein Leben wieder in den Griff zu bekommen. Einer der Nachrichtensender in Atlanta will ein Feature über dich bringen.«

»Sag ihnen, ich bin mitten im Einsatz.« Hatchs Rolle als Krisenbewältiger war einfach. Einsteigen. Entschärfen. Aussteigen. »Ist Park in der Nähe?«

»Jepp, aber er ist mit irgendeinem Techniker im Kommunikationsraum. Der Computer ist mal wieder abgestürzt.«

Hatch grinste nach einem weiteren kräftigen Schluck. »The Box« war eine riesige Konstruktion aus Glas, Chrom und Beton auf den nördlichen felsigen Klippen von Maine, und während das offizielle Hauptquartier der SCIU wie ein ultramodernes Wunder aussah, hatte es ein notorisch launenhaftes Computersystem.

»Ich rufe ihn zurück«, sagte er. »Weißt du, was er wollte?«

Evie blieb einen Moment still, was schrille Warnsirenen in seinem Kopf aufheulen ließ. Seine hitzige Teampartnerin war nie still.

»Okay, Evie, was ist denn?«

Noch mal kurze Stille. »Hast du heute schon deine E-Mails gelesen?«

»Heute noch nicht.« Streng genommen einige Tage lang nicht. Seine Arbeit zeichnete sich durch lange, intensive Momente aus, Verhandlungen mit Männern und Frauen in Krisenzeiten, Geistesstörungen, Zorn oder nervenzerreißender Kombination aus allen dreien. Wenn es also die Zeit erlaubte, setzte Hatch die Segel, was ein Grund war, dass er bei Parkers Team gelandet war. Sein Chef hatte Verständnis für sein Bedürfnis, sich abzukoppeln. Hatch hatte die vergangene Woche nahe der Sanddünen von Islamorada in den Florida Keys verbracht und einem vergrabenen Schatz nachgespürt.

»Dann hast du also noch nichts von Alex gehört?«, fuhr Evie fort.

»Alex?«

»Alex Milanos.« Die Stille dehnte sich aus. »Dein Sohn.«

Hatch prustete vor Lachen. »Der war gut!« Bei diesen Dingen war er vorsichtig. Er ließ sich nicht auf langwierige Verpflichtungen ein, und das katastrophale Verhältnis zu seinem alten Herrn hatte ihm jegliche Sehnsucht nach familiären Beziehungen verdorben.

»Das ist kein Witz, Hatch. Eine Frau aus Cypress Bend hat sich an die Box gewandt und wollte dich unbedingt sprechen. Parker hat ihren Anruf schließlich entgegengenommen. Ihr Name ist Trina Milanos, und sie behauptet, dass ihre Tochter, Vanessa, dich gekannt hat, so ganz im biblischen Sinn, und dass Vanessas dreizehnjähriger Sohn von dir ist.«

Hatch beobachtete einen eisigen Wassertropfen an seiner Bierflasche, als wäre er eine winzige Kristallkugel. Vanessa Milanos? Er konnte sich kein Gesicht vorstellen. Der Name sagte ihm auch nichts, und sicher verband ihn nichts mit Cypress Bend. Cypress Bend war das Königreich von Prinzessin Grace. Grace Courtemanche war eine Königin, und das hatte er ihr jede Nacht gesagt, als sie ineinander verwoben an Deck der »No Regrets« gelegen hatten, schweiß- und monddurchtränkt.

Aber dieser Anruf von Cypress Bend hatte nichts mit Grace Courtemanche zu tun. Irgendeine andere Frau behauptete, er hätte einen dreizehnjährigen Sohn. Er fing an, zu rechnen. Vom Timing her könnte es stimmen. Während des College hatte er eine Reihe Sommer auf St. George Island verbracht, einer der Düneninseln auf dem Florida Panhandle. Er hatte Kindern in einem noblen Sommercamp Segelunterricht gegeben, und vor dem Sommer von Prinzessin Grace hatte er reihenweise Frauen auf seinem Boot und in seinem Bett gehabt. Aber mit diesen Dingen ging er vorsichtig um.

»Auf die Gefahr hin, unverblümt zu klingen … ich hinterlasse nicht dies und das von mir«, sagte er zu Evie.

»Das ist wohl Teil des Problems. Es klingt, als hätte Vanessa Milanos dich sehnlichst gewollt, und sie hat ihrer Mutter gegenüber zugegeben, dass sie sich, weil sie dich nicht haben konnte, mit einem Teil von dir zufriedengegeben hat. Sie hat deine Bemühungen der Verhütung sabotiert. Sieh dir das Foto in der E-Mail an. Dieselben struppigen blonden Haare. Dieselben hellblauen Augen. Dieselben mörderischen Grübchen. Außerdem hat Parker, so wie Parker nun einmal ist, mal eben einen DNA-Test machen lassen.« Evie stockte kurz. »Es ist ein Treffer, *Padre*. Er ist dein Sohn.«

Hatch schnürte sich die Kehle zusammen, und er reckte den Hals, als ob er so den Weg für Worte freimachen könnte. Als Verhandlungsführer in Krisensituationen waren Worte seine Waffen, seine ständigen Begleiter, immer verfügbar.

»Da wäre noch etwas, Hatch«, fügte Evie hinzu. »Die Oma braucht dich in Cypress Bend. *Pronto*. Es scheint, der Junge hat sich in Schwierigkeiten gebracht. Er ist im Gefängnis.«

***

Grace brauchte eine Bombe. Nichts Besonderes. Nichts Kompliziertes. Nur etwas, das den Ford Kombi, den sie aus Überzeugungsgründen jetzt ihr Eigen nannte, in die Luft jagen würde. Sie löste den Sicherheitsgurt, griff quer durch das Auto zum Handschuhfach und nahm einen Hammer heraus. Auf etwas einzuschlagen käme ihr jetzt gelegen.

»Mal wieder 'ne kaputte Batterie, Miss Courtemanche?« Der Sicherheitswachmann, der auf dem Gelände der Regierungsgebäude Streife ging, schnalzte mit der Zunge, als er an ihr vorbeiging.

»Diesen Monat ist es der Anlasser.«

»Mann, solche Probleme hatten Sie nie, als Ihnen noch dieser feine Mercedes gehörte. Also das war mal ein Auto! Brauchen Sie Hilfe, Frau Staatsanwältin?«

Helfen Sie mir!

Dann rufen Sie mich an! Grace warf einen Blick auf ihr Telefon auf dem Armaturenbrett. Ton auf laut gestellt. Batterie geladen. Und quälende Stille. Keine weiteren Anrufe von Lia

Grant. Und nichts Neues vom Deputy im Büro des Sheriffs, der versprochen hatte, sich sofort um die Anrufe zu kümmern.

»Danke vielmals, Armand, aber ich kann mich selbst darum kümmern.«

Eine Stunde später und immer noch mit dem Klang von Lia Grants Stimme in den Ohren bog Grace in eine Schotterstraße ein, die sich Richtung Sumpf schlängelte, und fuhr zu einer Zweizimmerhütte mit durchhängender Veranda und einem durchgerosteten Metalldach. Fedrige Zypressenzweige filterten die untergehende Sonne, aber selbst die bestechend schöne Decke aus filigranem Schatten konnte die Armseligkeit ihres neuen Heims nicht mildern. Sie stieg die baufälligen Verandastufen hoch und stolperte über einen knorrigen weißen Stock. Noch ein Knochen, dieses Mal ein entsetzlicher Gelenkknochen, gesprenkelt mit Resten getrockneten Fleischs.

»Verdammt, Allegheny Blue, wie viele davon hast du denn noch?« Ein uralter Bluetick Hound, der sich vor der Tür niedergelassen hatte, öffnete ein trübes Auge. Er wuchtete sich hoch und drückte sich gegen ihren Schenkel. Sie stupste ihn mit dem Knie auf die Seite. »Tu gar nicht erst so, als wären wir Freunde.«

Sie warf den Knochen in einen Abfalleimer auf der Veranda, wo er hörbar mit einem Plumps zwischen den anderen, die bereits darin lagen, aufprallte. »Keine Knochen mehr.«

Ihr neuer *Hausgenosse* leckte sich die Schnauze und hinterließ dabei einen Sabberfaden quer auf ihrem Rocksaum. Dann folgte er ihr nach drinnen, wo sie hinter sich den Alarm wieder einstellte – nicht dass die Hütte irgendetwas von Wert enthielte. Die meisten ihrer Möbel und elektronischen Geräte waren eingelagert. Aber ihr Chef hatte recht: Dieses Haus lag sehr entlegen, gut eine halbe Meile von ihrem nächsten Nachbarn entfernt, daher das Sicherheitssystem.

Mit Blue auf den Fersen füllte sie den Hundenapf mit Trockenfutter, in warmem Wasser aufgeweicht. Als er sie mit seinen Triefaugen, die schon viel zu viele Hundejahre gesehen hatten, bittend ansah, sagte sie: »Du wirst noch an Arterienverstopfung sterben. Das weißt du doch, nicht?«

Er leckte sich die Schnauze.

Sie seufzte und öffnete die Kühlschranktür.

Es ist kalt … Helfen Sie mir!

»Hab ich doch!« Grace packte ein Stück gebratenen Speck und warf die Tür wieder zu. Ein Hauch eiskalter Luft strich über ihre Haut. »Na gut, nach dem *neunten* Anruf.« Sie riss den Speck in Stücke und warf ihn in Blues Schüssel. »Was soll ich denn noch machen?«

Sieger handeln, und Handelnde siegen.

Nicht Lias Worte. Die ihres Vaters.

Sie stellte sich seine Ruhe und Zuversicht vor. »Du brauchst *meine* Hilfe, Lia? In Ordnung. Du hast sie.« Scheppernd stellte sie Blues Napf auf den Boden. Der alte Hund wedelte mit dem Schwanz gegen ihre Beine und wühlte die Schnauze in sein Abendessen.

Grace holte ihr Handy hervor und rief Jim Breck an, den internen Sicherheitschef und ihr Ansprechpartner bei einer örtlichen Firma für kabellose Telefone. Das Büro des State Attorney wandte sich regelmäßig an ihn, wenn es um Wanzen und Rufdatenaufzeichnungen ging.

»Counselor Courtemanche, warum wundert es mich nicht, dass Sie nach Geschäftsschluss arbeiten?«, fragte Jim. »Haben Sie noch nichts davon gehört, dass es auch ein Leben außerhalb des Büros gibt? So etwas wie Familie und Hobbys zum Beispiel.«

Sie lachte. »Aber doch nicht für solche Wesen wie Sie und mich, Jim. Also, hat sich heute Nachmittag jemand aus dem Sheriffbüro wegen einer Rufüberprüfung an Sie gewandt?«

»Noch nicht.«

Das musste daran liegen, dass der Deputy nicht Lia Grants Schreie im Ohr hatte. »Ich brauche den Teilnehmer und die Kontaktdaten zu einer Reihe von Anrufen, die ich heute bekommen habe.«

»Haben Sie einen richterlichen Beschluss?«

Nein, und es war auch wenig wahrscheinlich, dass sie einen bekam, nicht während sie *in Urlaub* war. »Es ist keine offizielle Ermittlung«, sagte sie.

»Tut mir leid. Ohne richterlichen Beschluss kann ich nichts machen.«

Manchmal musste man ein paar Straßenblocks auf einmal niederwalzen. »Ich hatte heute neun Anrufe von einer Fremden, die mich um Hilfe gebeten hat. Das könnte eine Serie von Telefonscherzen sein, von Partnern eines verhafteten Schwerverbrechers, der mich schon die ganze Zeit drangsaliert. Es könnte aber auch eine junge Frau in Lebensgefahr sein, der die Zeit davonläuft. Ich befürchte ernsthaft, es ist Letzteres.«

Jim sagte nichts.

Sie sagte auch nichts, sondern ließ ihre Erfolgsbilanz sprechen.

»Lassen Sie mich sehen, was ich tun kann«, sagte er schließlich. Qualvolle zwei Minuten später meldete er sich wieder. »Interessant.«

Ohne richterlichen Beschluss bewegten sie sich auf einem schmalen Grat. »Können Sie den Namen des Teilnehmers überprüfen?«, fragte Grace.

»Nein.«

»Können Sie die Adresse des Teilnehmers überprüfen?«

»Nein.«

Also keine Überraschung. »Können Sie bestätigen, dass es ein Prepaidhandy war?«

»Ja.«

»Und lassen Sie mich raten, der Teilnehmer wird unter Mickey Mouse geführt.«

Jim räusperte sich und hüstelte. »Clark Kent.«

Genau wie Allegheny Blue bei seiner Suche nach Knochen konnte auch Grace nicht lockerlassen. »Wo wurde das Handy gekauft?«

»Einzelhändler in Port St. Joe.«

»Wenn ich Ihnen die Anrufzeiten sage, können Sie mir dann den Standort nennen?« Sie legte den Kopf in den Nacken und ließ ihn kreisen, dann die Handgelenke – eine Art Aufwärmübung, wie beim Tennis.

»Der Anrufer hat das GPS nicht aktiviert, aber gemäß der Anrufaufzeichnung kam der Anruf vom Mobilfunkmast von Cypress Point. Es ist eine Rundum-Station, die einen Bereich von drei Meilen abdeckt. Die topografische Karte zeigt dichten Sumpf, eine Handvoll Luxusresorts und ein paar Wohnsitze.«

Ihre Handgelenke stockten mitten in einer Drehung, als sie auf die Grautöne draußen vor ihrem Küchenfenster blickte. Lia Grants Anrufe waren also im Umkreis von drei Meilen von ihrem Zuhause getätigt worden. Gruseliger Zufall? Sie schüttelte die Hände aus. Jetzt würde sie erst recht weitergraben.

Nachdem sie sich bei Jim bedankt hatte, rief sie eine Suchmaschine auf und gab »Lia Grant« und »Florida« ein. Ein Dutzend Treffer erschien, darunter einer von einer jungen Frau, die im nahen Carrabelle lebte. Innerhalb von fünfzehn Minuten hatte Grace eine ganze Seite voller Notizen über die neunzehnjährige Krankenpflegeschülerin, auch ihre aktuelle Adresse und – sie griff nach ihrem Handy – ihre Telefonnummer.

Nach acht Mal Klingeln erklang eine angeschlagene Stimme. »Ja.«

»Lia Grant, bitte.«

»Lia ist nicht da.« *Gähn*. »Wer spricht da?«

»Grace Courtemanche. Sie hat mich heute Nachmittag angerufen.«

Neun Mal.

»Ich wollte zurückrufen.«

»Sie haben heute mit Lia gesprochen?« Etwas knisterte, und als die Stimme wieder zu hören war, war die Unschärfe verschwunden. »Ich versuche schon den ganzen Tag, sie zu erreichen. Letzte Nacht hatte sie eine freiwillige Schicht im Krankenhaus, und sie hat sich mein Auto ausgeliehen und es noch nicht zurückgegeben. Wenn Sie mit ihr sprechen, sagen Sie ihr, sie soll ihren Arsch und meine Räder nach Hause bewegen.«

»Ich sorge dafür, dass sie diese Nachricht bekommt.«

Denn Grace würde dieses Mädchen finden. Sie rief im Krankenhaus von Cypress Bend an, und die Frau an der Rezeption sagte, Lia sei zu ihrer freiwilligen Schicht nicht aufgetaucht.

»Sehr merkwürdig bei Lia«, erzählte die mitteilsame Frau. »Obwohl sie noch so jung ist, ist sie ein verantwortungsbewusstes Ding, ein richtig braves Mädchen.«

Sagen Sie Momma, ich habe versucht, ein braves Mädchen zu sein.

Grace beendete das Gespräch und griff nach ihrer Tasche.

»Nein, Lia, das sage ich deiner Mutter nicht, denn das kannst du ihr selbst sagen.« Der Klumpen von Hund quälte sich auf die Füße. »Du gehst nicht mit. Du haarst und sabberst. Außerdem stinkst du.« Sie öffnete die Vordertür, und Blue rumpelte hinter ihr her, wie eine Lawine in Zeitlupe. »Verdammt, Blue! Komm hierher zurück.« Er watschelte über die Auffahrt und ließ sein Hinterteil neben das Auto plumpsen. Heute Abend hatte sie keine Zeit zum Kämpfen. Sie öffnete die Beifahrertür. »Dem Tierarzt nach solltest du längst tot sein.«

Dieses Mal startete ihr Auto beim ersten Versuch, und

Grace nahm die Strecke von Lias Appartement – wo sie zuletzt gesehen worden war – zum Krankenhaus, wo sie nie angekommen war. Sie kroch den zweispurigen Highway entlang, der von Sumpf umgeben war, von Pinienwäldern und Bärenklau, und der nach Fisch stank. Keine liegen gebliebenen Autos. Keine Zeichen von Verbrechen.

Der Teil des Parkplatzes, der den Angestellten vorbehalten war, hatte zwei Sicherheitslampen, beide waren kaputt. Sie zielte mit ihren Frontscheinwerfern auf die Autoreihen und trat abrupt auf die Bremse, als sie ein blaues Hybridfahrzeug entdeckte. Sie verglich das Autokennzeichen mit dem, das Lias Mitbewohnerin ihr gegeben hatte. Treffer.

»Das ist zu leicht«, sagte Grace zu Allegheny Blue, während sie aus dem Auto stiegen.

Der Wagen war abgeschlossen. Kein offensichtlicher Schaden, aber zwischen den Vorderreifen entdeckte Grace etwas Weißes, Klumpiges. Wie einer von Allegheny Blues Knochen.

Sie fiel auf die Knie. Steinchen bohrte sich in ihre Schienbeine. Sie fand eine weiße Tasche. Als sie sich auf die Fersen gesetzt hatte, holte sie eine Brieftasche mit einem Führerschein hervor und hielt ihn ins Licht des Scheinwerfers. Einfache Ponyfransen und ein breites Grinsen mit einem leichten Überbiss. Grace fuhr mit einem zitternden Finger über den Namen.

Lia Marie Grant.

»Nehmen Sie Abdrücke von allen Türen, dem Steuer und dem Beifahrersitz«, befahl Grace dem Techniker des Sheriffbüros von Franklin County. »Außerdem schaffen Sie etwas mehr Licht her. Da ist Blut auf dem Asphalt, das wir typisieren müssen.«

»Ja, Ma'am.« Der Techniker lief zu seinem Van.

»Meine Leute wissen, was sie zu tun haben, *Counselor.*«

Grace wirbelte herum und stieß auf Lieutenant Isabel Lang, die Chefin der FCSO-Kriminalabteilung, die mit verschränkten Armen hinter ihr stand. Grace gehörte nicht zum Gesetzesvollzug, aber dank der persönlichen Aufforderung durch Lia Grant war auch sie auf der Jagd. »Dieser Fall hat Vorrang, Lieutenant. Wir haben hier eine vermisste junge Frau, die augenscheinlich in Gefahr ist.«

Lieutenant Lang nahm ihr Handy aus der Tasche an ihrem Gürtel. »Und deswegen übernehme ich die Leitung.«

Ausgezeichnet. Lieutenant Lang war erst seit einem Jahr in der Abteilung, aber Grace hatte schon bei zwei Fällen mit ihr gearbeitet. Lang hatte sich als grundsolide erwiesen, sowohl in der Praxis als auch im Zeugenstand.

Umgib dich mit den Besten, und du wirst die Beste. Daddy.

»Kennen Sie dieses Mädchen?«, fragte Lieutenant Lang, als sie durch Notizen auf ihrem Handy scrollte.

Grace hatte sich das Gehirn zermartert, Namen abgerufen, die mit ihrer Arbeit, den Nachrichten, sogar ihrem früheren Tennis-Club verbunden waren. »Ich habe nie von ihr gehört, aber sie hat mich beim Namen genannt … auf der anderen Seite könnte sie den auch von meiner Mailbox haben. Keine Verbindung, soviel ich weiß.«

»Ich lasse die Jungs die Familie und Freunde überprüfen und sende einen Suchtrupp nach Cypress Bend. Leiten Sie bitte Ihre Anrufe an mich weiter. Und dann möchte ich, dass Sie nach Hause fahren und die Türen verriegeln.«

»Draußen bin ich nützlicher für Sie. Ich kenne die Gegend besser als die meisten Ihrer Männer …«

»Alles gut und schön, aber Sie sind meine einzige Verbindung zu diesem Mädchen. Ich brauche Sie sicher und jederzeit bereit, ans Telefon zu gehen, wenn sie noch mal anruft.«

Grace nickte knapp. Keine Zeit für Gegenargumente. Und

keine Angst, Anrufe zu verpassen. Sie hatte in ganz Cypress Point eine ausgezeichnete Funkverbindung. Sie schob den trägen Blue auf den Beifahrersitz und wandte sich dem dunklen Sumpf zu. »Atme weiter, Lia. Atme weiter.«

3

Grace ließ ihr Auto bis an den Rand eines Sumpfs rollen, aus dem Äste herausragten wie knochige Klauen, die aus dem Wasser griffen. Sie hob das Fernglas, das sie umgehängt hatte, und suchte das Ufer nach der Spitze einer hölzernen Kiste ab, nach aufgewühlter Erde, Fußabdrücken, jedem möglichen Zeichen von Lia Grant. Neben ihr auf dem Beifahrersitz hob Blue plötzlich den Kopf. Seine Nase zuckte.

»Irgendwo muss es da draußen Speck geben.«

Der Hund – angeblich einer der besten Jagdhunde des Südwestens – hatte die letzte Stunde geschnarcht wie ein Airbus mit Vollgas.

Seine Ohren wurden munter, er sprang auf die Füße und grollte leise Richtung Fahrerfenster. Sie folgte seinem Blick, blinzelte durch den Nebelschleier zu einer Gruppe rauschender Büsche. Sie trat auf die Bremse. Die Scheinwerfer flackerten. »Denk gar nicht erst daran, zu verrecken«, warnte sie ihren Wagen.

Der Hund lehnte sich über sie, sein Grollen wurde tiefer und lauter. Blue fletschte die Zähne. Die Büsche bewegten sich im Wind. Blätter schwebten zu Boden. Sein Körper verkrampfte sich.

»Immer mit der Ruhe, alter Mann.« Sie grub die Finger in die Falten seines Nackenfells und schubberte ihn. »Ich kann mich nicht um dich kümmern *und* um das Auto, das mir ausgerechnet hier draußen liegen bleiben könnte.«

Blue reckte den Hals und stieß ein langes, tiefes Jaulen aus.

Ein Ast knackte, und ein dunkler, schmaler Schatten schoss auf zwei Beinen aus den Büschen zu einer Gruppe von Pinien. Sie schob Blue beiseite, um besser sehen zu können. Der Mond spiegelte sich in einem glänzenden Stück Metall. Eine Gürtelschnalle? Ein Schaufelblatt? Ihr Herz hämmerte, ihre Perlenkette kam in Bewegung.

Blue stemmte die Vorderpfoten in ihren Schoß und sprang aus dem Fenster, ein schmales Geschoss aus Muskeln und knirschenden Zähnen. Er bellte, und sein Grollen erschütterte die Nacht, als er die Schattengestalt einen Baum hochjagte. Grace setzte den Wagen zurück und zielte mit den schwächer werdenden Scheinwerfern auf die Lichtung mit den Pinien. Die Lichter spiegelten das Silber der Blätter wider.

Sie schlug mit den Fäusten auf das Steuerrad. »Herzlichen Glückwunsch, Blue. Du hast gerade einen Bären aufgescheucht, der Müll liebt, weil er im Besitz einer Dose Baked Beans war.« Grace drückte die Tür auf und mühte sich durch faulende Blätter und Zweige zu den Pinien. Sie packte den Hund beim Halsband. Sein Schwanz peitschte gegen ihr Bein. »Ich bin ja froh, dass wenigstens einer von uns seinen Spaß hatte.«

Sie zerrte ihn zum Auto, als plötzlich ein schriller Ton durch die Nacht drang. Ochsenfrösche und Grillen verstummten. Der Bär hörte auf, in der Dose herumzukratzen.

»Was um Himmels willen …«

Rrrring!

Ihre Nackenhaare stellten sich auf. Blue knurrte. Sie drehte sich in Richtung des Klingeltons. Er schien von einer uralten Zypresse zu kommen, mit Stützwurzeln so hoch wie ihre Hütte.

»Wer ist da?«, rief Grace.

Rrrring!

Ihre Beinmuskeln verkrampften sich. »Lia? Sind Sie das?«

Irgendjemand konnte das Handy der jungen Frau anrufen,

was bedeutete, dass das Mädchen und die Kiste, in der sie gefangen war, in der Nähe waren, vielleicht nur Zentimeter unter ihren Füßen. Grace rannte auf den Baum zu. »Lia! Hier ist Grace. Ich komm Ihnen zu Hilfe. Wenn Sie sprechen können, machen Sie irgendein Geräusch.«

Grace strich sich die Haare zurück und betete um einen Knall, ein Scheppern oder wenigstens ein Flüstern. Blue stand neben ihr, sein Kopf pendelte hin und her, während er aufmerksam witterte.

Rrrring!

Grace und Blue sprangen gleichzeitig in die Höhe. Dieses Mal kam das Geräusch von hinten.

»Was zum …«

Rrrring!

Vom Schweiß wurden ihre Handflächen glitschig. Der Klang kam von einer Gruppe Sägepalmen, neun Meter den Sumpf hoch. War es ein Forscher? Jemand, der auf der Jagd nach Fröschen war oder wilderte?

Sie wischte sich die Handflächen an der Hose ab. »Ich bin beim Staatsanwaltsbüro des Franklin County. Geben Sie sich zu erkennen.« Grace' Worte waren fest, ihr Ton ruhig, aber gebieterisch. *Zeige nie, dass du Angst hast.* Noch so ein solider Rat von ihrem Daddy.

Alle Sinne aufs Äußerste gespannt, wartete sie ab. Blue streckte die Nase in die Luft, mal hier, mal da, als ob er wittern wollte, aber keinen Geruch aufnehmen könnte.

Die Sekunden verstrichen. Sie beobachtete die Gegend, um zu sehen, ob sich irgendwo ein Farnwedel bewegte, und lauschte auf Blubbergeräusche im Schlamm. Eine Minute schleppte sich dahin. Zwei.

Rrrring!

Der Klingelton schoss ihr Rückgrat hinauf wie eine Rakete.

Blue winselte bei dem Geräusch, das jetzt aus einem Gewirr von Büschen hinter ihr kam.

Rrrring!

Genug von dieser absurden Variante einer Anruferkennung. Sie rannte zu ihrem Auto, nahm ihr Handy aus dem Handschuhfach und tippte Lieutenant Langs Durchwahl ein. »Schicken Sie Ihre Leute zur Gilbert Bayou Road, dritte Abzweigung, aber schnell«, sagte Grace. »Ich habe etwas gefunden.« Während sie die undurchdringlichen Sträucher im Auge behielt, tastete sie sich zum Heck ihres Autos vor und kauerte sich hinter den Kofferraum. Der Sumpf blieb unheimlich still, und es war diese Stille, die sie beunruhigte. Tod und Verwesung erfüllten den Sumpf, aber immerhin war es eine lebendige, atmende Welt voller Kreaturen, egal, ob von Land oder Meer oder Luft. Sie sollte zumindest *irgendetwas* hören können.

Neben ihr beruhigte sich Blues Nase, und seine Ohren wurden wieder munter.

Dann kamen die Worte, sanft in ihrem Nacken. »Lautlos wie eine Katze. Hinein ins Schwarze.«

Grace wirbelte herum. Der Sumpf hinter ihr breitete sich aus, Tümpel aus blauer und schwarzer Tinte. Sie spähte durch Dampfwirbel, konnte aber niemanden sehen.

»Versuchen Sie es hier.«

Binsen stachen Grace in die Knöchel, während sie sich das Ufer entlang zu den Sägepalmen kämpfte.

Lieutenant Lang ließ die starke Taschenlampe über den glitschigen Schlamm und die verrottenden Blätter gleiten. »Keine Fußspuren, kein flach getretenes Gras, keine zerbrochenen Äste.« Immer dieselbe Antwort, seit Lieutenant Lang und zwei Deputys angekommen waren, um nach einem Handy zu suchen, das sich auf wundersame Weise schnell fortbewegte.

Grace blickte auf den blauschwarzen Sumpf. »Dann muss er auf dem Wasser gewesen sein.«

Lieutenant Lang ließ das Licht in einem niedrigen, langsamen Bogen kreisen und leuchtete dabei knochige Schildkrötenköpfe und fleischfarbene Salamander an. »Keine Spur von einem Boot, das angelegt hat. Wie ist er also zu Ihrem Auto gekommen und hinter die Zypresse? Das ergibt doch alles keinen Sinn.«

Nein, nichts ergab an diesem Abend irgendeinen Sinn.

Lautlos wie eine Katze. Hinein ins Schwarze.

Was bedeuteten diese Worte, und wie bewegte sich derjenige mit dem Handy durch diese Gegend, ohne eine Spur zu hinterlassen? Und wichtiger noch – hatte irgendetwas davon mit Lia Grant zu tun?

»He!« Ein Deputy in der Nähe der alten Zypresse winkte mit beiden Armen. »Hier sind ein paar frisch gebrochene Äste. Bringt die große Taschenlampe mit.«

Grace und Lieutenant Lang rannten zu ihm, der Lichtstrahl durchschnitt die tintenschwarzen Schatten, bevor er vor dem Deputy auf den Boden gerichtet wurde. Er traf auf lose Blätter neben den Stützwurzeln.

Grace kauerte sich hin. »Eine große Katze«, sagte sie ernüchtert.

Lieutenant Lang strich sich ein paar Locken aus dem Gesicht. »Grace, es ist durchaus denkbar, dass eine große Katze dieses Geräusch gemacht hat. Diese Gegend von Point ist voll davon.«

Grace bestand darauf: »Es war ein Handy.«

»Oder ein Wildschwein.«

»Es war ein Handy.«

»Oder ein Vogel oder ein Insekt.«

Grace verschränkte ihre Finger auf dem Rücken. »Also gut.

Nehmen wir an, das Geräusch ist natürlichen Ursprungs, aber was ist dann mit der Stimme?«

Lautlos wie eine Katze. Hinein ins Schwarze.

»Ein Tier oder der Wind haben diese Worte nicht gesprochen.«

Lieutenant Lang tastete mit der Taschenlampe die Lichtung ab. »Aber wo ist das Spurenmaterial? Die Fußabdrücke? Die Reifenspuren? Irgendein Zeichen, dass ein menschliches Wesen kürzlich durch diese Gegend gelaufen ist? Sie sind Staatsanwältin. Sie kennen die Bedeutung von Beweisen.«

»Sie wollen über Beweise reden? Wir haben Lias Anrufe auf meinem Handy, die zurückgelassene Tasche und den Anrufnachweis, der besagt, dass Lias Gespräche über den Mobilfunkmast von Cypress Point gingen. Sonst …« – Grace wies mit ihrer Hand auf die Stelle, wo sie die Stimme gehört hatte – »hat heute Abend niemand etwas Ungewöhnliches am Point gesehen oder gehört. Was haben wir sonst noch?«

Lieutenant Lang schwieg einen Moment lang, bevor sie dem Deputy zunickte. »Bringen Sie mehr Lichtquellen hierher, und ich schicke einen Mann ins Wasser. Der hier draußen könnte Lias Entführer sein oder auch nicht, aber auf jeden Fall könnte er etwas gesehen haben.« Sie wandte sich an Grace. »Und Sie fahren nach Hause und ruhen sich aus. Ich habe alles, was in Uniform steckt und verfügbar ist, auf das Mädchen angesetzt.«

Grace schüttelte den Kopf. Nicht, bevor sie mit eigenen Ohren Lia atmen gehört hatte. »Mit mir ist alles in Ordnung.«

»Ja, Counselor, wir sind uns alle Ihrer übermenschlichen Fähigkeiten bewusst, aber Ihr Hund könnte etwas Ruhe gebrauchen.«

»Er ist nicht mein Hund.« Grace blickte das Tier mit funkelnden Augen an und stöhnte. Er saß dicht neben ihr und hob seine rechte Vorderpfote. Sie untersuchte seinen Fuß. Er hatte sich den Ballen nicht abgerissen, aber gespalten.

Zurück in der Hütte quälte sich Allegheny Blue die Verandatreppe hoch, plumpste auf die Seite und schloss die Augen. Mit einem langen Seufzer ließ sich Grace in die Hollywoodschaukel fallen und schleuderte ihre Riemchenschuhe weg, die jetzt über und über mit Lehm und verfaulten Blättern verkrustet waren. Sie hatte es so eilig gehabt, nach Lia zu suchen, dass sie gar nicht daran gedacht hatte, sich umzuziehen. Nach einer kleinen Pause wollte sie etwas anderes anziehen und sich etwas zu essen machen. In ein paar Stunden würde die Sonne aufgehen.

Sie rieb sich über den schmerzenden Nacken. Dies wäre nicht die erste Nacht, die sie in dieser Woche durchmachen würde. Dank Morehouse hatte sie bereits zwei schlaflose Nächte hinter sich. Sie brachte sich in Schwung, und der graue, verwitterte Holzsitz knarzte wie die Knochen eines alten Mannes. Das Rasseln und Quietschen der Schaukel wirkte beruhigend. In einem Psychologieseminar am College hatte sie gelernt, dass bei sich wiederholenden Bewegungen wie Schwingen und Schaukeln Endorphine freigesetzt werden, die kleine glückliche Impulse durch den Körper senden. Sie zog die Beine unter sich und lehnte den Kopf an die Rückenlehne der Schaukel.

Als sie klein war, hatte ihr Daddy eine Reifenschaukel in einen kräftigen Stamm der riesigen Eiche gehängt, die sich fast über die ganze Vorderfront von Gator Side erstreckte, das Haus ihrer Kindheitsjahre. Ohne Geschwister und mit nur wenigen Kindern in der exklusiven Gegend saß Grace meist allein auf der Schaukel, höchstens, an deren guten Tagen, mit ihrer Mutter.

»Hey, Momma, schubs mich ganz feste an«. Grace erinnerte sich, wie sie das eines Abends ihrer Mutter zugerufen hatte, als sie am Ast der Rieseneiche schaukelte.

Momma verließ die Verandatreppe, wo sie darauf gewartet hatte, dass Daddy von der Arbeit nach Hause kam. »Warst du denn heute auch ein braves Mädchen?«, fragte Momma breit lächelnd.

»Das besteste!«, rief Grace.

Momma packte das Schaukelseil, drückte Grace einen Kuss auf die Stirn und stieß mit ganzer Kraft.

»Jippiie!« Grace flog durch die Luft, ihre Zöpfe flogen hinter ihr her. »Höher! Schubs mich noch höher!«

»Du bist schon so hoch, du kannst ja bald nach den Sternen greifen.«

»Zu den Sternen! Schubs mich zu den Sternen!«

»Und was machst du, wenn du sie erreicht hast?«, fragte Momma lächelnd.

Grace verzog für einen Moment das Gesicht und dachte konzentriert nach. Dann quiekte sie fröhlich auf. »Ich pflücke sie vom Himmel und mache eine helle, glänzende Halskette für dich, damit du nie wieder Angst im Dunkeln hast.«

Das Lächeln ihrer Mutter erlosch. Sie hielt das Seil fest, zog Grace an ihre Brust und blickte ängstlich über die Schulter. »Sie sind überall, Gracie. Die bösen Leute sind auf den Straßen, in unserer Nachbarschaft, unter unserem Haus.« Die zarten Finger ihrer Mutter packten Grace' Schulter. »Sie beobachten mich, folgen mir, berühren mich, wenn ich schlafe. Mach, dass sie weggehen, bitte, mach, dass sie weggehen.«

Schon von klein auf hatte Grace gelernt, dass es die unsichtbaren Dinge waren – Schatten, die sich im Dunklen bewegten, und Monster unter dem Bett –, die Momma ängstigten. Sie sprang von der Schaukel, nahm Mommas Hand und drehte das

Verandalicht an, das Licht über der Garage und die besonders hellen Lichter beim Tennisplatz. Sie legte Momma beide Hände auf die Wangen. »Die bösen Leute sind nicht da, nicht heute Abend. Nur ich, und ich beschütze dich.«

Momma lächelte jetzt wieder, und sie rannten zurück zur Rieseneiche. Als sie die Reifenschaukel erreichten, ballte Grace ihre Fäuste auf den Hüften. »Jemand hat meine Schaukel kaputt gemacht!« Ein zerfranstes Seilende hing vom Baum, während das andere geringelt wie eine Wasserschlange neben dem Reifen auf dem Boden lag.

»Wahrscheinlich diese Dickens-Jungen von zwei Straßen weiter. Diese kleinen Teufel …« Momma tätschelte Gracies Schulter. »Aber mach dir keine Sorgen, Gracie, Daddy kann sie wieder heil machen.«

Grace rollte mit den Augen wegen Mommas Dummheit. »Ich brauche keine Hilfe, Momma. Ich kann das allein.« Schnaubend stürmte Grace Richtung Garage, um ein neues Seil zu holen. Da hörte sie eine leise Stimme sagen: »Lautlos wie eine Katze. Hinein ins Schwarze.«

Etwas Hartes und Schweres und Übelriechendes schlug gegen Grace' Brustkorb. Hund. *Nasser* Hund.

Ihre Augenlider flatterten, und sie stemmte Allegheny Blue von ihrer Brust. Unter ihr schlingerte die Hollywoodschaukel. Sie blinzelte. Die Sonne war schon am Horizont aufgetaucht, und frühe Strahlen funkelten in Blues klatschnassem Fell und in Wasserpfützen auf ihrer Veranda.

»Neiiin!« Sie schoss aus der Schaukel hoch und riss die Tür auf. Ein Wasserschwall lief über ihre Knöchel. Sie watete in die Küche, wo Wasser aus der offen liegenden Leitung schoss, die die Küchenwand hoch verlief. Sie schnappte sich den Schraubenschlüssel vom Fensterbrett und drehte den Hahn unter der

Spüle zu. Der Geysir wurde zu einem Rinnsal und versiegte dann ganz, aber der Schaden war da.

Der Klempner hatte sie gleich beim ersten Mal vorgewarnt, dass sie die Plastikrohre durch Kupferleitungen ersetzen lassen musste, aber sie hatte nicht das Geld für neue Installationen. Verdammt, sie hatte nicht mal zwei Kupferpennys übrig, um sie aneinander zu reiben.

Sie drückte das Wasser aus ihren Haaren. Dieser Morgen fing nicht gerade gut an, aber auf der anderen Seite – sie fuhr sich mit einer flachen Hand über den Nacken – hatte der vergangene Abend auch nicht gut geendet.

Lautlos wie eine Katze. Hinein ins Schwarze.

Sie hatte diese merkwürdigen Worte nach dem Telefonklingeln im Sumpf gehört, und dann waren sie sogar in ihre Träume eingedrungen. Sie nahm ein Geschirrtuch, wischte sich das Wasser aus dem Gesicht und trocknete sich die Hände ab. Träume. Keine Wirklichkeit. Die Unterhaltung mit ihrer Mutter über die Reifenschaukel war wirklich gewesen, aber sie erinnerte sich nicht an jemanden, der etwas über eine Katze und die Dunkelheit gesagt hätte.

Sie ließ das Handtuch auf Blue fallen und rubbelte seinen Kopf und Nacken ab. Diese ganze Sache mit Lia Grant ging ihr an die Nieren. Sie schrubbte seine Brust, den Rücken und alle vier Beine. Was hieß, sie musste zurück auf die Jagd.

Innerhalb von zwanzig Minuten fütterte Grace Blue und setzte ihn auf der Veranda ab, installierte Ventilatoren, um die Hütte zu belüften, und rief im Büro des Sheriffs an. Immer noch kein Lebenszeichen von Lia Grant.

»Atme weiter, Lia. Atme weiter.«

Ihr Auto startete gleich beim zweiten Versuch. Hinter den Myrten entdeckte sie eine knallgelbe Planierraupe und einen Traktor mit einem Baggerarm. Baumaschinen, auch bekannt als Traumerfüller. Dank Lia hatte Grace ganz vergessen, dass die Bauarbeiten zu ihrem neuen Heim heute begannen. Aber der Traum würde warten müssen, denn gerade jetzt könnte Lia Grant zu einem lebenden Albtraum werden. Betonung auf *lebenden*. Lia hatte gesagt, die Kiste sei nicht luftdicht, und Grace stellte sich Luftströme vor, die durch die Fugen drangen und sie so am Leben erhielten.

Als sie gerade um die Ecke beschleunigte, musste sie mit aller Kraft auf die Bremse treten, um nicht auf einen SUV des Sheriffbüros zu prallen, der mitten auf der Straße abgestellt war. Ihre Rippen verhärteten sich und drückten gegen ihr Herz. Lia. Etwas musste passiert sein.

Grace parkte das Auto und hechtete aus der Tür. Kein Deputy. Keine Bauarbeiter. Sie folgte einer Spur frischer Fußabdrücke entlang einem Beet von Kameliensträuchern und entdeckte einen Mann mit Schutzhelm, an einen Minibagger gelehnt. Sie klopfte ihm auf die Schulter.

Der Bauarbeiter schrak hoch und stieß einen atemlosen Fluch aus. »Verdammt, haben Sie mich erschreckt.«

»Was ist los? Warum ist das Büro des Sheriffs hier?«

»Delbert da hinten am Schaufelbagger hat was gefunden. Hat alle ganz gehörig erschreckt.«

»Lia Grant? Hat er Lia Grant gefunden?«

»Die Kleine, die vermisst wird? Nee. Ich glaub nicht, dass sie es ist. Jedenfalls hoffe ich es.«

Ihr schnürte sich die Brust zu. »Sie glauben es nicht? Was ist denn los?«

»Delbert hatte gerade Baumstümpfe ausgegraben und hat so 'n paar alte Knochen in einem der Sandhügel gefunden.«

Grace sprang das Herz aus der Brust. »Natürlich finden Sie hier überall Knochen. Lamar Giroux' Hunde haben sechzig Jahre lang welche vergraben.«

»Nicht diese Art Knochen … hoffe ich jedenfalls.« Er führte sie durch das Kamelienbeet zu einem flachen Graben, in dem ein halbes Dutzend Bauarbeiter und der Sheriff in vollkommener Stille standen.

»Was für Kno…« Ihre Stimme versagte, als sie das Gelände sah, auf dem der neue Tennisplatz gebaut werden sollte. Mitten im Niemandsland, in dem Stück zwischen der Grundlinie und der Aufschlaglinie, ragte ein menschlicher Schädel aus dem Boden.

4

»Entschuldigen Sie, Agent Hatcher, aber Ihr Sohn wäre dann jetzt für Sie bereit.«

Hatchs Finger erstarrten auf halbem Weg durch die drei Zentimeter dicke Akte, die das Sheriffbüro von Franklin County über den dreizehnjährigen Alex Milanos zusammengestellt hatte – seinen *Sohn*.

»Normalerweise behalten wir Kinder nicht über Nacht hier«, fuhr die Angestellte fort. »Jedenfalls nicht wegen so etwas, aber seine Großmutter wusste sich nicht zu helfen.«

Aber *ich?* Hatch fuhr sich mit einer Hand durchs Haar.

Er hatte früh am Morgen mit der »No Regrets« in der Marina von Cypress Point in der Apalachicola Bay angelegt und war zum Büro des Sheriffs getrampt, wo er jetzt in einem kleinen Besprechungszimmer saß und sich fragte, wie zum Teufel ein erst dreizehn Jahre alter Junge eine Akte von drei Zentimetern hatte anhäufen können. Und nicht irgendein Kind. Sein Kind – und eins, von dem er vor vierundzwanzig Stunden nicht einmal gewusst hatte, dass es existierte. Er fuhr sich mit der anderen Hand durch die Haare. Im Kopf haderte er immer noch mit der Vorstellung, überhaupt Vater zu *sein*, und jetzt saß er hier und sollte wie einer *handeln*. Wurde von ihm erwartet, dass er dem Jungen väterliche Weisheit vermittelte? Strenge, Liebe? Ein Tritt in den Hintern? Der Boden schwankte unter seinen Füßen.

»Alex ist in einem der Arresträume, Agent Hatcher. Sie können dort mit ihm reden.«

Er sollte also mit diesem Jungen *reden. Das* war etwas, das er konnte. Er blätterte durch den Berg Papiere. Alex war sein Sohn, aber er war auch ein Kind in einer Krisensituation, und da hatte Hatch schon so gut wie alles erlebt.

Hatch warf einen letzten Blick in Alex' Akte. Schulschwänzen. Minderjähriges Fahren. Verstoß gegen die Sperrstunde. Der letzte Gesetzesverstoß: Der Junge und zwei unbekannte Komplizen waren in Buddys Krabbenbude eingebrochen und hatten vierzig Dollar aus der Kasse mitgehen lassen. Als sie versuchten, zu fliehen, hatte der Manager Alex erwischt. Die anderen beiden konnten entkommen. Der Clou war, dass sich der Manager einverstanden erklärt hatte, die Anzeige fallen zu lassen, wenn Alex die Mittäter preisgeben würde. Das Kind weigerte sich. Außerdem hatte Alex dem Deputy, der ihn abgeführt hatte, einen ordentlichen Schwinger verpasst.

Hatch schlug die Mappe zu. Diese Art Krise konnte er bewältigen. »Segeln wir los.«

Die Angestellte, eine Frau namens Susie, die sich irgendwo in den Zwanzigern befand, hatte ein sonniges Lächeln, passend zu ihren knallgelben Absätzen. Sie führte ihn den Flur zu den Arresträumen hinunter. »Sind Sie wirklich einer von Parker Lords Männern?« Als er nickte, lehnte sie sich vor, als wollte sie ihm ein Geheimnis erzählen. »Sie wissen sicher, er ist einer von uns, eine Florida-Legende. Agent Lord hat zuerst in Miami beim Menschenhandel gearbeitet, aber wie ich höre, ist er ein echter Querulant geworden, schlägt sich regelmäßig mit den FBI-Bullen. Stimmt es, dass er nur dem Präsidenten unterstellt ist?«

Hatch kratzte sich an den Bartstoppeln an seinem Kinn. Parker Lord hatte viele Namen: Querulant, Verrückter, Gott. Und obwohl sein Chef für das FBI arbeitete, diente er dem Recht, das niemals nur durch eine einzelne Institution oder Person mit präsidialer Macht vollständig verkörpert werden konnte – wobei die eine wie die andere sich im Laufe der Jahre immer mal wieder als durchaus fehlbar erwiesen hatte.

»Parker Lord ist nur seinem Gewissen unterstellt«, sagte Hatch. Dasselbe galt für die gesamte SCIU. Darin hoben sie sich von anderen ab, und es verärgerte ihre Umgebung oft mehr als nur ein bisschen. Nicht, dass das ihm oder einem aus seinem Team auch nur das Geringste ausmachte.

Hatch folgte der Angestellten durch eine kleine Eingangstür, als plötzlich etwas am anderen Ende des Gangs laut krachte. Unmittelbar darauf folgte ein Schrei. Er rannte den Flur entlang, blieb an einer Arrestzelle stehen und steckte den Kopf um den Türpfosten. Er sah einen rotgesichtigen Deputy, der vor einem Jungen mit struppigem blonden Haar stand. Die Lippen des Kinds verzogen sich zu einem wütenden Knurren. Eindeutig Hatchs Fleisch und Blut. Und der Junge hatte anscheinend dieselbe Veranlagung, wie Hatch sie als Teenager gezeigt hatte.

Gott hatte wirklich einen grausamen Sinn für Humor.

Alex' Hand zuckte, und er stieß mit einem schartigen Holzstück nach dem Deputy. Vom Aussehen des zerbrochenen Stuhls her konnte sich Hatch verdammt gut vorstellen, woher der Junge seine improvisierte Waffe hatte.

Der Deputy, ein Bär von einem Mann mit einem Riesendoppelkinn, richtete einen Zeigefinger auf das Kind. »Leg das sofort hin, bevor noch jemand verletzt wird.«

Alex' Finger packten das abgesplitterte Stuhlbein fester. »Sagen Sie mir nicht, was ich tun soll! Ich bin es leid, dass mir jeder sagt, was ich tun soll.«

»Mach mal ein paar Sachen richtig, dann werden die Leute schon ganz anders mit dir reden.« Der Deputy nahm einen Knüppel vom Gürtel.

Hatch knirschte mit den Zähnen. *Idiot.* Und damit meinte er nicht den Jungen.

»Fick dich, Arschloch!«

Der Deputy tippte mit dem Knüppel gegen seinen Oberschenkel. »Ich glaube, hier ist einer, dem mal der Mund mit Seife ausgewaschen gehört … oder dessen Hintern nach Schlägen schreit.«

Die falschen Worte. Die ganze Situation war falsch. Hatch trat in die Mitte des Flurs. »Ja, fick ihn, fick die ganze Sache.«

Alex blickte auf. Das Holzstück fiel ihm aus der Hand, aber er erwischte es gerade noch, bevor es zu Boden fiel. »Halt die Klappe! Von *dir* brauche ich gar nichts.«

Hatch brauchte Koordinaten. Er musste genau wissen, wo sein Sohn stand. »Du weißt, wer ich bin, Alex?«

Seine Augen verengten sich zu Schlitzen, als wollte er so viel wie möglich von Hatch ausschließen. »Granny hat mir gesagt, sie wollte den alten Mann anrufen. Sie sagte, weil du irgend so ein hohes Tier beim FBI bist, würdest du dich um alles kümmern. Ich habe ihr gesagt, mach dir keine Hoffnungen, denn du bist nichts.« Er drohte Hatch mit dem zersplitterten Stuhlbein. »Hast du das gehört? Für mich bist du ein verdammtes Nichts!«

An Hatchs Dienstmarke vorbei trafen die Worte ihn direkt ins Herz. Er trat einen Schritt zurück, als Alex' Wut den Raum erfüllte. Der Deputy hob den Knüppel, aber Hatch schüttelte den Kopf. Worte konnten verletzen, aber sie waren auch die mächtigste Waffe, die der Menschheit zur Verfügung stand.

»Du hast recht.« Hatch lehnte sich gegen den Türrahmen. Zuerst zuhören. Dann sich hineinversetzen und eine Übereinstimmung aufbauen. Schließlich positiven Einfluss ausüben. Regel für Verhandlung bei Geiselnahmen Nummer 101. Der Junge musste die Kontrolle bekommen, oder genauer: Alex Milanos musste *denken*, er habe die Kontrolle.

Hatch nickte in Richtung des Deputy, der ein Namensschild trug, auf dem W. FILLINGHAM stand. »Möchtest du, dass Detective Fillingham hier dir etwas mehr Platz lässt?«

Der Junge zog erst eine Schulter hoch, dann die andere. »Uh, ja, das will ich – dass Deputy Arschloch mir nicht dauernd auf den Wecker geht.«

Mit einem Kopfnicken gab er dem Deputy ein Zeichen, Richtung Tür zu gehen. Der Gesetzeshüter betrachtete mit zusammengekniffenen Augen erst Hatch, dann den Jungen. *Jetzt*. Hatch formte das Wort mit den Lippen.

Der Deputy ging.

Nun war es Zeit, den Jungen von diesem Riesenhaufen Ärger und Ablehnung abzulenken. Hatch nahm einen knallgelben Schal aus seiner Jackentasche und warf ihn hoch. Er ballte die andere Hand zur Faust und stopfte den Schal hinein. Hatch wedelte seine Faust durch die Luft, dann öffnete er seine Finger, einen nach dem anderen, und präsentierte eine leere Handfläche. Der Junge starrte seine Hand an, was Hatch einen Moment verschaffte, diesen Dreizehnjährigen in der Krise zu beobachten. Alex Milanos war kein Junge mehr, aber auch noch kein Mann. Er war in dieser misslichen Zwischenphase, in der nichts passte. Nicht die Kleidung, nicht die Worte, nicht die Gefühle. Alles war seltsam.

Hatch setzte sich an den Tisch, der mitten im Raum stand. Er öffnete seine andere Faust, und ein königsblauer Schal glitt auf den Tisch.

Alex klopfte mit dem zersplitterten Holz an sein Bein. »Das ist Schwachsinn.«

Hatch strich den Seidenschal auf dem Tisch glatt.

»Der Einbruch – Mann, keiner wurde verletzt. Wir hatten nicht mal eine richtige Waffe, nur ein kleines Taschenmesser.« Alex schluckte schwer. »So ein kindisches, das ich im Pfadfindercamp benutzt habe, und das einzige Mal, dass ich es benutzt habe, war, um das Schloss zu knacken.«

Hatch faltete den Schal drei Mal und nickte nachdenklich.

Alex schwenkte den Stock durch den Raum. »Das ist doch bescheuert. Das alles für vierzig Mäuse.«

Nein, es ging nicht um vierzig Mäuse. Es ging um einen zornigen, verkorksten Jungen, der eigentlich nur dazugehören wollte.

Alex' Hand zitterte, der Stock hüpfte auf und ab. »Es war nicht mal meine Idee. Ich habe den Jungs gesagt, wir würden sowieso nichts kriegen. Die Krabbenbude hat in der Woche nie viel Bargeld in der Kasse, aber ich habe mitgemacht, und ich war derjenige, den sie geschnappt haben. Der Deputy sagte, er würde mich freilassen, wenn ich die anderen verpfeife, aber das kann ich nicht ... ich kann doch meine Jungs nicht in die Pfanne hauen.«

»Es ist immer wichtig, auf seine Buddys aufzupassen. Ich nehme dir nicht übel, dass du geschwiegen hast.«

Der Stock blieb still. »Nicht?«

»Meine Jungs, mein Team, für sie würde ich alles tun.« Und das war die verdammte Wahrheit. Hatch würde für seine Teamkollegen sein Leben riskieren und hatte es auch schon getan, viele Male – und sie für ihn.

Alex ließ sich in den Stuhl ihm gegenüber plumpsen. »Ich sitze ganz schön in der Klemme, was?«

Endlich. Ein Anfang. »Kommt darauf an, was du daraus machst.«

Das Stuhlbein in Alex' Hand polterte auf den Tisch. »Muss ... muss ich ins Gefängnis?«

»Nein, der Staat Florida schickt keinen Dreizehnjährigen für den Raub von vierzig Mäusen aus einer Krabbenbude ins Gefängnis.« Hatch griff beiläufig über den Tisch, nahm das

Stuhlbein und ließ es in seinen Schoß gleiten. »Aber du könntest eine Weile im Jugendgefängnis aufgebrummt bekommen, weil du einen Gesetzeshüter bedroht hast.«

Der Adamsapfel des Jungen bewegte sich auf und nieder. »Ach du Scheiße.«

»Das kannst du laut sagen.«

»Granny bringt mich um.«

»Jepp, Kumpel, darüber würde ich mir allerdings auch Sorgen machen.« Hatch wartete ab. Die Taten des Jungen und deren Auswirkungen mussten in seinem Kopf hämmern, laut und schmerzhaft, wie der Stuhl, als er gegen die Wand gekracht war.

Hatch betastete die Narbe rechts an seiner Wange. Er hatte selbst ein paar Abstürze erlebt, auch die eine oder andere Tracht Prügel, die meisten von der selbstzerstörerischen Sorte. Aber zu seinem Glück hatte er seine Großtante Piper Jane gehabt, die seinen reuigen fünfzehnjährigen Hintern aus dem Jugendgefängnis und auf ihre Zehn-Meter-Tartan-Yacht gerettet hatte. Zusammen waren die beiden um die Welt gesegelt.

In diesen ersten paar Monaten zog er an den Leinen, bis seine Handflächen bluteten, polierte das Teakholz, bis seine Schultern brannen, und litt Hunger, weil er das Essen in der Kombüse hatte anbrennen lassen. Mehr als ein Jahr lang hatte sein Leben aus Sonne, Meer und Segeln bestanden. Keine Zeit zu wüten und zürnen. Irgendwo an den Kanaren waren aus seinen Blasen Schwielen geworden. Am Suez-Kanal wurde er offiziell vom Matrosen zum Ersten Offizier befördert, und als sie an Bali vorbeigesegelt waren, kannte Hatch das Geheimnis des besten pfannengebratenen Zackenbarschs. Schuppen auf einer Seite dranlassen. Zwei Mal mit Butter begießen.

Dieses Segel und seine Seglerin dahinter hatten ihm das Leben gerettet. Unglücklicherweise lag Großtante Piper Jane im

Hafen von Sydney vor Anker, also musste er den Kompass für Alex halten. Gott schütze alle.

Hatch räusperte sich. »Also?« Er war überrascht, wie sehr er der Antwort auf diese Frage entgegenfieberte.

Alex betrachtete eine verschorfte Stelle am Ellbogen. »Was würdest du tun? Wo du doch beim FBI bist und so?«

Die Enge um Hatchs Kehle lockerte sich. Alex hatte ein paar hundsmiserable Entscheidungen getroffen, aber dumm war er nicht. »Zuerst würde ich diesem Deputy sagen, ich hätte einen Fehler gemacht und wolle mich dafür entschuldigen, dass ich gedroht habe, ein Stuhlbein auf seinem Schädel zu zerbrechen. Dann würde ich die Namen meiner beiden Buddys verraten. Und dann, Kumpel, würde ich auf die Knie fallen und beten, dass es in der Stadt irgendeine Organisation gibt, die diesen Sommer jede Menge gemeinnützige Arbeit zu vergeben hat.«

Der Junge kratzte an dem Schorf, und ein Blutstropfen rann seinen Ellbogen hinab. Hatch reichte ihm den blauen Schal. Alex' Lippe kräuselte sich, und er verzerrte das Gesicht. Hatch hob beide Hände. Okay. Er hielt sich zurück.

Eine Minute verstrich. Dann noch eine.

Zeit, den Deal zu besiegeln. Hatch stopfte den Schal wieder in seine Tasche.

»Okay.« Alex wischte das Blut an seiner Jeans ab und sah Hatch in die Augen. »Ich mache es.«

Hatch schickte Dankesgebete an Gott, die Großmutter des Jungen und jeden sonst, der seinen Sohn in diesen vergangenen dreizehn Jahren erzogen hatte. Alex war in kabbeligem Gewässer und ohne Ruder unterwegs, aber er war nicht schiffbrüchig. Noch nicht.

»He, dieser Zaubertrick mit dem Schal.« Alex spuckte die Worte aus. »Ich weiß, wie du es gemacht hast. Es ist kinderkackeinfach.«

Grace' Bauarbeitergruppe war gegangen. Stattdessen waren Mitarbeiter der Gerichtsmedizin des County gekommen, die einen Teil der Baustelle mit Absperrband und leuchtenden Flaggen abgetrennt hatten. Mit Kleinstspaten und fedrigen Bürsten arbeiteten sie sich durch den sandigen Boden und förderten weitere Knochen zutage.

Alte Knochen, vergewisserte sich Grace, als sie das Absperrband entlangging. Von allem Muskelfleisch entblößt und grau in der Farbe konnten diese Knochen unmöglich Lia Grant gehören, die immer noch vermisst wurde. Sie hatte bei Sonnenaufgang wieder in den Sumpf gewollt, um die Suche nach dem Mädchen fortzusetzen, aber der Detective, der das Grab untersuchte, verlangte, dass sie sich nicht von der Stelle rührte, bis er sie zu den Knochen befragt hatte.

Keine Knochen, aber ein menschliches Wesen. Die Person, die die Erde geborgen hatte, auf der ihr Traumhaus gebaut werden würde, war einmal ein lebendiges, atmendes menschliches Wesen gewesen. Bis jetzt. Bis sie kam.

Ihre Füße hielten inne, sanken in die feuchte Erde. Im Gerichtssaal war es ihr nicht fremd, Leichen zutage zu bringen, die Angeklagte in ihrem ganz persönlichen Keller hatten, aber es war doch verstörend, seine Wurzeln über einem Grab zu schlagen.

Eine Sirene heulte, und Lampen leuchteten auf, als Lieutenant Lang an der Ausgrabungsstätte abbremste. Sie sprang aus dem SUV und rannte auf Grace zu. »Irgendeine Verbindung zu Lia Grant?«

Grace schüttelte den Kopf. »Nicht, dass ich wüsste. Immer noch nichts Neues über Lia?«

Auf Lieutenant Langs Gesicht waren jetzt Falten, Sumpfmatsch und düstere Linien um den Mund. »Kein einziges verdammtes bisschen. Ich komme vorbei, um zu sehen, ob dieser vergrabene Körper irgendein Licht auf den werfen kann, den ich suche.« Lieutenant Lang duckte sich unter dem Absperrband hindurch. »Scheißhoffnungslos, was?«

Weil Lia Grant der Sauerstoff ausgehen könnte. Grace folgte Lieutenant Lang. »Wenn die Sonne aufgeht, können wir beim Point weitersuchen.«

»Auf jeden Fall.« Lieutenant Lang nahm den Weg durch die Kameliensträucher.

»Und wir können ein paar Deputys rüber zum Krankenhaus schicken, wo Lias Wagen gefunden wurde.«

»So ist es geplant, aber zuerst die Knochen.« Lieutenant Lang blieb an der Senke stehen und nickte dem Techniker aus dem Gerichtsmedizinerteam zu. »Was haben Sie bisher?«

Der Mann in der Grube wischte sich den Staub von den Händen. »Angesichts der Ausdehnung des Schädels und der Länge des Oberschenkelknochens handelt es sich eindeutig um eine erwachsene Person. Beckenform und Körperumfang lassen auf eine Frau schließen.«

Lia. Lia.

Grace verschränkte ihre Finger hinter dem Rücken.

»Wie lange liegt sie hier?«, fuhr Lieutenant Lang fort.

»Zu diesem Zeitpunkt schwer zu bestimmen. Jahre, wahrscheinlich mindestens ein Jahrzehnt.«

»Irgendetwas Ungewöhnliches bei der Leiche gefunden, vielleicht ein Handy?«, fragte Grace. Sollte das der Fall sein, hatten sie es vielleicht mit einem Serientäter zu tun.

Ein Schauder überlief ihren Rücken bei dem Gedanken an vervielfachten Wahnsinn.

Er schüttelte den Kopf. »Bis jetzt noch nichts, aber wir haben hier noch eine Menge Dreck zu bewegen.«

»Irgendwelche religiösen Symbole oder Markierungen?« Lieutenant Lang betrachtete genau das umgebende Areal, das hauptsächlich aus Kameliensträuchern und ein paar Platanen bestand. »Es ist denkbar, dass Grace' Bautrupp unerwartet auf den Familienfriedhof der Giroux' gestoßen ist.«

»Nicht sehr wahrscheinlich«, sagte Grace, obwohl es ihr um einiges lieber gewesen wäre, ihre Bauarbeiter hätten eine Familiengrabstätte entdeckt, einen Ort, an dem die Toten in Frieden ruhten, zwischen Blumen, schattigen Bäumen und den Gebeten der Lebenden. »Lamar Giroux hat hier mehr als sechzig Jahre gelebt. Keine Frau, keine Kinder.«

»Aber das hier haben wir gefunden.« Ein anderer Gerichtsmediziner hielt einen Gegenstand hoch, der wie ein winziger schwarzer Stein aussah. »Gewehrkugel. Saß hinten im Schädel.«

Lieutenant Lang hob ihr abgespannt aussehendes Gesicht zum Himmel und stieß ein müdes Lachen aus. »Sie vollbringen ja Wunder, um meinen Job zu sichern, Grace. Haben Sie noch mehr vergrabene Leichen, von denen ich wissen sollte?«

Grace war kurz davor, zu lachen – denn bei allem, was in den vergangenen vierundzwanzig Stunden auf sie eingestürmt war, musste sie einfach lachen –, als sie plötzlich keuchend nach Luft schnappte. »Die Knochen.«

Mit einem Knoten im Magen führte sie Lieutenant Lang von der Baustelle weg, hinter dem Tupelobaum und den Myrten her zu ihrer Hütte mit der durchhängenden Vorderveranda und dem eingedellten Metallmülleimer. Sie hob den Deckel mit einer Hand an und zeigte mit der anderen auf Allegheny. »Er hat sie alle ausgebuddelt, und das seit Monaten.«

Lieutenant Lang wich einen Schritt zurück. »Was für eine Gegend ist das hier?«

Dies war das Land, auf das Bauunternehmer und die halbe Stadt spekuliert hatten, der Grund, für den sie mit jedem Dollar, den sie zusammenkratzen konnte, bezahlt hatte. Das Land, auf dem sie Wurzeln schlagen wollte. Ihr Zuhause.

»Sie sollten sich wohl für ein paar Tage in die Stadt begeben«, sagte Lieutenant Lang. »Bis wir herausgefunden haben, was hier vor sich geht.«

Gab es noch mehr menschliche Skelette auf dem Gelände, buchstäblich unter ihren Füßen? Hatte irgendetwas davon mit Lia Grant zu tun? Diese Vorstellung erschütterte sie bis in die Knochen.

Die schonungslose Wahrheit war, dass Grace nicht wusste, wohin sie gehen sollte. Ihre Eltern und Großeltern waren längst tot, und sie hatte keine Geschwister. Sie hatte Arbeitskollegen und Tennispartnerinnen im Club, aber nicht solche, die sie mit der Bitte anrufen konnte, in ihrem Gästezimmer schlafen zu dürfen. Sie verbrachte die meisten Abende mit ihren Akten und ihrem Computer, was zu einem eklatanten Mangel an romantischen Verbindungen führte. Und um ein Hotelzimmer zu mieten, fehlte ihr das Geld.

Sie drückte den Deckel wieder auf den Mülleimer, fast lautlos. »Mir geht es gut, Lieutenant, genau hier.« Denn für den Moment hatte sie keine Wahl, außer auf ihrem Land zu bleiben, inmitten von Knochen.

Als Hatch und Alex die Polizeiwache verließen, war der Junge still, aber sein Gang und sein Gesichtsausdruck sprachen Bände. Nein. Nur drei Worte.

Fick dich, Welt!

Hatch kannte diesen hasserfüllten Blick, die Arroganz, die Haltung und die Worte. Zur Hölle, er hatte sie immer und immer wieder hinausgeschrien, als er in Alex' Alter gewesen war, und sein alter Herr hatte darauf mit seinem Handrücken geantwortet. Die Erinnerung an diese Schmerzen spürte er am Kiefer.

Aber Hatch würde nie die Hand gegen sein Kind erheben,

gegen gar kein Kind. Er hatte andere Möglichkeiten. »Möchtest du noch was essen, bevor wir zum Friedhof gehen?«

Alex trat gegen eine leere Coladose, sodass sie quer über den Parkplatz flog und um ein Haar einen kleinen blauen Ford verfehlte, der in die Einfahrt bog. »Von mir aus kannst du zur Hölle fahren.«

Hatch steckte die Hand in seine Tasche und nahm einen der Schlüssel des SUV, die er dem Empfangsmitarbeiter abgeschwatzt hatte. Willkommen in einer neuen Generation von Vater-Sohn-Funktionsstörungen. »Gut, wir treffen Black Jack und dann …«

Eine Frau mit einer zweireihigen Perlenkette in der Farbe von kühlen Ozeanwogen stieg aus dem blauen Wagen, und Hatch vergaß, was er hatte sagen wollen. Verdammt, er vergaß sogar, zu atmen. Die Ränder der Welt verschwammen und verdunkelten sich. Sein Herz hämmerte gegen seine Brust, erschütterte seine Rippen.

Er öffnete den Mund. Kein einziges Wort, nur die dünne Stimme in seinem Hinterkopf.

Halte dich von den Perlen fern, und keiner kommt zu Schaden.

Am liebsten hätte er gelacht. Er hätte lachen sollen, konnte aber nicht. Seine Kehle war zu trocken, wie zugeschnürt. Die Frau zupfte an den Perlen, als ob auch sie nicht atmen könne. Schließlich räusperte sie sich und brachte heiser ein knappes »Theodore« heraus.

Der Junge an seiner Seite fragte: »Wer zum Teufel ist Theodore?«

Die Blonde rührte sich nicht. Hatch hielt den Atem an.

Alex stieß Hatch mit dem Ellbogen heftig in die Seite. »Und wer zum Teufel ist der heiße Feger mit den Perlen?«

Hatch konzentrierte sich auf den Stoß, den Schmerz, die

Ablenkung. Nachdem er Alex' Ellbogen von seinem Brustkorb weggedrückt hatte, blinzelte er Grace Courtemanche zu. »Theodore bin ich, und das ist Grace, meine Frau.«

5

»Exfrau.« Nur dieses eine Wort kam über Grace' Lippen, und sie lehnte sich gegen die Seite ihres Autos. Sie hatte Theodore »Hatch« Hatcher mehr als zehn Jahre nicht gesehen, nicht mehr seit dem Tag, an dem er Apalachicola Bay auf dem Segelschiff verlassen hatte, Wind in den Haaren, und sie mit gebrochenem Herzen zurücklassend.

Hatch starrte sie weiter an mit Augen, die die Farbe eines heißen Julihimmels hatten. Aber dann wiederum: Hatch *war* ganz Sommer. Müßige Tage und wollüstige Nächte. Sonne und Sand. Und Hitze. Eine Hitze, die so intensiv war – sogar rückblickend und mit dem Abstand von zehn Jahren kroch Wärme in ihre Wangen und ihren Rücken hinunter und brachte etwas in ihrem Inneren zum Brodeln.

Hatchs Grübchen vertieften sich. Gott, sie hatte ganz vergessen, wie leicht man sich in seinen Knitterfältchen verlor, denn ein Mann wie Hatch wusste, wie man ein Lächeln tragen – und einsetzen – musste.

Sie schob die Perlenkette an ihrem Hals zurecht.

»Ja, Alex, die entzückende Staatsanwältin ist korrekt wie gewöhnlich. Sag mir eins, Grace, wirst du es nie leid, immer recht zu haben?« Er senkte die Stimme, seine Worte klangen wie Honig, süß und wild und golden.

Einen Moment lang vergaß sie alles und ließ nur seine Worte auf sich wirken, die Worte eines Charmeurs. Grace versuchte, die ruhige, kühle Stelle in ihrem Kopf zu finden, aber ihr Herz schlug mit dreifacher Geschwindigkeit und erzeugte eine

Hitze, von der ihr schwindelig wurde. Seit dem Augenblick, als sie sich auf St. George Island direkt nach ihrem Juraabschluss kennengelernt hatten, war sie vollkommen aus dem Gleichgewicht gewesen. Sie hatte den Sommer damit verbracht, in einem exklusiven Kindercamp Tennisunterricht zu erteilen, und er hatte Segelstunden gegeben. Dieser heiße Wirbelsturmsommer hatte zu einer katastrophal kurzen Ehe geführt. Sie brauchten genau zehn Wochen, um zu merken: Wahnsinnssex macht noch keine gute Ehe. Seitdem hatte sie es weit gebracht. Sie war älter geworden, stärker und härter. Sie ordnete ihre Perlen und richtete die Schließe in der Mitte ihres Nackens aus.

»Was machst du hier?«

Hatch zuckte unbeschwert mit den Schultern. »Ich kümmere mich nur um eine kleine Krisensituation.«

Der Junge neben ihm, den er Alex genannt hatte und der Hatch zum Verwechseln ähnlich sah, murmelte etwas, das verdächtig nach *Arschloch* klang.

Hatchs Kiefer zuckte. Die Nüstern des Jungen blähten sich.

»Ich höre, du bist beim FBI gelandet«, sagte sie, um die Spannung zu brechen.

»Überwachst du mich etwa, Prinzessin?« Er hob die Augenbrauen, das schalkhafte Grinsen war zurück. Hatch und seine lächerlichen Spitznamen.

»Es ist schwierig, das nicht zu tun. Einer der Hauptgeiselunterhändler des Landes bekommt ja jede Menge Medienaufmerksamkeit.« Als sie ihn kennengelernt hatte, war er ein sonnenverwöhnter Segler ohne regelmäßiges Gehalt oder Pläne gewesen, und sie war aus allen Wolken gefallen, als sie zum ersten Mal gehört hatte, dass er für Parker Lords Eliteteam, die Apostel, arbeitete. »Ich habe gesehen, wie du in Atlanta letzten Monat diesen Jungen mit der Bombe beruhigt hast. Es war in allen Nachrichten. Gut für dich.«

»Gut für die zwanzig Kids in der Naturwissenschaftklasse des Jungen.« Hatch lehnte sich an ihren Wagen und kreuzte die Beine an den Knöcheln.

Für jeden Außenstehenden musste es aussehen, als sei er nichts als ein junger Mann, der sich entspannte und mit einer alten Flamme Versäumtes nachholte. Aber der Mann gehörte zu den Aposteln. Er war einer der besten Krisenverhandlungsführer der Welt. Und sie wusste genau, dass jede Bewegung, die er machte, und jedes Wort, das er äußerte, einem bestimmten Zweck dienten. Sie kreuzte die Arme über der Brust.

»Und du? Ich höre, du bist stellvertretende Staatsanwältin und zermalmst böse Buben mit deinen süßen kleinen Händen.«

»Ich hatte ein paar Erfolge.«

»Ein paar?«

Er lachte, aber es hatte einen scharfen Beiklang. Die Schärfe erstaunte sie. Der alte Hatch war weich und glatt gewesen, wie die spiegelglatte Oberfläche eines windstillen Ozeans.

»Du hast bekommen, was du immer gewollt hast, Prinzessin, einen Erfolg so groß, so hoch, dass niemand an dich heranreichen kann. Ich wette, dein Daddy ist mächtig stolz.«

Grace drückte den Rücken durch. Hatch hatte das Talent, einem einen Schlag zu versetzen. »Mein Daddy ist tot.«

Hatch senkte den Kopf zu einem langsamen Nicken und blieb auffällig still. Er zeigte den Respekt, der den Toten gebührte, kondolierte aber nicht. Doch das war keine Überraschung. Ihr Daddy hatte Hatch verachtet. Ihrem Vater nach war Hatch zu unbeschwert und faul und für ihre vielversprechende Karriere tödlich. Letztendlich hatte ihr Vater recht behalten. Theodore Hatcher zu heiraten war ein gewaltiger Fehler gewesen, der sie beinahe nicht nur ihren Vater, sondern auch ihre Karriere gekostet hätte.

»Soviel ich höre, bist du ganz oben auf der Welt.« Hatch streckte die Hände zum Himmel. »Und ich wette, eines Tages gehört sie dir.«

»Und du wirst einfach hindurchtreiben.«

Die Luft stand still, und der Nachmittagslärm des Sumpfs verstummte. Wie in den schweren, flirrenden Sekunden vor einem Sommergewitter, kurz bevor die prallen Wolken und der spannungsgeladene Himmel explodieren.

Er war der Erste, der das Schweigen brach. Sein Mega-Lächeln hellte sein Gesicht auf, und er deutete auf das Gebäude hinter ihnen. »Und was bringt dich zur Polizeiwache? Bist du dienstlich hier oder …« – seine Grübchen vertieften sich – »zum Vergnügen?«

»Dienstlich.« Das kurze, angespannte Wort katapultierte sie wieder in die Gegenwart. Sie sollte hier keine kostbare Zeit damit vergeuden, sich mit Hatch zu unterhalten. Sie hatte den ganzen Tag damit verbracht, im Sumpf nach Lia Grant zu suchen, und mit jeder Stunde, die verging, wurde die Stimme des Mädchens schwächer.

Es ist kalt. Und dunkel. Ich bekomme keine Luft.

Hatch löste seine übergeschlagenen Beine wieder und kam einen Schritt auf sie zu. Sie trat zurück. Er war immer schon so intuitiv gewesen. Er konnte in den Menschen lesen, besonders in ihr. Diese Fähigkeit, verbunden mit seiner Formulierungsgabe, verschaffte ihm die Macht, sie zu nerven wie kaum ein anderer.

Sie nickte Hatch, dann dem Jungen zu. »Ihr werdet mich entschuldigen müssen.«

»Natürlich. Ich überlasse dich deinem *Dienst.*« Ein Licht blitzte in seinen Augen auf, wie kleine weiße schaumgekrönte Wellen in einem blauen Meer. »Aber bevor du gehst, habe ich etwas für dich.«

Hatch fächerte seine Finger auf, griff hinter eins ihrer Ohren und zog einen kleinen Zweig mit langen wächsernen Blättern und winzigen weißen Blumen hervor.

Mit zu einem O geformten Lippen holte sie tief Luft.

»Die süßesten von allen Blumen.« Hatch legte das kleine Büschel Tupeloblüten auf ihre Kühlerhaube. »Wie immer, Prinzessin, war es mir ein erlesenes Vergnügen, dich zu sehen.«

Mit diesen Worten kletterten Hatch und der Junge in den SUV und verschwanden. Verschwunden war auch ihr Atem.

Als er außer Sicht war, lehnte sie sich an ihren Wagen, dankbar für ihren launischen Ford. Wie viel er mit Hatch gemein hatte. Angetanzt kommen. Ihre Welt zum Trudeln bringen. Abdampfen.

Sie schüttelte ihren Schwindel ab. Sie hatte fürs Tanzen keine Zeit.

Lia Grant wurde jetzt fast vierundzwanzig Stunden vermisst, und endlich hatten sie einen Durchbruch erreicht. Einer der Deputys hatte eine Zeugin gefunden, die Lia Grant am vergangenen Abend auf dem Klinikparkplatz gesehen hatte.

Greenup, Kentucky

Detective Tucker Holt von der Kentucky State Police hörte Glocken, und nicht nur irgendwelche – es waren Riesenkirchenglocken direkt hinter seinen Augen.

Er packte das Kissen und drückte es sich mit aller Kraft auf den Kopf, aber das verdammte Scheppern wollte einfach nicht aufhören. Seine rechte Hand schlängelte sich hinaus und tastete über den Nachttisch, bis er sein Handy fand. Er schickte den Anruf auf die Mailbox weiter und versank tiefer in der Matratze, in der Hoffnung, er hätte immer noch genug Wild Turkey in sich, um tiefer in die Bewusstlosigkeit zu fallen.

Die Riesenglocken schlugen wieder.

Er schnappte sich das Handy, bereit, das Ding quer durchs Zimmer zu schleudern, sah dann aber die Nummer. Verdammt. »Holt«, sagte er mit einer Zunge, die mindestens zwei Nummern zu groß war.

»He, Tuck«, sagte sein Chef, Henderson Rhodes. »Wir brauchen dich in Collier's Holler. Wir haben da einen Doppel.«

Nicht nur, dass seine Zunge zu dick war, sie trug auch so etwas wie eine Wollsocke, die ihn am Gaumen kratzte. »Einen Doppel?«

»Colliers Vogelhund hat heute Abend zwei Leichen in einer Bodensenke gefunden.«

Zwei Leichen? Er war viel zu verkatert, um zwei Leichen zu übernehmen. Zur Hölle, er war zu verkatert, um sich um seine eigenen Füße zu kümmern. »Ruf Wilkinson.«

»Er hat Urlaub. Alaska-Kreuzfahrt mit seiner Alten.«

»Greggs.«

Henderson räusperte sich. »Tuck, ich mache das jetzt so klar wie möglich, denn du brauchst Klarheit in Form eines Schlags auf den Hinterkopf. Zieh deine Nase aus der Flasche und steck sie wieder in die Arbeit. Du hast dein Haus verloren, deine Frau, deine Kids. Noch ein einziger versauter Fall, und du verlierst auch noch deinen Job. Wir sehen uns im Holler.«

Tucker schlug mit seinem Daumen gegen das Handy, und die Leitung war tot. Einen Moment lang wünschte er, er könnte an seinem Kopf einen ähnlichen Schalter ausknipsen. Tucker saß im Schlamassel und war ein Säufer. Beides war ineinander verschlungen. Er trank, er versaute einen Fall. Er versaute einen Fall, er trank. Er warf das Handy auf den Nachttisch, wo es gegen einen Bilderrahmen krachte, der nach hinten kippte und auf den Boden fiel. Er zog sich zur Bettkante und blinzelte auf das gesplitterte Glas, das ein Spinnennetz über Hannahs Pausbäckchen und Jacksons zahnlosem Lächeln bildete.

»Kannst du es wieder heile machen, Daddy?«, hätte Hannah gefragt.

»Daddy kann alles heile machen«, hätte Jackson gesagt, mit der unerschütterlichen Überzeugung eines Sechsjährigen, der noch nicht erfahren hatte, wie abgefuckt die Welt in Wirklichkeit war.

Er hob das Foto auf, blickte auf die Gesichter seiner Kinder, die, egal, wie sehr er etwas in den Sand setzte, überzeugt waren, er könnte die ganze Welt heil machen. Er setzte das Foto wieder auf den Nachttisch und fuhr sich mit der Hand übers Gesicht. Henderson irrte sich. Er hatte seine Kinder nicht verloren. Mara, seine künftige Exfrau, hatte zwar das alleinige Sorgerecht beantragt, aber noch hatte sie nicht gewonnen. Noch nicht.

Stöhnend hievte er seinen Hintern aus dem Bett, die Glocken in seinem Kopf dröhnten bei jedem Schritt weiter, den er in Richtung einer eiskalten Dusche tat.

Dreißig Minuten später dröhnten die Glocken immer noch, als er aus einem Streifenwagen kletterte, der laut Aufschrift zur Kriminaleinheit gehörte. Er setzte seine Pilotenbrille auf, die aber nicht recht half, die stechenden Sonnenstrahlen auszublenden, die wie Nadeln in seinen alkoholisierten Kopf stachen. Ein Officer führte ihn durch das dichte Waldstück zu einer tiefen Senke.

»Colliers Hund hat sie vor einer Stunde entdeckt«, sagte der Streifenpolizist. »Älteres Ehepaar in Wanderzeug. Den Leichen nach zu urteilen, liegen sie hier schon 'ne Weile.«

»Gibt es was über vermisste Touristen?«, fragte Tucker, als er sich unter dem Absperrband herduckte.

»*Nope*, auch keine vermissten Hiesigen.«

Tucker packte einen Heidelbeerzweig und ließ sich daran in die Senke hinab. Schon hier konnte er die obszöne Süße riechen. Er schlug eine Wolke Bartmücken beiseite, kämpfte sich durch das dunstige, wirre Gestrüpp und hoffte mit allen Sinnen, es würde sich um einen einfachen Fall von »Eintüten und Beschriften« handeln.

Um diese Zeit des Jahres gab es jede Menge Tagesausflügler und Vogelbeobachter in den Wäldern von Nordkentucky. Wunderschönes Land. Wunderschön, um eine Familie großzuziehen. Wunderschöner Ort, um zu sterben.

Er stieß die Äste eines Dornbuschs beiseite und erblickte zwei Beine mit flaumigen grauen Haaren, die aus Khaki-Wandershorts hervorlugten. Die aufgeblähte Leiche trug Sportschuhe und eine Gürteltasche. Er zog einen weiteren Ast heran, und ein Schwarm Fliegen erhob sich vom Oberkörper. Er schluckte einen alkoholgetränkten Brocken herunter, als er sich ansah, was vom Gesicht des alten Mannes übrig geblieben war, Knochen und Knorpelgewebe, von der Sonne ausgebleicht und getrocknet. Ein körniges weißes Puder haftete an ein paar verbliebenen Streifen Muskelfleisch, die von den Schläfen und dem Hals herabhingen. Genauso hatte das weiße körnige Puder das Fleisch der Fingerspitzen weggefressen.

»Die Frau liegt da drüben.« Der Officer deutete auf einen umgestürzten Holzblock, hinter dem Tucker einen einzelnen weißen Tennisschuh ausmachen konnte sowie eine Wade mit Krampfadern. Seine Glocken dröhnten wieder lauter, während er über Felsbrocken und Gestrüpp zu der zweiten Leiche kletterte. Wie bei dem Mann hatte das weiße Puder auch bei der Frau Gesicht und Hände weggefressen.

Er drückte seine Handfläche auf die Stirn und versuchte so, die Glocken zum Schweigen zu bringen. Keine Chance. Beim Klang des »Halleluja-Chors« in seinem Kopf rief er über Funk den Officer oberhalb der Senke an. »Holt die Jungs von der Spurensicherung.«

6

Hatch hatte Maschinengewehr tragende Bankräuber übernommen, auch schwer bewaffnete Terroristen. Er hatte Flugzeugentführer aus der Luft heraus von ihrem Vorhaben abgebracht, genauso wie Selbstmörder, die aus dem zwanzigsten Stock springen wollten. Aber nichts brachte ihn so durcheinander wie Grace Courtemanche. Seine Frau, selbst im *Ex*-Stadium, hatte immer noch die Macht, ihn unter der Gürtellinie zu treffen und sein Adrenalin so hochzupeitschen, dass er dachte, er könnte fliegen.

Es war gut, dass Alex, der auf dem Beifahrersitz saß, als sie von der Polizeiwache zum Friedhof fuhren, nicht in Plauderlaune war, denn Hatchs Kopf – besser gesagt, sein ganzer Körper – war ausschließlich mit Grace beschäftigt.

Sie war immer noch genauso kühl und stilvoll, immer noch atemberaubend schön. Dieser unaufdringliche blumige Duft, so süß, dass er ein ganzes Bienenvolk halb trunken machen würde, brachte immer noch seinen Puls zum Rasen. Der zeitliche Abstand und sein gesunder Menschenverstand hatten die vergangenen Freuden ebenso wenig getrübt wie die Schmerzen. Deswegen musste er sich und sein Boot so schnell wie möglich wieder aus dem Florida Bayou County fortschaffen. Er hatte zu viel Blut, zu viel Herz verloren, als er das letzte Mal in der Stadt gewesen war.

Auf alle Fälle konnte er aber nicht die Segel setzen, bis er nicht den ungeratenen Alex auf Kurs wusste, genau so, wie es seine Großtante Piper Jane mit ihm gemacht hatte.

Hatch hatte mit dem Büro des Sheriffs eine Vereinbarung dahingehend getroffen, dass sein Sohn die Namen seiner straffälligen Freunde preisgeben und sich offiziell bei Deputy Fillingham entschuldigen würde. Außerdem musste er 250 Stunden gemeinnütziger Arbeit ableisten, und zwar in einer der örtlichen Kirchengemeinden. Der Junge würde demnach diesen Sommer gar nicht die Zeit haben, sich in Schwierigkeiten zu bringen.

Die alte Landstraße endete am River-of-Peace-Friedhof. Vor ihnen ragte ein reich verziertes schmiedeeisernes Tor auf, flankiert von zwei knorrigen Zypressen, die wie mit knochigen Händen weit in den Himmel reichten. Er konnte sich vorstellen, dass Alex und seine Freunde hier an Halloween so manchen Streich gespielt hatten. Jedenfalls wäre das etwas, das Hatch als Kind getan hätte.

»Spring raus und öffne das Tor.« Hatch deutete mit dem Kopf auf das Tor.

Alex kreuzte die Arme über der Brust. »Das ist doch Bullshit.«

»Stimmt, aber die nächsten zwei Monate, mein Freund, ist es *dein* Bullshit. Jetzt öffne schon das Tor.«

Alex trat die Autotür auf und stürmte hinaus. Über die Schulter fügte er hinzu: »Und lass uns eins klarstellen, ich bin nicht dein *Freund.«*

Das Kind hatte recht. Zu diesem Zeitpunkt war zwischen ihnen nichts weiter als eine übereinstimmende DNA. Mit einem schmollenden Alex im SUV fuhr Hatch durch das Friedhofstor. Ein Rabe kreischte. Alex schoss in die Höhe. Der Junge wurde so weiß wie der gespenstische Nebel, der durch die Eichen und Stechpalmen und Grabsteine und mit Moos bewachsenen Krypten mäanderte.

»Bist du sicher, dass du das machen willst?«, fragte Hatch.

»Pastor Austin sagte, du könntest deine Stunden auch in der Kinderkrippe der Kirche abarbeiten.«

»Ich arbeite doch nicht mit diesen rotznasigen Gören. Von der Scheiße habe ich zu Hause genug.«

»Wenn du es dir noch anders überlegst, F…« Hatch schüttelte den Kopf. »Es stimmt. Wir sind keine Freunde.«

Sie fuhren über eine gebrechliche Brücke, wo Grabsteine in den schwammartigen Boden versunken waren und Rost die schmiedeeisernen Tore angefressen hatte. Die Straße endete bei einem kleinen Cottage mit verschlossenen Fenstern.

»Black Jack ist wohl nicht zu Hause …« Alex deutete mit einer Hand auf die leere Auffahrt. »Wir können morgen früh wiederkommen.«

»Pastor Austin sagte, der Verwalter würde uns heute Nachmittag treffen. Wir warten.« Geduld war eine schmerzlich vernachlässigte Tugend, was Hatch auch erst in seinen Erwachsenenjahren gelernt hatte.

Black Jack Trimble, der Verwalter des River-of-Peace-Friedhofs und Totengräber, würde für die Überwachung von Alex' gemeinnützigem Einsatz zuständig sein, und dieser Einsatz war Alex' Ticket, seinen Hintern aus dem Jugendgefängnis herauszuhalten. Deshalb wollte Hatch vermeiden, dass sich der Junge beim Verwalter unbeliebt machte. Als Krisenunterhändler kannte er die Bedeutung eines guten ersten Eindrucks.

Zerstoßene Austernschalen knirschten unter seinen Füßen, als er mit Alex die Auffahrt zum Cottage hochlief, einem gedrungenen Gebäude aus geweißtem Holz mit Wellblechdach. Ein Alligatorschädel hing über der Tür, und eine Reihe scharlachroter Geranien stand in einem Blumenkasten unter einem Fenster.

»Dieser Black Jack muss ein interessanter Knabe sein«, sagte Hatch.

Alex kreuzte wieder die Arme vor der Brust. »Jeder, der freiwillig mit Leichen abhängt, ist ja wohl ein Spinner.«

»Es klingt aber so, als ob Black Jack seinen Job sehr gut macht. Er kümmert sich ganz allein um diesen Friedhof.« Nicht jeder war in der Lage, Friedhofsverwalter zu sein, genauso wie nicht jeder Unterhändler bei einer Geiselnahme sein konnte. Oder Vater. Hatch steckte die Fäuste in seine tief sitzenden Khaki-Shorts. »Pastor Austin hat gesagt, dass Black Jack das Friedhofsgelände schon seit fast dreißig Jahren betreut.«

»Wahrscheinlich, weil er sonst nirgendwo Arbeit bekommt. Nicht bei seiner Vergangenheit.«

Hatch hockte sich auf einen alten Zypressenstumpf neben einem Holzstapel. »Vergangenheit?«

Alex warf einen kurzen Blick über die Schulter, dann blickte er Hatch ernst an. »Vor Jahren kam Big Ol' Black Jack Trimble in Cypress Bend an. Kein Hemd, keine Schuhe, ein Angelhaken hing von seiner Arschtasche. Er hatte einen Verband um seine Schulter, der voller Blut war. Manche Leute sagen, er wurde angeschossen, als er aus einem Gefängnis irgendwo in Georgia abgehauen ist.« Der Junge riss die Augen weit auf. »Andere sagen, er ist von einer Frau mit dem Messer angegriffen worden, als er ihr Baby für sein Dinner stehlen wollte.«

Ein Geschichtenerzähler. Dieser Junge war ohne Zweifel sein Erzeugnis. Großtante Piper Jane, die ihn die Kunst und Macht einer guten Geschichte gelehrt hatte, würde dieses Kind lieben.

»Und was glaubst du?« Hatch neigte den Kopf. »Was glaubst du, welche Black Jacks Geschichte ist?«

Alex kräuselte die Nase, als sei er erstaunt, dass Hatch ihn nach seiner Meinung fragte. Und darin lag eines der anderen Probleme der Gesellschaft. Die Menschen hörten einfach nicht zu. Der verwirrte Gesichtsausdruck des Jungen ließ ihn seltsam jung aussehen, und einen Moment lang stellte Hatch sich Alex vor, bevor die harten Kanten der jugendlichen Rebellion aufgetaucht waren. Widerborstiges, lockiges blondes Haar. Neugierige Augen. Sandverkrustete Zehen. Aufgeschürfte Knie. Ein Mund, der nie schwieg. Hatch konnte nicht anders, er musste lächeln.

Alex blickte finster drein. »Keine Ahnung, ist mir auch egal. Und hör auf, mir all diese blöden Fragen zu stellen.«

Zu ihrer Rechten erzitterten die Sträucher, und eine Handvoll Blätter segelte auf den Boden. Die Büsche teilten sich, und eine schattenhafte Silhouette nahm Gestalt an. Ein kahler Mann, fast eins neunzig groß, kam auf sie zu, eine Schnur voller Fische über seinem breiten Rücken, die Fischschwänze schlugen gegen seine tiefschwarze Haut. Er trug keine Schuhe.

Hatch stellte sich und Alex vor.

»Hab Sie schon erwartet.« Black Jacks schleppender Südstaaten-Ton war tief und grummelnd, eine Erschütterung des Bodens. Hatch reichte dem Verwalter die Papiere von Pastor Austin. Ohne auch nur einen Blick darauf zu werfen, steckte Black Jack sie in seine Gesäßtasche.

»Sechs Uhr morgen früh, Alex. Bring Handschuhe mit.« Der Verwalter drehte sich um, und mit immer noch gegen seinen Rücken schlagenden Fischen ging er den Weg zum Cottage hoch. »Und eine Schaufel.«

»Eine Schaufel?« Alex' Stimme war nur noch ein Flüstern. »Er lässt mich doch nicht stinkende Leichen einbuddeln, oder?«

Black Jack blieb stehen und wandte nur den Kopf. Die Fischschwänze hörten auf, zu wippen. »Nein, Alex, du wirst die Leichen nicht anrühren. Diese Ehre hast du dir noch nicht verdient.«

Hatch blickte immer wieder dem Tod ins Auge, und mehr als ein Mal hatte er ihn auch in seinen Armen gehalten. Manchmal rangen seine Arme mit dem Gewicht von Leid und Ungerechtigkeit. Zu anderen Zeiten hielten sie Freude und Licht. Aber es gab eine feste Größe: Der Tod war endgültig. Und deswegen musste jedes Wesen sein Leben in vollen Zügen genießen, um ohne Reue aus dieser Welt zu scheiden.

Die Cottagetür öffnete sich mit einem Krächzen, und Black Jack und seine Fische duckten sich durch den finsteren Eingang.

»Was hab ich dir gesagt«, flüsterte Alex. »Er ist ein verdammter Spinner.« Er stakste zum SUV und packte den Griff der Beifahrertür. »Du musst ein hundsmiserabler Vermittler sein, wenn das das Beste ist, was du für mich aushandeln konntest. Loser.«

Ein Baby schrie.

Ausgezeichnet. Die Zeugin war hier. Grace lief durch den Flur zu Lieutenant Langs Büro. Rhonda Belo hatte vor zwei Tagen in der Cypress-Bend-Klinik entbunden, wo man von ihrem Zimmer im zweiten Stock aus den Angestellten-Parkplatz überblicken konnte.

Das Geschrei wurde spitzer und lauter, je weiter Grace den Flur entlangkam. Lieutenant Lang saß an ihrem Schreibtisch, und ihr gegenüber saß eine weinende Frau, zwei feuchte Kreise auf ihren geschwollenen Brüsten. Ein Mann mit zerzaustem Haar, dunklen Augenrändern und einem Bartschatten lief im Raum umher wie ein Marathonläufer, ein kleines, brüllendes rosa Bündel in den Armen.

»Vielleicht können Sie das Baby einen Moment mit nach draußen nehmen, Mr. Belo?«, schlug Lieutenant Lang vor, über dem Jammern kaum hörbar.

»Nein!« Die Mutter verknotete die Hände unter ihren Brüsten. »Sie ist erst zwei Tage alt. Ich will sie im Auge haben. Geh schneller, Greg. Sie mag Bewegung.«

»Ich renne ja schon fast«, schnappte der Mann. »Was soll ich denn noch tun?«

»Tu irgendwas! Irgendwas. Denn so kann ich mich ganz und gar nicht konzentrieren.« Sie zurrte vorne an ihrem T-Shirt, wo die feuchten Kreise größer wurden und eine milchige Substanz auf den Stuhl rann. Lieutenant Lang reichte ihr eine Kleenex-Box.

Grace betrat den Raum. »Geben Sie sie mir.« Die Mutter drehte den Kopf zur Tür. »Wer sind Sie?«

»Grace Courtemanche vom Büro des Staatsanwalts«, sagte sie. »Ich arbeite mit Lieutenant Lang an dem Fall Lia Grant.«

»Haben Sie Ahnung von Babys?«, fragte der frischgebackene Vater.

Grace streckte ihre Hände aus und schenkte dem Mann das tröstende, aber selbstbewusste Lächeln, das sie für nervöse Zeugen und trauernde Familienmitglieder bereithielt. »Ja.« Jedenfalls mehr als Mr. Belo.

Er reichte ihr das kreischende Bündel und schaute sehnsüchtig zur Türöffnung. »Würde es Ihnen etwas ausmachen, wenn ich eine rauchen gehe?«

»In Gegenwart des Kinds wird nicht geraucht«, sagte die Mutter und rieb die Vorderseite ihres T-Shirts mit dem Papiertaschentuch ab.

Grace deutete mit dem Kinn Richtung Tür. »Gehen Sie ruhig an die frische Luft, Mr. Belo. Wir kommen schon zurecht.«

Das Bündel ließ ein erneutes Jammern hören, und die junge Mutter blickte sie an, als ob Grace drauf und dran wäre, das Kind zu fressen.

Grace wiegte sich vor und zurück. Sie hatte zwar keine Ahnung von Babys, wusste aber, dass gleichmäßiges Schaukeln Wunder wirken konnte. Sie stellte sich ihre Hollywoodschaukel vor, ihre Reifenschaukel und die Arme ihres Daddys. Das

Geschrei dämpfte sich zu leisem Wimmern und schließlich heiserem Schluckauf.

Lieutenant Lang nickte der Mutter zu. »Brauchen Sie noch Taschentücher, Mrs. Belo?«

»Mir geht es gut, wenn sie nur nicht wieder anfängt, zu schreien. Wir haben beide nur geheult. Schlaflose Nächte. Die Hormone.« Sie zog ein halbes Taschentuch aus ihrem BH und schnäuzte sich. »Tut mir leid, dass ich mich nicht früher gemeldet habe, Lieutenant Lang. Wegen Callies Geburt war ich völlig neben der Spur, und Callie ist so schwierig. Als wir heute Abend nach Hause kamen und sie endlich eingeschlafen war, hatten Greg und ich zum ersten Mal Gelegenheit, uns ein wenig zu entspannen. Wir haben den Fernseher angestellt und die Nachrichten über dieses vermisste Mädchen gesehen.«

»Wann haben Sie Lia Grant gesehen?«, fragte Lieutenant Lang.

»Vor zwei Nächten, am Tag, als Callie geboren wurde. Es war gegen Mitternacht. Callie war überempfindlich. Ich habe sie gefüttert und gewickelt, aber sie hörte nicht auf, zu schreien, also bin ich mit ihr durchs Zimmer gegangen. Es schien zu helfen.« Sie lächelte Grace an, die das Kind immer noch wiegte.

»Wie sah die Frau aus?«, fuhr Lieutenant Lang fort.

»Genau wie auf dem Foto in den Nachrichten. Schulterlange braune Haare mit Pony. Mittelgroß, mittelschwer. Sie trug einen violetten Praktikantenkittel und diese niedlichen weißen Tennisschuhe mit violetten Schuhbändern.«

»Wie können Sie sich so sicher sein bei so vielen Details?«, fragte Grace. »Die Lichter auf diesem Teil des Parkplatzes haben doch nicht funktioniert.«

»Es war dunkel, aber ich konnte sie deutlich sehen, als der weiße Truck auf den Parkplatz kam und genau neben ihr parkte.«

»Was machte sie gerade?«, fragte Lieutenant Lang.

»Sie hat ihr Auto abgeschlossen. Als sie fertig war, winkte sie der Person in dem weißen Truck zu. Ich weiß noch, dass ich dachte, wie nett sie aussah und dass sie sicher eine gute Klinikpraktikantin war. Die Person, die den Truck fuhr, muss etwas zu ihr gesagt haben, denn sie ging zur Beifahrertür und sprach mit ihm.«

»Ihm?«, fragte Grace.

»Haben Sie den Fahrer gesehen?«, fragte Lieutenant Lang.

»Nein, aber der Truck schien so ein Männerauto zu sein. Groß, höhergelegt, schlammverkrustet, und diese überdimensionalen Reifen. Natürlich könnte auch ein Mädchen so etwas fahren. Wir wollen bei Callie einmal all diese Geschlechtsstereotypen vermeiden. Callie darf mit Lastwagen spielen und auch Fußball, wenn sie Lust hat.«

Grace bemerkte, dass alles immer wieder auf das Baby zurückführte. Die junge Mutter war vollkommen von dem Kind in Anspruch genommen. Und genau aus diesem Grund hatte Grace keine Familie. In ihrem Leben war keine Zeit für einen Hund, geschweige denn für ein Kind, das diese Art Aufmerksamkeit brauchte.

»Haben Sie etwas von der Unterhaltung verstehen können?«, fragte Lieutenant Lang.

»Nichts. Mein Zimmerfenster war geschlossen.«

Das Baby strampelte, und Grace schaukelte schneller. »Und was geschah dann?«

»Sie haben eine ganze Weile geredet. Ich muss einhundert Mal hin und her gelaufen sein. Das Mädchen lehnte mit den Armen im Fenster des Trucks. Es wirkte wie eine ziemlich intensive Unterhaltung. Als ich das nächste Mal vorbeiging und hinaussah, waren die Frau und der Truck fort.«

»Sind sie zusammen fortgefahren?«

»Ich habe es angenommen.«

»Können Sie uns etwas über den Truck sagen? Kennzeichen? Hersteller? Modell?«

Die junge Mutter schüttelte den Kopf. »Tut mir leid. Ich hatte in dieser Nacht alle Hände voll zu tun.«

Lieutenant Lang stellte noch ein Dutzend Fragen und nahm die Kontaktdaten der Mutter auf.

Grace machte sich in Gedanken eine Notiz, später zu prüfen, ob die Klinik oder nahe gelegene Geschäfte Überwachungskameras hatten. Außerdem musste sie …

»Entschuldigung.«

Grace drehte sich zu der jungen Mutter um. »Ja?«

»Callie.« Sie zeigte auf das Bündel in Grace' Arm. »Ich brauche mein Baby.«

Grace hörte auf, zu schaukeln, und sah das Baby an, das jetzt tief und fest und friedlich in ihren Armen schlief. »Sie ist so süß und wunderschön.« Sie händigte der jungen Mutter das Bündel aus. Jetzt fühlten sich ihre Arme schwer an, trotz der Leere. Sie schüttelte sie aus. »Ich bin sicher, sie wird sich ganz großartig entwickeln.«

Nachdem die Zeugin weg war, griff Lieutenant Lang zu ihrem Handy. »Ich werde den Truck zur Fahndung ausschreiben. Er ist unverwechselbar, daher bestehen gute Chancen, dass sich jemand an ihn erinnert. Außerdem werde ich die Spurensicherung an den Schauplatz entsenden und nach Reifenspuren suchen lassen.«

Grace sprach nicht aus, was sie beide dachten. Und mit dem Regen würde Schlamm kommen, der durch sämtliche Spalten dringen würde. »Wir brauchen mehr Hilfe.«

»Wir haben mehr als einhundert Sucher. Sämtliche Nachrichtenmedien innerhalb von hundert Meilen haben die Story gebracht. Sogar die Pfadfinderinnen haben sich der Jagd angeschlossen. Lia Grant war Leiterin bei den Pfadfinderinnen, und ihre Truppe verteilt Flyer von Tür zu Tür.«

»Das reicht nicht.« Sie brauchten Ressourcen und Experten. Grace hörte auf, hin und her zu gehen. »Haben Sie das FBI verständigt?«

»Gleich am ersten Abend. Sie überprüfen das Violent Criminal Apprehension Program, genannt ViCAP, auf ähnliche Entführungen und haben technische Hilfe angeboten. Warum?«

»Erinnern Sie sich an die Entführung letzten Sommer in Orlando?«

»War das nicht das achtjährige Mädchen in dem Prinzessinnen-Kostüm?«

Grace nickte. »Die Polizei von Orlando rief einen der führenden Spezialisten für vermisste und gefährdete Kinder, einen Agenten von Parker Lords Team, zu Hilfe. Er hat den Fall in nur sechzehn Stunden gelöst. Er war ebenfalls letzten Monat an der Suche nach dem blinden Vietnam-Veteran in Nordnevada beteiligt, der von dem Journalistinnen-Schlächter entführt worden war.«

»Klingt wie die Art Mann, den wir auf unserer Seite brauchen könnten. Wenn Sie ihn hierher bringen, bastele ich Ihnen mein Leben lang Freundschaftsarmbänder.« Lieutenant Lang versuchte, zu lächeln, aber es wurde eher eine schiefe Grimasse daraus. »Kennen Sie ihn?«

Grace holte tief Luft. Sie konnte das. Für Lia konnte sie es. »Ich bin bekannt mit einem von Parker Lords Teammitgliedern, der diese Woche in der Stadt ist.«

Lieutenant Lang horchte auf. »Sie haben etwas mit einem aus Parker Lords Team?«

Ja und nein. Einatmen, ausatmen. Verdammt, sonst war sie nie so aufgewühlt. »Ja.«

7

»Du lebst wirklich auf einem stinkenden Boot?«

Hatch duckte sich in die Kajüte und warf die dampfende, zerknitterte Tüte aus Zeitungspapier auf den Kombüsentisch. »Jepp«, sagte Hatch zu Alex, der hinter ihm hereinkam.

Auf dem Weg vom Friedhof hatte Hatch an einer der Austernbars gehalten, die die Bucht säumten, und hatte einen Lunch zusammengestellt: ein Dutzend Austern, Teigtaschen mit Blaukrabben und Artischocken und ein paar gebackene Makrelenfilets. Er hatte die Kellnerin gebeten, noch etwas gebackenes Grünzeug mit einzupacken. Kinder brauchten doch Gemüse, oder? Hatch strich sich mit der Hand über das Gesicht. Er hatte nicht die geringste Ahnung, was zum Teufel Kinder brauchten. Er hatte nicht die geringste Ahnung, was zum Teufel er hier machte, außer, dass er versuchte, dieses Kind, sein Kind, aus der Klemme zu holen. Das war er Alex schuldig. Unter anderem. Er würde bei den Finanzen helfen, bei Alex' Ausbildung, bei Fragen des Umgangs mit den Behörden. Vielleicht würde er ein paar Mal im Jahr vorbeikommen und sich um die Familie kümmern. Er könnte sogar Alex und seine kleinen Brüder auf Segeltörns mitnehmen, immer mal wieder ein paar Zeilen schreiben, sich mit ihnen ein paar Fische schnappen … so ungefähr wie ein Lieblingsonkel.

Was allerdings den Alltagskram anging, der würde nicht stattfinden. Alltag und Familienleben kämen nicht in Frage. Hatch hatte einen Job, bei dem er neunzig Prozent seiner Zeit unterwegs sein musste. Und nicht nur das – in seinem Job arbeitete er mit einigen massiv zerrütteten Menschen, und viele davon waren bei Müttern und Vätern aufgewachsen, die keine erzieherischen Qualitäten hatten. Alex war schon verkorkst genug, da brauchte er nicht noch einen Vater, der keine Ahnung davon hatte, wie man ein Kind großzieht.

Hatch öffnete den Kühlschrank. Mann, er könnte ein Bier gebrauchen. Er griff nach zwei Wasserflaschen und stellte sie auf den Kombüsentisch.

Hinter ihm sprang Alex auf und stolperte von dem Regal über der Koje weg. »Es lebt!«

Hatch zeigte auf das Regal und dann auf Alex. »Alex, Hermann. Hermann, Alex«, sagte er wie bei einer förmlichen Vorstellung.

Der Junge stupste einen Krebs an, der über einen knorrigen Wasserschwamm flitzte. »Hermann ist aber ein lahmer Name für einen Einsiedlerkrebs. Sehr originell.«

»Sein voller Name ist Hermann Melville der Vierte.«

Alex hockte sich hin, sodass er in Augenhöhe mit dem Krebs war. »Wie der Walschwanzschreiber-Kerl?«

Hatch schluckte ein Glucksen herunter. »Das ist die eine Art, Hermann Melville zu betrachten.« Hatch zeigte auf die Dutzende von Büchern in einem Glaskasten, unter denen sich auch *Moby Dick* befand. »Kennst du den Roman über Captain Ahabs Schiffsreise?«

Alex zuckte mit den Schultern.

»Du kannst dir das Buch mitnehmen.«

»Und du kannst deine verdammte Klappe halten.«

Hatch ballte die Fäuste. Wenn er das zu seinem Vater gesagt hätte, wäre er quer durch die Hütte geprügelt worden. Er schüttelte die Finger aus. Nein, das würde in seiner Welt nicht vorkommen.

Er setzte sich an den Tisch und öffnete die Zeitungstüte.

Buttriger, nach viel Knoblauch duftender Dampf drang hervor. Alex ließ sich auf die Bank ihm gegenüber fallen und schaufelte Meeresfrüchte in sich hinein. Hatch hatte bei seinem letzten Aufenthalt in Apalachicola mehr als vier Kilo zugenommen. Austern und Shrimps. Kekse mit jeder Menge Honig. Fische, die so frisch waren, dass sie aus der Bratpfanne sprangen. Vor einem Jahrzehnt, als die »No Regrets« in der Bucht vor Anker gelegen hatte, hatte er immer eine Angelschnur genommen und Schnapper und Flundern gefangen, kaum dass sein Köder die Wasseroberfläche berührte. Innerhalb von fünfzehn Minuten hatte er sie in seiner Kombüse in der Pfanne liegen gehabt und einfach in Butter gebraten. Grace hatte immer schon mit zwei Gläsern Wein gewartet. Und mit einem Lächeln.

Zu der Zeit war das alles, was er zum Leben benötigt hatte. Etwas Fisch, Wein. Und Grace.

Er fragte sich, was sie »Dienstliches« im Büro des Sheriffs zu tun hatte. Dem unerfahrenen Auge erschien sie ruhig und kontrolliert, die ganz klassische Grace, aber Hatch war es gewohnt, Gesichter zu lesen, winzige Bewegungen, unausgesprochene Worte. Heute war Grace alles andere als ruhig gewesen. Sie hatte die Perlen an ihrem Hals einmal zu oft zurechtgerückt, und wenn er bei ihrem Anblick nicht so überwältigt gewesen wäre, hätte er mit größtem Vergnügen beobachtet, wie Grace mal nicht so »Grace-artig« war. Aber bei diesem kleinen Ausflug nach Cypress Bend ging es nicht um Grace. Er hatte genug mit seinem Sohn zu tun.

Er tippte sich mit einer Faust ans Kinn und fragte sich, über was sich Familien am Esstisch unterhielten. »Angelst du gern?«, fragte Hatch.

»Nope.«

»Videospiele?«

»Nope.«

»Was machen deine Buddys und du denn so?«

»Rumhängen.« Alex schaufelte weiter Essen in sich hinein.

Jungs aßen viel. Was machten sie sonst noch? Hatch versuchte, sich an seine frühen Teenagerjahre zu erinnern. »Hast du eine Freundin?«

Alex schnaubte. »Als ob ich dir das erzählen würde.«

Hatch richtete in Gedanken den Blick Richtung Sydney Harbour. *Siehst du mich, Großtante Piper Jane? Ich versuche es. Ich gebe mir Mühe. Ich gebe mir wirklich Mühe.*

Hatch und Alex beendeten ihr Mahl schweigend, und als Hatch mit den Schlüsseln für den geborgten SUV an Deck ging, folgte ihm Alex. Statt in Richtung Pier zu stapfen, ließ sich der Junge in einen Deckstuhl plumpsen. Er stieß mit einem Zeh gegen eine Taurolle.

»Du und der heiße Feger mit den Perlen – wart ihr wirklich verheiratet?«, fragte Alex.

Hatch wusste, dass der Junge nur auf Zeit spielte, nicht etwa, weil er Zeit mit seinem Vater verbringen wollte, sondern weil er ungern zu einer müden und unleidlichen Granny zurückkehrte, und zu seinen Zwillingsbrüdern, die ihn den letzten Nerv kosteten. »Zehn Wochen.« Hatch ließ sich neben einem Ködereimer nieder. Er würde dem Jungen noch ein paar Minuten Zeit zum Abschalten geben.

»Was ist passiert?«

»Atemprobleme. Sie bekam in meiner Welt keine Luft. Und ich nicht in ihrer.«

»Warum hast du sie dann überhaupt geheiratet?«

Wenn man den besten Sex seines Lebens hat, wer denkt da schon an Atemprobleme? Aber er und sein Abkömmling waren kaum so weit, ein Vater-Sohn-Gespräch über Blumen und Bienen zu führen. Hatch lehnte sich an den Ködereimer und grinste. »Ich liebe Mädchen in Perlen.«

Alex runzelte die Stirn und nickte bedächtig. Was spielte sich da in seinem verrückten Teenagerkopf ab? Dachte er an Grace? An seinen eigenen heißen Feger?

Alex schob einen Zeh in die Taurolle. »Ich hatte auch mal ein Boot. Ein kleines Ruderboot. Ich habe es überschwemmt in der Nähe von Alligator Point gefunden.«

Endlich – hier war etwas, über das sie sprechen konnten. »Musstest du viel machen?«

»Ein bisschen abschleifen am Bug. Ich hab mir eine Schleifmaschine von einem Nachbarn geliehen und hab es versiegeln lassen. War keine Schönheit, das Ding, aber lag prächtig im Wasser.«

»Und, hattest du Erfolg beim Fischen?«

»Ein paar gute Rotbarsche. Hab's auch mit Austernfischen probiert. Ich bin mit dem Boot durch die ganze Bucht gegondelt, bis Granny es herausgefunden hat. Sie hat's mir weggenommen. Sagte, es wäre zu gefährlich. Ich war so was von sauer.«

»Deine Granny macht sich nur Sorgen um dich.« Hatch war kein Profiler wie sein Kollege Hayden Reed, aber er hatte keine Probleme gehabt, sich in Alex' Granny hineinzuversetzen. Als er sie am Morgen getroffen hatte, war es ihm klargeworden, dass sie eine müde alte Frau war, die im Alleingang ein Paar ungestüme Zwillinge großzog, und dazu einen dreizehnjährigen Jungen, der auf die ganze Welt zornig war.

Alex trat vor das Tau. »Was zum Teufel weißt du schon?«

Hatch strich sich eine Haarlocke aus der Stirn. »So, wie es aussieht, verdammt wenig.« Was bedeutete, dass es Zeit war, zu gehen, aber er schuldete seinem Kind die Wahrheit. Er lehnte sich zu dem Jungen und stützte die Ellbogen auf die Knie. »Ich fange gar nicht erst an, dir Scheiße zu erzählen, Alex. Ich war nicht einen einzigen Tag deiner dreizehn Jahre auf diesem Planeten bei dir. In Wirklichkeit wusste ich bis gestern nicht mal, dass es dich gibt.«

»Fang bloß nicht an, schlecht über meine Momma zu reden.«

Hatch hob beide Hände. »Ich gebe deiner Momma keinerlei Schuld. Sie hatte ihre Gründe, das zu tun oder zu lassen, und es ist nicht an mir, über sie zu urteilen, aber ich will dir die Wahrheit sagen, denn du verdienst sie.«

Alex' Lippen verzogen sich.

»Ich bin kein Material, aus dem Väter gemacht werden, Alex. Die Wahrheit ist, ich bin nicht einmal familientauglich. Frag einfach die Kleine mit den Perlen.« Hatch stand auf. Er musste sich bewegen, wieder Wind in seinen Haaren spüren. »Aber deine Granny hat mich gebeten, zu kommen, weil sie Hilfe brauchte. Sie sagte, *du* bräuchtest Hilfe. Und ich will helfen. Ich schulde es dir, heute und in Zukunft.«

»Wir brauchen nichts von dir. Also warum nimmst du nicht dein stinkendes Schiff und deinen stinkenden Krebs und haust endlich ab?« Alex trat gegen das Tau und stürmte vom Schiff auf den Parkplatz zu.

»Das ist das Ziel, Freund, das ist das Ziel«, sagte Hatch in den Wind hinein. Er würde mit dem Kind ins Reine kommen. Seine Arbeit, sein Lebensstil – zum Henker, seine ganze eigene Geschichte – waren der Aufgabe, sich um einen Teenager zu kümmern, nicht gerade zuträglich. Und dieser Junge hatte ganz richtig erkannt, dass er ohne Hatch besser dran wäre. Kluges, kluges Kind.

In dem geborgten SUV brachte Hatch Alex nach Hause, und als er wieder an der »No Regrets« angekommen war, war das eiskalte Bier fällig. Die ganze Nacht lang zu segeln hatte ihn müde gemacht. Quatsch. Die ein, zwei Tiefschläge durch Alex und Grace hatten ihm allen Wind aus den Segeln genommen.

Er nahm eine Flasche aus der Kombüse, zögerte einen Moment und holte sich gleich noch eine zweite. Oben wehte eine salzige Brise über das Deck, und er kippte das erste Bier. Wolken zogen auf und milderten die Hitze der Spätnachmittagssonne. Er stellte das Bier in einen Getränkehalter, lehnte sich zu einem Schläfchen zurück und bedeckte sein Gesicht mit einer Mütze. Bevor er anfangen konnte, Schäfchen zu zählen, klackerten Schritte über den Pier, und sein Boot neigte sich leicht zur Seite.

»Bier ist im Kühlschrank«, murmelte Hatch in seine Mütze hinein.

»Ich fürchte, das muss ich weiterreichen.«

Er schoss hoch. Die Glasflasche glitt aus dem Getränkehalter, fiel auf das Deck und zerschellte. Noch so ein Schlamassel. Eine Art Unentschieden zwischen ihm und Grace.

Er brachte kein Lächeln zustande. Alex hatte ihn schwer geprüft und den letzten Rest seines Geduldsfadens aufgebraucht. »Was machst du hier, Grace?«

»Ich brauche einen Apostel.«

8

Der erste Tropfen fiel auf Grace' rechte Schulter. Ein weiterer traf ihre Wange. Donner grollte am Himmel und schob die Wolken – und den Regen – näher nach Cypress Point.

»Wir sind auf dem Weg, Lia, und wir werden dich finden.« Grace schlängelte sich durch Dutzende Autos, die auf dem Parkplatz von Dons und Dars Köderladen ankamen. Eine Nachrichtencrew von einem TV-Sender aus Tallahassee bereitete sich auf eine Live-Berichterstattung vor, und Freiwillige, ausgestattet mit Wathosen, Scheinwerfern und Schaufeln meldeten sich an und nahmen Karten und Pläne entgegen. Dank Hatchs Teamkollege Agent Jon MacGregor war ein umfassend ausgebildetes Rettungsteam unterwegs, hochmodern, auf dem neuesten Stand der Technik, einfach das allerallerbeste.

Am Kommandostand fand sie Lieutenant Lang, die ihr ein Stück Papier mit schraffierten Markierungen reichte. »Die CSU hat diese Spuren in einer alten Ölpfütze auf dem Parkplatz gefunden, wo Rhonda Belo Lia Grant mit der Person hat reden sehen, die den weißen Truck fuhr.«

Grace nahm das Blatt und schwenkte es wie eine Trophäe. Endlich, endlich hatten sie etwas.

Ihr Lächeln geriet aus der Fassung, als Hatch aus dem SUV sprang. Sie hatte kein Problem damit, dass er hier mitmachte. Er war dafür verantwortlich, dass Agent MacGregor mit an Bord war und war sicher in Krisensituationen unersetzlich, aber sie mochte den stechenden Blick nicht, mit dem er sie bedachte.

Seine Finger klammerten sich um ihren Oberarm. »Bewege dich auf keinen Fall von der Stelle, bis wir geredet haben.«

»Ich brauche keine Befehle von dir anzunehmen, und dies ist weder dein Zuständigkeitsbereich noch dein Fall.« Sie versuchte, sich loszumachen, aber sein Griff wurde fester.

»Ich fürchte, doch, Prinzessin. Du hast den SCIU um Hilfe gebeten.«

»Was bedeutet, Agent Jon MacGregor. Ich nehme an, das ist die einzige Person, der gegenüber ich Rechenschaft abzulegen habe.«

Hatch hielt sein Handy hoch. »Grace, ich stelle dir hier Jonny Mac vor. Jonny Mac, ich stelle dir hier Grace vor.«

»Guten Tag, Grace«, erklang eine tiefe Stimme aus dem Handy-Lautsprecher. »Ich muss in einer Minute mit Ihnen sprechen, aber Hatch und ich müssen das Bodenpersonal ins Rollen bringen. Er ist für mich Augen und Ohren und Hände und Füße.«

Und eine dieser goldenen Hände umklammerte ihren Arm. »Natürlich«, sagte sie. »Lassen Sie mich wissen, was ich für Sie tun soll.«

Hatch schaltete den Handy-Lautsprecher ab, aber bevor er mit Agent MacGregor sprach, formte er mit den Lippen ein *Geh nicht weg.* Mit dem Handy am Ohr pflügte er sich durch die wachsende Anzahl von Suchern.

Es gab Zeiten, da hatte Grace das Gefühl, Hatch sei nicht von dieser Welt. Er war ein Freigeist, der sich in einem Universum bewegte, das nicht von Menschen gemacht war. Er war Luft und Licht, Sonne und Hitze. Heute Nachmittag hingegen war er anders. Heute war Hatch verlässlich, stahlhart, führte das Kommando. Und er war ein FBI-Agent einer renommierten Spezialeinheit mit unermesslichen Ressourcen in seinen goldenen Fingern. Grace mochte vielleicht Hatch nicht in ihrem Leben nötig haben, aber bis Agent MacGregor ankam, brauchte Lia ihn.

Schon wieder platschte ein dicker Regentropfen auf ihren Kopf. Der Wind zerrte an ihren Haaren.

Hatch trat auf einen Baumstumpf, und die Menschenmenge verstummte. »Wir konzentrieren die Suche auf drei Meilen im Quadrat, ein Bereich, der ganz Cypress Point abdeckt. Wir teilen in Land- und Wasserabschnitte auf. In Zweierteams werden Sie …«

Grace schüttelte verwundert den Kopf. Hatch war nicht mehr der träge, sonnengebräunte Segellehrer, der sich mit seinem Charme in ihr Bett und ihr Herz geschlichen hatte. Momentan war er ganz Action und Kraft.

Als Hatch fertig war, Befehle zu erteilen, überreichte er ihr sein Handy, und sie gab Agent MacGregor einen Überblick über die letzten vierundzwanzig Stunden. Als sie fertig war, stellte sie sich zu Hatch und Lieutenant Lang an den Check-in-Schalter, wo Hatch gerade fragte: »Haben Sie den Hubschrauber bekommen?«

»Ich habe den Antrag gestellt«, antwortete Lieutenant Lang. »Aber ich warte noch auf die Genehmigung.«

»Keine Sorge«, sagte Hatch. »Ich sehe gerade, dass etwas Besseres eingetroffen ist.«

Bevor Hatch etwas erklären konnte, fuhr ein ramponierter goldener Pick-up-Truck auf den Parkplatz, begleitet von lästigem Bellen. Hinter dem Truck befand sich auf einem Flachbettauflieger ein vierrädriger Geländewagen, und auf der Ladefläche waren Hunde, mindestens ein halbes Dutzend: blau gefleckte, rot gefleckte, schwarze und lohfarbene, ganz rote – alle mit wedelnden Schwänzen und herabhängenden Ohren.

Grace stellte sich Allegheny in seiner Hütte vor, wie er gerade von Speck träumte.

Der Fahrer, ein älterer Mann mit einem langen, grau melierten Bart, lud den Geländewagen vom Trailer ab. Er tippte an seine Kappe. »Hallo Agent Hatcher. Haben Sie den Duft von der Kleinen bereit? Wir müssen das alte Mädchen auf den Boden kriegen, bevor der Regen einsetzt.«

Hatch nahm ein in einer Plastiktüte versiegeltes T-Shirt vom Check-in-Tisch. »Die Mitbewohnerin hat gesagt, dass Lia Grant immer in dem hier schläft.«

»Das müsste es bringen.« Der Jäger nahm das T-Shirt und hielt es einem der bräunlich-roten Hunde unter die Nase. »Auf geht's, Ida Red. Zeit zum Jagen.«

Die Ohren des Redbound-Jagdhunds zogen sich hoch und nach vorn. Seine Nase blähte sich auf und bebte, ein Schauder ergriff seinen Kopf und Körper. Dies war ein Tier, das tun durfte, wofür es geboren war und was es liebte. Der Jäger senkte rasselnd die Heckklappe. Ida Reds Nase traf genau vor ihren Pfoten auf den Boden, und die anderen Hunde taten es ihr nach.

Grace hätte am liebsten die Hände hochgerissen und gerufen: *Endlich!* Sie unternahmen etwas, um Lia Grant zu finden.

Ein Windstoß fuhr über den Parkplatz und erschütterte das Zelt. Als sich die Hundemeute auf den Weg gemacht hatte, brachen die vielen Männer und Frauen eilig vom Parkplatz auf. Hatch hingegen schlenderte an ihrer Seite dahin, sein Gang langsam und lässig, aber da war nichts Versöhnliches in seinen Augen. »Du hättest es mir sagen müssen.« Sein Mund und der Kiefer bewegten sich kaum beim Sprechen.

Sie versuchte, von ihm abzurücken, aber er rückte nach. »*Was* sagen müssen?«

»Hm, wo soll ich anfangen?« Mit seiner freien Hand zeigte er mit einem Finger in die Luft. »Erstens, du hast Drohanrufe von einem verurteilten Schwerverbrecher erhalten. Zweitens, du hast neun Anrufe von einem Mädchen bekommen, das vermutlich lebendig begraben wurde. Drittens durchsiebt ein Team von Gerichtsmedizinern gerade jetzt, da wir hier sprechen, den Dreck in deinem Hinterhof auf der Suche nach menschlichen Knochen.«

»Das geht dich nichts an.«

»Oh, Prinzessin. Liebe, liebe Prinzessin.« Er rückte näher wie eine große graziöse goldene Katze. Um Haaresbreite hätte er sie berührt, aber schon die Hitze seiner Haut erwärmte sie, erstickte das Frösteln, das gestern mit Lias Anrufen eingesetzt hatte.

Als er sprach, streifte sein Atem ihr Gesicht. »Du bist mich immer etwas angegangen und wirst mich immer etwas angehen.« Seine Stimme klang wie ein raues Schnurren.

Diese Worte, diese Nähe, so ganz Hatch. Einen Moment lang hätte sie sich gern in seine Stärke und Wärme fallen lassen, was bewies, wie sehr sie von den vergangenen vierundzwanzig Stunden aufgewühlt worden war.

Hatch schien die verrückten Gedanken, die durch ihr Hirn huschten, nicht wahrzunehmen. Er nahm ihren Ellbogen und führte sie zu einem SUV der Polizeiwache.

»Ich will nicht nach Hause.« Ihre Stiefel versanken im feuchten Boden.

Hatch öffnete die Beifahrertür des SUV. »Ich würde es nicht einmal vorzuschlagen wagen.«

»Ich bin tief in die Sache verwickelt.«

»Das ist offensichtlich.« Er deutete auf den Sitz. »Spring rein.«

»Wohin fahren wir?«

»In den Sumpf. Wir suchen Lia Grant. *Zusammen.*«

Von der feuchten Luft hatten sich ihre Haare zu einem einzigen Bündel Locken zusammengezurrt, und sie strich eine widerspenstige Locke hinter ihr rechtes Ohr. »Zusammen« war kein Problem für sie. Sie war ein Team-Player, wenn es erforderlich war, und Lia Grant brauchte das größte Team, das sie aufbringen konnten, und, ehrlich gesagt, Hatch stand normalerweise auf der Siegerseite. Sie wäre schwachsinnig, sich nicht mit ihm zu verbünden. Sie kletterte in den SUV. »Wohin geht's?«

Er griff in seine Tasche und holte eine Münze hervor. »Werfen wir eine Münze?«

»Warte! Du willst doch nicht eine Münze über unsere Richtung entscheiden lassen, von der es abhängt, ob das Mädchen überlebt oder stirbt?«

Hatch ließ die Münze durch seine Finger gleiten. »Hast du einen besseren Plan?«

»Es gibt doch sicher eine logischere Art, das anzugehen. Was empfiehlt denn Agent MacGregor?«

Ein hintergründiges Lächeln umspielte Hatchs Lippen. »Wie wir alle in Parks Team kapiert auch Jonny Mac den Wert eines guten Münzwurfs.« Hatch schleuderte die Münze in die Höhe. »Kopf: Wir gehen nach rechts. Zahl: nach links.«

Sie schnappte die Münze mitten aus der Luft. Jahrzehntelanges Tennistraining hatte Wunder für ihre Auge-Hand-Koordination vollbracht. »Ich glaube nicht daran.«

Hatch tastete über das dichte Buschwerk hinter dem Köder-Shop. »Fein, Prinzessin. Du führst, und ich folge.«

Grace hielt die Münze in ihrer Hand. Sie hatte schon mehrfach die Telefon-Nachrichten von Lia abgespielt und auf Umgebungsgeräusche geachtet, möglichst so etwas wie ein Flugzeug, das man aufspüren konnte. Aber in allen Mailbox-Nachrichten hatte sie nichts als Lias immer verzweifeltere Worte gehört.

Ich bin an einem schlimmen Ort, einem ganz schlimmen Ort.

Eine Hand legte sich auf ihr Knie. Golden und fest. Sie gehörte nicht ihrem Exmann, sondern Hatch, dem Apostel.

Hatch, der ein Spezialist in Krisensituationen war. Sie strich mit dem Daumen über den Kopf der Münze, und mit zuckenden Lippen warf sie sie in die Höhe. Die Münze drehte sich und fiel zwischen ihnen auf den Boden.

»Nach links.« Hatch steckte die Münze wieder ein und kletterte mit einer Ernsthaftigkeit, die sie von ihm gar nicht kannte, in den SUV und fuhr in den Sumpf.

Grace kurbelte ihr Seitenfenster hinunter und lehnte sich hinaus, spähte durch den immer grauer werdenden Nachmittag und suchte nach breiten Reifenspuren mit einem tiefen Gitterraster. Sie fuhren eine Straße entlang, die einem verschlungenen Bach folgte, der mit Schilf und Rohrkolben gesäumt war. Regentropfen klopften auf das Dach und platschten auf ihren Arm und ihre Hände. Wind fuhr durch die Schilfgräser, brachte sie zu einem Zusammenspiel mit dem Rauschen von Sträuchern und der Stille.

»Liiia!«, rief Hatch.

Sie warteten. Auf einen unterdrückten Schrei. Ein geklopftes SOS. Ein leises Stöhnen.

Still, still, murmelten die Schilfgräser.

»Atme weiter, Lia, atme weiter.«

Die Regentropfen waren jetzt nur noch ein Nieseln. Hatch stellte die Scheibenwischer an. Das Wasser bildete Lachen in den Gossen beiderseits der Straße.

»Halt den Kopf hoch, Lia. Du bist stark, und du kannst … dieses … dieses Ding besiegen.«

In einer Haarnadelkurve wurde Hatch langsamer. »Was ist das da?« Er zeigte auf einen Abschnitt mit flachgedrücktem Schilf.

Grace lehnte sich aus dem Fenster und beschirmte ihre Augen gegen den Regen. »Hier sind Alligatoren ins Wasser geglitten. Zu glatt, um von Menschen zu stammen.«

Dieses Land war voller gefährlicher Tiere wie Alligatoren und Wassermokassinottern und voller heimtückischer Wasserwege.

»Was muss sie tun, damit sie überlebt?«

Grace blinzelte, dann bemerkte sie einen Schmerz in den Fingerspitzen ihrer rechten Hand. Sie hatte sie um ihre Perlenkette geklammert. »Wenn sie auf einen Alligator trifft, dann muss sie Lärm machen. Dasselbe gilt für Wasserschlangen.«

»Und …« Das Wort kam leise und langsam.

Sie lockerte ihre Finger. »Wenn sie Wasser durchqueren muss, muss sie es am helllichten Tag tun, weil dann die Alligatoren nicht so aktiv sind. Sie kann ihre Haut mit Schlamm bedecken, um Zecken und Sandflöhe abzuhalten. Sie muss unbedingt hydratisiert bleiben und Wasser aus Lianen oder Reben trinken, oder Regenwasser in Blättern oder mit ihrem Hemd auffangen. Wenn sie eine Bierdose findet, ist sie auf Gold gestoßen. Die kann benutzt werden, um Lärm zu machen und Raubtiere in die Flucht zu schlagen, damit kann sie Wasser sammeln und kochen und Farnwedel zum Schutz abschneiden.«

Seine Finger verschränkten sich mit ihren. Eine Berührung der Lebenden. Aus dem Hier und Jetzt. Verdammt, er war wirklich gut. Sie drückte seine Hand.

Hatch stieß das Auto noch ein Stück weiter die Straße entlang und rief: »Liiia!«

Sie folgten gebogenen Seitenstraßen, bis sie durch Morast oder Bäche oder Pinien oder Zypressen daran gehindert wurden. Die ganze Zeit durchsuchte Hatch die langsam vorbeiziehende Landschaft, jeder Muskel seiner Arme gespannt. Gerade, als die Sonne untergegangen war, klingelte ihr Handy und meldete eine eingegangene SMS. Grace packte das Telefon. Buchstaben und Worte erschienen auf dem Bildschirm.

»Ida Red hat gerade Lia Grant gefunden.«

Grace duckte sich unter dem Absperrband durch, das sich über ein Stück Erde nahe einem alten Bienenhaus erstreckte, Hatch an ihrer Seite, seine Hand schützend auf ihrem Rücken. Hier, mitten unter Gruppen von Tupelobäumen und Bienenkästen, hatte ein Hund namens Ida Red einen frisch umgegrabenen Erdhaufen entdeckt, und unterhalb dieses Haufens hatten die Sucher eine Holzkiste freigelegt.

Die Bienen brummten Hatch und Grace wütend an, als sie hinter die Kisten drangen, das Dröhnen dem Trommeln sehr ähnlich, das sich in Grace' Brust aufbaute. Als sie den Rand eines klaffenden Erdlochs erreichten, versuchte Hatch, sie vor dem Anblick abzuschirmen, aber sie wich seinen Händen aus. Sie wollte es selbst sehen.

Unter ihr lag in einer Holzkiste, die nach Urin und Morast stank, eine junge Frau. Sie trug eine dunkelblaue Hose, eine weiße Bluse, einen violetten Kittel, weiße Sneaker und einen großen Button, auf dem stand: Wie kann ich IHNEN helfen?

Atme ein, zwei, drei.

Atme aus, zwei, drei.

Beim Ausatmen versuchte Grace, ihre Wut mit auszustoßen. Sie versuchte, das Gewicht der Ungerechtigkeit und der Grausamkeit zu lindern, indem sie es aus ihren Lungen hinauspresste.

Lia Grant war tot.

Entrüstung fuhr durch ihre Adern und Blutkapillaren und drohte, sie von innen nach außen schmelzen zu lassen. Das war das falsche Ende. Sie sollte das Mädchen doch finden. Lia Grant sollte gewinnen. Hatchs Hand legte sich um ihre Taille. Wollte er sie stützen? Oder sich selbst? Die ganze Welt, die im Wahnsinn trudelte?

Lieutenant Lang schloss sich ihnen an. Sie trat von einem Fuß auf den anderen, Erdklumpen fielen in dieses klaffende Loch, das Grace so groß vorkam wie die Wunde in ihrer Brust.

»Was gibt's, Lieutenant Lang?«, fragte Hatch, ohne sie loszulassen.

»Lias Eltern sind gerade angekommen.« Sie verzog das Gesicht. »Wie zum Henker soll ich ihnen … das … erklären?«

»Lassen Sie mich das machen«, sagte Hatch.

Vorbei war es mit dem goldenen Leuchten seiner Haut und dem amüsierten Zwinkern in seinen Augen. Keine Spur seiner Grübchen, kein übermütiger Ausdruck seines Kinns. Sie konnte sich nicht vorstellen, was er Lias Eltern sagen würde. Nicht nur war die Tochter der Grants tot, sie war auch einen schmerzlichen, grausamen Tod gestorben. Was würde er sagen, wenn die Eltern die Leiche ihrer Tochter sehen wollten? Was, wenn sie die letzten Worte ihrer Tochter kennenlernen wollten, ihre letzten Minuten auf dieser Erde? Würde Hatch ihnen von den Anrufen bei Grace berichten? Oder von Lias Flehen, ihrer Verzweiflung, ihrem Terror?

Hatch drückte kurz ihre Taille. »Ich kümmere mich drum.«

Lieutenant Lang widersprach nicht, denn Hatchs Ton ließ keinen Widerspruch zu. Im Kampf gegen das Böse hatte jeder seine Rolle. Hatch mit seiner honigsüßen Stimme und seinen verständnisvollen Worten war der Richtige, um zu sprechen und zu trösten, und dafür war sie dankbar.

Und was war ihre Rolle?

Helfen Sie mir, Grace. Helfen Sie mir …

Leid und Horror prallten so hart mit ihrer Wut zusammen, dass ein körperlicher Ruck Grace' Brust erschütterte. Sie glättete die Perlenkette an ihrem Hals. Wenn sie diesen Unmenschen fänden, der das getan hatte, würde sie dafür sorgen, dass das einzige Telefon, das er jemals berühren würde, sich hinter den Stäben eines Hochsicherheitsgefängnisses befände.

Überall um sie herum summte die Maschinerie der Ermittlung der Todesursache, und immer noch schüttete es ohne Pause. Die Hilfssheriffs bauten Zelte auf und errichteten Scheinwerfer, um gegen die nahende Nacht anzugehen. Ein Fotograf schoss Bilder. Tatorttechniker stellten Berechnungen an und nahmen Proben. Der Gerichtsmediziner verglich Lia Grants leblosen Körper mit Statistiken.

Grace blieb am Rande des Grabs stehen. Sie war Zeugin von Lias letzten Minuten gewesen, und es gab etwas, das sie wissen musste. »Abschließende Todesursache?«, fragte sie den Gerichtsmediziner.

»Wir werden nach der Autopsie mehr wissen, aber angesichts der Netzhautblutung und des Fehlens von Würgemalen und Quetschungen um den Mund würde ich auf Erstickung tippen, Ersticken in einer Falle.« Die Bedeutung dieser Worte zog seine Mundwinkel nach unten.

Grace starrte den hölzernen Deckel an, die Blutspuren und halbmondförmigen Kratzspuren, die nicht größer waren als die Fingernägel einer jungen Frau.

Lieutenant Lang zeigte auf Lias rechte Hand. »Aber mit einer Rettungsleine.« Lia hielt immer noch das Handy umklammert, dessen Fläche dunkelrot vor Blut war.

Der dampfende Sumpf drehte sich. Grace spannte die Bauchmuskeln an und bekämpfte ihre Übelkeit. Lia hatte dieses Handy benutzt, um einen letzten Hilfeschrei auszusenden, aber Grace hatte sie nicht rechtzeitig gefunden.

Der Gerichtsmediziner steckte das Handy in einen Beweismittelbeutel, und Lieutenant Lang deutete auf einen der Kriminaltechniker. »Bringen Sie das ins Polizeibüro, aber zackig. Ich schicke sofort einen Spezialisten los.«

Nachdem der Gerichtsmediziner fertig war, kletterte er aus dem Loch, und zwei Techniker legten eine Plane auf den Boden, bevor sie einen Leichensack darüber ausbreiteten. Grace hatte die schauerliche Fratze des Todes gesehen, aber nur auf Fotos innerhalb antiseptischer Hallen und der Wände eines Gerichtsgebäudes. Von ganz Nahem sah das Mädchen kleiner aus, jünger. Hinter dem Geruch von Schweiß und Urin war ein schwacher Hauch von Erdbeeren wahrzunehmen. War es ihr Shampoo? Parfum? Lieblingskaugummi? Grace wusste nicht das Geringste über diese junge Frau, die jetzt in den Leichensack gesteckt wurde. Nichts, außer ihrer letzten Bitte.

Helfen Sie mir, Grace. Helfen …

Grace' ganzer Oberkörper wurde von einem lautlosen Schluchzen erschüttert.

Eine Hand legte sich auf ihre Schulter. Hatch, der sich immer noch so leise wie der Wind bewegen konnte.

»Es ist nicht deine Schuld«, sagte Hatch.

»Sie hat mich angerufen.« *Neun Mal.*

»Jedes vernünftige menschliche Wesen hätte diese Anrufe für böse Scherze gehalten, vor allem nach den vorherigen bedrohlichen Nachrichten von Morehouse. Anders als die meisten Leute unter diesen Gegebenheiten hast du die entsprechenden Behörden verständigt, bist mit ihnen in Kontakt geblieben und hast sogar eigene Ermittlungsarbeit geleistet.«

»Ich hätte ihr helfen können.«

Er legte ihr eine Hand auf jede ihrer Schultern und drehte sie um, sodass sie ihm ins Gesicht sehen musste. »Hast du das Büro des Sheriffs angerufen und von den Anrufen berichtet oder nicht?«

»Ja, aber …«

»Und warst nicht du diejenige, die mitten in der Nacht noch einmal weggefahren ist und das zurückgelassene Auto des Mädchens gefunden hat … und die Lieutenant Lang in die Untersuchung mit einbezogen hat?« Er ließ die Hände über ihre

Arme gleiten, über ihren Hals, und dann hielt er ihr Gesicht zärtlich umfangen.

»Ja, aber …«

»Grace, du bist keine Polizeibeamtin. Du wirst nicht ersucht, zu ermitteln oder zu beschützen.« Er brachte sein Gesicht bis auf wenige Zentimeter an ihres, bis sie dieselbe Luft atmeten. »Du hast alles getan, was du tun musstest.«

Ziiliip. Aber Lia Grant war weg.

Grace entwand sich seinen Händen und schlug sich mit den Fingerspitzen an die Brust. »Ich habe sie im Stich gelassen, Hatch. Ich habe bei Lia Grant versagt.«

9

Grace wusste, wie man eine Perlenkette ins Schwingen bringt. In einem kurzen Tennisrock sah sie höllisch sexy aus. Und wenn sie nur in den sanften Schimmer des Mondes gehüllt war, raubte sie Hatch buchstäblich den Atem. Aber heute trug sie an ihrem Schuldbewusstsein so stark und schwer, dass es ihr und allen, die auf dem Revier im Konferenzraum saßen, die Luft zum Atmen zu nehmen drohte.

Lia Grant war tot, und Grace lud sich die Schuld auf ihre Schultern. Weil sie nicht an ihr Handy gegangen war. Weil sie nicht genug getan hatte.

Hatch lehnte sich an ein Fensterbrett und schlug die Beine übereinander. Er hatte angeboten, Grace nach Hause zu bringen, aber sie hatte sich geweigert, für heute Schluss zu machen, bis sie nicht das Ergebnis der Techniker gehört hätte, die Lias Handy untersucht hatten. Sie war von dem Handy besessen, von der Tatsache, dass Lia sie wieder und wieder angerufen hatte. Latent hatte das Handy auf Fingerabdrücke untersucht und Abstriche gemacht, um die DNA herauszufinden. So weit keine Hinweise.

Als der Techniker endlich das Telefon hinlegte, fragte Grace: »Also?«

»Prepaid für fünfhundert Minuten. Nur Inland-Anrufe«, sagte der Kriminaltechniker. »Die Ruf-Aufzeichnungen zeigen nur neun Anrufe, alle gingen an dieselbe Telefonnummer.«

»Meine«, erklärte Grace mit brüchiger Stimme.

Hatch löste sich vom Fensterbrett und stellte sich hinter

einen Stuhl. Er berührte sie nicht, war aber bereit, sie aufzufangen, sollte sie zusammenbrechen. Ihr Gesicht hatte die Farbe antiken Marmors.

»Aber warum hat Lia *mich* angerufen?«

»Weil es bloß Ihre Nummer war, die sie wählen konnte«, sagte der Techniker. »Dieses Telefon war so umfunktioniert, dass es nur eine einzige Nummer anrufen konnte, eine einigermaßen einfache Technik, die man oft bei Handys trifft, die von den Eltern kontrolliert werden.«

Mit seinem Zeigefinger drückte er auf »Senden«. Sekunden später kam ein leises Zirpen aus Grace' Handtasche. »Im Endeffekt kann jeder, der dieses Handy benutzt, Ewigkeiten wählen und niemals jemand anderen erreichen als Ms. Courtemanche.«

»Also wollte Lia gar nicht unbedingt mich anrufen … aber derjenige, der ihr das Telefon gegeben hat, wollte es.« Grace' Stimme war so hart wie ihr zusammengepresster Kiefer.

»Mit was für einem kranken Hurensohn haben wir es hier bloß zu tun?«, fragte Lieutenant Lang.

In der Zeit, als er in Quantico Geiselverhandlungen trainiert hatte, musste Hatch auch abnormale Psychologie studieren. »Es läuft alles auf Bedürfnisse und Erfüllung hinaus«, sagte er. »Unser Mörder will etwas, organisiert das Verbrechen und bekommt seinen Lohn. Manchmal ist es etwas Äußerliches: Geld oder sexuelle Erfüllung. Zu einer anderen Zeit ist die Bereicherung eher grundlegend: Rache, Hass, Furcht.«

»Nein.« Grace stand auf, ein Hauch Farbe überzog ihre Wangen. »Ich werde diesem Bastard nichts überlassen.«

»Immerhin hat er deine Aufmerksamkeit«, sagte Hatch.

Grace schob den Stuhl weg. »Und er wird den Tag bereuen, an dem er das getan hat.«

Hatch fuhr mit dem SUV ihre Auffahrt hinauf, stellte den Motor ab und steckte die Schlüssel in die Tasche.

»Du kannst jetzt fahren«, sagte Grace. Ihr ging zu viel durch den Kopf, als dass sie sich auch noch mit Hatch hätte befassen können. Lia Grant war gestorben, und sie war von einem Verrückten in einen Mord verwickelt worden, von einem Verrückten mit Telefon. »Ich komme zurecht.«

Hatch nahm eine Taschenlampe, sprang aus dem Auto und richtete den Lichtstrahl in die Dunkelheit, die ihre Hütte umgab. »Ich weiß.«

Grace knallte die Tür des SUV zu. »Lieutenant Lang hat organisiert, dass in den nächsten vierundzwanzig Stunden Einsatzwagen vorbeifahren.«

»Das weiß ich auch.«

»Verdammt, Hatch, warum fährst du nicht einfach weg?« Sie verhaspelte sich, aber das war nichts Neues. Bei Hatch geriet ihr geordnetes, sorgfältig geplantes Leben immer ins Taumeln.

Hatch streckte seine freie Hand aus und legte sie über eine Seite ihres Gesichts. »Sobald ich dich reingebracht habe. Aber zuerst möchte ich sichergehen, dass alles in Ordnung ist.«

Nein, nichts ist in Ordnung, hätte sie am liebsten geschrien. Sie hatten gerade ein neunzehnjähriges Mädchen ausgegraben, das mit einem Handy, mit dem man nur Grace anrufen konnte, beerdigt worden war. Zum zweiten Mal an diesem wahnsinnigen Tag dachte sie darüber nach, sich in Hatchs große, schwielige Hand zu schmiegen. Was den Wahnsinn nur noch steigern würde.

Sie wich einen Schritt zurück und lief die Treppenstufen hoch, blieb aber abrupt stehen, als sie den großen, runden rötlichen Klecks bemerkte. Sie schloss die Augen.

Einatmen, zwei, drei.

Ausatmen, zwei, drei.

Als sie die Augen wieder öffnete, sah sie immer noch rot.

Hatch war in einer Sekunde an ihrer Seite.

»Was zum Henker ist hier passiert?«

Sie zeigte auf Allegheny, der aus einer düsteren Ecke der Veranda herbeigehumpelt kam. »*Er* ist passiert.«

Blue ließ sich neben sie fallen und drückte seinen knochigen Kopf an ihren Oberschenkel. Sie stieß ihn weg, aber er drückte fester. Gut, mit dieser Art Ärger konnte sie umgehen – anders als mit dem Killer, der Lia umgebracht hatte, dem menschlichen Skelett, das auf ihrem Grund und Boden ausgegraben worden war, oder ihrem wieder aufgetauchten Exmann. Doch, mit dem dummen Hund konnte sie umgehen.

Sie hockte sich hin und untersuchte die rechte Pfote. »Du bist wieder auf Zechtour gewesen, gib's zu? Und sieh doch, du hast dir die Pfote gespalten.«

Hatch kratzte sich die Bartstoppeln. »Du hast einen Hund?«

»Er ist nicht mein Hund. Den gab's zum Haus dazu.«

Ein Lachen rumorte aus Hatchs Richtung heran. »Das wäre mal ein guter Marketing-Gag: Kaufen Sie eine Hütte, und Sie bekommen einen Hund umsonst.«

Sie ließ Blues Pfote los und stand auf, ein unerwartetes Lächeln auf den Lippen. Sie wusste Hatchs Bemühung um Ungezwungenheit zu schätzen, um irgendwie die Schwere, die auf ihrer Brust lastete, zu lindern. »Der Hund hat nicht im Vertrag gestanden, und wenn er da gestanden hätte, hätte ich den Passus streichen lassen.«

Sie schloss die Tür auf und ging ins Wohnzimmer. Der feuchtheiße Moder überrollte sie wie eine Welle.

»Du meine Güte!«, sagte Hatch und wedelte mit der Hand. »Was ist denn hier drinnen gestorben?«

»Meine Zentralheizung.« Sie öffnete die Fenster im Wohnzimmer, und Hatch entriegelte die Scheiben in dem kleinen Essbereich und oberhalb der Küchenspüle.

In der Küche nahm sie eine Plastiktüte aus dem Kühlschrank. »Du weißt, dass ich für so etwas keine Zeit habe«, sagte sie zu Allegheny Blue, der hinter ihr herhoppelte, als sie die Hintertür öffnete. Die Umrandung des Türrahmens verlagerte sich, sodass sie kippte wie die Tür in einem Spiegelkabinett. Der alte Hund hatte vor zwei Tagen den Rahmen aus der Form gerissen, als er hinter einer Katze hergejagt war, die vom Bach her gemaunzt hatte. Draußen zündete sie einen Propangasofen auf der Veranda an. Sie setzte einen kleinen verbeulten Topf auf den Brenner und kippte einen Klumpen stückiger Flüssigkeit aus der Tüte in den Topf und versuchte, nicht zu würgen.

Hatch stellte sich neben sie und schnüffelte. »Erinnere mich daran, abzulehnen, wenn du mich das nächste Mal zum Dinner einlädst.«

Sie rührte in der widerlichen Brühe. »Das ist für seine Pfote.«

»Was ist es?«

»Bärenfett, Teer und Kerosin. Seit Jahren benutzen Jäger dieses Gebräu, um die Pfoten ihrer Hunde zu behandeln. Ich weigere mich nur, es drinnen anzurühren.«

Hatchs Grübchen meißelten sich beidseitig in seinem Gesicht ein, und er lachte.

»Das ist nicht lustig«, erklärte sie, als Blue sich neben sie plumpsen ließ. »Das ist meine zweite Charge.«

Hatch kraulte dem alten Hund die Ohren. »Er scheint dich zu mögen.«

»Das Gefühl beruht nicht auf Gegenseitigkeit.«

Hatch ließ sich auf dem Verandageländer nieder. Das alte Holz stöhnte unter der Belastung. Sie wartete nur darauf, dass die altersschwache Brüstung zusammenbrach, aber sie hielt stand, genau wie Hatchs Blick.

»Ich komme zurecht, Hatch«, sagte sie wieder. »Ich bin durch den Wind und wütend, aber ich komme zurecht.«

Endlich gab Hatch seinen Adleraugenblick auf und zeigte auf Allegheny Blue. »Also: Was hat es mit dem da auf sich?«

Sie rührte noch einmal in dem Topf. Hatch hatte für eine gute Geschichte immer viel übrig, und er hatte ihr so viele erzählt in jenem Sommer, als sie den weißen Sand von St. George Island auf- und abgegangen waren und die Apalachicola-Bucht beim Austernfischen entlanggeglitten waren. Er hatte Geschichten von der Schatzsuche in dreihundert Jahre alten Schiffswracks in den Florida Keys erzählt und abenteuerliches Seemannsgarn gesponnen von seiner Weltumsegelung mit Großtante Piper Jane. Es war so leicht, sich in der Melodie und Magie einer guten Geschichte zu verlieren. Und vielleicht war es das, was sie heute Abend brauchte – eine gute Geschichte, um sich von Lia abzulenken.

Als fast das ganze Fett geschmolzen war, nahm sie den Topf vom Herd. »Es war einmal ein ganz, ganz dummer Hund.«

Ein Rumoren erklang aus Hatchs Brust, und sie lehnte sich gegen den Tisch, auf dem der Kocher stand. »Besagter Hund gehörte dem früheren Besitzer dieser Hütte, Lamar Giroux, einem vierundachtzigjährigen Jäger, der nie geheiratet hat und die meisten seiner wachen Momente in der Gesellschaft von Hunden verbrachte, und der Viecher, die sie jagten. Anfang dieses Jahres hat Lamar sich die Hüfte gebrochen und ist zu seiner Schwester nach Tallahassee gezogen. Er hat alle seine Hunde verkauft, nur seinen Liebling nicht, Allegheny Blue, der ein schönes neues kuscheliges Hundekörbchen im Haus von Lamars Schwester bekommen sollte. In ihrem Patio-Haus mit drei Zimmern, komplett mit Zentralheizung und therapeutischem Whirlpool. Aber der Hunde-Held dieser Geschichte glaubte nicht an diese neuen Lebensraum-Arrangements. Der dumme, dumme Hund lief von Tallahassee nach Cypress Bend zurück. Hat drei Tage gedauert, und als er dann auf meiner Schwelle landete, hatte er sich die Ballen von den Pfoten gerissen und war nur noch Haut und Knochen.«

»Das sind fast hundert Meilen. Ist er die ganze Strecke gelaufen?«

»Zwei Mal.«

»Bitte?«

»Ich habe dir ja gesagt, er ist doppelt dumm.« Sie ließ einen Tropfen Bärenfett auf ihr Handgelenk fallen. Immer noch zu heiß. »Nach Allegheny Blues erstem Treck kam Giroux' Neffe hierher, holte den Hund und nahm ihn mit nach Tallahassee, aber Blue haute schon am nächsten Tag wieder ab. Eine Woche später kam er wieder an meiner Schwelle an, dieses Mal in wesentlich schlimmerer Verfassung. Ich habe den Tierarzt gerufen, der sogar ins Haus kam und diagnostizierte, dass Blue die Nacht nicht überleben würde. Der Tierarzt bot an, ihn in seine Praxis mitzunehmen und einzuschläfern, aber es schien mir nicht richtig, ihn aus einem Haus zu entfernen, in dem er so offensichtlich sein wollte. Langer Rede. Kurzer Sinn, ich bot an, ihn hierzulassen, und der Tierarzt gab ihm ein paar Schmerzmittel. Warum soll er nicht auf dem Grund und Boden sterben, den er so liebt?«

»Aber er ist nicht gestorben.«

Sie nahm den Holzlöffel und rührte die Mixtur noch zwei Mal um. »Noch nicht.« Sie ließ den Löffel in das Bärenfettgebräu fallen und tröpfelte noch mal etwas auf ihr Handgelenk. Genau richtig. Mit einer Lockerheit, die von einiger Übung zeugte, schmierte sie die Mixtur auf die rechte Vorderpfote des uralten Hunds.

»Halt still«, wies sie ihn an. »Du brauchst deine dumme Socke.« Sie umwickelte die Wunde mit einem ihrer alten Tennissöckchen und Erste-Hilfe-Klebeband.

Jetzt, da der Hund nicht mehr alles mit Blut vollkleckerte, ging sie in die Küche, wo sich der dumpfe Gestank verflüchtigt hatte. Hatch, klebriger als ein ganzes Glas Tupelo-Honig, parkte seinen Hintern auf den Küchentisch und blätterte ihre Post durch. Sie sollte ihn bitten, zu gehen. Ihr Leben würde sich so weniger kompliziert gestalten. Aber im Laufe dieses höllischen Tages hatte er doch die eine oder andere Möglichkeit gefunden, sie zum Lächeln zu bringen, und solange sie Blues Geschichte erzählt hatte, hatte sie auch nicht mehr an Lia und das verfluchte Telefon gedacht. Aber jetzt kam alles wieder hoch, vor allem die verzweifelten Schreie des Mädchens, an dem sie gescheitert war.

Hatch legte die Post hin und griff nach ihrer Hand, seine Finger schlossen sich um ihre.

Er hatte sie immer so gut ohne Worte verstanden.

Sie blickte seine Hand an. Alles an Hatch war geschmeidig, nur seine Hände nicht. Das Tauwerk seines Segelboots hatte bleibende Schwielen in seine Handflächen und Finger gerieben, und sie empfand einen merkwürdigen Trost durch die rauen Stellen, die sie an einen anderen Ort gebracht hatten, einen Ort voller Sonne und Licht, einen Ort mit Wind und wogenden Segeln. Einen Ort, der sie beinahe zerstört hätte.

Sie entzog sich seiner Hand und beugte sich hinunter, um sich um Alleghenys Socke zu kümmern. Gut. Kein Blut mehr. »Du kannst jetzt gehen«, sagte sie.

Hatch rührte sich nicht. Er war schlimmer als der Schimmelgeruch, der nicht weichen wollte. Schimmel? Nein. Hatch duftete nach Meer und Sonne. Und Salz, denn er war ein Mann, der seine Tage mit nacktem Oberkörper und schwitzend am

Deck eines Schiffs namens »No Regrets« verbrachte. Sie atmete durch den Mund und blickte Hatch aus dem Augenwinkel an.

Zu ihrer Überraschung grinste er sie nicht süßlich an, sondern runzelte angesichts der hinteren Terrasse die Stirn. »Ich gehe, sobald ich diese Tür repariert habe.«

Verblüfft schüttelte sie den Kopf. Wieder ein Beweis für den neu erwachten, verantwortungsbewussten Hatch. Wenn sie es nicht mit eigenen Ohren gehört hätte, hätte sie es nicht geglaubt. »Damit werde ich selbst fertig.«

»Ich weiß. Du wirst mit allem selbst fertig. Also, wo finde ich einen Hammer?«

Sie stellte ihn sich vor: ohne Hemd, wie er auf Deck arbeitete und der Schweiß ihm den Rücken hinunter und in den Bund seiner Badehose lief. Ein Mann, der allein lebte, oft weit entfernt von jeglicher Zivilisation, musste zupacken können. Und was für Hände er hatte, daran erinnerte sie sich gut. Eine unerwartete Hitze strich über ihr Gesicht, und sie sprang auf und durchwühlte eine Schublade neben der Spüle, bis sie einen kleinen Werkzeugkoffer fand. »Hier«, sagte sie. Sie hatte keine Zweifel, dass sie diesen Streit mit Hatch gewinnen konnte, aber letzten Endes würde es Zeit sparen, ihn die Tür reparieren zu lassen.

Er richtete die Tür aus und begann, Nägel hineinzuhämmern. Die Muskeln an seinen Armen schwollen an und zogen sich zusammen, und Wellen seines sonnenverwöhnten Haars fielen ihm über die Stirn. Hatch hatte immer gut ausgesehen, und es war faszinierend, ihm zuzuschauen. Er war immer in Bewegung, seine Augen, sein Mund, seine langen bronzefarbenen Glieder. Heute wie schon immer war er eine wunderbare Ablenkung.

Sie nahm sich den Poststapel und tat alles, um Hatch nicht ansehen zu müssen. Sie blätterte durch den Katalog eines lokalen Tupelo-Honig-Konsumvereins und öffnete eine weitere Tierarztrechnung. Mit einem Blick auf Blue griff sie nach den beiden letzten Briefen, beides schmale Umschläge von der Art, die für Einladungen zu Partys benutzt werden. Im ersten Umschlag war tatsächlich eine Einladung von dem Ehepaar, das ihr Elternhaus erworben hatte. Sie luden sie ein, jederzeit diese Woche zum Tee zu kommen, um ein paar Dinge mitzunehmen, die ihrem Vater gehört hatten. Im zweiten war nur ein Stück Hochglanzpapier. Sie drehte es um. Ihr blieb der Atem in der Kehle stecken. Es handelte sich um ein Foto von Lia Grant, ihr Gesicht mit einem roten X durchgestrichen.

»Was ist los?«, fragte Hatch vom Eingang her.

Sie untersuchte den Umschlag. Kein Absender. Keine Markierung durch eine Frankiermaschine. Ihre Hände begannen, zu zittern, und sie spähte auf die handgeschriebene Anmerkung am unteren Rand des Fotos:

»Ich: 1

Du: 0«

Das Foto mit Lias Lächeln, diesem Gesicht mit den vorstehenden Zähnen, fiel ihr aus den Händen und landete auf dem Tisch.

»Grace?« Hatch war in weniger als einer Sekunde bei ihr und blickte ihr über die Schulter. »Was zum Teufel?«

»Es ist ein Spiel«, sagte sie.

Hatch legte ihr die Hände auf die Schultern, und jetzt erst wurde ihr klar, dass sie am ganzen Körper bebte. Sie deutete auf das mit großem Druck aufgekritzelte Kreuz, und das Entsetzen überkam sie in Wellen, bis in ihre Finger. »Es ist ein Spiel, Hatch, jemand hat Lia verschleppt und ihr ein Handy gegeben, das so eingerichtet ist, dass es nur mich anrufen kann. Dann war ich an der Reihe. Ich hätte sie finden sollen, aber ich habe versagt.«

Hatch starrte das Foto und den Umschlag an, und langsam verzog sich sein Gesicht vor Wut, die Grace bis in ihr Innerstes fühlte.

Der Sauerstoffmangel machte sie ganz schwindelig. Gut. Sie mussten das Foto und den Briefumschlag auf Spuren untersuchen lassen. Ihren Briefkasten ebenfalls, denn es schien, als sei die Nachricht eigenhändig zugestellt worden.

Den ganzen Tag hatte Grace mit Wut und Schock und tiefer Trauer gekämpft, mit solcher Trauer, als sie Lias tränenüberströmtes Gesicht und die zerfetzten Fingerspitzen gesehen hatte.

Atme ein, zwei, drei.

Atme aus, zwei, drei.

Aber jetzt fühlte sie eine Welle mächtiger Erleichterung. Wenn tatsächlich jemand ein Spiel mit ihr spielen wollte, dann sollte er es nur versuchen.

10

»Hände hoch, Fremder, oder ich lösch dich mit meinem aufgeladenen Titan-Hirnblaster aus.« Ein Kind in einem Dinosaurier-Schlafanzug zielte mit einem Holzlöffel auf Hatch.

Ein identisch aussehendes Kind richtete einen Pfannenwender auf Hatchs Bauchgegend. »Er ist Geheimagent für die Achse des Bösen. Gehen Sie weg, Agent des Bösen, oder ich verwandle Sie in einen Eisblock mit meiner ›Frier-alles-ein-Wunderwaffe‹.«

Hatch hob die Hände zur Verteidigung und sah heimlich auf die Uhr. Er hatte noch zwanzig Minuten, um Alex zum Friedhof und zu seinem ersten Tag gemeinnütziger Arbeit zu bringen und dann zu Grace zu fahren. »Ach, ich bin von den Superhelden Ricky und Raymond besiegt worden und gebe auf.« Die Jungen kamen näher. Als sie nach seinen Beinen griffen, sprang Hatch vor, packte einen Jungen mit jedem Arm und rief: »In meine böse Umklammerung mit euch!« Er wirbelte sie herum, bis Gekreische und Kichern den Raum erfüllte.

»*Loser*«, sagte Alex, als er an ihnen vorbei in die Küche schlurfte.

»Kümmern Sie sich nicht um Alex. Er ist morgens immer ein alter Brummbär«, sagte einer der kopfstehenden Zwillinge.

»Alex ist immer ein Brummbär«, fügte der andere Zwilling hinzu.

Seufzend setzte Hatch die beiden Jungen am Boden ab.

Einer der Zwillinge zupfte an Hatchs Shorts. »Granny sagt, Sie sind ein echter FBI-Agent. Was ist denn Ihre Superkraft?«

»Superkraft?«, fragte Hatch.

»Sie wissen doch, die besondere Kraft, die die Guten benutzen, um all die Bösen zu besiegen.« Er würde nichts lieber besitzen als eine Superkraft, aber nicht, um mit den Bösen umzugehen, sondern mit einem Kind mit einer schlechten Grundhaltung. Mit Lichtgeschwindigkeit packte Hatch den Pfannenwender und den Holzlöffel. »Ich habe die Macht, kleine Jungen, die eigentlich noch im Bett sein sollten, in Seegurken zu verwandeln.«

Die Zwillinge kreischten und rannten den Flur hinunter. Das war ein Umgang mit Kindern, wie er ihn ertragen konnte, so als Lieblingsonkel, der für die Dauer eines Urlaubs in die Stadt gesegelt kam. Aber jetzt war es Zeit, sich als *Vater* zu beweisen. Er kletterte über Bauklötze und Matchbox-Autos und folgte Alex in die Küche.

Alex' Großmutter stand in der Hintertür und rauchte eine Zigarette. »Ich weiß.« Sie hob die Zigarette an ihre Lippen. »Es ist schlecht für mich und die Jungen, aber manchmal brauch ich einfach ein paar Züge.«

»Sie brauchen sich vor mir nicht zu rechtfertigen, Ma'am«, sagte Hatch.

Alex nahm eine Packung Orangensaft aus dem Kühlschrank und riss den Verschluss ab.

»Nimm dir ein Glas«, sagte Mrs. Milanos, »und kleckere nichts auf den Fußb…«

Hellgelbe Flüssigkeit lief Alex' Kinn hinab und auf das rissige Linoleum.

»Komm, Alex, wisch es auf.«

Alex knallte die Packung auf den Küchentresen, sie hinterließ sofort eine orangefarbene Pfütze auf der Arbeitsfläche.

Hatch packte den Jungen am Arm. »Deine Großmutter hat dir gesagt, du sollst den Saft aufwischen.«

»Und wer soll mich dazu zwingen?«, fragte Alex maulend.

Hatchs Hand zuckte. *Ich empfehle dir dringend, dieses Grinsen aus deinem Gesicht zu nehmen, mein Sohn, sonst tue ich das. Knall.* Die fünfundzwanzig Jahre alte Erinnerung ließ sein Kinn zittern und irgendetwas hinter seinen Augen glühen. Hatch ließ Alex' Arm los. Er war ein Mann der Worte, nicht der Fäuste, wenn er Probleme lösen sollte. »Du musst Verantwortung übernehmen für alles, was du tust«, sagte Hatch.

»Verantwortung? Das ist zu komisch, dass ausgerechnet jemand wie du mich über *Verantwortung* belehren will.« Er befreite sich ganz aus Hatchs Hand und stürmte aus der Küche.

Jeder Muskel in Hatchs Beinen spannte sich. Sollte er dem Jungen hinterherlaufen und am Hintern zurückholen, damit er sich entschuldigte und die Schweinerei aufwischte? Er fuhr sich mit einer Hand durch seine Haarwellen. Oder sollte er einfach nur gehen?

Alex' Großmutter steckte sich noch eine Zigarette an und nahm einen tiefen Zug. »Ich bin verflucht noch mal zu alt, um drei Jungs allein aufzuziehen. Ich habe nicht die Geduld. Ich habe nicht die Energie. Und nicht die Kraft. Aber als Vanessa fortging, hieß das: entweder ich oder Pflegeunterbringung. Der Vater der Zwillinge glänzt auch durch Abwesenheit. Also was soll eine Granny tun, wenn ihr Herz nicht loslassen will?«

Das Herz hält viel aus. Hatch fühlte mit. *Selbst wenn jeder andere Teil deines Körpers dir rät, die Segel zu setzen.* Fast ein Jahr lang, nachdem Grace ihn in die Wüste geschickt hatte, hatte er keine Frau in sein Bett gelassen. Verdammt, er hatte nicht mal eine Frau angesehen, denn sein Herz hatte die Hoffnung nicht aufgegeben, dass Grace ihren gewaltigen Fehler erkannte um zurück in seine Arme gerannt kam. Aber hier ging es nicht und ihn und Grace. Drei kleine Vulkane lasteten auf Trina Milanos, darunter sein respektloser Sohn. »Es gibt Leute, die helfen können, Mrs. Milanos. Fürsorgeagenturen, Jungengruppen, auch Schulpersonal.«

Draußen dröhnte eine Hupe. Durch das Fenster sah Hatch, dass Alex auf der Hupe des SUV lehnte. Hatch warf ihm einen warnenden Blick zu. Sein Sohn kratzte sich mit dem Mittelfinger an der Nase. Hatch versuchte eine von Grace' Atemübungen. Grandma machte einen extra langen Zug.

Die Hupe plärrte wieder.

»Ich werde heute ein paar Telefonanrufe tätigen«, sagte Hatch.

Alex sagte kein Wort, als sie durch die Stadt Richtung Friedhof fuhren, was Hatch recht war, denn er hatte keine Ahnung, was er sagen sollte.

Sie stießen im Nordteil des Friedhofs auf Black Jack, auf einem Stück Land ohne Marmorgrabsteine oder hübsche Blumengebinde. Einfache Messingplaketten bezeichneten die Grabstätten zusammen mit einigen abgenutzten Holzkreuzen. Der Totengräber stand direkt an einem Erdloch und benutzte eine Handkurbel, um eine einfache Holzkiste in das Erdreich hinabzulassen. Er brachte die Kiste ins Gleichgewicht und verhinderte, dass sie die Seiten des Erdlochs berührte. Alex schlurfte neben ihm her und trat Dreck los. Hatch brachte ihn mit einem einzigen Blick zum Stillhalten. Sein Sohn würde die Toten *und* den Ablauf respektieren.

Endlich wandte sich der Totengräber Alex zu. »Zeit, an die Arbeit zu gehen.« Black Jack führte sie an dem frisch ausgehobenen Grab vorbei zu einem riesigen Haufen zerstoßener Austernschalen. »Fünf Zentimeter dick. Und nur auf dem Weg.« Er zeigte auf einen neu angelegten Weg, der sich durch die Armengräber schlängelte.

Alex starrte die Schalen voller Ekel an. »Sie meinen, ich muss den ganzen Tag damit verbringen, Schalen zu schaufeln?«

Black Jack trat zu dem Loch, packte eine Schaufel und summte ein altes Spiritual, während er Erde um die Kiste packte.

Als sich Alex an Hatch wandte, eindeutig mit der Absicht, sich zu beschweren, reichte Hatch ihm die Schaufel, die Alex von zu Hause mitgebracht hatte. »Du hast deinen Hintern in diese Situation gebracht, Alex, und du wirst dich auch wieder rausschaufeln.« Er klopfte Alex auf den Rücken und tippte sich zum Abschied von Black Jack mit zwei Fingern an die Stirn. Knapp zwei Tonnen Austernschalen zu schaufeln, war verdammt viel einfacher als das, was ihm heute mit Grace bevorstand.

Grace stieß Perlenohrstecker durch beide Ohren. Sie glättete die Perlen um ihren Hals, nahm ihre Tasche und das Handy vom Nachttisch. Gestern Abend hatte ihr Lias Killer eine Einladung zu einem tödlichen Mörder-Spiel geschickt, und sie war bereit.

Allegheny Blue hievte sich von dem Flickenteppich vor ihrem Bett hoch, seine alten Knochen knirschten.

»Heute musst du es ruhiger angehen lassen. Keine Trecks durch den Sumpf mehr. Und nicht graben!« Sie dachte an seinen letzten Knochen, das knorrige Gelenk mit angetrockneten Fleischresten, und zitterte trotz des schwülen Morgens. Die Gerichtsmediziner gruben immer noch, auf der Suche nach weiteren Leichenteilen. Sie fuhr Blue mit ihren Fingerknöcheln über den Kopf. »Bleib einfach auf der Veranda, okay?«

Blue zockelte hinter ihr her zur Vordertür. Als sie nach der Türklinke griff, legten sich seine Ohren nach vorn. Ein leises Knurren drang aus seiner Kehle, und ihr stellten sich die Nackenhärchen auf. Sie kontrollierte das Sicherheitssystem. Immer noch auf Rot. Sie blickte aus dem Türspion. Nichts.

Als sie nach der Tür griff, sprang Blue auf und wuchtete seinen Körper zwischen sie und die Tür.

»Um Gottes willen.« Sie stupste ihn beiseite. »Da ist doch nichts.« Sie riss die Tür auf, rannte nach draußen und schlug gegen eine felsenfeste Wand aus Fleisch und Knochen.

Ein Schrei wich aus ihrer Kehle, verebbte aber zu einem Stammeln, als sie den struppigen goldenen Kopf unterhalb ihrer Türklingel erkannte. Sie strich sich mit der Handfläche über die Brust. »Theodore!«

Hatch stand auf und zeigte auf den kleinen Kasten am Türrahmen. »Deine Türklingel ist kaputt.«

»Ich weiß. Diese ganze Hütte ist kaputt.« Sie hängte sich die Tasche über die Schulter. »Was machst du überhaupt hier?«

»Ich wollte dich zum Frühstück abholen.«

Mit Hatch zu essen war das Letzte, wozu sie Lust hatte. »Ich habe schon gegessen.«

»Und wie wär's mit einer Partie Tennis? Ich habe an meinem Aufschlag gearbeitet.« Hatch warf einen imaginären Ball in die Luft und schlug.

»Ich kann mich heute nicht mit dir beschäftigen.« Sie hielt die Tür auf und wartete, dass sich Blue, jetzt ruhig und zäh wie Sumpfschlamm, über die Schwelle schleppte und sich auf einem Stück Flickenteppich in der Sonne niederließ.

Hatch lehnte die Schulter an den Türrahmen. »Wir können auch mit deinem Hund Fangen spielen.«

»Er ist nicht mein Hund.« Grace schaltete das Sicherheitssystem ein, schloss die Tür und lief hinter Hatch zu ihrem Auto. Hatch und sein Team hatten ihre Pflicht erfüllt. Sie hatten geholfen, Lia Grant zu suchen, und bald würde er wieder die Segel setzen. Denn so war Hatch nun mal.

Sie steckte ihren Schlüssel in die Zündung und ließ den Wagen an. *Nein, nicht heute. Bitte, bitte, nicht heute.* Wieder und wieder drehte sie den Schlüssel, aber der Wagen blieb totenstill.

»Wie wär's, wenn ich dich mitnehme?«

»Nein, danke.«

»Ich kann dir aber auch ein Taxi bestellen.«

Grace ließ ihr Handschuhfach aufschnappen. »Zum Teufel noch mal, Hatch! Geh einfach weg!«

Hatch lehnte sich mit der Hüfte an ihren Kotflügel. »Du bist so verdammt schön, wenn du wütend bist.«

Grace schloss die Augen.

Einatmen, zwei, drei.

Ausatmen, zwei, drei.

»Was willst du eigentlich?«

Sie erwartete ein Blinzeln, einen zuckersüßen Kommentar zu Liebe am Morgen, aber Hatchs Gesicht wurde ganz untypisch ernst.

»Dass du sicher bist.«

»Ich kann selbst auf mich aufpassen.« Sie holte den Hammer hervor.

»Und auf den größten Teil der freien Welt, das weiß ich, aber hier geht es nicht nur um deine Sicherheit. Hier läuft ein verrückter Mensch herum, der ein krankes Spiel spielt, und du bist die Einzige, die eingeladen wurde. Jemand muss die nächsten paar Tage ein Auge auf dich haben und mehr als nur ein paar Mal an deinem Haus vorbeifahren, wie es Lieutenant Lang gestern Abend festgelegt hat.«

»Ich brauche ja wohl kaum einen Babysitter.«

»Wenn du meine Gesellschaft ablehnst, wird Lieutenant Lang Deputys damit beauftragen, dass sie über dich wachen, was allerdings im Grunde etliche Mannstunden von der Untersuchung abzieht.« Hatch drückte sich eine Hand an die Brust. »Und ich kann dir versichern, dass diese Deputys weder meinen Charme noch mein sonniges Gemüt besitzen.« Er deutete mit seiner Fingerspitze auf den geborgten SUV. »Ihre Kutsche wartet, Prinzessin.«

Gestern hatte sie Hatchs Unterstützung auf der Suche nach Lia noch willkommen geheißen, aber heute hatte sie ernsthafte Arbeit vor sich, und Hatch war mit Sicherheit alles andere als ernsthafter Stimmung. Mit einer Sache hatte er allerdings recht: Sie wollte nicht, dass Ressourcen von der Jagd nach Lias Mörder abgezogen würden. Sie warf den Hammer in das Handschuhfach und kletterte in den SUV. »Wir müssen nach Port St. Joe. Ich will mit dem Manager des Ladens sprechen, in dem das Handy gekauft wurde, das man in Lias Hand gefunden hat. Ich suche nach belastenden Dokumenten, Überwachungsvideos, nach allem, das uns mit dem Menschen verbindet, der das Handy gekauft hat.«

Er wandte sein Gesicht dem Autohimmel des SUV zu. »Du kannst einfach nicht daneben stehen und andere die Arbeit machen lassen?«

»Das ist nicht meine Art. Gerade du solltest das wissen.«

Er steckte den Schlüssel ins Zündschloss. »Ja, das weiß ich.«

Sie rasten über den Highway, Hatchs rechte Hand lag lässig auf dem Steuerrad, sein rechtes Bein wippte. Sie hatte vergessen, dass er immer in Bewegung war, wenn er über etwas nachgrübelte. Nicht zum ersten Mal in den letzten beiden Tagen stellte sie sich diesen blauäugigen blonden Jungen vor, der höchstwahrscheinlich Hatch nach Cypress Bend gebracht hatte und ihn dort vor Anker hielt.

»Du hast einen Sohn«, sagte sie.

»Du zielst immer auf die empfindlichste Stelle, stimmt's?« Ein schiefes Lächeln glitt über sein Gesicht, erreichte aber seine Augen nicht. »Ich kann dich mir vor Gericht vorstellen, Counselor, wie du dein Beutetier angreifst. Manchmal schleichst du dich von hinten an, ein anderes Mal holst du sofort zum Schlag aus.«

»Wie heißt er?«

Hatch strich sich über die Bartstoppeln am Kiefer. »Dich könnte ich nie verscheißern, ich weiß.«

»Nicht in dieser Welt.« Sie kannte Hatch, und sie wusste, was er tat oder wenigstens zu tun versuchte, nämlich sie davon abzuhalten, von etwas Ernstem zu sprechen – seinen Sohn eingeschlossen. »Wie heißt er?«, fragte Grace wieder.

Das fröhliche Grinsen verschwand. »Alex Milanos, und bis vor zwei Tagen wusste ich nicht mal, dass er existiert.« Er erzählte ihr von Vanessa Milanos, einer Frau, die er in dem Sommer, bevor sie geheiratet hatten, kennengelernt und die zugegebenermaßen seine Bemühungen um Verhütung sabotiert hatte, weil sie ein Kind von ihm wollte.

Hatch hatte ein *Kind*, und das bedeutete, er war Vater. Wenn sie den Jungen nicht mit eigenen Augen gesehen hätte, würde sie es nicht glauben. Sie hatte am eigenen Leib erfahren, dass Hatch Verhütung sehr ernst nahm. Auf der anderen Seite konnte sie sich gut vorstellen, dass eine Frau so überwältigt, so verzaubert war, dass sie jedes Stückchen Hatch nehmen würde, das sie bekommen konnte.

»Und du bist jetzt hier, um einen Frieden auszuhandeln?«, fragte Grace, nachdem er ihr von dem Ärger des Jungen mit dem Gesetz erzählt hatte.

Hatchs Bein wippte ein wenig schneller. »Ich tue, was ich kann.«

»Und das wäre?«

»Ich ziehe ihn zur Verantwortung für den Einbruch in die Krabbenbude, außerdem will ich seiner Großmutter helfen, Mittel und Wege zu finden, mit ihm und seinen beiden hurrikanartigen Zwillingsbrüdern zurechtzukommen. Und bei der

Gelegenheit möchte ich ihm helfen, etwas Respekt gegenüber sich selbst und allen um ihn herum aufzubringen.«

»Und wie willst du das anstellen?«

Hatchs ganzer Körper wurde ruhig, und das verspielte Funkeln in seinen Augen erlosch. Einen Moment später zwinkerte er. »Ich glaube, ich muss ihm eine größere Schaufel kaufen.«

Typisch Hatch, zurückzuweichen, wenn die Diskussion zu tiefgründig wurde. *Ich bin nämlich nicht so ein tiefgründiger Mann,* hatte Hatch ihr vor mehr als einem Jahrzehnt gesagt. *Ich halte das Leben einfach. Kein Ballast. Keine Reue. Du bekommst, was du siehst.*

Ihr Exmann hatte nie vorgegeben, etwas anderes zu sein. Er lebte großzügig, liebte voller Leidenschaft, und die ganze Welt betete ihn an, was sie – zu einem gewissen Zeitpunkt in ihrem Leben – eingeschlossen hatte.

Grace wühlte die Adresse des Telefonladens aus den Tiefen ihrer Tasche und rief auf ihrem Handy einen Stadtplan auf. »Nimm die nächste Ausfahrt, dann rechts«, sagte sie. »Der Telefonladen ist das vierte Geschäft in nördlicher Richtung.« Sie sah auf die Uhr. »Sie öffnen erst in einer Stunde, aber ich habe die Handynummer der Geschäftsführerin.«

Ein leises Lächeln trat auf Hatchs Lippen.

»Was ist?«, fragte Grace.

»Ich denke nur gerade, wenn ich jemals jemanden brauche, um einen Berg zu versetzen, weiß ich, wen ich rufe.«

Sie ließ das Handy wieder in ihre Tasche gleiten. »Hast du ein Problem mit starken, entscheidungsfreudigen Frauen?«

»Wie du weißt, bete ich starke, entscheidungsfreudige Frauen an.« Er hob die Augenbrauen.

Obwohl seine Worte eher wie charmantes Frotzeln klangen, war das, was er sagte, unbestreitbar wahr. Anders als andere Männer war Hatch augenscheinlich nie von ihrer Kraft und ihrem Ehrgeiz eingeschüchtert gewesen. Er hatte es nicht nötig, mit ihr zu wetteifern, und hatte sie mit Sicherheit nie kleiner gemacht. Vor einem Jahrzehnt hätte sie gesagt, es war nur seine gelassene, unbekümmerte Haltung, aber jetzt, in ihren Dreißigern und nachdem sie die Natur des Menschen inner- und außerhalb des Gerichtssaals kennengelernt hatte, wusste sie, warum Hatch nie von ihr eingeschüchtert gewesen war. Männer, die sich wohl in ihrer Haut fühlten, ihre eigene Stärke kannten, hatten keinen Grund, starke Frauen zu fürchten. »Du betest *alle* Frauen an« fügte sie lachend hinzu.

»Stimmt.« Er fuhr den SUV vom Highway und legte seine Finger – alle ohne Ring – oben auf das Lenkrad.

»Hast du je noch einmal geheiratet?« Grace konnte es sich einfach nicht verkneifen, zu fragen. Ein Charmeur wie Hatch musste mehr als nur ein paar Frauen gehabt haben, die sich darum rissen, langfristig sein Bett zu teilen.

»Nach dir, Prinzessin, verblassen alle anderen Frauen.« Er lächelte sein albernstes Lächeln. »Mein gebrochenes Herz suchte Trost in der See, und das da ist meine Braut.« Er zeigte aus dem Fenster, wo sich das Wasser der St. Joseph Bay vor ihnen tief, dunkelblau und tränenförmig erstreckte. Und dahinter die endlose See und der flüsternde Wind.

Ein Schauder überlief ihre Haut. »Das muss aber auch mal kalt und einsam sein«, sagte sie.

Hatch zuckte mit den Schultern und täuschte Nonchalance vor, aber die Art, wie er seine breiten Schultern hob, war alles, nur nicht unbeschwert und fröhlich. »Und du?« Sein Lächeln war verblasst. »Hat es jemals einen Mr. Courtemanche gegeben?«

Im Laufe der letzten zehn Jahre hatten sich ein paar Männer bei der Arbeit, ihrem Tennis- und Golfclub um sie bemüht. Die meisten hatten ihre Hingabe bei ihrer Karriere und der Strafverfolgung nicht verstanden, ihren Ehrgeiz, schlechte Menschen hinter Gitter zu bringen. Einige, die Geduld und Hartnäckigkeit bewiesen, hatten es sogar in ihr Bett geschafft, aber niemand war ihrem Herzen wirklich nahe gekommen. Ihr Herz hatte sie hinter Schloss und Riegel verborgen gehalten, als der Sommer mit Hatch vorbei war. Und da war noch der Aspekt, dass jeder Mann im Vergleich mit ihm verblasste, denn er war eine strahlende goldene Sonne inmitten ihres Universums gewesen.

Sie blinzelte in die Helligkeit. »Kein Ehemann.«

»Muss aber auch mal kalt und einsam sein.« Sein Echo auf ihre Bemerkung war weder abfällig, noch hatte es einen bissigen Unterton.

Es gab Zeiten, da war sie einsam, so einsam, dass es wehtat, aber nie, niemals kalt. Nicht bei dem Feuer, das in ihrer Brust brannte, wenn sie das Böse bekämpfte, wie zum Beispiel in der Person von Lia Grants Mörder. Sie deutete auf eine Highway-Ausfahrt. »Bieg da ab.«

Als sie bei dem Telefonladen ankamen, umschloss Grace ihr Gesicht und linste in die Glasscheibe der Ladenfront. Sie bemerkte Schachteln, halb zusammengesetzte Schaufensterdisplays und zusammengeknüllte Einschweißfolie. Sie schlug gegen die verschlossene Tür, bis eine Frau mit verkniffenem Mund aus einem Hinterzimmer kam, ein Teppichmesser in ihrer Hand.

Wir haben geschlossen, formte die Frau mit den Lippen.

Grace war kurz davor, noch mal gegen die Tür zu schlagen, als Hatch in seine Brieftasche griff, seine Dienstmarke herausholte, damit an das Glas tippte und ein blendendes Lächeln auf sein Gesicht zauberte. Die Frau legte das Teppichmesser beiseite, strich sich kurz über die Haare und eilte zur Tür.

Hatch neigte sich so dicht zu Grace hinüber, dass seine Lippen die Haare, die sich über ihrem Ohr wellten, sachte berührten. »Jetzt kannst du aber nicht sagen, es war nur wegen meines hübschen Gesichts.«

Grace machte sich nicht die Mühe, zu antworten, als die Frau die Tür aufschloss und das Sicherheitsgitter hob. Hatchs Ego war sowieso schon groß genug.

»Ich bin Grace Courtemanche vom Büro des Staatsanwalts, und ich muss mit Ihnen über einen Kauf sprechen, der kürzlich in diesem Laden getätigt wurde.«

Die Ladenleiterin, die Hatch mit den Augen verzehrte, tat Grace' Worte mit einem Winken ab. »Das Zeug wird von meinem Bezirksmanager erledigt.«

»Ich habe bei Ihrer Zentrale schon anrufen lassen, aber wir müssen rasch handeln. Ein Telefon, das in diesem Laden hier gekauft wurde, spielt eine Rolle beim Mord an einer Neunzehnjährigen.«

Die Frau unterließ ihre verliebten Blicke kurz und runzelte die Stirn. »Das ist ja schrecklich.« Eine Türklingel unterbrach sie. »Es tut mir leid, das mit dem Tod des Mädchens, aber trotzdem müssen Sie mit dem Bezirksmanager sprechen. Sie kümmern sich dort um alles, was mit den Cops und der Presse zu tun hat.« Wieder eine Türklingel. »Hören Sie, ich muss diese Lieferung entgegennehmen. Rufen Sie den Bezirksmanager an.« Sie eilte durch eine Tür in den Hintergrund des Ladens.

Grace sah auf die Uhr. Das Bezirksbüro hatte immer noch eine Stunde geschlossen, und sie hatte schon eine Nachricht hinterlassen. Sie konnte die Muskeln spielen lassen und ihrem Wunsch mit einer Vorladung Betonung verleihen, aber jetzt einen Richter aus dem Bett zu jagen würde wertvolle Zeit verschwenden. Auf der anderen Seite hatte sie etwas Besseres als einen Gerichtsbeschluss. Grace konnte sich nicht vorstellen, dass jemand, der Lias Stimme hörte, nicht die Angst und Verzweiflung in diesen letzten, entsetzlichen Momenten der jungen Frau mitfühlen würde.

Neben ihr nahm Hatch ein 1,20 m großes Pappmodell eines

Handys und begann, die Laschen zu falten. Er trällerte ein sanftes Lied, das sie ans Meer erinnerte.

Während Grace ihre Mailbox-Nachrichten aufrief, zerrte die Ladenleiterin einen Rollwagen mit Handy-Accessoires in Pappkartons herein. Als sie sah, dass Hatch das riesige Handy-Display aus Pappe schon zusammengebaut hatte, glätteten sich die Falten auf ihrer Stirn.

»Wäre es denkbar, dass Sie für einen Mindestlohn arbeiteten?«, fragte sie und warf ihre Haare zurück. »Ich habe noch drei von denen, die zusammengebaut werden müssen.«

»Das Vergnügen ist ganz meinerseits, Ma'am.« Hatch zwinkerte. »Ich bin ein Mann mit flinken Händen.«

Die Frau fiel fast in Ohnmacht. »Ist es Ihnen ernst damit?«

Hatch nahm ihre Hand in seine und führte sie an seine Brust. »So ernst wie mein Herzschlag.«

Mit einem aufgeregten Lächeln huschte sie in den Lagerraum.

»Ein Mann mit flinken Händen?«, fragte Grace und gab sich nicht die Mühe, ihren Unmut zu verbergen.

»Soweit ich mich erinnere, mochtest du meine Hände immer.« Er glitt mit einem Daumen über ihren Ellbogen. Sie hatte ganz vergessen, dass Hatch sie immer berührt hatte. Er fühlte sich wohl in seiner Haut und konnte in die anderer schlüpfen. »Je schneller, desto besser.«

Eine Hitzewelle überlief ihre Haut, und sie stieß seine Hand weg. Jetzt war nicht die Zeit, sich zu erinnern, wie seine Berührungen ihre Welt auf den Kopf gestellt hatten. »Du hast mit einer möglichen Zeugin geflirtet.«

»Mit Honig fängt man Bienen.« Seine Zunge verweilte bei dem Wort »Honig«. Honig und Hatch. Diese beiden würden in ihrer Fantasie immer miteinander verknüpft sein.

»Wir fangen hier keine Bienen, Hatch, sondern einen Killer.«

»Erzähl mir etwas Neues, Prinzessin.« Er legte seine Hand auf ihre Lippen, und zum ersten Mal bemerkte sie die Ausbeulung unter seinem luftigen Baumwollhemd. Seine Waffe.

Die Geschäftsführerin kam mit drei Displayschachteln zurück und ließ sie vor Hatchs Füße fallen. Dann sah sie Grace an. »Ich kann fünfzehn Minuten erübrigen.«

Hatch griff nach einer Schachtel und summte leise.

Grace übergab der Ladenleiterin die Information über das Handy, das sie in Lias lebloser Hand gefunden hatten. »Vor zwei Tagen habe ich mit jemandem von Ihrer Geschäftsleitung gesprochen, und er hat mir erzählt, dass dieses Prepaidhandy vor zwei Wochen in Ihrem Geschäft gekauft wurde. Ich muss den Käufer finden.«

»Am leichtesten wird es sein, die Seriennummern zu kontrollieren und herauszufinden, ob der Käufer eine Kreditkarte benutzt hat.« Die Geschäftsführerin fuhr einen Computer an der Kasse hoch, während Hatch ein weiteres Riesenhandy aus Pappe in Angriff nahm und immer noch summte. Grace tippte an ihre Perlenkette.

»Hier haben wir es«, sagte die Ladenleiterin. »Ich habe den Käufer der Handys gefunden. Leider war es ein Barverkauf, daher kann ich Ihnen keinen Namen nennen.«

Grace nahm das Wort »Barverkauf« durchaus wahr, aber ihre Aufmerksamkeit galt einem anderen Wort. »Hand*ys*?«

»Drei Prepaids. Dasselbe Modell.«

»Drei?« Grace hatte das große rote X über Lia Grants Gesicht vor Augen. »Er hat drei Handys gekauft?«

Irgendwann musste Hatch aufgehört haben, zu summen. Er stand stumm neben ihr, seine flinken Hände waren ganz still. An ihm war jetzt nichts Entspanntes und Lässiges mehr, denn auch er wusste, was die drei Handys bedeuteten.

Sie mussten nach zwei weiteren Opfern suchen.

11

Hatchs Finger umklammerten das Steuer des SUV, als sie den Parkplatz des Telefonladens verließen. Neben ihm auf dem Beifahrersitz starrte Grace ihr Handy an, als ob es jeden Moment rasiermesserscharfe Zähne zeigen würde.

Drei Handys.

Drei Opfer.

»Die Ladenfrau sieht sich noch einmal die Sicherheitsvideos an«, sagte Hatch. »Und Lieutenant Lang und ihr Team arbeiten den Tatort auf. Es kann sein, dass wir diesen Kerl erwischen, bevor er die anderen beiden Handys ins Spiel bringt.«

»Und wenn nicht? Was, wenn mich noch so ein Mädchen in Todesangst aus dem Grab anruft?«

»Wenn das passieren sollte, holen wir jeden Hund im Bezirk und setzen ihn auf die Spur. Und dieses Mal liegt der Vorteil bei uns. Wir wissen, dass er ein Spiel spielt. Wir wissen, dass wir gleich den ersten Anruf ernst nehmen müssen. Wir werden Techniker auf Standby haben und Sucher, die sofort einsatzfähig sind.«

»Und wenn er die Regeln ändert? Und wenn …«

Er griff über die Vordersitze und legte seine Hand auf ihre Hüfte. »In Quantico haben wir gelernt, dass Krisensituationen keine Frage der Zukunft sind. Es geht um das Hier und Jetzt und die Dinge, auf die wir Einfluss haben. Mit hausgemachten Monstern können wir keine Zeit verschwenden.«

Grace machte eine ihrer Atemübungen und ließ das Handy in ihre Tasche fallen.

Er drückte aufs Gas und raste auf Cypress Bend und ein spielendes Monster zu. Grace war nicht mehr seine Frau, und dies war nicht sein Auftritt, aber er hatte keineswegs vor, diesem Ungeheuer gegenüber nachzugeben. Er lebte davon, mit Menschen in Krisensituationen zu sprechen. Er wusste, welchen Ton er anschlagen und welche Fragen er stellen musste, und er wollte am Telefon sein, wenn das nächste Opfer anrief.

Als er auf den Wirtschaftsweg einbog, der nach Cypress Point führte, kamen sie an Grace' Baugrundstück vorbei, auf dem die Erdbaumaschinen todesstill standen, wie riesige gelbe Insekten mit staksigen Armen und riesigen Glasaugen. Hatch winkte dem Forensikerteam zu, das überall in orangefarbenen Jacken und Stiefeln herumschwirrte. Grace hatte verdammt viel am Hals.

Als er die Auffahrt hochfuhr, atmete Grace hektisch ein. »Die Vordertür. Sie steht weit offen. Ich weiß sicher, dass ich sie heute Morgen zugeschlossen und das Sicherheitssystem eingeschaltet habe. O Gott, wo ist Blue?« Noch bevor er angehalten hatte, riss sie die Tür auf und sprang aus dem Wagen. »Blue!«

Er steckte die Schlüssel ein und nahm sein Handy von der Ladestation. Grace hatte zwar die weit geöffnete Vordertür bemerkt, aber sie hatte den Truck der Telefongesellschaft übersehen, der am anderen Ende der Auffahrt parkte, denn sie war in Gedanken ausschließlich bei zwei weiteren Stimmen aus dem Grab. »Grace!«, rief er.

Sie verscheuchte ihn mit der Hand und schoss um das Haus.

Als er die Schwelle erreichte, sprang er mit einem Satz die Stufen hoch.

»Was machst du da?«, fragte Grace, die auch auf die Schwelle zulief. »Du kannst da nicht reingehen ohne Waffe oder Rückendeckung.«

»Ach, was soll's. Aber schön, zu wissen, dass du dich noch um meine alten Knochen sorgst.«

»Hatch, ich meine es ernst.«

»Es ist auch ernst.« Er zeigte auf den Versorgungstruck. »Deshalb hat die Telefongesellschaft eine Ortung auf dein Festnetz gelegt.« Er drehte sie in Richtung Tür, gerade, als der Mann der Telefongesellschaft herauskam. Hatch nickte ihm zu. »Guten Morgen Doyle. Mein Name ist Hatch. Wir haben heute Morgen telefoniert.«

»Hallo auch, Agent Hatcher«, sagte der Techniker. »Wir haben die Fangschaltung auf Ms. Courtemanches Festnetzleitung installiert. Wir haben auch ihr Handy und das Diensttelefon unter Beobachtung. Sie sollten startklar sein.«

»Du?« Grace befreite sich aus seinen Händen. »*Du* hast das alles organisiert?«

Er hatte heute Morgen zwei Mal mit dem Telefontechniker telefoniert, während Grace mit der Ladenleiterin gesprochen hatte. »Wenn wir es mit zwei weiteren möglichen Opfern zu tun haben«, sagte Hatch, »müssen wir auf zusätzliche Anrufe gefasst sein, die irgendwie mit dir verbunden sind.«

Sie strich mit ihren Händen über die Bügelfalten ihrer Hose und hinterließ feuchte Stellen. »Natürlich.«

Noch ein Schatten tauchte in der Türöffnung auf, und Allegheny Blue humpelte heraus.

»Dieser Blue hier hat Ihnen doch keine Schwierigkeiten gemacht?«, fragte Hatch den Techniker.

»Nö, ich hab ihm einfach ein Stück Speck gegeben, genau, wie Sie gesagt haben.« Der Techniker kraulte dem Hund die weichen Schlappohren. »Jetzt sind wir beste Freunde.« Winkend sprang er von der Schwelle und ging zu seinem Truck.

»Halt!« Grace ballte eine Faust an ihrer Hüfte. »Wie sind Sie eigentlich in mein Haus gelangt?«

»Agent Hatcher hat einen Schlosser geschickt, und er hat mich ohne Probleme eingelassen.«

»Und der Sicherheitscode?«

»Den hat mir Agent Hatcher gegeben.« Mit einem Tippen an seine Baseballmütze fuhr der Techniker weg.

»Du hast also ohne meine Zustimmung einfach jemanden in mein Haus einbrechen lassen?« Ein leuchtendes Rosa überzog ihre Wangen. Gut – nicht mehr dieses Kreidebleich.

»Jepp.«

»Und dir ist nie die Idee gekommen, ich könnte was dagegen haben?«

»Hast du?«

»Natürlich nicht. Es ist nur eine Frage des Prinzips.«

Hatch lächelte nur.

»Und mein Sicherheitssystem? Woher hattest du den Code?«

»Ich habe dich beobachtet. Du bist eine wunderschöne Frau, Prinzessin. Manchmal kann ich meine Augen nicht von dir lassen.« Und gestern Abend hatte er seine Aufmerksamkeit diesem engelsgleichen Gesicht und dem teuflisch heißen Körper entzogen, um zuzusehen, wie sie den Sicherheitscode eingegeben hatte. Sein Teamkollege Finn Brannigan sagte immer wieder: *Wohl dem, der vorbereitet ist.*

Grace öffnete den Mund, aber es kam kein Laut heraus. Schließlich hob sie in gespielter Verzweiflung die Hände. »Wie kann ich mich mit jemandem streiten, der im selben Team ist?« Sie drehte in ihren hochglanzpolierten Schuhen um und pfiff nach Blue. »Komm her, Blue, ich will mir deine blöde Pfote ansehen.« Während Grace und der Hund nach drinnen gingen, setzte sich Hatch auf die unterste Verandastufe und nahm sein Handy heraus.

Parker antwortete beim sechsten Klingeln, sein Atem war flach. Sicher war er geschwommen. Jeden Tag des Jahres, selbst wenn die eisige Luft in Maine kaum über Null stieg, schwamm Parker Lord einhundert Runden in dem beheizten Langschwimmbecken, das auf der schmalen Klippe zwischen dem Ozean und der »Box« lag. Sein Chef war ein Mann mit Disziplin und Durchhaltevermögen, und zum Glück für Hatch war Parker Lord gut darin, die Segel zu korrigieren, wenn es nötig wurde.

»Ich muss noch ein paar Tage in Cypress Bend bleiben«, sagte Hatch. »Kannst du sehen, ob Hayden im Big Easy übernehmen kann?« Hayden Reed war in der SCIU der Profiler, der im vergangenen Monat in Nordnevada einen Serienkiller verhaftet hatte, der der »Journalistinnenschlächter« genannt worden war. Der Schlächterfall hatte riesengroße Aufmerksamkeit auf sich gezogen, eine ganze Nation fasziniert und Haydens weltbekannten Profiling-Fähigkeiten eine große Öffentlichkeit beschert. In New Orleans war Hatch eingeteilt gewesen, einen Workshop über Krisenbewältigung zu leiten, aber die Veranstalter würden sicher begeistert sein, wenn sie die Chance hätten, Hayden sprechen zu hören. Sie würden seinen Vortag sicher vorrangig präsentieren.

»Ich kümmere mich um New Orleans«, sagte Parker. »Kannst du reden?«

Das war einer der Gründe, warum er so gern für Parker arbeitete. Sein Chef verlangte keine täglichen Statusmeldungen oder Berichte in dreifacher Ausfertigung. »Hab bis jetzt noch nicht viel.« Hatch bohrte seinen Dockschuh in den nassen Lehm, einige Stückchen des Bodens blieben an seiner Sohle kleben. »Wir haben gerade erfahren, dass der Mörder von Lia Grant insgesamt drei Handys gekauft hat, also ist es wahrscheinlich, dass er zwei weitere Entführungen plant.«

»Brauchst du was?«

»Bitte Hayden, mich anzurufen. Ich möchte, dass er ein Profil zu diesem Kerl erstellt, und schick mir Jonny Mac her. Wenn noch eine Person vermisst wird, brauche ich ihn vor Ort.« Hatch würde an diesem Telefon sein, und er wollte einen aus seinem Team dabeihaben.

»Mach ich«, sagte Parker. Hatch wollte sich gerade verabschieden, als Parker hinzufügte: »Und Alex? Alles okay mit deinem Sohn?«

Hatch konnte und wollte seinen Chef nicht verscheißern. »Nein.«

Greenup, Kentucky

»Entschuldigen Sie, Detective Holt, die Presse wird langsam nervös.« Ein Polizist aus Kentucky, der für das Absperrgitter bei Collier's Holler verantwortlich war, zeigte mit dem Daumen auf die Übertragungswagen, die an der alten Landstraße aufgereiht standen. »Sind Sie bereit, eine Erklärung abzugeben?«

»Nein.« Tucker Holt, der viel lieber ein paar Gläser Old Turkey vor sich gesehen hätte als ein paar hysterische Reporter, beobachtete, wie die Kriminaltechniker ihren letzten Koffer mit der CSU-Aufschrift in ihren Transporter verstauten und aus der Bodensenke verschwanden.

»Und der alte Collier«, fügte der Polizist hinzu, »will wissen, wann er die Hunde aus ihren Pferchen lassen kann. Sind Sie bereit, den Tatort freizugeben?«

»Nein.«

Dieser Fall bestand nur aus Neins. Vor vierundzwanzig Stunden hatten Colliers Vogelhunde Großmutter und Großvater XY Unbekannt ausfindig gemacht. Sein Team hatte keine Ausweise gefunden, keine Brieftaschen, keinen Schmuck, keine Gegenstände, die helfen könnten, die Opfer zu identifizieren. Eine säurehaltige Substanz, die als Poolreiniger erkannt worden war, war über ihre Gesichter gekippt worden und hatte das Fleisch zerstört, und er hatte keine Aussicht auf eine Gesichtsidentifizierung. Dieselbe Substanz hatte ihre Hände zerfressen. Keine Hände bedeuteten keine Fingerabdrücke. Eine Suche im Umkreis von fünf Meilen brachte weder verlassene Autos noch Zeltplätze zum Vorschein.

Und das Schlimmste war: Er hatte keinen Tropfen Wild Turkey gehabt.

Calvin Tanner, ein Detektivkollege und sein liebster Saufkumpan, stellte sich neben ihn an den Rand der Senke. »Fertig, für heute Schluss zu machen, Tuck?« Er wedelte die Luft zwischen ihnen beiseite. »Mann, du riechst, als könntest du eine Pause gebrauchen.«

Tucker fuhr sich mit seiner schmutzigen Handfläche über das Gesicht, atmete verwesende Leichen ein, Schlamm und Eau de Köter. »Nein«, sagte Tucker zu Calvin. »Ich bleibe noch ein paar Stunden hier, spreche mit den Wanderern, die öfter diesen Weg benutzen, und finde heraus, ob sie irgendwelche verdächtige Leute oder Fahrzeuge beobachtet haben.«

»Irgendwas Neues aus der Gerichtsmedizin?«

»Nein.« Der Frust ließ ihn die Lippen zusammenpressen. »Ich habe angerufen und um vorrangige Behandlung gebeten, aber vor Montag werde ich sicher nichts hören. Vollkommene Leere aus dieser Richtung.«

Calvin deutete mit dem Kinn auf das Absperrband. »Unsinn. Ein Kerl wie du muss doch was wissen. Was sagt dir dein Bauchgefühl?«

Jahrelang hatte Tucker auf sein Bauchgefühl vertraut, und in den meisten Fällen hatte es sich ausgezahlt. Aber dieser Fall war anders. Sein Job stand auf dem Spiel, von seinen Kindern ganz zu schweigen. Er musste dieses Arschgesicht festsetzen, den Kerl, der Großvater und Großmutter so brutal umgelegt hatte. Leider war alles, was er hatte, ein Arschvoll *Nein*.

Aber Calvin hatte recht. Er hatte sein Bauchgefühl.

Tucker zeigte auf ein Stück Weg, das deutlich sichtbar herausstand. »Ich stelle mir vor, wie Großpapa X, Großmama Y und unser Arschgesicht da stehen.«

»Nur ein Verdächtiger?«, fragte Calvin.

»Schwer zu sagen, weil Colliers Hunde über den ganzen Schauplatz Spuren verfolgt haben.«

Das war ein entscheidender Punkt, denn der Tatort war so kompromittiert, dass er nirgendwo irgendwelche verlässlichen Beweise finden konnte. »Im Moment kann ich nur spekulieren. Arschgesicht holt eine Knarre vor und erschießt Großpapa. Punktgenau ins Gehirn. Großpapa fällt in die Senke.«

»Ein Scharfschütze?«

»Jedenfalls jemand, der sich mit Waffen auskennt.« Tucker ging den Rand der Kluft entlang. »Großmama haut ab Richtung Osten, verständlicherweise voller Angst, dass sie das nächste Ziel ist, und schafft gerade mal knapp zehn Meter. Arschgesicht schießt ihr eine einzige Kugel hinten in den Schädel. Sofort tot, ab in die Senke.«

»Das ist alles?«

»Die Jungs von der CSU haben keine Abdrücke oder Spuren an ihr oder in der Nähe der Leichen entdeckt, und bis jetzt habe ich keine Zeugen.«

»Mann, Tuck, das ist aber eine harte Nuss.«

»Was du nicht sagst.« Und dieser Fall war der Grund, dass er seine Pläne für heute Abend über Bord werfen würde. Nachdem Calvin fortgegangen war, um sich um die Medien zu kümmern, nahm er sein Handy heraus und sah auf die Uhr. Er sollte Mara lieber anrufen, bevor sie sich bei ihm meldete.

Seine zukünftige Exfrau ging brummend an den Apparat. »Nein, Tuck, nein, nein, *nein!*«

»Lass mich mit Jackson sprechen.«

»Du hast versprochen, heute Abend ein echter Dad zu sein, ich habe meine eigenen Pläne.«

Sicher ein Date, denn anders als er hatte seine baldige Exfrau ein Leben neben ihrem Job. »Meine Schwester nimmt die Kinder«, sagte er. »Jetzt lass mich mit Jackson sprechen.«

»Er ist am Bach angeln. Was soll ich ihm dieses Mal sagen?«

»Erzähl ihm die Wahrheit. Erzähl ihm, dass ich es nicht zu seinem Baseballspiel schaffe, weil ich hier eine tote Großmama und einen toten Großpapa habe, und ich nehme stark an, dass sie irgendwo Enkel haben, die sich Sorgen machen, wo zum Teufel sie geblieben sind.« Tucker legte den Kopf in den Nacken und ließ ihn kreisen, der getrocknete Schweiß an seinem Hals knirschte, und er stellte sich das zerbrochene Glas auf dem Foto von seinem Sohn und seiner Tochter vor. »Sag ihm, dass ich ihn liebhabe und ihn nächste Woche sehe.«

»Klar, Tuck. Nächste Woche.« Ein Seufzen – mehr traurig als bitter oder wütend – klang darin mit. »Nächste Woche – wie immer.«

Sobald sie am Tatort von der Ermordung ankamen, lief Grace zu Lia Grants Grab, während Hatch Richtung Bach ging. Wasser hatte ihn schon immer angezogen. Wasser war sein Ort des Nachdenkens, war der Ort seiner glücklichsten Stunden, aber sein verkniffener Kiefer, als er sich hinhockte und den Boden betrachtete, machte klar, dass er im Moment alles andere als glücklich war. Grace war es ebenso wenig. Lia Grants Killer hatte drei Handys gekauft.

Grace entdeckte Lieutenant Lang an dem klaffenden Loch, in dem Lia Grant gelegen hatte. »Irgendetwas Neues über die anderen beiden Handys?«, fragte Grace.

Lieutenant Lang schüttelte den Kopf. »Die Techniker versuchen, sie nachzuverfolgen, aber anscheinend sind sie bisher noch nicht aktiviert worden.«

Einige Deputys brachten Stricke um das hölzerne Gefängnis an, das zu Lias Totenbett geworden war. Diese Landzunge war so dicht bewachsen, dass man kaum zu Fuß durchkommen konnte. Mit einem Flachbagger hätten sie nie eine Chance. Der ideale Ort, um eine Leiche zu verstecken.

Ein Deputy kurbelte die Winde, die Stricke spannten sich und ächzten, zerrten dann die Holzkiste aus ihrer Umklammerung durch den Erdboden.

»Irgendetwas auf dem Sarg?«, fragte Grace.

»Keine auswertbaren Fingerabdrücke oder Haare«, sagte Lieutenant Lang. »Aber er sagt uns etwas Interessantes über den Killer. Dieser Sarg stammt nicht von einem Leichenbestatter. Die Konstruktion ist ungehobelt. Ungleichmäßige Bretter. Schartige Schnitte. Die Seiten treffen nicht bündig aufeinander.«

»Das heißt, dass Luft hineindringen kann, wenn die Erde die Kiste nicht zu eng umschließt.«

Lieutenant Lang blickte düster drein. »Genau. Dieser Sarg sollte das Opfer nicht ersticken, jedenfalls nicht sofort, sondern es festhalten.«

»Weil die Spielzeituhr ihren Verlauf nehmen musste.« Grace presste die Finger an ihre Schläfen. »Haben Sie etwas zum Baumaterial?«

»Alltägliches Material, das in jedem Baumarkt im ganzen Land zu finden ist.«

»Nicht direkt ein entscheidender Hinweis, aber noch ein Faden, den wir aufnehmen müssen.« Grace schloss einen Moment lang die Augen, überlegte, wie sich diese Fäden verschlingen und länger und stärker würden. »Und bald haben wir genug Seil, um Lias Mörder daran aufzuknüpfen.«

»So machen wir es, Councelor. Jetzt lassen Sie uns sehen, was Ihr FBI-Knabe im Schilde führt.«

»Hatch ist nicht mein Knabe.« Aber er war Mitglied eines FBI-Elite-Teams, und er hatte sich aufmerksam auf das Wasser konzentriert.

»Wir sind ziemlich sicher, dass der Killer vom Wasser her kam«, sagte Lieutenant Lang, während sie durch das Gewirr aus Kletterpflanzen und stacheligem Gras auf Hatch zupflügten. »Er hat sein Boot hier an Land gezogen, den Sarg ausgeladen und ihn in die Grabanlage gezerrt.«

»Hatte er Komplizen?«

Lieutenant Lang zeigte auf die Fußabdrücke. »Nur ein Paar Abdrücke. Sieht so aus, als wäre er zwei Mal gekommen, ein Mal, um den Sarg zu ziehen, ein zweites Mal, um das Mädchen herzutragen. Er hat sich keinerlei Mühe gegeben, irgendwelche Abdrücke zu verbergen, also könnte er in Eile gewesen sein oder sich keine Sorge gemacht haben, dass ihn jemand findet, denn diese Stelle hier ist so weit abseits ausgetretener Pfade.«

»Oder, was wahrscheinlicher ist: Er wollte, dass wir die Leiche finden«, sagte Grace. »Denn es handelt sich ja um eine Art Spiel.« Noch immer konnte sie sich solch ein absurdes Denken nicht vorstellen, obwohl sie doch als Staatsanwältin dem Bösen und Absurden Tag für Tag gegenüberstand. Aber das hier war anders. Dieser Irrsinn war extrem persönlich geworden.

Lieutenant Lang zeigte auf die Fußabdrücke. »Die Techniker haben schon Gipsabdrücke genommen. Scheint sich um eine Art Watstiefel zu handeln. Größe acht.«

Hatch schien an den Abdrücken im Schlamm nicht interessiert zu sein. Stattdessen starrte er auf die Rohrkolben und Seerosen neben einer Felszunge. Nein, er starrte nicht, er studierte. Grace stellte sich neben ihn auf den Felsen, ihre Schulter streifte seinen gespannten, steinharten Arm. »Was gibt's?«

Hatch zeigte auf die Furche in der Erde, vor allem einen einzelnen silbrigen Span neben einem Felsen, der aus dem Flussufer herausstand. »Er fuhr ein flaches Skiff mit Außenbordmotor, Aluminium, nicht zu groß. Wahrscheinlich vier, fünf Meter. Was meinst du?«

Hatch sprach kaum von seiner Kindheit, aber sie wusste, dass er ein Jahr auf einem Boot verbracht hatte und mit seiner Großtante Piper Jane um die Welt gesegelt war. Sie hingegen kannte sich mit Sumpfbooten aus. »Vier höchstens.«

Lieutenant Lang nahm ihr Handy heraus und machte sich Notizen. »Diese Beschreibung trifft auf Hunderte von Booten hier in der Gegend zu.«

Hatch sprang von dem Felsen auf den Boden. Er hockte sich hin und wischte Schlamm und verrottende Blätter weg, die an der Wasserkante trieben. Er fuhr mit seinem Finger durch das Brackwasser und hielt ihn an seine Nase. »Keine Benzinrückstände. Wir haben also zwei Szenarien. Nummer eins: Wir suchen ein handbetriebenes Fahrzeug, was bedeuten würde, dass es sich bei dieser abgelegenen Gegend um jemanden in der Nähe handeln müsste.«

»Oder Nummer zwei: Dieses Boot hatte einen Elektromotor«, schlug Grace vor.

Hatch nickte. »Wenn das zutrifft, gehe ich davon aus, dass die Zahl der in Frage kommenden Fahrzeuge wesentlich kleiner ist?«

»Mit Sicherheit gibt es hier weniger Elektromotoren«, sagte Grace.

»Ich schicke einen Mann zum Hafen und zu allen Bootsverleihen, um sich nach Viermetern mit Elektromotoren umzusehen«, fügte Lieutenant Lang hinzu.

Hatch starrte in das Grab, wo die Deputys jetzt den Sarg schulterten und ihn durch den struppigen Busch trugen, die perverse Umkehrung eines Beerdigungsrituals, wie Grace dachte.

»Irgendwelche Zeugen?«, fragte Hatch.

Darauf hatte Grace schon gewartet. Hatch war ein Mann der Sprache; er ging auf die Leute zu.

»Ich habe Leute draußen, die von Tür zu Tür gehen, aber bis jetzt keine Hinweise«, erklärte Lieutenant Lang.

»Was ist mit der Besitzerin dieses Lands hier?«, fragte Hatch. Ida Red hatte Lias Geruch bis zu einem Stück Land einer Lou Poole verfolgt, die dort ein Bienenhaus besaß. »Hat sie irgendetwas gesehen oder gehört?«

Lieutenant Lang kniff die Lippen zusammen. »Nein.«

»Glauben Sie, dass sie gelogen hat?«

»Ich weiß nicht. Sie ist alt und halb verrückt.«

»Aber?«, soufflierte Hatch.

»Aber jemand, der sich immer noch um ein Bienenhaus und Honigstände am Straßenrand kümmern kann, hat noch ein paar funktionierende Gehirnzellen. Ihr Haus ist keine zweihundert Meter entfernt, und ihre Terrasse hinter dem Haus reicht in den Tümpel hinein. Mir kommt es vor, als müsste sie etwas gehört oder gesehen haben.«

Grace rief sich die Blutspuren oben auf Lias Sarg ins Gedächtnis und das verletzte Fleisch an den Händen der todgeweihten Frau. Ihr drängten sich die Schreie des Mädchens auf, die ihr Handy aufgenommen hatte. »Lias Tod war weder schnell noch leise.«

»Als ich Ms. Poole zusetzte«, fuhr Lieutenant Lang fort, »wurde sie sehr unruhig, und als ich Deputy Fillingham zu einer weiteren Befragung hinschickte, drohte sie, ihm die Bienen auf den Hals zu hetzen.«

Grace hatte den erschöpften Deputy in Aktion er lebt. Er war noch Anfänger und nach diesem grauenvollen Tod eindeutig außer Fassung. Vielleicht konnte jemand mit ein wenig mehr Raffinesse, jemand, der wusste, wie man mit Leuten redete, die alte Imkerin befragen. Sie wandte sich an Hatch, aber der lief schon den Weg hinab auf eine klapprige Hütte zu, zweihundert Meter den Fluss hinab.

Grace holte ihn ein. »Du willst mit Lou Poole sprechen.«

»Nein. Ich will eine Brücke bauen.«

12

»Also gut, Prinzessin, erzähl mir alles, was du über die verrückte alte Bienenfrau weißt.«

»Sie ist alt und verrückt«, sagte Grace ausdruckslos, als sie neben ihm den Weg entlangging, der von Lia Grants Grab zu einem Holzhaus auf Stelzen über dem brackigen grünen Wasser führte.

Trotz Grace' todernster Antwort lachte Hatch. Es gab Tage, so wie diesen, da brauchte er auch mal ein befreiendes Lachen. Heute Morgen hatten er und Grace erfahren, dass der Killer drei Telefone gekauft hatte.

Was passierte, wenn Grace drei Mal geschlagen würde? Hatte der Killer Pläne für den »*Loser*«? Er beschleunigte seine Schritte. Zu diesem Zeitpunkt gab es noch so viele Unbekannte in der Gleichung.

»Ich meine es ernst«, sagte Grace. »Lou Poole ist wohl fast achtzig Jahre alt und spricht mit Bienen.«

Er hatte kein Problem mit einer Frau, die mit Bienen sprach. Die Frage war vielmehr: Würde die Frau, die mit Bienen sprach, ein Problem damit haben, mit ihm zu sprechen? Lia war in der Nähe des Hauses der Imkerin lebendig begraben worden. Die alte Frau müsste taub, blind oder komatös sein, um nichts bemerkt zu haben. »Hast du sie je kennengelernt?«

Grace nickte. »Fast jeder in Cypress Bend kennt Lou. Die Familie Poole macht auf diesem Land seit mehr als einhundert Jahren Tupelohonig.« Sie deutete auf die übereinander gestapelten Bienenkästen neben einer Gruppe Tupelobäume. »Als ich klein war, haben Momma und ich mindestens ein Mal im Jahr einen Ausflug zu Lous Honigstand gemacht.« Ein Lächeln huschte über Grace' Lippen.

Er blieb mitten auf dem Weg stehen. »Du hast eine Geschichte im Sinn, eine über eine verrückte alte Imkerin.«

Grace ging an ihm vorbei, wurde aber langsamer und drehte sich dann um. Es reizte sie, weiterzugehen, mit der Imkerin zu sprechen, einen wie auch immer gearteten Fortschritt bei der Suche nach dem Killer zu erreichen, aber seine willensstarke Lass-uns-den-Job-erledigen-Exfrau wusste auch um die Macht von Geschichten. Als Staatsanwältin verbrachte sie ihre Tage damit, Geschichten zu verflechten und Gefühle zu erwecken und dann und wann damit die erwünschten Reaktionen von Richtern und Geschworenen zu erreichen.

»In einem Jahr sind Momma und ich zu Lous Stand am Straßenrand gegangen, um ein Glas Honig als Weihnachtsgeschenk für eine meiner Lehrerinnen auszusuchen. Ich habe ewig gebraucht, in der Auswahl der nicht zusammenpassenden Gläser herumzustöbern. Ich habe immer ein Glas gegen die Sonne gehalten und in meinen Händen gewiegt, dann wieder ein anderes. Ich weiß nicht mehr, wonach genau ich gesucht habe, aber für mich war es äußerst wichtig. Wie immer war Momma verängstigt, befürchtete, dass böse Menschen uns verfolgten, und schwor, dass sie jemanden mit wilden schwarzen Haaren zwischen den Bäumen auf der anderen Seite des Tümpels gesehen habe, der uns beobachtete. Aber die alte Lou tätschelte Mommas Hand und erinnerte sie daran, dass die Bienen uns wissen lassen würden, wenn etwas Böses drohte. Als ich schließlich meinen Honig ausgewählt hatte, nahm Lou das Glas sorgfältig aus meinen Händen und setzte es auf ihren Schoß. Dann riss sie ein Büschel Gras aus dem Boden, schnürte eine Schleife um den Hals des Glases und steckte einen getrockneten Zweig zwischen die Schlingen. ›Das da ist meine Deluxe-Geschenkverpackung nur für besondere Kunden‹, sagte sie. Ich erinnere mich, dass ich den Honig voller Ehrfurcht entgegengenommen habe und wusste, dass er das allerschönste Geschenk der ganzen Welt war.«

»Schöne Erinnerung«, sagte Hatch. »Klingt, als wäre sie eine nette Lady.«

»Nett.« Grace' marmorfarbene glatte Stirn runzelte sich. »Aber eigenwillig. Lou stammt von Sumpfmenschen aus vergangenen Zeiten ab. Soviel ich weiß, ist sie die letzte der Pooles.«

»Kein Ehemann? Keine Kinder?«

»Nicht, dass einer von uns wüsste.«

»Freunde?«

»Nur die Bienen.«

»Nur die Bienen«, wiederholte Hatch sanft.

Er verstaute die Geschichte in seinem Hinterkopf, und sie folgten dem Weg weiter, bis sie einen Zaun aus handgeknüpftem Stacheldraht und Zypressenstöcken erreichten. An einem Zauntor war ein schwarzes Schild befestigt, das lautete: HEUTE KEIN HONIG – HAUT AB!

Die Scharniere knarzten, als Grace das Tor öffnete. Der Boden unter ihren Füßen wurde feucht und immer unebener, aber Grace stapfte weiter. Nichts konnte diese Frau stoppen, wenn sie sich etwas in den Kopf gesetzt hatte. Hatchs Schritte wurde langsamer. Wie ihre Entscheidung, sich von ihm scheiden zu lassen.

Grace hatte sich entschieden und – zack! – erledigt. Aber in diesem Fall nutzte Grace ihre Beharrlichkeit, um einen Killer zu fassen. Fast so etwas wie ein Lächeln hob seine Lippen. Und dieser Killer sollte nur schon mal anfangen, zu zittern – in seinen Watstiefeln Größe acht.

Hatch folgte Grace den Tümpel entlang unter dem gesprenkelten Schatten der Tupelobäume, bis sie einen erhöht gebauten Holzweg erreichten, der am Wasserrand entlanglief. Ein Dutzend weiterer Kästen stand auf den verwitterten Brettern, die Luft darüber eine einzige riesige Bienenwolke.

Eine sonnengegerbte Frau hinkte über den Weg, einen kokelnden Stock in ihrer Hand. Als Grace auf den Holzweg trat, rief die alte Frau über ihre Schulter: »Heute kein Honig!« Sie stach mit dem qualmenden Stock nach ihnen und wedelte dann mit ihm über einen Bienenkasten.

»Ja, Ma'am«, sagte er. »Ich habe das Schild am Zaun gesehen. Wir sind nicht wegen des Honigs gekommen. Mein Name ist Hatch, und ich bin ein Freund von Grace.«

Die alte Frau kniff die Augen zusammen. »Die kleine Gracie?«

»Ja, Miss Poole«, sagte Grace. »Wir würden gern mit Ihnen sprechen, über das Mädchen, das man oben am Fluss gefunden hat.«

»Wir versuchen, herauszufinden, wer dem Mädchen wehgetan hat«, fügte Hatch hinzu.

»Heute kein Honig. Heute kein Honig. Nehmen Sie die kleine Gracie, und gehen Sie weg.« Ihre Stimme war so leise und düster wie die aschenschwarzen Kringel, die sich von dem Stock schlängelten. Sie ging von Kasten zu Kasten und ließ die Rauchschwaden hochsteigen.

Hatch lehnte sich gegen einen Pfosten des Laufstegs. »Stimmt etwas mit den Bienen nicht?«

»Jepp, sie sind beunruhigt und traurig.«

»Hilft der Rauch?«, fragte Hatch.

»Der Rauch beruhigt die Bienen. Dann essen sie wenigstens. Ein Bauch voll Honig beruhigt sie.«

Ein grauer Dunst hing über der Gegend, und ein süßer, verkohlter Geruch wurde von dem Wind weitergetragen, der durch die Bäume säuselte. Grace beugte sich über den Tümpel und blinzelte. »Das Wasser ist hoch dieses Jahr. Das ist gut, stimmt doch?«

Lou Poole nickte begeistert. »Gut für die Bäume, gut für die Bienen.«

»Und die Bienen sind jetzt glücklich«, sagte Hatch. Um Brücken zwischen Leuten zu bauen, musste man Baumaterial zusammentragen, und da gab es so viele verschiedene Arten Material: Worte, Schweigen, Erinnerungen, gemeinsame Blicke, gemeinsame Freunde, selbst wenn sie aus dem Insektenreich stammten.

»Jetzt sind sie glücklich«, sagte Lou mit einem zahnlosen Grinsen.

»Aber vorher waren die Bienen nicht glücklich?«, fragte Hatch.

»Nö«, schmatzte Lou auf zahnlosem Gaumen. »Sie hatten Angst.«

»Wegen des Mädchens im Boden?«, drängte Grace.

»Natürlich nicht«, sagte Lou. Mit gekrümmtem Finger lud sie sie ein, näher zu kommen. »Wegen dem Geist da.«

Grace' Schulter, an seine gepresst, sackte zusammen.

Hatch arbeitete weiter an der Brücke und hoffte, den verrückten Teil hinter sich lassen zu können. »Hat der Geist die Bienen verletzt?«

»Nah, er hat sie bloß erschreckt.« Die Augen der alten Frau weiteten sich. »Kommt nicht alle Tage vor, dass sie jemanden vom Tod zurückkommen sehen.«

Grace verlagerte ihr Gewicht, ihre Pumps zerbrachen einen Zweig, während Hatch still stehen blieb.

»Stimmt, kommt nicht oft vor«, sagte er. »War der Geist hier bei den Bienen?«

»'türlich nicht. Der Geist hat das tote Mädchen beerdigt.«

Grace hörte auf, zu zappeln. »Totes Mädchen?«

Lou streckte ihr Kinn, das aussah wie ein getrockneter Apfel, in Richtung von Lias Grab. »Jepp, ein totes Mädchen trieb den Fluss runter. Wir haben ihr Gesicht geseh'n, still und weiß wie ein Leckstein. Und wir haben diesen Button an ihrem Hemd gesehen. *Wie kann ich Ihnen helfen?* So traurig. Nichts konnte dem süßen kleinen Mädchen mehr helfen. Ich und die Bienen haben für sie gebetet.«

Über den Rauch hinweg trafen sich Hatchs und Grace' Blicke. Die alte Frau hatte ganz klar Lia Grant gesehen, wenn sie von dem Button wusste. Aber das Mädchen konnte noch nicht tot gewesen sein, angesichts der Anrufe bei Grace. Wahrscheinlich unter Drogen gesetzt.

»Können Sie uns mehr erzählen über diesen Geist, der die Bienen erschreckt hat?«, fragte Grace. »Wie sah er aus?«

Lou kratzte an den wilden schneeweißen Haarbüscheln, die aus einem schmutzigen Kopftuch hervorlugten. »Falsch, alles war ganz falsch. Nachdem er so lange tot war, sollte er nur noch Knochen sein, nur noch Knochen.«

»Und dieser Geist war mehr als Knochen?« Eine plötzliche Hitze schoss Hatchs Rückgrat hoch. »War der Geist groß oder klein, alt oder jung, Mann oder Frau?«

»Tote, die in der Erde begraben sind, sollten nach all den Jahren verrotten. Sie geben der Erde das zurück, was die Erde ihnen gegeben hat. So ist das auf dem Land.« Lou wirbelte den Stock jetzt in schnelleren, größeren Lichtbögen, als ob sie hoffte, der Rauch würde mehr Ruhe bringen, aber der Stock flog ihr aus der Hand und fiel ins Wasser, zischend und sprühend, bis er endlich verlosch. Sie blickte von dem Stock auf, und ihre Augen blitzten. »Heute kein Honig. Heute kein Honig!«

Hatch ließ das Kinn auf die Brust sinken, damit die alte Frau nicht sah, dass er einen Fluch unterdrückte. Er hatte sie verloren, und für den Moment gab es keinen Weg zurück, jedenfalls heute nicht mehr. Er hob das Gesicht und nickte ihr zu. »Ja Ma'am, heute kein Honig, aber vielleicht morgen.«

Lou hinkte den Laufsteg hinunter und murmelte den Bienen irgendetwas zu. Hatch steckte eine Hand in die Tasche und ließ die andere um Grace' Taille gleiten, als er sie den Weg entlangführte.

Grace sank mit ihren Absätzen ein und musste gezwungenermaßen seine Hand von ihrer Taille entfernen. »Ist das alles?«, fragte Grace. »Hast du sie nicht gehört? Sie hat Lia Grant gesehen. Sie hat den Killer gesehen. Und du gehst jetzt. Bist du noch bei Sinnen?«

»Die Brücke ist eingestürzt. Heute können wir nicht weitergehen.« Er ging weiter den Weg entlang.

»Hier stehen Leben auf dem Spiel.«

Er hielt an und drehte sich um. »Ja, Grace, deins inbegriffen. Erzähl mir was Neues.« Als Reaktion auf ihr wütendes Schweigen zeigte er auf Lou Pooles Zuhause. »Ja, diese Frau hat etwas gesehen, und ich könnte sie auf die Polizeiwache zerren und durch die Mangel drehen. Zum Teufel, ich könnte sogar drohen, ihr ihre geliebten Bienen wegzunehmen, aber das bringt uns auf keinen Fall weiter.«

»Es könnte uns aber einen Schritt näher an einen Killer bringen. Verdammt, Hatch. Wir müssen alles tun, was wir können, um eine zweite Entführung zu vermeiden, und das heißt doch, höheren Druck auszuüben, und nicht, aufzugeben.«

»Und genau hier irrst du dich. Ich gebe nicht auf. Ich gebe nur einer alten, verängstigten Frau die Zeit, die sie braucht, um zu verarbeiten, dass sie einen Mord beobachtet hat.« Er trat einen Schritt auf Grace zu. »Zweifelst du an mir?«

Sie öffnete den Mund, um mit ihm zu streiten, den Fall aufzubauen wie die erfolgreiche Staatsanwältin, die sie war, aber ihr harter Gesichtsausdruck wurde sanfter. »Okay«, sagte sie.

Grace, sanft? Nicht in diesem Jahrzehnt. »Okay was?«

»Du …« – sie rückte ihre längst perfekt an ihrem Hals liegenden Perlen zurecht – »gewinnst.«

Er legte seine Hand in ihre Armbeuge und führte Grace den Weg hinab. »Es geht nicht um Gewinnen oder Verlieren. Das Ziel ist einfach, alle am Leben zu halten. Aber sei versichert, ich werde morgen und übermorgen wieder hier sein, und das so lange, bis ich Lou Pooles Geschichte habe.« Denn Grace hatte recht: Es standen Leben auf dem Spiel.

Als sie das Baumkronendach aus Eichen und Ahorn verließen, warf Hatch einen Blick gen Himmel und fluchte. Die Abenddämmerung hatte eingesetzt. Er blickte auf seine Uhr und packte Grace' Hand.

»Du hast eine Uhr?«, fragte Grace mit einem verwirrten Stirnrunzeln. »Du hast geschworen, du würdest nie eine tragen.«

Er zog sie den Weg entlang bis zur Hauptstraße, wo er den SUV geparkt hatte. »Wir müssen los.«

»Seit wann trägst du eine Uhr?«

»Wir sind spät dran.«

»Wofür?«

Er zerrte sie durch ein Gewirr aus kriechenden Nesseln und grinste.

13

»Ist es das?« Grace hob die Hände und zeigte auf den blutroten Himmel über Hatchs 12-Meter-Segelboot, das im Jachthafen von Cypress Bend vor Anker lag. »Und deswegen haben wir den Tatort verlassen? Deswegen bist du wie ein Besessener quer durch die ganze Stadt gefahren?«

Hatch warf ihr eine eiskalte Flasche Bier zu, bevor er seine Ellbogen auf die Reling lehnte. Ein Plopp und ein leises Zischen erklangen, als er die Flasche öffnete. Er warf den Kronkorken in einen Ködereimer und betrachtete den Sonnenuntergang über der Appalachian-Küste. »Wunderschön, findest du nicht?«

Grace knallte das Bier gegen die Reling. Einige Möwen, die sich auf einem wettergegerbten Pfosten niedergelassen hatten, krächzten und flogen auf. Hatch dagegen beobachtete weiter, wie sich die Sonne vom Tag verabschiedete. Sie hielt sich das eiskalte Bier an ihre glühende Stirn. Warum überraschte sie das alles nicht? Sie befanden sich mitten in einer Mordermittlung und versuchten dazu noch, zwei weitere Morde zu vereiteln, und Hatch musste sich unbedingt den Sonnenuntergang ansehen.

Sie zeigte mit ihrer Flasche auf ihn. »Nimmst du eigentlich jemals irgendetwas ernst?«

Hatch zielte mit seinem Bier auf den Himmel im Westen. »Das hier ist ein ernst zu nehmendes Kunstwerk.«

Sie öffnete den Mund, konnte aber nichts dagegenhalten. Die Sonne schwebte am Horizont, ein riesiger Pfirsich gegen glühend rote Streifen in Rot und Orange. Die Bucht trug die Farbe, als ob jemand geschmolzene rote und orangefarbene Buntstifte ins Wasser gekippt hätte. Das letzte der Austernboote hatte für die Nacht angelegt und bot eine tanzende schwarze Silhouette gegen die feuerrote Palette. Sie hatte ihr ganzes Leben in dieser Stadt verbracht und Tausende Sonnenuntergänge genossen. Es gab keinen schöneren Platz auf der Erde, keinen anderen Ort, den sie je als ihre Heimat bezeichnen wollte. Sie malte sich aus, wie sie hier alt wurde, in ihrem eigenen Haus auf einem Hügel.

Hatch hingegen würde nie sesshaft werden. Ursprünglich war er ja gekommen, um die Sache mit seinem Sohn in Ordnung zu bringen, und jetzt machte er einen Umweg für sie, um einen Mörder zur Strecke zu bringen. Aber letzten Endes blieb er durch und durch Hatch, ein Mann, der sich Zeit nahm, die Reise zu genießen.

Mit bloßer Hand öffnete sie ihr Bier und lehnte ihre Ellbogen an die Reling. Der Abend war warm. Das Bier kalt, und wenn sie sich selbst gegenüber ehrlich war – der Mann neben ihr war ihr willkommen. Trotz Hatchs lässigen Auftretens hatte er heute maßgeblich zu der Ermittlung beigetragen. Er hatte die Ladenmanagerin bezirzt, dass sie mit Grace gesprochen hatte, hatte das Boot identifiziert, das der Mörder höchstwahrscheinlich benutzte, und war mit Lou Poole vorangekommen. Sie prostete ihm zu. »Du bist gut.«

Er lächelte ihr über seine Bierflasche hinweg zu. »Das sagen sie mir immer.«

Sie erstickte ihr Stöhnen mit einem kühlen Schluck aus der Flasche. Nein, Hatch würde sich nie ändern, und bei dem Chaos und der Ungewissheit ihres eigenen Lebens genoss sie das Vertraute. Wie paradox. Seine lässige Haltung hatte sie von jeher frustriert, zum Beispiel zu den Zeiten, als er vergessen hatte, die Rechnung des Jachthafens zu bezahlen und sie keinen Strom mehr hatten. Und all diese Male, als sie während der Wohnungssuche Verabredungen mit Maklern getroffen hatte, zu denen er nicht erschienen war. Heute Abend hingegen fand sie Trost in seiner Unbekümmertheit.

Irgendwo unten am Dock wurde Countrymusik gespielt, die Melodie war langsam und gefühlvoll, erzählte von Verlust und Sorge, und heute berührten die Töne sie bis tief in ihr Innerstes. Ein unschuldiges Mädchen war ihretwegen gestorben, und es war möglich, dass zwei weitere folgen würden. Die Frage war natürlich, wo und wann? Und – vor allem – warum? Warum sie? Sie schluckte noch einmal.

Lieutenant Lang hatte sie gebeten, eine Liste von Menschen zusammenzustellen, die Groll gegen sie hegen könnten, und aufgrund ihrer Arbeit war die Liste lang. Sie hatte Lieutenant Lang schon aus dem Kopf ein Dutzend Namen gegeben, hassenswerte Individuen, die zu verurteilen sie geholfen hatte, und morgen wollte sie sich ihre Arbeitsunterlagen vornehmen und nach weiteren suchen. Aber dieser Groll müsste vielleicht gar nicht mit ihrer Arbeit zu tun haben. Die Vorstellung, dass es jemand aus ihrer persönlichen Vergangenheit oder Gegenwart sein könnte, machte sie krank. Ein verärgerter Liebhaber? Jemand, den sie bei einem Job ausgestochen hatte? Verdammt, warum nicht gleich jemand, den sie auf dem Tennisplatz geschlagen hatte? Verrückt, ja, aber Hatch hatte ja gesagt, sie hätten es mit einem Verrückten zu tun.

Als ein dunklerer Rotton am Himmel erschien, warf Hatch seine leere Flasche in den Ködereimer. Leise wie eine große goldene Katze glitt er hinter sie, hob seine Hände zu ihrem Hals und vollführte einen alten, vertrauten Zauber. Sie hatte ihn einst »Zauberer« genannt. Taschen voller kindischer Zaubertricks, nicht zu erwähnen seine magischen Finger. Nicht nur ein Mal in ihrer kurzen, feurigen gemeinsamen Zeit hatte er die Spannung einer Woche voller Kopfweh oder Schulterschmerzen, die aus jahrzehntelangem Tennistraining stammten, mit seinen magischen Händen weggestreichelt.

»Du bist verspannt«, sagte Hatch.

»Das kommt von Mord in meinem Hinterhof.« Sie ließ den Kopf schlaff nach vorne hängen und bot ihm Zugriff zum gesamten Bogen ihres Nackens.

Seine Finger gruben sich in ihre verspannten Muskeln. »Die Spannung ist in deinem Hals. Das sagt eine Menge.«

Ihre Haut erhitzte sich, und ihre Muskeln wurden weicher.

»Was sagt dir mein Hals?«

Seine Finger spreizten sich und glitten bis zu ihrem Haaransatz. »Dass du eine Menge im Kopf hast.«

»Hmmmmm.« Sie schloss die Augen. Ihr Geist war jetzt zum Glück frei von allem Chaos, erfüllt nur von einem Gute-Nacht-Himmel und dem Wiegenlied der Bucht … und von Hatchs magischen Fingern. Eigentlich schnurrte sie.

Seine Finger hielten still.

Sie biss sich auf die Unterlippe. Hatte sie etwa wirklich geschnurrt? Das war ihr schon viele Male passiert, als seine Hände – schnell oder langsam und in jedem Tempo dazwischen – ihren Körper entlanggeglitten waren. Und sie hatte gestöhnt und gelacht und geschrien vor Lust, einer Lust, die so stark war, dass es beinahe wehtat. Sie stand auf. Es hatte keinen Sinn, über dieses Chaos nachzudenken. »Ich muss gehen. Ich habe noch Arbeit.«

Hatch ließ seine Hände fallen, löste sich von der Reling und drehte dem flammenden Himmel den Rücken zu. »Ich auch.«

Ein Hauch Enttäuschung fuhr ihr durch den Körper. Der alte Hatch hätte einen zögernden Finger ihren Hals entlanggleiten lassen, während er lächelte und schmeichelte und um noch fünf Minuten, noch fünf Mal Streicheln, noch fünf Küsse bat. Er nahm ihr die leere Flasche ab und warf sie in den Eimer. Als sie ihre Tasche auf dem Deck suchen ging, nahm er sein Handy aus der Tasche und sprang auf das Pier, an dem die »No Regrets« angelegt hatte, aber sie konnte seine Stimme hören. Er erkundigte sich nach seinem Sohn Alex.

Sie dachte über die Mutter des Jungen nach. Hatch sammelte Frauen wie andere Menschen Baseball-Karten oder Münzen. Und wie die meisten passionierten Sammler empfand er höchste Befriedigung an seinem Hobby. Hatte er auch ihren Nacken gestreichelt? Ihr seine dummen Zaubertricks vorgeführt? Sie zum Schnurren gebracht? Und war das etwa ein Stich Eifersucht, der sich in Grace' Brust bohrte? Sie fand ihre Tasche und warf sie sich halb lachend über die Schulter.

Wie konnte sie eifersüchtig sein auf etwas, das sie nie besessen hatte? Hatch hatte ihr seine Liebe auf einem schaukelnden Schiff unter einem blassgelben Mond geschworen. In der Anwesenheit von Bienen und einem Friedensrichter hatte er ein Stück Papier unterzeichnet, durch das er zu ihrem Ehemann geworden war. Aber Hatch gehörte nur sich selbst und würde immer nur sich selbst gehören.

Als er seinen Anruf beendet hatte, ging sie zu ihm auf den Steg. »Mit Alex alles in Ordnung?« Sie war neugierig, was Hatchs Sohn anging. Cypress Bend war eine kleine Stadt, und sie hatte von dem Einbruch in der Krabbenbude gehört. Sie kannte entfernt die Familie Milanos, hatte die Großmutter gesehen, wie sie die Radau-Zwillinge durch die Stadt gescheucht hatte.

»Nachdem er einen ganzen Tag Muschelschalen schaufeln musste, hat Alex geduscht, etwas gegessen, liegt jetzt im Bett und schnarcht so laut, dass er die Toten auf Black Jacks Friedhof wecken könnte.«

»Scheint so, als ginge das in die richtige Richtung.«

»Meinst du?« Eine ungewohnte Sorgenfalte erschien auf Hatchs Stirn. Er schaffte es, Eltern zu trösten, die gerade ihre Tochter verloren hatten, und brachte verrückte Frauen dazu, über Mordverdächtige zu sprechen, aber wenn es um seinen dreizehnjährigen Sohn ging, war Hatch nicht in seinem Element. Ihr Ex behauptete, er sei kein Familienmensch und würde nie einer werden. Wie wahr.

Zwanzig Minuten später parkte Hatch vor Grace' Hütte. Sehr zu ihrem Unmut sprang er aus dem Wagen und eskortierte sie die Treppen hinauf. Als sie in ihrer Tasche nach den Schlüsseln suchte, winkte sie ihn weg. »Du musst mich nicht noch bis zur Tür bringen.«

Hatch ließ seine Hand ihren Rücken hinaufgleiten, ihr Rückgrat spannte sich und begann, zu kribbeln. Seine Finger blieben an ihrem Haaransatz liegen, und er übte sanften Druck aus.

»Was machst du da?«, fragte Grace.

»Ich suche den Abschaltknopf«, sagte Hatch. »Ich bin es leid, immer dasselbe alte Lied zu hören.«

Sie klang wohl wie eine gesprungene Platte. Selbst als Kind hatte sie erbittert um ihre Unabhängigkeit gekämpft. Sehr zum Entsetzen ihrer Mutter hatte sie schon im Alter von neun Jahren das Familienskiff selbstständig zu Wasser gelassen. Sie hatte es mit Tennis-Doppel versucht, aber ausgezeichnet hatte sie sich immer im Einzel und dort die Staats-Meisterschaft in der Abschlussklasse ihrer Highschool gewonnen. Nach ihrer Scheidung von Hatch hatte sie sich ganz auf die Arbeit gestürzt und die meiste Fallarbeit ganz allein geleistet, denn in diesem Stadium ihres Lebens wollte sie so beschäftigt sein, dass sie keine Zeit hätte, darüber nachzudenken, wie sehr ihr Herz schmerzte.

Hatch kraulte Blues Kopf. Der alte Hund hatte oben auf der

Treppe auf sie gewartet. »Da dein Wachhund eine Schwäche für Speck hat, stochere ich lieber noch etwas herum und sehe nach, ob sich nicht doch böse Buhmänner unter deinem Bett verstecken.«

Mit ihm zu streiten würde diesen Augenblick nur unnötig in die Länge ziehen, also schloss sie die Tür auf. Eine Welle stickig heißer Luft, die nach schimmeligem Holz und nassem Hund roch, überwältigte sie. Mit gerunzelter Nase riss sie alle Fenster und die Hintertür auf, in der Hoffnung, dass sich nicht zu viele Käfer hereinschmuggeln würden. Oder böse Jungs mit Prepaidhandys und blutroten Filzstiften. Sie spähte in die Finsternis, die sich inzwischen über ihrer hinteren Veranda ausgebreitet hatte, konnte aber nichts sehen.

In vollendeter FBI-Manier durchsuchte Hatch das Wohnzimmer und den Küchenbereich, und sie konnte hören, wie er auch ihr Schlafzimmer und das Badezimmer kontrollierte. »Keine bösen Buben«, verkündete er, als er in die Küche geschlendert kam.

»Vielen Dank, ich hatte mir schon ernsthaft Sorgen gemacht.« Sie wühlte in einer Schublade und holte eine Kerze mit Vanilleduft hervor, zündete sie an und stellte sie mitten auf den Küchentisch.

»Planst du ein Candlelight-Dinner mit deinem Liebsten?«

»Ich plane, Eau de Blue loszuwerden.«

Hatch schnupperte und verzog das Gesicht. »Vielleicht solltest du dir besser für ein paar Tage ein Hotelzimmer besorgen. Ich wette, du findest etwas, wo sowohl du als auch dein Hund unterkommt.«

»Er ist nicht mein Hund.« Grace riss den Deckel eines luftdichten Behälters ab und holte einen Riesenlöffel Hundefutter heraus. Hatch brauchte nicht zu wissen, dass ihr Girokonto fast bei Null stand und eigentlich die nächste Rate bei ihrem Bauunternehmer bevorstand. »Ein Wind zieht auf. In ein paar Minuten ist alles in Ordnung.«

Sie fügte dem Hundefutter warmes Wasser hinzu und bestreute das Futter mit gegartem Speck. Der Hund trottete durch den Raum auf die Schüssel zu, hob aber den Kopf und sah sie mit großen, schwermütigen Augen an.

»Du bekommst *keine* zwei Scheiben Speck.«

Leise glucksend öffnete Hatch den Kühlschrank und wühlte zwischen einem halben Dutzend Schachteln Takeaway-Essen herum. »Du merkst aber schon, dass du die ganze Zeit mit dem Hund sprichst?«

»Tu ich gar nicht.«

Er hob die Augenbrauen, und sie schlüpfte unter seinem Arm hindurch und packte einen Karton gegrillten Zackenbarsch mit Maismehlbällchen. »Ich weiß es sehr zu schätzen, was du alles getan hast, ganz ehrlich, aber du kannst jetzt wirklich gehen.«

Hatch reichte ihr eine Flasche ihrer liebsten scharfen Sauce und nahm sich auch eine Packung Takeaway. »Also, Counselor Courtemanche, du solltest es doch besser wissen.« Er setzte den Karton auf den Tisch und wühlte in der Schublade bei der Spüle herum. Es irritierte sie, woher er wusste, wo sie ihr Besteck aufbewahrte. »Ich lasse dich auf keinen Fall allein in diesem Haus, wo alle Türen und Fenster offen stehen.«

Einatmen, zwei, drei. Ausatmen, zwei, drei. »Ich habe kein Gästebett.«

»Wir können uns eins teilen.«

Sie schob ihre Takeaway-Box in die Mikrowelle und drückte auf die Aufwärmtaste.

»Schon gut, schon gut, Grace, ich penne da.« Er deutete mit einer kleinen Flasche Sauce Tatare auf die kleine Polsterbank im vorderen Zimmer.

Sie versuchte, sich diese langen, goldenen Gliedmaßen über das winzige Sofa verteilt vorzustellen. Hatch hatte so eine Art, Raum in Anspruch zu nehmen, egal, in welchem Zimmer – und nicht zuletzt auch in ihrem Kopf. Heute war er überall gewesen, als sie an dem Fall gearbeitet hatten. Beeindruckend. Und effektiv. Das hieß aber noch lange nicht, dass sie ihn auf ihrem kleinen Sofa haben wollte. »Du bist zu groß für das Ding. Du würdest mit Rückenschmerzen aufwachen.«

»Schön, dass du dich wenigstens noch um mich sorgst.«

»Ich sorge …« Aber sie konnte den Satz nicht zu Ende bringen. Vor weniger als einer Stunde hatten sie unter einer untergehenden Sonne gesessen, und er hatte seine magischen Finger über ihren Nacken gleiten lassen und ihre momentane Hölle verjagt. Hatch gehörte zu den Guten. Er stand auf ihrer Seite, auf Lias Seite, und zu einer bestimmten Zeit in ihrem Leben war er die ganze Welt für sie gewesen. Auf eine gewisse Art würde sie sich immer um ihn sorgen.

»Wenn's sein muss, strecke ich mich sogar auf Blues Matte auf der Veranda aus.« Die Adern auf seinem Unterarm schwollen an, und er knallte die Sauce so hart auf den Tisch, dass die Kerzenflamme flackerte. Ein ähnliches Feuer flackerte in seinen Augen, eines, das sie nach Lia Grants Anrufen und ihrem entsetzlichen Tod, der sie bis ins Mark hatte frösteln lassen, gewärmt hatte. Dem Mann war es todernst.

Vor zehn Jahren war »ernst« nichts für Hatch gewesen. Er hatte geschworen, sich nie eine Uhr anzuschaffen, keine Kinder haben zu wollen und sich an nichts und niemanden zu binden. Aber irgendetwas hatte sich geändert. Er war hier, um seinen Sohn auf den rechten Weg zu bringen, und hatte sich entschlossen, dafür zu sorgen, dass sie, Grace, in Sicherheit war. Er setzte sich selbst und die weitreichenden Ressourcen seines Teams für das Polizeibüro eines kleinen Landkreises ein, das gewaltige Hilfe nötig hatte. Irgendwo auf halber Strecke war Hatch erwachsen geworden.

»Ich lasse dich hier nicht allein, wo das ganze Haus offen steht.« Er verschränkte die Arme vor der Brust, ein goldener Schutzengel mit einem Heiligenschein aus blondem Haar. Er erfüllte ihre winzige Küche. Der Duft, der so einzigartig zu Hatch gehörte, beschwor Erinnerungen an sonnige Tage und sinnliche Nächte herauf.

Und irgendwie war er noch unwiderstehlicher geworden.

Die Mikrowelle klingelte, und sie zog den dampfenden Karton mit Zackenbarsch heraus. Ihr Herz hatte Jahre gebraucht, um sich nach diesem einen Sommer von dem Schaden zu erholen. Narbengewebe schien rauer zu sein, dicker, aber in Wirklichkeit war es viel schwächer.

Sie nahm sich eine Gabel und eine Serviette und ging den Gang hinab. Über die Schulter rief sie: »Zusätzliche Laken und ein Kissen sind im Schrank im Bad. Träum schön.«

Hatch ließ sich mit seiner Packung Takeaway-Essen auf Grace' kleines blaues Sofa fallen und nahm sein Handy heraus. Er würde so schnell nicht träumen. Er rief seine Nachrichten ab und runzelte die Stirn. Noch kein Wort von seinem Teamkollegen Hayden.

Als Hatch am Rand von Lia Grants Grab gestanden hatte, war er durch den Ernst und die Abartigkeit des Falls, mit dem sie zu tun hatten, beinahe auf die Knie gezwungen worden. Das Individuum, das hinter dem Mord an Lia Grant und diesem »Spiel« steckte, musste einen total verdrehten Geist haben, einen, dessen sich sein Freund Hayden so bald wie möglich annehmen sollte. Hatch wählte Haydens Nummer.

»Hier am Telefon vom G-Man«, sprach eine kratzige alte Stimme.

»Hallo, Smokey Joe«, sagte Hatch. Joseph »Smokey Joe« Bernard war ein Freund von Haydens Verlobter, Kate Johnson. Hatch hatte den blinden Vietnam-Veteran letzten Monat kennengelernt, als er bei der Jagd nach dem Journalistinnen-Schlächter in Nordnevada zu Hayden gestoßen war. Auch der Journalistinnen-Schlächter war so ein verdrehter Geist gewesen. »Hat Parker dich jetzt auch auf der Lohnliste?«

»*Nope*. Der G-Man und Katy-Lady haben sich in die Haare gekriegt. Der G-Man ist darüber so wuschig geworden, dass er sein Handy vergessen hat, also habe ich mich entschieden, für ihn seine FBI-Geschäfte zu übernehmen.«

Hatch schluckte ein Lachen herunter. Und wehe dem, der dem alten Smokey erzählen würde, er könnte nicht übernehmen, wozu immer er verdammt noch mal Lust hatte. »In die Haare gekriegt?«, fragte Hatch.

»Hat was zu tun mit meiner neuen Hilfskraft. Die schrullige Alte hat mich letzte Woche im Stich gelassen. Jetzt ist Kate eingeschnappt, deswegen ist der G-Man eingeschnappt. Sie wollten nicht, dass ich zuhöre, also sind sie nach draußen gegangen, und jetzt schreien sie sich im Auto an.«

»Wie laut?«, fragte Hatch lächelnd. Er liebte es, seinen ehemals so zugeknöpften Teamfreund wütend werden zu sehen, denn das bewies, dass Hayden diese Frau von Herzen liebte, eine Frau, die seine Leidenschaft mit gleicher Stärke erwiderte. Das Gegenteil von Liebe war nicht Hass, es war Gleichgültigkeit. Hatch piekste seine Gabel in die Shrimp-Fettuccini. Das war ein Teil seines Problems mit Grace gewesen. Sie hatte verkündet, sie würden sich scheiden lassen, und sich verabschiedet. Er hatte streiten und kämpfen wollen, aber sie verschwand, als ob es sie nicht mehr kümmern würde.

»Laut genug, dass ich Sachen wie ›betreutes Wohnen‹ hören kann«, schnaubte Smokey. »Jetzt sag mir, was bei euch da unten im Sumpf los ist. Ich habe von dem kleinen Mädel gehört, das lebendig begraben worden ist. Ihr habt also noch so einen Perversling frei rumlaufen. Braucht ihr mich da draußen zum Helfen? Du weißt ja, ich habe bei so was Erfahrung, es mit Serientätern aufnehmen und all das. Sag nur Bescheid, und ich bin da. Bleib mal dran, der G-Man kommt die Auffahrt hoch. *Nope*. Sie sind stehen geblieben. Und jetzt feuern sie wieder los. Katy-Lady hat gerade mit dem Fuß aufgestampft.« Smokey gluckste.

Smokey Joe war eigentlich blind, hatte aber ein außergewöhnliches Gehör. Hatch hätte den alten Mann liebend gern im Sumpf gehabt, als Grace das läutende Handy und die Stimme gehört hatte. Der alte Smokey wäre vielleicht in der Lage gewesen, Schritte zu hören, oder ein Boot mit Elektromotor, das durch das Wasser glitt. Zuerst hatte Lieutenant Lang angenommen, sie hätten es mit einem möglichen Zeugen zu tun, aber bei der spielerischen Art des Austauschs von akustischen Merkmalen hatte Hatch eine andere Idee.

»Tatsächlich, Smokey, ich habe eine Frage an dich. Du hast dich doch einige Zeit in dem Dschungel von Vietnam herumgedrückt. Wie bewegt sich ein Kerl, ohne gehört zu werden?« Hatch berichtete von dem läutenden Telefon und der Stimme, die Grace im Sumpf gehört hatte.

»Du sagst, sie hat die Stimme nur ein Mal gehört, direkt hinter sich?«

»Ja, sie kam vom Wasser her.«

»Und der alte Hund hat keine Witterung aufgenommen?«

»Scheint nicht so.«

»Ich würde auf einen Zugang vom Wasser aus wetten. Wenn ein Körper unter Wasser ist, kannst du ihn nicht riechen oder sehen. Was dieses Telefon angeht, das geklingelt hat: Ein Kerl, der sich auskennt, kann 'ne Menge Schickimicki-Zeug mit Audio-Software anstellen, und auch, dass Geräusche irgendwo auftauchen, wo er gar nicht ist.« Smokey gluckste.

Hatch hatte das Gefühl, dass Smokey aus Erfahrung sprach, und dabei ging es sicher auch um Streiche, die er der einen oder anderen seiner Hilfskräfte gespielt hatte. »Die Geschichte kannst du mir später erzählen. Zuerst möchte ich etwas über die Manipulation von Klang wissen.«

»Also wenn ich wollte, dass ein Handy so klingt, als käme es von verschiedenen Stellen, würde ich einen Tiefpassfilter anbringen und den Schieberegler anpassen … Dann würde ich sowohl das hier als auch den Highend ausschalten, und dort etwas Hall hinzufügen. Bumm! Das ist es. Ein Telefon, das klingt, als würde es sich bewegen. He, hier ist ja der G-Man. Also, vergiss nicht: Du rufst mich an, wenn du sonst noch was brauchst.«

»Hat Smokey dir ein Loch in den Bauch geredet?«, fragte Hayden.

»Im Gegenteil, er hat mir sogar ganz nützliche Informationen gegeben.« Hatch erzählte ihm von dem klingelnden Telefon.

»Wir suchen also nach einer oder mehreren Personen mit beträchtlichen technischen Fähigkeiten, hoher Beweglichkeit und Kenntnis der Gegend.«

»Deswegen habe ich ja angerufen. Wir können nicht beurteilen, was wir bisher haben. Ich möchte, dass du dir die Gedanken des Kerls zu eigen machst.«

»Schick mir alles, was du hast. Tatortfotos. Zeugenberichte. Opferprofil. Bei der Tötungsmethode suchen wir eindeutig einen Soziopathen.«

Einen, der auf Grace fixiert war.

14

Grace packte den Riegel und knallte das Fenster zu. Das Gesims erzitterte, und das Glas schepperte, aber der Mann auf ihrem kleinen Sofa zuckte nicht mit einer einzigen seiner goldenen Wimpern.

Ihr Exmann konnte einen Hurrikan der Stufe fünf verschlafen. Hatch hatte die Nacht auf ihrem Sofa verbracht, und im Moment lag ein Bein über dem Arm, ein anderes war auf dem Fußboden ausgestreckt, ein weißes Laken bedeckte seinen Schoß und Rumpf. Sie hob sein Hemd und seine Hose vom Boden auf und schleuderte sie auf seine Brust. Immer noch keine Bewegung.

Sie drückte mit den Fingern auf die schmerzende Stelle zwischen ihren Augen. Der dumpfe Schmerz hatte sich verschlimmert, als ob sie und nicht Hatch eine unbequeme Nacht mit Herumwälzen auf einem zu kleinen Bett verbracht hätte. Das Problem war, dass ihr Bett, so groß es auch war, einfach überfüllt gewesen war mit den Fragen, die sich ihr die ganze Nacht aufgedrängt hatten. Warum hatte jemand Lia Grant lebendig begraben, mit einem Handy, das darauf programmiert war, nur sie zu erreichen? Wer hatte sie ermordet? Jemand, der einen ernsthaften Groll gegen sie hegte? Aber am wichtigsten war: Wann würde er wieder zuschlagen? Sie hatte am Morgen kochend heiß geduscht und versucht, diese Fragen mit der sie begleitenden Angst und Unsicherheit wegzuwaschen, aber die kleinen spitzen Wasserstrahlen hatten nicht geholfen.

Kurz wanderten ihre Gedanken zu Hatchs magischen Fingern. Nein, sie wollte nicht wieder dahin zurück. Sie beugte sich vor, ihre Hand war bereit, Hatch auf die Schulter zu schlagen, als er das rechte Auge aufschlug.

»Hallo Prinzessin«, sagte er, grinste und gähnte gleichzeitig. »Was für ein wunderschöner Anblick beim Aufwachen.«

Sie ignorierte die Hitzewelle, die sein Megawatt-Lächeln durch ihre Hütte sandte, und stupste ihn gegen die Schulter. »Aufstehen. Mein Auto fährt nicht, und ich brauche eine Mitfahrgelegenheit.« Sie hatte fünfzehn Minuten lang ohne Glück den Starter bemüht.

Er rollte sich auf die Seite, zog sich ein Kissen über den Kopf und steckte eine Hand nach draußen, alle fünf Finger ausgestreckt. »Noch fünf Minuten.«

Sie zerrte ihm das Kissen vom Kopf. »Ich habe keine fünf Minuten mehr. Wir müssen in die Hufe kommen. Ich will in den Telefonladen und die Sicherheitsbänder ansehen.«

»Bänder?« Hatch bewegte den Arm in einem lässigen Bogen über den Kopf, und auf dem Weg nach unten fuhr er mit einem Finger die Bügelfalte in ihrer Hose entlang.

Sie wich seiner Hand aus, weil sie sich erinnerte, dass solche lässigen Bewegungen zu seiner zweiten Natur gehörten. »Von den Sicherheitskameras. Die Ladenchefin sagte doch, ihre Leute würden sowohl die Innen- als auch Außenbilder besorgen, die an dem Tag geschossen wurden, als die beiden Telefone gekauft worden sind.« Sie schleuderte ihm das Kissen an die Brust.

»Okay, ich bin schon da.« Hatch blinzelte und bewegte sich in die Vertikale. Er rieb sich das stoppelige Kinn, sein Haar fiel ihm in unordentlichen Wellen in die Stirn. Der Morgen stand ihm immer gut, wie zerknittert und zerknautscht er auch war.

Sie ging in die Küche, und als sie sich umdrehte, hatte sich Hatch noch mal zurückfallen lassen und die Augen geschlossen. Im Laufe der vergangenen Tage hatte sie geniale Geistesblitze gesehen, die ihn auszeichneten, für Parker Lords Team zu arbeiten. Jetzt konnte davon keine Rede sein. Sie lief zum Sofa zurück, zog das Laken weg und wollte ihm gerade einen Vortrag darüber halten, wie er seine Prioritäten zu setzen habe, verstummte aber sofort, als sein nackter Schoß ihr eine Ahnung davon gab, an was er eigentlich gedacht hatte.

Hatchs teuflisches Glucksen jagte sie wieder in die Küche. Sie drehte sich nicht um, als er auf nackten Füßen – alles andere auch nackt – ins Badezimmer tappte, wo die Leitungen stöhnten und rasselten und das Wasser bald über jeden Zentimeter seines hellwachen Körpers fließen würde.

»Ich hätte nie gedacht, dass ich das zugeben würde, Blue.« Zum zweiten Mal an diesem Morgen leerte und füllte sie die Wasserschüssel des Hunds. »Aber es gibt wirklich unangenehmere Zimmergenossen als dich.« Sie griff nach der Futterschüssel, um sie zu spülen, aber sie war noch halb voll. »Was ist los mit dir? Du bist doch sonst eine Fressmaschine.« Sie nahm das Söckchen ab und betrachtete seinen Fuß. Kein Zeichen einer Infektion. »Das ist sicher immer dieser Speck.«

Fünfzehn Minuten später erschien Hatch, vollständig angezogen und mit zurückgekämmten Haaren. Er griff sich Brot und steckte zwei Scheiben in den Toaster. »Hat die Frau aus dem Laden angerufen und gesagt, dass das Video fertig ist?«

»Nein, aber du hast sie ja gestern kennengelernt. Sie ist überarbeitet und gestresst.« Grace griff in den Schrank und stellte ein Glas Erdnussbutter auf den Tresen.

»Und was willst du tun? Selbst alle Aufzeichnungen durchsehen?«

»Wenn es sein muss.«

»Der Laden ist noch nicht mal geöffnet.« Der Toast sprang heraus, und er bestrich ihn mit Erdnussbutter.

Sie reichte ihm eine Banane. »Dann kannst du mit deiner glänzenden Marke winken oder etwas mit deinen flinken Händen tun.«

Hatch schälte die Banane. »Weißt du, was dein Problem ist, Grace?«

Sie reichte ihm ein Messer. »Ich bin sicher, du kannst es mir gar nicht schnell genug erzählen.«

»Du musst geduldiger werden.« Er schnitt die Banane und legte sie in ordentlichen Reihen auf die Erdnussbutter.

»Und du musst deine Angelschur öfter überprüfen.«

Einen Moment lang trafen sich ihre Blicke. Kurz nachdem sie geheiratet hatten, hatten sie einen Segeltörn an der Düneninsel vorbei unternommen, wo Hatch vor Anker gegangen war und eine Angelschnur ins Wasser gelassen hatte, um etwas zum Abendessen zu fangen. Stundenlang hatten sie nebeneinander gesessen, sie mit Fallakten von ihrer Arbeit, Hatch las in einem Buch mit Gedichten von Longfellow. Als die Sonne unterging und immer noch nichts angebissen hatte, hatte Grace darauf gezeigt, dass die Boote um sie herum Schnur um Schnur voller Blaustreifenfische eingeholt hatten.

»Warum überprüfst du deine Angelschnur nicht?«, hatte Grace vorgeschlagen.

»Warum bist du nicht geduldiger?«, hatte er mit einem leisen Grinsen entgegnet.

Als er schließlich seine Leine eingeholt hatte, entdeckte er, dass seine Köder und der Haken verloren gegangen waren. Wer weiß, wie lange er schon ohne alles geangelt hatte?

Hatch warf die Bananenschale in den Mülleimer, legte den Kopf in den Nacken und lachte. »Touché, Prinzessin, touché.«

Sie nahm das zweite Stück Toast, drückte es auf die Bananenscheiben und rannte aus der Küche, Hatch und sein Frühstück auf den Fersen.

Als sie seinen geliehenen SUV erreichten, öffnete er ihr die Tür und zögerte, als sie sich anschnallte. »Ich will heute, dass du ganz nah bei mir bleibst.«

»Hatch, ich bin ein großes Mädchen, das …«

»Das ein Spiel mit einem Soziopathen spielt.«

Die gute Laune vom Morgen war verblasst und einem düsteren Ernst gewichen, den sie noch verstörender fand.

»Der Profiler unseres Teams hat mir heute Morgen ein paar Nachrichten geschickt. Grace, dieser Mensch, der das Spiel mit dir spielt, ist eine gespaltene Persönlichkeit. Er spielt nach anderen Regeln. Und er ist der Typ, der es nie fair angehen wird.«

Sie legte ihm die Fingerspitzen auf die Brust und drückte ihn weg. »Dann müssen wir eben auch unfair spielen.«

Sie erreichten Port St. Joe, und die Ladenchefin schloss die Tür auf, kaum, dass sie Hatch entdeckt hatte. »Sind Sie das FBI leid und wollen lieber im Einzelhandel arbeiten?«

»Wenn's nach mir ginge, ja«, erwiderte Hatch zwinkernd.

Grace versuchte, nicht die Augen zu verdrehen. »Sind die Sicherheitsaufnahmen fertig zum Anschauen?« Eine Kamera. Die deutliche Aufnahme eines Gesichts. Mehr brauchten sie gar nicht. Würde es jemand aus der Morehouse-Bande sein? Oder ein anderer zwielichtiger Gesetzesbrecher? Jemand aus Grace' Vergangenheit? Hier ging es um sie, und sie, eher als irgendjemand sonst, sollte in der Lage sein, den Käufer dieser Handys zu identifizieren.

»Hat der Bezirksmanager Sie nicht angerufen? Unsere Sicherheitsleute haben die Aufzeichnungen von dem Tag, an dem die Telefone gekauft wurden, aufgerufen, aber alles war gelöscht. Keine Aufzeichnung von irgendeiner Kamera, weder innen noch außen.«

»Hatten Sie denn eine Störung des gesamten Systems?«, fragte Grace.

»Nein. Es ist ein relativ neues System. Und wir hatten nie ein Problem damit, dass etwas gelöscht wurde.«

»Und was ist mit dem Tag davor und dem Tag danach?«

»Beide okay. Keine einzige Minute fehlt.«

»Ist es denkbar, dass Sie oder jemand von Ihren Angestellten es versehentlich gelöscht hat?«, fragte Grace.

»Wir rühren das Zeug nicht an. Die Auszüge von den Archivaufnahmen sind automatisiert.«

»Einbrüche?«

»Nein.«

»Wer hat Zutritt zu diesem Büro?«

»Nur ich und mein Assistent.«

»Und was ist mit Unternehmenspersonal?«

»Ich nehme an, sie könnten, aber sie würden den Schlüssel brauchen.«

»Und wo ist der Schlüssel?«

Die Leiterin griff in ihre Tasche und zog eine Packung Kaugummi und ein Papiermesser hervor. Stirnrunzelnd lief sie zu den Büros und entdeckte, dass der Schlüssel in der Tür steckte, die Tür stand sperrangelweit offen. »O mein Gott, ich kann nicht glauben, dass mir das passiert ist. Aber jetzt bei der Inventur und neuen Angestellten, die nicht auftauchen, ging hier alles drunter und drüber.«

Mit dieser Art »drunter und drüber« war Grace vertraut. »Ich brauche eine Liste all Ihrer Angestellten und des Bezirks- und Unternehmenspersonals, das Zugang zu diesem Raum und den Überwachungsbändern hat.«

Die Ladenleiterin kaute auf ihrer Unterlippe und starrte den Schlüssel an, den sie in der Tür hatte stecken lassen. »Meinen Sie, jemand von meinen Leuten hat mit den Bändern herumhantiert?«

Hatch legte ihr eine Hand auf die Schulter und drehte sie

herum, weg von dem baumelnden Schlüsselbund. »Alles, woran wir gerade denken, ist, ein Leben zu retten.«

Die Managerin verschwand im Büro und kam mit einer Liste von Namen aller Mitarbeiter zurück, die Zugang zum Hintereingang des Ladens hatten. »Ich habe auch das Reinigungspersonal beigefügt und Aushilfen, die wir bei der Inventur vor zwei Wochen beschäftigt haben.« Die Ladenchefin riss den Schlüssel aus der Tür und packte ihn so fest, dass ihr die scharfe Kante in den Finger schnitt. »Lassen Sie mich wissen, ob ich noch was für Sie tun kann. Egal, was.«

Grace nahm die Listen, und Hatch verabschiedete sich von der Frau. »Das machen wir«, sagte er und drückte ihr die Hand.

Als sie zum SUV zurückgingen, legte Hatch Grace einen Arm um die Schultern. »Gut gemacht, Prinzessin, sehr, sehr gut. Wenn du dich je entscheidest, dich von der Staatsanwaltschaft zurückzuziehen, könnte Parker dich gut für sein Team gebrauchen.«

Grace war sich nicht sicher, ob Hatch Spaß machte, echte Anerkennung zum Ausdruck brachte oder ihr eine nur dünn verhüllte Kritik zusteckte. Trotz Hatchs Späßen und seinen Scherzen mit der Geschäftsführerin bemerkte sie heute Morgen eine scharfe Kante an ihm, und sie war nicht sicher, ob das an einer schlechten Nacht auf ihrem Sofa lag oder an seiner wachsenden Sorge um den Killer, den sie fassen mussten. Es konnte aber auch sein, dass er einfach dringend wieder die Segel setzen wollte.

Sobald sie im SUV saß, holte sie ihr Handy hervor. Neben ihr tat Hatch es ihr gleich.

»Ich leite diese Namen an die ›Box‹ weiter«, sagte er. »Wir haben Zugang zu Datenbänken mit Millionen Namen, Telefonnummern und Adressen. Es ist möglich, dass wir einen Treffer landen.«

Genau das, was sie gedacht hatte. »Die Bösen« tendierten dazu, Schleimspuren zu hinterlassen. »Nur zu, aber wir haben eine bessere Chance, wenn ich die Fühler ausstrecke.«

Hatchs Daumen erstarrte. »Bitte?«

»Deine Leute könnten etwas übersehen.«

»Dir ist aber doch klar, dass ich für Parker Lord arbeite, und damit für eine der effektivsten und effizientesten Einheiten der ganzen Welt, wenn es um Verbrechensbekämpfung geht, oder?«

Wieder fühlte sie eine Kante, scharf und glänzend, und sie begriff, dass er dachte, sie hätte gerade sein Team beleidigt. »Natürlich«, sagte sie. »Es geht nicht darum, wie gut sie alle ihre Jobs machen. Der Punkt ist, dass nicht eins eurer Teammitglieder ein Mitspieler ist.« Grace legte die Finger auf ihre Brust. »Der Killer hat mich ausgewählt, Hatch, mich. Es ist möglich, dass jemand auf dieser Liste irgendeine Verbindung zu mir hat, zu meiner Arbeit, zu meiner Vergangenheit, und wenn das der Fall ist, bin ich nicht die beste Wahl, um ihn aufzuspüren?«

Ohne eine Antwort abzuwarten, machte sie ihr Telefon an. Als sie ihre Kontaktliste aufrief, sagte Hatch flüsternd etwas, das so ähnlich klang wie: »Achtung, fertig, los.«

Greenup, Kentucky

Detective Tucker Holt zog sich einen Stuhl neben den Labortisch, auf dem der Körper ohne Gesicht lag. »Wer bist du, Opa? Wer zum Teufel bist du?«

»Detective Holt, Sie arbeiten jetzt lange genug beim Morddezernat, um zu wissen, dass Tote schlechte Gesprächspartner abgeben.«

Tucker blickte über die Schulter und entdeckte, dass Dr. Ray Thorpe, der Gerichtsmediziner, mit einem großen gefütterten

Umschlag in der Hand in der Tür stand. Tucker hatte um eine Beschleunigung der Autopsie gebeten, und Ray hatte anscheinend seine Verzweiflung nachvollziehen können.

»Jemand muss mir was sagen«, sagte Tucker, »denn in diesem Fall habe ich nicht viel Unterstützung. Danke, dass Sie das übers Wochenende gemacht haben, Ray. Ich hoffe, Sie überhäufen mich nur so mit Beweismaterial, das uns hilft, Oma und Opa hier und ihren Killer zu identifizieren.« Er holte tief Luft, um das Aschekörnchen Hoffnung in seinem Bauchgefühl zum Lodern zu bringen. »Lassen Sie hören.«

Der Gerichtsmediziner setzte sich auf den Stuhl neben ihn und öffnete eine der Akten. »Männlich, zwischen sechzig und siebzig. Postmortale Schürfwunden, stumpfe Gewalteinwirkung am Kopf, ebenfalls post mortem. Todesursache war eine Schusswunde am Kopf. Bei der Hitzeentwicklung und der Röntgenaufnahme der Eintrittswunde wurde die Gewehrmündung dem Opfer zum Zeitpunkt des Schusses direkt an die Stirn gehalten.«

Also war das Arschgesicht nah und persönlich an das Opfer herangekommen, was bedeutete, dass Opa vielleicht in Kontakt mit dem Killer gekommen war. Es war möglich, dass Opa sich gewehrt oder an das Arschgesicht geklammert hatte, bevor er in die Schlucht gefallen war. Leider hatte Opa jetzt keine Hände mehr, demnach also auch keine Kratzrückstände unter den Fingernägeln.

Der Pathologe ging bei weiteren Befunden ins Detail und schätzte, der Tod sei am Montagnachmittag eingetreten. Dann legte er den Ordner beiseite.

»Ist das alles?«, fragte Tucker. »Keine künstlichen Körperteile mit Seriennummern? Keine einzigartigen Narben oder Muttermale? Zum Teufel, ich lasse sogar den Namen der Mutter gelten, den er sich auf den dicken Zeh hat tätowieren lassen.«

Ray überflog einen anderen Ordner. »Was ich hier habe, ist ein interessanter Mageninhalt.« Er überblätterte ein paar Seiten. »Ein Halbpfünder Cheddar Burger, Süßkartoffelfritten und ein Stück Heidelbeer-Pie. Aufgrund des Fortschritts der Verdauung des Mageninhalts hat er ungefähr zwei bis drei Stunden vor dem Tod gegessen.«

Tucker fuhr sich mit einer Hand über das Gesicht. »Und das ist alles?«

»Er hat dann noch Vanille-Eiscreme gegessen. Ungefähr drei Kugeln. Unser Opa XY scheint ein Süßschnabel gewesen zu sein.«

»Wenn Opa nicht einen Satz Zähne hat, in die sein Name eingraviert ist, beeindruckt mich das nicht.«

Der Pathologe grinste und stieß sich vom Tisch ab, dann rollte er seinen Stuhl zu dem Tisch auf der anderen Seite, wo Oma XY aufgebahrt war. Er öffnete eine andere Akte und las die Ergebnisse vor. Wie bei dem ersten Bericht gab es einfach nichts, was Tucker helfen konnte, Oma oder ihren Mörder zu identifizieren.

Tucker legte die geballte Faust auf den Autopsietisch. »Sonst noch was?«

»Noch mehr Pie.« Ray fuhr mit dem Finger eine Spalte des Berichts hinunter. »Ihr Magen enthält Caesar Salad mit Hähnchen, Baguette und Pie. Höchstwahrscheinlich weiße Schokoladenmousse mit Granatapfelkernen.«

»Ich brauche eindeutige Beweise, Ray, und du kommst mir mit Pie?«

Der Gerichtsmediziner legte ihm eine Hand auf den Arm, der vor Schlamm aus der Senke und getrocknetem Schweiß klebte. Er musste zum Himmel stinken.

»Sie sind gut in dem, was Sie machen, Tucker, weil Sie sich kümmern«, sagte Ray. »Sonst wären Sie nicht an einem Samstagnachmittag hier. Ich habe Ihnen mehr gegeben, als Sie hatten, als Sie hereingekommen sind. Aber jetzt sind Sie dran. Finden Sie das ›Wow!‹.«

Tucker verließ die Pathologie und dachte, wenn er schon nicht das »Wow!« hätte, würde er sich mit Wild Turkey zufriedengeben. Er sah auf die Uhr. In R. C.s Taverne würde gerade die Chorprobe anfangen, und die meisten seiner Trinkkumpane vom Revier würden gerade ihre Stimmen aufwärmen, um die ganze Nacht hindurch zu singen.

Aber der Pathologe hatte recht. Er kümmerte sich um Oma und Opa XY. Tucker rutschte in seinen Dienstwagen und betrachtete den zersplitterten Fotorahmen, den er an die Sonnenblende geklemmt hatte. Und er kümmerte sich um seine Kinder, eine Tochter, die der Überzeugung war, er könne alles »heile machen«, und einen Sohn, der glaubte, er sei ein Held.

Bisher bestand dieser Fall vor allem aus *Neins*, aber seit fünfzehn Minuten hatte er noch etwas anderes als ein Nein.

Er hatte Pies.

Zurück auf dem Revier machte Tucker zehn gleich weit entfernte Knoten in einen Faden, jeder stand für zehn Meilen. Dann band er den Faden an einen Bleistift. Er setzte das verknotete Ende des Fadens auf den roten Punkt, der Collier's Holler auf der Landkarte auf seinem Schreibtisch repräsentierte. Es gab vermutlich eine Computer-App, die das für ihn erledigen könnte, aber er musste seine Hände in Bewegung halten. Geschäftige Hände waren weniger gefährdet, nach dem Whiskey in Schreibtischschublade Nummer zwei zu greifen.

Laut Bericht des Pathologen aßen Opa und Oma XY Ungelöst zwischen zwei und drei Stunden, bevor sie umgebracht wurden, und es lag nahe, dass sie in einem Restaurant gegessen hatten. Seine Aufgabe war jetzt, ein Restaurant zu finden, das Heidelbeer-Pie und Pie mit weißer Schokoladenmousse auf der Karte hatte. Er würde mit einem Hundert-Meilen-Radius anfangen.

Tucker betrachtete den Kreis, der Städte in Nordost-Kentucky, Süd-Ohio, und das westliche West-Virginia umfasste. Er steckte den Kopf in den Mannschaftsraum. »He, Carl, komm mal her.« Carl war einer von den Greenhorns. Jede Menge Enthusiasmus und ein kluger Kopf auf den Schultern. Der Kleine schien scharf darauf zu sein, eines Tages Detective zu werden, also warf ihm Tucker immer mal wieder einen Knochen hin, in den er sich verbeißen konnte.

»Etwas Neues über Oma und Opa?«, fragte Carl.

Tucker riss die Landkarte halb durch. »Noch nicht. Aber ich möchte, dass du dich an den Computer setzt und herausfindest, ob es irgendwelche Diners, Restaurants oder Stände am Straßenrand gibt, die Heidelbeer-Pie oder Pie mit weißer Schokomousse verkaufen.«

»Weiße Schokomousse?«

»Mit Granatapfelkernen.«

Grace ließ ihr Handy auf den Campingtisch fallen und hob beide Hände. »Ronnie Alderman.«

Hatch biss von seinem Poor Boy Sandwich mit Shrimps ab. Er und Grace hatten die letzten beiden Stunden damit verbracht, ihre jeweiligen Quellen auszuschöpfen, um Informationen über Personen zusammenzutragen, die Zugang zur Sicherheitsausrüstung des Telefonladens hatten. Er hatte aus Spaß zu Grace gesagt, es handele sich um eine Art Rennen, was durchaus zutraf, denn für Grace war alles ein Wettbewerb.

Ihrem Lächeln nach zu urteilen, sah es aus, als hätte sie gewonnen.

Er erkannte den Namen Ronnie Alderman von der Liste aller Mitarbeiter, die Zugang zum Büro hatten, wo die Sicherheitsausrüstung aufbewahrt wurde. »Er war ein Mitglied des Reinigungstrupps, oder?«

»Ja und Nein.« Das Grün in Grace' hellen Augen leuchtete.

»Ich wittere eine Geschichte.« Er biss noch mal in sein Shrimp-Sandwich. Er konnte Stunden damit verbringen, Grace' Lächeln zu beobachten und sie sprechen zu hören. Sie hatte starke, selbstbewusste Kiefer, gelindert durch volle Lippen und gemeißelte Wangen, die von einem inneren Feuer erleuchtet wurden, und diese Augen …

»Ronnie war aufgeführt als Mitglied des Reinigungspersonals.« Sie führte ihre Fingerspitzen unter dem Kinn zusammen, dann zeigte sie auf ihn. »Er ist tot.«

Hatch ließ das Sandwich in den Korb fallen, die Shrimps verteilten sich über den ganzen Tisch. Einer landete auf seinem surrenden Laptop. »Er hat noch einen …«

»Es ist nicht so, wie du denkst.« Grace scrollte durch eine Nachricht auf ihrem Handy. »Er ist vor acht Jahren gestorben. Herzversagen. Er wurde auf dem Twin-Buttes-Friedhof in Süd-Utah begraben. Sohn von Ronald und Ruth Alderman aus Salt Lake City. Er ging zur Brigham Young University und studierte dort Englische Literatur. Er unterrichtete zweiundvierzig Jahre lang Englisch an der Highschool und hinterlässt neun Kinder und einundvierzig Enkel. Zum Zeitpunkt seines Todes war er fünfundachtzig.«

Großväter im Alter von fünfundachtzig, besonders solche, die seit acht Jahren tot waren, arbeiteten nicht nächtelang in Reinigungstrupps. »Höchstwahrscheinlich ein klassischer Fall von Identitätsraub«, sagte Hatch.

»Das habe ich auch gedacht. Jemand hat irgendetwas irgendwo manipuliert und Ronnies Namen und Sozialversicherungsnummer benutzt, um einen Nebenjob in der Reinigungscrew zu ergattern. Das ist ein ernsthaftes Warnsignal.«

»Jedenfalls eins, das wir beachten müssen. Diese Person, die die Identität eines Toten gestohlen hat, könnte ein Komplize sein … oder sogar der Mörder. Wir haben vielleicht einen falschen Namen, aber wir haben auch …«

»… ein Gesicht«, beendete Grace den Satz. »Die anderen Reinigungsleute müssen diese Version von Ronnie Alderman gesehen haben.« Sie ließ ihr Handy vor seinen Augen baumeln, dabei brachte ein Lächeln ihr Gesicht zum Leuchten. »Wir kommen näher heran, Hatch. Wir werden diesen kranken Killer fangen, bevor er wieder zuschlägt. Wer auch immer dieses Spiel begonnen hat, wird untergehen.«

Wenn Hatch irgendwelche Superkräfte hätte haben können, dann gern die Möglichkeit, die Zeit anzuhalten. Auf diese Weise könnte er jene Momente in seinem Leben festhalten, in denen er so glücklich war wie jetzt.

Ein perfekter Segeltag.

Eine Nacht voller Liebe und Lachen mit einer Frau, die nur das Mondlicht und ihre Perlen trug.

Und Momente wie dieser, wenn die Verbrecher dieser Welt, die Männer und Frauen, die Unrecht gegen die Menschheit begingen, keine Chance hatten, zu gewinnen – nicht, solange Menschen wie Grace Courtemanche auf der anderen Seite standen.

15

Hatch zog ein Blech mit goldenen Plätzchen aus Grace' Ofen und fächelte ihr das aufsteigende Aroma zu. »Was meinst du?«

Grace atmete den buttrigen Duft ein und seufzte. »Perfekt.«

Er stellte das Blech auf den Tresen. »Lass uns hoffen, dass Lou Poole das auch findet.«

Sie schüttelte den Kopf, nicht, weil sie nicht seiner Meinung war, sondern amüsiert und mit einem Hauch Bewunderung. Sie hatte endlich diese neue Version von Hatch akzeptiert. Er war ein erfolgreicher, kreativer Krisenunterhändler, ein Meister darin, Brücken zu bauen, wie er es nannte. Heute hatte er vor, Brücken mithilfe von Plätzchen zu bauen. »Du willst also bei Lou auftauchen, mit nichts außer Plätzchen und einem Lächeln?«

»Jepp. Dann wird sie ihre Rolle als gute Nachbarin spielen, ein Glas Honig rausrücken, mich auf ihre Veranda einladen, wo sie mir den neuesten Klatsch und Tratsch erzählt und ich ihr Großtante Piper Janes Rezept für explodierte Kekse mit Eiern und Wurstsauce verrate.« Er kramte in der Schublade und zog einen Pfannenheber hervor. »Dann wird sie mir mehr über die Person aus Fleisch und Blut erzählen, die sie bei Lia Grant gesehen hat. Und dann werden wir einen Mörder fassen.«

»Und das alles fängt mit Plätzchen an.«

»Essen ist universell. Bei den meisten Leuten trifft es auf ein Grundbedürfnis. Einige Speisen erfordern Nähe.« Er ließ die goldenen Teigkreise auf ein Küchenhandtuch gleiten. »Wie zum Beispiel Kekse.«

Sie lachte über ihn und sich selbst, denn sie glaubte tatsächlich, dass dieser Plan funktionieren könnte. »Und solche Weisheiten bringen sie euch in Quantico bei?«

»Meine Lehrer in Geiselverhandlung und Krisenbewältigung haben mir etwas über Verbindungen beigebracht. Es geht darum, Dinge so zu verknüpfen, dass Leute in einer Krise es verstehen und damit umgehen können, so wie Big Willie Walberg.«

»Big Willie? Der Name kommt mir bekannt vor.«

»Er ist der verärgerte Lagerarbeiter in Galveston, der vor zwei Jahren seinen früheren Arbeitsplatz stürmte und seinen Chef und fünf Mitarbeiter mit vorgehaltener Waffe bedrohte. Er forderte die Aufmerksamkeit der Medien und der Regierung für angebliche Verstöße gegen die Sicherheit im Lagerhaus, aber schließlich war alles, was es brauchte, um eine Verbindung mit ihm herzustellen, ein Donut.« Hatch grinste und reichte ihr einen Keks.

Mit den Fingerspitzen brach sie den Keks in zwei Hälften und sah den Dampf in durchscheinenden Kringeln aufsteigen. »Das musst du mir näher erklären.«

»Big Willie war wütend auf seinen Vorgesetzten im Lager, weil der ihn gefeuert hatte, auf die Elektrizitätswerke, weil sie ihm den Strom abgedreht hatten, und auf seine Freundin, weil sie ihn verlassen hatte. Über Big Willie brach in zu kurzer Zeit viel zu viel herein. Also entschied er sich, auf die Leute einzuschlagen, die seinen Absturz in Gang gesetzt hatten, seine früheren Arbeitgeber. Parker hat mich hingeschickt, und in weniger als zwei Stunden saßen Big Willie und ich da und haben uns ein Dutzend Donuts mit Schokoladenüberzug geteilt – allerdings, wohlgemerkt, mit einem Parkplatz zwischen uns. Bei Kaffee und Donuts hat mir Big Willie von seinen Problemen erzählt, und ich habe zugehört. Und das war die Lösung. Alles, was er wollte, war, dass jemand sich seine Geschichte anhörte, Mitleid mit ihm fühlte und schließlich half, ihm einen Weg aus seiner Misere zu finden.«

»Er gab auf, ohne jemanden zu verletzen, stimmt doch?«

Hatch grinste. »Bevor der letzte Donut verputzt war.«

Sie biss in den Keks. »Verblüffend.«

»Ich habe so meine Momente.« Hatch knotete die Enden des Handtuchs zusammen. »Ich mache mich jetzt auf den Weg zum Poole-Haus. Du bleibst hier. Und du«, er zeigte auf Blue, »weichst ihr nicht von der Seite.«

»Ermuntere ihn nicht noch, Hatch. Er ist schon so lästig genug.«

»Ich meine es ernst, Grace.« Er umfasste ihr Gesicht mit beiden Händen und zwang sie, ihm in die Augen zu blicken. Das Blau war warm und heiß – wie die Luft in ihrer Küche, und es brachte sie ziemlich außer Atem. »Da draußen gibt es einen Killer.«

Weswegen Hatch ja hier war.

»Ich weiß, und Lou Poole könnte ihn gesehen haben.« Sie legte ihm beide Hände auf die Schultern und stieß ihn von sich, wobei sie sich der zurückweichenden Hitze vollauf bewusst war. »Also geh jetzt. Geh und bau deine Keksbrücke.«

Als Hatch weg war, machte sie die Küche sauber, wusch alles ab, was im Spülbecken war, und wischte verschüttetes Mehl vom Boden auf. In Blues Napf fand sie einen Keks in Form eines Knochens. Grace lachte. Der alte Hatch. Schneit herein, hinterlässt eine Sauerei, aber bringt sie zum Lachen.

Nachdem sie die Küche geputzt hatte, kontrollierte sie ihr Handy und die E-Mails. Nichts Neues von Lieutenant Lang. Kein Rückruf von der Reinigungsfirma, die den längst verstorbenen Ronnie Alderman beschäftigte. Sie gab Blue frisches Wasser und rieb ihn wieder mit der Bärenfettsalbe ein.

Als sie ein neues Söckchen über Blues Vorderpfote zog, platschte etwas in dem Bach, der sich an der Rückseite ihres Grundstücks entlangschlängelte. Es konnte ein Alligator sein, ein Fischadler, der auf Futter aus war, oder ein Killer. Sie fixierte das Söckchen mit Band.

Hatch war überzeugt gewesen, dass sich der Mörder zum Tatort und vom Tatort weg in einem Aluminium-Skiff, ungefähr vier Meter lang, bewegte, entweder von Hand oder einem Elektromotor angetrieben, und er behauptete, der Killer sei relativ nahe an der Grabanlage gewesen. Es war ebenfalls wahrscheinlich, dass derjenige mit dem klingelnden Telefon in einem leisen Boot vom Wasser gekommen war. Bis jetzt waren die Ermittler des Sheriffs aber nicht auf Hinweise zu dem Boot gestoßen.

Sie betrachtete den Pfad, der zu dem Bach führte, wo Lamar Giroux' Boot an einem alten, abgesplitterten Dock angebunden war.

Sie streckte ihre Finger aus und ließ die Handgelenke kreisen. Sie kannte diese Gegend. Sie kannte Dutzende Schlupfwinkel und Verstecke um Cypress Point herum, ideal, um ein Boot zu verbergen. Hatch würde einen Anfall bekommen, wenn sie allein hinausging, aber sie wäre sicher. Sie hatte nicht vor, einen Killer zu erschießen, und zu diesem Zeitpunkt in dem Spiel war sie sicher, der Killer würde auch nicht auf sie schießen. Er war zu beschäftigt damit, Spiele zu spielen und die Punktzahl aufzuschreiben.

Ich: 1

Du: 0

Grace hatte keine Angst um ihr eigenes Leben, sondern nur um das der beiden anderen.

Und Hatch hatte recht, ihr fehlte eindeutig Geduld.

Mit Blue neben sich lief sie in ihr Schlafzimmer, öffnete die Nachttischschublade und nahm die Waffe ihrer Mutter heraus, eine Smith & Wesson Airweight. Sie öffnete das Patronenlager. Geladen. Sie konnte sich nicht erinnern, dass diese Waffe jemals nicht geladen gewesen wäre.

Eine ihrer frühesten Erinnerungen stammte aus ihren Kindergartentagen. Sie hatte die Schublade im Nachttisch ihrer Mutter durchwühlt, auf der Suche nach Malpapier, und hatte die Waffe gefunden.

»Nicht anfassen, Gracie, das ist gaaaanz böse«, hatte ihre Mutter gesagt.

»Wenn es so böse ist, Momma, warum hast du es überhaupt?«

»Für wenn die bösen Leute kommen.« Das Gesicht ihrer Mutter, bleich und sahnig, wie das ideale Gesicht einer Südstaatlerin zu sein hatte, bekam einen kränklichen Grauton.

Ihre Mutter glaubte immer, Leute würden sie verfolgen, auf Zehenspitzen durch das Haus schleichen und ihre Sachen wegnehmen. Sie zeigte zum Beispiel auf eine Obstschale, in der eine Birne fehlte, oder einen leeren Haken in der Garage, an den sie angeblich ihren Gartenhut gehängt hatte. Weder ihr Vater noch Grace bemerkten, dass irgendetwas fehlte, aber ihre Mutter bestand darauf, dass jemand im Haus aus und ein ging, und sie hatte immer den Revolver zur Hand. Grace' Mutter war außer sich vor Angst, dass diese üble Person, die ihre Sachen wegnahm, ihre Familie verletzen könnte, deswegen musste sie sie beschützen.

Letztendlich hätte selbst eine geladene .38 Special den Tod ihrer Mutter nicht verhindern können. Ihr eigener Körper hatte sich gegen sie gerichtet. Magenkrebs – der Familieneuphemismus für Leberkrebs, verursacht durch das exzessive Trinken – hatte ihre Mutter das Leben gekostet.

»Ein paar Drinks abends tun ihr gut«, hatte ihr Dad gesagt. »Sie nehmen die Anspannung weg.«

Grace hatte das als Kind schon nicht verstanden, und genauso wenig sinnvoll erschien es, als sie im Alter von dreizehn Jahren am Grab ihrer Mutter stand. An dem Tag, als sie ihre Mutter zur letzten Ruhe betteten, wollte Grace jede Flasche Scotch im Haus mit einem Hammer zerschmettern. Aber als sie und ihr Vater die Auffahrt hinauffuhren, hätte sie schwören können, dass sich die Vorhänge im Zimmer ihrer Mutter bewegt hatten. Vielleicht war es ihr Geist. Vielleicht war es diese böse Person. Oder vielleicht hatte die Paranoia ihrer Mutter auch auf sie abgefärbt. Woran es auch lag, als Grace zum Zimmer ihrer Mutter lief, nahm sie den Revolver und legte ihn in ihren eigenen Nachttisch. Dann zerschmetterte sie jede Flasche Scotch, die sie fand.

Während sie den Revolver ihrer Mutter in die Tasche steckte, griff sie sich gleichzeitig einen alten Schlüsselbund von einem Nagel in der Küche. Obwohl der Hütte immer noch ein feuchter Moder anhaftete, verschloss sie alles dicht. Als sie Richtung Bach ging, folgte Allegheny Blue ihr – wie erwartet. Dieses Mal zwang sie ihn aber nicht, zu Hause zu bleiben. Schließlich hatte sie Hatch versprochen, ihn nicht von ihrer Seite zu lassen.

Grace und Blue erreichten den Bach und den altersschwachen Pier, an dem Lamar Giroux sein Boot angelegt hatte, ein Vier-Meter-Aluminium-Dory mit mehr Beulen, als Blue Flecken hatte. Aber es war wassertauglich und hatte einen relativ neuen Motor.

Blue hopste hinein und tapste in den Bug, die Nase hoch erhoben. Grace riss mit einem Ruck an der Anlasserschnur, und eine Stichflamme aus grauer, gasförmiger Luft ließ sie rückwärts taumeln. Sie packte die Schnur und zog noch mal. Beim sechsten Versuch jaulte der Motor auf, und sie sank auf die Hinterbank.

Blue wedelte mit dem Schwanz.

»Freut mich, dass du zufrieden bist.« Sie warf die Halteleine an Land und steuerte das Boot flussabwärts.

Moskitos stürzten sich auf sie, während sie das Boot in brackige Bäche und wieder hinaus steuerte. Sie suchte nach einem vier Meter langen Skiff mit Elektromotor. Lieutenant Lang hatte recht damit gehabt, dass es in dieser Gegend nicht viele Elektromotoren gab. Fischer und Leute, die am Fluss lebten, brauchten die Kraft starker Motoren, und viele Touristen bevorzugten die großen, lärmenden Sumpfboote, die nur so über die Sümpfe dahinflogen.

Schweiß lief ihr den Rücken hinab, und niedrig hängende Äste kratzten am Bootsrumpf, mit einem schrecklichen Jammern, das sie erschaudern ließ. Bei einer Flussbiegung sah sie irgendetwas am Ende eines langen, aber flachen Wasserzuflusses aufblitzen. Sie duckte sich unter den Mooreichenzweigen, die sich über ihrem Kopf verflochten, und steuerte das Boot den schmalen Wasserweg entlang. Sie spähte durch die verknäuelten Zweige. Metall, mit Sicherheit ein gebogenes Stück Silber. Ihre Hand legte sich fest um das Gas, und Zentimeter für Zentimeter tastete sie sich voran. Ein Zweig kratzte sie an der Schulter. Ein anderer verfing sich in ihren Haaren. Dies war ein abgelegener Ort, eine gute Stelle, um etwas zu verstecken.

Ein Beben, das nichts mit der Erschütterung durch den Motor zu tun hatte, lief durch ihre Hand. Sie stieß einen Eichenzweig beiseite und runzelte die Stirn, als sie das Metall sah, das im Wasser auf- und abhüpfte. Kein Boot, sondern ein altes Ölfass. Sie ließ sich auf die Bank fallen und wandte den Blick gen Himmel.

Ihr Blut gefror.

Über ihr bohrten sich zwei geschlitzte Augen in ihre. Eingekringelt in einem Sonnenstrahl, der durch die Äste drang, hing eine Wassermokassinotter nur fünfzehn Zentimeter oberhalb ihrer Nase.

Ein Schrei blieb ihr in der Kehle stecken. Blue knurrte. Die Schlange blinzelte, streckte sich und huschte den Ast hinauf.

Sie drückte eine Hand an ihr rasendes Herz.

Einatmen, zwei, drei.

Ausatmen, zwei, drei.

Mit der anderen Hand umfasste sie den Gashebel und stieß zurück, weit, bloß weit weg von der Schlange.

Als sie erst aus dem Wasserzufluss heraus war und wieder nach Luft geschnappt hatte, sah sie auf die Uhr. Hatch würde bald wieder in Richtung ihres Hauses aufbrechen. Auf dem Weg zur Hütte nahm sie eine Abkürzung durch einen winzigen Bach, der die Brittlebush-Insel durchschnitt. Als sie an der hinteren Seite ankam, steckte Blue die Nase in die Luft. Sie warf einen Blick auf die belaubten Bäume, suchte sie nach Wasserschlangen ab, sah aber keine. Sie kamen an einem Zufluss vorbei, wo knotige Zypressenwurzeln aus dem Wasser ragten wie winzige braune Grabsteine.

Der Hund stellte die Ohren auf, seine Nase bebte.

»Witterst du etwas, Blue?«

Sie konnte keine Boote sehen, keine Gebäude, und, zum Glück, keine Wasserschlangen, aber als sie den Bug des Boots um eine Biegung in den Zufluss lenkte, entdeckte sie ein kleines Hausboot.

Blue wuchtete sich auf die Pfoten.

»Komm bloß nicht auf die Idee, hinter Abfall fressenden Bären herzujagen.« Sie zog den Gashebel wieder an und fuhr rückwärts, möglichst weg von dem Hausboot, aber Blue stürzte sich auf das Deck. »Komm sofort wieder her!«

Der Hund krabbelte über das Deck und scharrte mit seiner Pfote an der Tür, bis sie aufschwang. Grace knurrte und packte eine Stange an Deck, um das kleine Dory ins Gleichgewicht zu bringen. »Blue!«

Er täuschte Taubheit vor. Und Stummheit. Nein. Letzteres war nicht vorgetäuscht.

Sie verzurrte das Boot. Mit dem Revolver ihrer Mutter in der Hand kletterte sie an Deck und reckte den Kopf, um zur Tür hineinzusehen. Lichtstreifen kamen durch das dreckige Fenster und beleuchteten einen zerbrochenen Schaukelstuhl, einen dreibeinigen Tisch und Blue, der in einer Ecke herumschnüffelte, wo Holzkisten aufgestapelt waren, teilweise abgedeckt mit einer Plane. »Komm! Jetzt!«

Er schnüffelte weiter.

Vorsichtig auf den verrotteten Bodenbrettern balancierend, durchkreuzte sie die winzige Hütte und griff nach seinem Halsband. Der Hund hörte auf, zu schnüffeln, und erstarrte. Das Fell in seinem Nacken sträubte sich wie ein Sägeblatt. Das Boot senkte sich und schwankte, als ob das Gewicht am anderen Ende läge. Schritte erklangen vom Deck her. Grace duckte sich hinter einem Kistenstapel, den Revolver ihrer Mutter immer noch fest in ihrer Hand.

Ein Schatten fiel über die Tür. Blue jaulte und sprang.

Alex zog die Decke über die beiden Kissen, die er länglich auf seinem Bett angebracht hatte. Es sah nicht wirklich aus wie ein schlafender Mensch. Es sah aus wie zwei blöde Kissen. Aber seine Oma sah ihre Lieblings-TV-Show über diese Oldie-Detektive und würde nicht bemerken, dass er weg war … was gut war, denn sonst würde sie sicher wieder dieses Arschloch Hatch rufen.

Er kletterte aus dem Fenster und bewegte sich Zentimeter

für Zentimeter an der Hauswand entlang. Ein Schmerz durchzuckte seinen Rücken und seine Schulter. Sein Gemeindedienst auf dem Friedhof brachte ihn noch um, und was ihn vor allem wütend machte, war, dass Hatch die ganze Sache arrangiert hatte, als ob dieser *Loser* sein Chef wäre. Als er am Schlafzimmerfenster der Zwillinge vorbeikam, duckte er sich. Ricky und Raymond schlichen sich regelmäßig nachts aus ihrem Schlafzimmerfenster, um Glühwürmchen zu fangen, und er konnte es nicht gebrauchen, dass diese beiden Gören jetzt mitkommen wollten. Er zwang seinen schmerzenden Körper, sich etwas schneller zu bewegen, und endlich erreichte er den Mini-Markt, wo er schon Gabe und Linc sah, die an einem blauen Cabrio lehnten und Coke tranken.

Nachdem Alex ihre Namen den Cops wegen des Einbruchs in die Shrimp-Hütte verraten hatte, hatte er befürchtet, die Freunde würden ihn dissen, aber Gabe hatte heute Abend angerufen und gesagt, sie wollten rumhängen.

»He, kein schlechter fahrbarer Untersatz«, sagte Alex. »Woher?«

»Großvater drüben in Panama City«, sagte Gabe. »Er ist ein paar Wochen im Urlaub. Hab gedacht, es macht ihm sicher nichts aus, wenn ich ihn mir leihe.«

Linc kicherte.

»Und keiner hat 'ne Ahnung, wer das Auto genommen hat?«, fragte Alex.

»Natürlich nicht, Dummi«, sagte Linc. »Gabe hat doch keinen Führerschein.«

Sie drängten sich in das Cabrio und fuhren durch den Innenstadtbereich, die ganzen zehn Blocks. Alex konnte es nicht erwarten, hier endlich wegzukommen. Vielleicht hätte er auch mal so eine heiße Kiste, oder noch besser, ein Boot wie das von Hatch.

Bei der zweiten Runde verlangsamte Gabe das Auto vor einem Friseur – kein Barbershop, sondern einer von denen, wo ältere Ladys wie seine Oma gern hingingen. Auf dem Schild stand »Clip & Curl«. Gabe stoppte das Auto an der Ecke und hielt sich rechts, dann drehte er schnell wieder auf die Allee zurück. »Die Alte, der der Laden gehört, geht samstags nicht zur Bank, weil sie im Bowlingverein ist. Müssten ein paar hundert in der Kasse sein. Heute Abend sollten wir Glück haben.«

Alex stieß eine Hand unter seine Hüfte, zuckte kurz zusammen, als sich eine seiner Blasen an dem rauen Stoff des Sitzes rieb. Beim letzten Mal, als sie »Glück gehabt« hatten, war er derjenige gewesen, der im Knast gelandet war. Alex zog seine Hand wieder hervor und starrte auf die Flüssigkeit, die aus der Blase lief.

»Bist du dabei?«, fragte Gabe und winkte vom Rücksitz mit einer Coke.

Linc, der auf dem Beifahrersitz saß und an seiner eigenen Coke nuckelte, grinste. *Weichei*, konnte man an seinem Gesichtsausdruck ablesen.

Gabe und Linc hatten ihn sitzen lassen, aber nur zuerst. Als dieses Arschloch Hatch ihn gezwungen hatte, sich mit dem Polizeibüro auszusöhnen, hatten ihn seine Kumpel nicht verlassen. Er wischte sich die Hände an seinen Shorts ab und nahm die Coke. »Ich bin dabei.«

»Gut.« Gabe fuhr weiter die Allee entlang. »Hier ist der Plan.«

Grace duckte sich tiefer in die Ecke, als eine Gestalt, von der untergehenden Sonne von hinten beleuchtet, durch die Tür des kleinen Hausboots schlüpfte.

»Mann, mein Großer, was machst du denn hier?« Hatch beugte sich hinab und kraulte Blues weiche Ohren.

Grace versuchte, das Herz in ihrer Brust wieder zum Schweigen zu bringen, und trat aus dem Schatten. »Er ist mit mir hergekommen.«

»Nein.« Hatch bedeckte seine Augen mit den Fingern. »Nein, sag mir, dass ich das hier jetzt nicht sehe.«

»Hatch …«

»Sag mir, dass du nicht allein hierhergekommen bist, nachdem ich dir ausdrücklich gesagt habe, dass du dich nicht vom Fleck rühren sollst.«

»Ich habe doch eine Waffe, und außerdem Blue.«

»Natürlich. Wer zum Teufel braucht sonst noch was, wenn du einen Bluthund an deiner Seite hast? Verdammt noch mal, Grace, dort draußen läuft ein Mörder rum. Hörst du mir überhaupt zu?« Er packte sie bei den Handgelenken. »Hörst du?«

Eine gewisse Faszination nagelte sie dort fest, wo sie war. Eine Ader an Hatchs Schläfe pochte. Seine Knöchel wurden weiß. Normalerweise war er so unbekümmert, nahm die Dinge, wie sie kamen. »Ja, Hatch, ich bin mir absolut im Klaren, womit wir es zu tun haben.«

»Warum bringst du dich dann in Gefahr? Du solltest nicht allein hier draußen sein.«

»Ich bin nicht in Gefahr.«

Er ließ ihre Handgelenke los und trat einen Schritt zurück, als sei er beleidigt worden. »Ich hatte gedacht, du wärst eine kluge Frau.«

»Es stimmt aber doch, Hatch«, beharrte sie mit stählerner Ruhe. »Lias Killer wird mich nicht verletzen. Er hat zu viel Spaß daran, mit mir zu spielen. Denk doch mal nach. Ich bin kein Opfer, kein Pfand. Ich bin ein Spieler. Der *einzige* andere Spieler im Spiel. Er wird mich nicht umbringen, jedenfalls nicht zu diesem Zeitpunkt.«

Hatch starrte aus dem Fenster.

»Hol den Profiler deines Teams ans Telefon, und wenn Hayden sagt, dass ich in Gefahr bin, dass der Killer hinter mir her ist, dann schließe ich mich in meiner Hütte ein. Ich schwöre es. Sag mir nur, dass ich nicht recht habe.«

Hatchs Blick sagte alles. Er wusste, dass sie recht hatte. »Du bist sicher«, sagte er. »Das ist das Wichtigste. Jetzt lass uns hier verschwinden.«

Er umfasste ihren Ellbogen und führte sie zur Tür, wo sie den Rahmen umklammerte. »Warte mal eben«, sagte sie. »Warum bist du hier? Wie hast du mich gefunden?«

»Lou Poole«, sagte Hatch. »Sie sagte, die Bienen in den Bienenstöcken in dieser Gegend haben ihr gesagt, dass hier etwas vor sich geht. Ich bin hergekommen, um zu sehen, was die Bienen beunruhigt.«

Grace wusste es aus ihrer Erfahrung bei Gericht, dass manche Leute ohne Worte kommunizieren konnten – warum dann nicht auch Bienen? »Hast du etwas gefunden?«

»Ein paar Reifenabdrücke abseits der Straße. Groß kreuzschraffiert. Die Abdrücke haben mich hergeführt. Ich war gerade dabei, hier herumzustochern, als ich ihn knurren gehört habe.« Hatch deutete auf Blue, der die Plane zu Boden gezerrt hatte und jetzt zu einem Ball zusammengerollt lag und schnarchte.

Grace öffnete den Mund, aber die Worte blieben ihr im Hals stecken. Hinter Blue stand eine grobe Holzkiste, mit schartigen Rändern und ungleichmäßigen Fugen, das perfekte Gegenstück zu der, in der sie Lia Grant gefunden hatten.

Sie packte Hatchs Arm. »Wir haben das Versteck des Mörders gefunden.« Grace' Aufregung hielt nicht lange vor. »Aber da ist nur ein Sarg.«

Neben ihr hockte sich Hatch hin und zeigte auf eine breite Schramme, die eine Furche in den hölzernen Fußboden getrieben hatte. Er wirbelte eine Staubwolke auf. »Aber bis vor Kurzem hatte er noch Gesellschaft.«

Sie folgten der Schleifspur bis zur Tür und nach draußen. Hier waren die Schrammen tiefer, es waren sogar Splitter aus dem Holz zu sehen.

»Etwas ist eindeutig aus der Lagerung *weg*gezogen worden«, bemerkte Grace.

Die Markierungen hörten am anderen Ende des Hausboots auf. »Und höchstwahrscheinlich hier auf ein Wasserfahrzeug geladen worden.«

»Der nächste Spielzug hat angefangen«, sagte Grace mit bebender Stimme.

16

Alex packte den Rand des Müllcontainers hinter dem »Clip & Curl«, seine Finger glitten über einen Klumpen aus Haarflusen und schleimigem Gel.

»Dieses Scheißzeug hier ist ekelhaft«, sagte er zu Gabe und Linc, die in dem dunklen Gang neben ihm standen. »Warum muss ausgerechnet ich da hochklettern?« Er deutete auf ein kleines Fenster über dem Container.

»Weil du der beste Schlossknacker bist«, sagte Gabe mit einem verbitterten Schnauben.

»Und weil du den letzten Job versemmelt hast«, fügte Linc hinzu.

Linc hatte recht. Alex war während des Einbruchs in die Hummerbude in Panik geraten. Er hatte das Schloss in Rekordzeit geknackt, aber drinnen hatte er einen Tisch voller Flaschen mit scharfer Sauce und einer Million Päckchen Cracker umgestoßen, wovon der Geschäftsführer, der nebenan wohnte, wach geworden war. Er hatte seine Kumpel enttäuscht und alles noch schlimmer gemacht, indem er sie verpetzt hatte. Das hier war seine Chance, zu beweisen, dass er kein Verräter war. Alex zog sich zum Fenster hoch.

»Kannst du die Kasse sehen?«, fragte Gabe.

Alex rieb mit dem Saum seines Hemds den Dreck vom Fenster – er wollte keine Fingerabdrücke hinterlassen – und spähte hinein. »Nee. Zu düster. Ich kann nicht mal das Fensterschloss sehen.«

»Hier«, sagte Gabe.

Ein Lichtstrahl glitt über das Fenster, bis Alex eine Hand hob. »Da! Halt es da!«

»Schnauze«, zischte Linc.

Alex nahm ein kleines Taschenmesser, einen Schraubenzieher und eine Büroklammer aus seiner Hosentasche und machte sich an das Schloss. Er hatte vor ungefähr drei Jahren gelernt, ein Schloss aufzubrechen, weil die Zwillinge es lustig fanden, sich selbst im Badezimmer einzuschließen. Innerhalb von zwei Minuten sprang das Schloss auf. Alex schob. Ein Kreischen zerriss die Stille.

»Zur Hölle, Alex, willst du die verdammten Toten wecken?«, fragte Linc.

»Es ist ja nicht so, als hätte ich einen WD-40-Rostlöser in der Tasche«, sagte Alex beleidigt.

»Gut, dann beweg deinen Arsch, damit ich mich durch das Fenster quetschen kann«, sagte Linc.

»Würdet ihr zwei verflucht noch mal die Klappe halten?«, zischte Gabe warnend. »Lasst uns weitermachen wie geplant.«

Der Plan lautete, dass Alex das Schloss knacken sollte und Linc, der Kleinste, durch das Fenster kletterte und ihnen die Tür öffnete, sodass sie alle drei an die Kasse kommen könnten. Während einer Erkundungstour am vergangenen Wochenende, als sich seine Mutter die Haare schneiden ließ, hatte Gabe festgestellt, dass das »Clip & Curl« kein Sicherheitssystem besaß und der Besitzer, der einen brandneuen Lexus fuhr, sicher ein paar hundert Mäuse entbehren konnte.

Alex konnte das Geld gebrauchen, vielleicht für ein Paar neue Schuhe, wenn die Schule wieder anfing. Vielleicht würde er sogar mit den Zwillingen ins Kino gehen oder seiner Oma von diesen Kirschen mit Schokoüberzug kaufen, die sie so gern mochte. Er drückte noch mal gegen das Fenster. Es bewegte sich noch einmal zwanzig Zentimeter, dann klemmte es fest.

Alex tippte mit dem Taschenmesser an den unteren Rand. Die Scheibe bewegte sich einen Zentimeter. Er tippte fester.

»Warum nimmst du nicht gleich einen Presslufthammer?«, flüsterte Linc angefressen.

»Ich tue, was ich kann.«

»Ja, aber tu es leiser. Und schneller«, sagte Gabe. »Linc sollte längst drin sein.«

Alex legte beide Hände unten auf das Fenster und zerrte. Das Fenster krachte auf und zersplitterte. Glasscherben regneten auf ihn und den Container herab. Er schwankte nach hinten, sein Fuß rutschte auf dem schleimigen Glibber aus. Er verlor das Gleichgewicht und knallte auf den Boden. Linc und Gabe schossen die Straße hinunter. Zwei Häuser weiter öffnete sich eine Tür.

Eine Frau in einer dreckigen Schürze steckte den Kopf aus der Tür und fragte: »Was zum Teufel ist denn da hinten los?«

»Johnson, du und Marquez übernehmt Arrowhead Creek«, sagte Lieutenant Lang. »Und Dominguez, ich will, dass Sie und Hubert Brittbush Island umkreisen.«

Das Mondlicht warf Streifen auf das Wasser, als sich immer mehr Deputys einen Weg den Fluss hinabbahnten und ein Vier-Meter-Aluminium-Skiff suchten, das einen Sarg transportieren konnte, 1,80 x 0,60 Meter. Das bedeutete achtzehn Boote auf dem Wasser, sechsunddreißig Sucher, die auf der Jagd nach einem Killer waren, der sich hier bewegen könnte.

Lieutenant Lang blieb vor Grace stehen. »Haben Sie Ihr Handy?«

»Eingeschaltet und voll geladen.« Denn der zweite Sarg war aller Wahrscheinlichkeit nach schon im Spiel. Und dieses Mal würde Grace beim ersten Ton abnehmen.

Nachdem Lieutenant Lang die Führung übernommen hatte, machte sich Grace auf die Suche nach Hatch. Sie fand ihn auf- und abschreitend mit dem Blick auf ein paar Reifenspuren, die mit Fähnchen abgesteckt waren.

»Du bist ja gut, Hatch, aber nicht so gut«, sagte Grace. »Du wirst diese Reifenspuren nie zum Reden bringen.«

Er fuhr sich mit beiden Händen durch das Haar, seine Unterarme faserig vor Spannung. »Man kann es ja wenigstens mal versuchen.«

Und Hatch versuchte es. Er hatte sich den ganzen Abend wie eine riesige goldene Katze bewegt, war auf Händen und Füßen durch das Hausboot gekrochen und durch den Wald marschiert und hatte verzweifelt nach diesem und jenem gesucht, was ein Killer vielleicht zurückgelassen hatte. Sie war immer noch nicht an diese angespannte und angestrengte Version von Theodore Hatcher gewöhnt, aber heute Nacht schätzte sie den Schweiß auf seinem Nacken, den Schlamm an seinen Schuhen und die Eindringlichkeit seines Blicks, als er wirklich alles versuchte, damit kein zweites Opfer lebendig begraben wurde.

»Bis jetzt ist das der einzige anzunehmende Beweis«, fügte er hinzu. »Keine praktischen Fußabdrücke, die denen an Lias Grab entsprechen, keine Fingerabdrücke. Ich würde alles geben, um zu sehen, was diese Reifenabdrücke gesehen haben.«

Und es sah so aus, als wollte er die ganze Nacht weitersuchen, aber das würde er allein machen. Sie streckte eine Hand aus. »Ich brauche deinen SUV-Schlüssel. Einer der Sucher brauchte mein Boot.« Sie musste endlich ihr Auto richtig reparieren lassen. Sie wollte sich ungern bei jeder Fahrt auf Hatch verlassen müssen. »Ich gehe für heute Abend nach Hause.«

Zum ersten Mal, seit sie den Sarg gefunden hatten, wich die verbissene Schärfe aus Hatchs Gesicht. Er zupfte an seinem Ohr. »Wie bitte? Ich muss dich missverstanden haben. Du hast doch sicher nicht gesagt, dass du für heute Feierabend machen willst?«

»Nicht ich.« Grace blickte Blue mit gerunzelter Stirn an. Er hatte die vergangenen drei Stunden humpelnd an ihrer Seite verbracht und alle Fahrzeuge und alles forensische Material der Polizeiwache beschnüffelt. »Aber er. Seine Pfote ist wieder aufgebrochen, und solange all diese Leute um ihn herum sind, kommt er nicht zur Ruhe. Zu viel zu sehen und zu schnüffeln.«

Hatch kraulte den Kopf des Hunds. »Eins sag ich dir, alter Mann, sie mag dich.«

»Wohl kaum. Ich will nur nicht, dass sein Blut einen Tatort besudelt.«

Hatch nahm seine Schlüssel heraus, gab sie ihr aber nicht. »Okay, los geht's.«

»Willst du etwa mit uns kommen?«

»Jepp.«

»Hier gibt es doch Arbeit für dich. Du hast doch selbst gesagt, das Ziel ist es, den Killer zu fangen, bevor er das zweite Opfer entführt.«

»Stimmt, aber meine Spezialität sind Worte, und da die Reifenspuren heute Abend nicht mehr viel sagen, leiste ich der Untersuchung die besten Dienste, wenn ich bei dir bleibe. Es könnte sein, dass du wieder einen Anruf bekommst, und das ist ein Gespräch, bei dem ich unbedingt dabei sein will.«

Grace' Handy lag schwer und still in ihrer Tasche. Sie hatte es heute Abend mindestens hundert Mal geprüft. Sie erwartete den Anruf und fürchtete ihn zugleich. Aber Hatch hatte recht – sie wollte ihn an ihrer Seite haben, wenn noch ein zu Tode geängstigtes Opfer aus dem Grab nach ihr griff.

Auf dem Weg zu ihrer Hütte hielt Hatch im Jachthafen an, um frische Wäsche zu holen, weil er vorhatte, eine weitere Nacht auf ihrem Sofa zu verbringen.

»Ich warte im SUV«, sagte Grace. »Ich will nicht, dass Blue mehr als unbedingt nötig läuft.«

»Nein, Grace. Du und der alte Blue, wenn er denn gewillt ist, ihr kommt mit mir zum Boot.«

»Du stellst dich an.«

»Und du bist dickköpfig.«

Sie zeigte mit einem Finger auf die Uhr an ihrem Handgelenk. »Wie lange brauchst du, um frische Kleidung zu holen? Fünf Minuten?«

»Wahrscheinlich.«

»Das schaffe ich.«

»Ja, Grace, du bist eine kluge, tapfere Frau.« Er hielt ihr die Tür auf und zwinkerte.

Sie kreuzte die Arme über der Brust, wobei ihr der Sicherheitsgurt in den Arm schnitt. Es ging hier nicht um fünf Minuten. Es ging um die vergangenen achtundvierzig Stunden. Vor zwei Tagen war Hatch in ihr Leben geglitten wie die Sonne in den Tag, warm und mühelos, genau wie von der Natur vorgesehen. Zuweilen konnte das Zusammensein mit Hatch wütend machen. Sein Necken und Spotten und all die dummen Kosenamen machten sie verrückt, aber zunehmend fand sie auch Trost in seiner Anwesenheit. Es wäre so einfach, sich in seine Arme fallen zu lassen. Ihre Finger klammerten sich um den Sicherheitsgurt. Aber vor zehn Jahren hatte sie am Ende einsehen müssen, dass es nichts Müheloses bei einer Trennung gab. Sie benötigte Zeit und Raum ohne diesen Mann.

Blue hinkte vom Rücksitz nach vorne, tapste über ihren Schoß und ließ sein Hinterteil neben Hatch fallen.

»Siehst du? Sogar dein Hund stimmt zu.«

Aber sie musste über ihre eigenen Bedürfnisse hinaussehen. Sie brauchte Hatch an ihrer Seite, wenn der nächste Anruf kam. »Ich mag euch beide nicht.« Sie ließ den Sitzgurt aufschnappen und schlüpfte aus der Tür. »Außerdem ist er *nicht* mein Hund.«

Hatch grinste, umschloss mit der Hand ihren Ellbogen und führte sie über den Parkplatz, Blue im Schlepptau. Die Planken krächzten und stöhnten, als sie über die Pier gingen, Hatchs Bootsschuhe schlurften neben dem Tappen ihrer Sandalen. Eine Mondsichel durchschnitt den Nachthimmel, und sie konnte Hatchs Gesicht sehen, dessen Linien jetzt etwas weicher wirkten. Hatch brauchte die salzige Seeluft, die durch sein Haar fuhr, so wie andere Menschen Sauerstoff.

Vor ihr blieb Hatch so abrupt stehen, dass sie gegen ihn prallte.

»Was …«, begann sie, blieb aber still, als er sich auf den Boden kauerte, einen Stift aus seiner Tasche nahm und klickte. Ein greller Lichtstrahl glitt über das Dock und blieb an einer Reihe von glänzenden Flecken hängen. Sie kniete sich neben ihn, als sein Finger über einen der Flecken glitt, den er sich dann unter die Nase hielt.

»Blut?«, fragte Grace.

Hatch nickte und folgte mit der Stiftleuchte einer unregelmäßigen Rotspur. »Von der Richtung der Spritzer her zu schließen, würde ich sagen, es handelt sich um jemanden, der zu den Booten will.«

Sie folgten der Spur, die Tropfen wurden größer und lagen dichter beieinander, bis sie bei dem Anleger, an dem die »No Regrets« lag, endeten. Hatch griff hinter sich und zog seine Waffe aus dem Hosenbund.

Die Tür, die zur Kombüse führte, stand offen, und Licht drang nach außen. Mit gezücktem Dienstrevolver glitt er auf das Boot und gab ihr ein Zeichen, hinter ihm zu bleiben. Sie kauerten sich an die Tür, und Grace packte den Hund beim Halsband und zog ihn an ihre Seite.

»Theodore Hatcher, FBI«, sagte er. »Geben Sie sich zu erkennen.« Seine Stimme und die Waffe waren bombenfest.

Immer noch drang schwaches Licht aus der Tür. Hatch wartete. Er sah aus, als hätte er alle Zeit der Welt. Schließlich trat ein Schatten in das blasse Licht.

»Ach du Scheiße«, sagte Hatch und steckte seine Waffe wieder in das Holster in seinem Hosenbund.

»Was zum Teufel ist mit deinem Arm passiert?«, fragte Hatch. In seinem Kopf dröhnte es.

Alex verzog die Oberlippe. »Geht dich nichts an.«

»Du blutest über mein ganzes Teakholzdeck, das geht mich verdammt noch mal was an.«

»Ich brauchte ein paar blöde Handtücher.« Alex hob seinen linken Arm hoch, der in ein Knäuel Papiertücher gewickelt war. »Aber jetzt, wo ich sie habe, verlass ich sofort dein verdammtes *Teakholzdeck*.« Der Junge machte einen Schritt Richtung Tür, schwankte aber dabei. Hatch packte ihn am Arm. Schweißbedeckte Haut. Zitternde Muskeln. Er deutete auf die Bank neben dem Kombüsentisch. »Setz dich hin. Ich will mir den Arm mal ansehen.«

»Wirst du aber nicht.« Alex hob eine Hand und schlug nach Hatchs Arm.

Hatch erstarrte bei dem Geräusch von Haut gegen Haut.

Setz dich hin, Junge! Und du bleibst da, bis ich sage, du kannst deinen reuigen Arsch hier wieder fortschleppen.

Ich habe keine Lust mehr auf diesen Scheiß.

Scheiß? Du denkst, das hier ist Scheiß? Heißer Atem und der Gestank nach Schweiß und Motorenöl schwollen an und würgten ihn. *Jetzt, Junge, wirst du mal sehen, was wirklicher Scheiß ist.*

Schlag. Schlag. Schlag!

Hatch hielt einen Finger unter die Nase und erwartete beinahe den Geruch von warmem Blut.

»Du blutest, Alex«, sagte Grace, »und nicht gerade knapp. Lass es mich mal ansehen.«

»Ich glaube nicht. Ich bin jetzt weg.« Auf wackeligen Beinen ging Alex zur Tür.

Grace stellte sich ihm in den Weg, die Arme über der Brust gekreuzt. »Setz dich, Alex, und nimm diese Papiertücher ab. Ich muss mir den Arm ansehen.«

Der Junge rührte sich nicht. Grace legte ihm einen ihrer manikürten Finger auf die Schulter und drückte ihn auf den Sitz. Ein paar Mal während der letzten beiden Tage, zuletzt während ihres Wortgefechts im SUV vor ein paar Minuten, hatte eine unerwartete Verletzlichkeit Grace geschwächt. Aber sie war verantwortlich und unerschütterlich. Hatch ließ seine Hand fallen. Gott sei Dank war es wenigstens einer von ihnen.

Grace beugte sich mit hochgezogenen Augenbrauen über Alex' Arm und wickelte vorsichtig die Papiertücher ab. »Er muss genäht werden.«

Alex zerrte seinen Arm zurück. »Haben Sie etwa einen Scheißabschluss in Medizin an der Wand hängen?«

Hatch packte den Jungen beim Kragen und zog ihn von der Bank hoch. Seine andere Hand ballte sich zur Faust. »Du großmäuliger kleiner Dreckskerl.«

Ein leises Keuchen erklang hinter ihm, und dann strichen Finger über seinen Arm. Hatch starrte auf diese Hand, Grace' Hand, ruhig und fest. Dann starrte er voller Entsetzen auf die Faust, die er geballt hatte. Ihm drehte sich der Magen um.

Hatch trat einen Schritt zurück. Aber nur einen.

»Entschuldige dich bei der Dame«, sagte er. Alex mochte sich selbst nicht respektieren, oder sogar Hatch, aber mit Sicherheit würde er nicht so mit Grace reden.

Alex senkte den Kopf und sah auf seine Sneakers. »'tschuldigung.«

Grace nickte und tippte mit dem Fuß auf den Boden, bis sich Alex endlich auf die Bank setzte. »Ich habe keinen Abschluss in Medizin, Alex. Ich habe einen Bachelor of Arts in Politikwissenschaften und in Harvard in Rechtswissenschaft promoviert. Aber während der Highschool und dem College habe ich als Lehrerin in einem Tennis-Camp gearbeitet, und ich habe eine Rotkreuzausbildung in Wiederbelebung und Erster Hilfe. Ich habe mehr als einhundert aufgeschrammte Knie und gespaltene Lippen bandagiert, aber nichts wie dies hier. Das ist so eine Sache, die Leute mit einem echten medizinischen Abschluss nähen müssen.« Sie wandte sich von dem Jungen ab. »Hatch, bitte bring den SUV ans Ende des Docks, dann bringen wir ihn in die Notaufnahme.«

Alex sank in die Kissen. »Nein. Kein Krankenhaus.« Seine Zähne gruben sich in seine Unterlippe, als er Grace ansah. »Bitte.«

Hatch schlang die Hände um seinen Nacken, verschränkte die Finger und starrte an die Decke, in der Hoffnung, dass jemand Klügeres als er, dort eine Nachricht hinterlassen hatte, wie zum Teufel man dieses Kind erziehen sollte.

Was hatte der Junge heute Abend angestellt? Hatch drückte seine Fingerspitzen an seinen Hals. Etwas ganz und gar Ungutes, sodass Alex lieber verbluten wollte, als in die Notaufnahme zu gehen. Hatch ließ seine Finger los. Dazu würde es aber nicht kommen, denn dies war die einzige Sache in dieser verfahrenen Situation, mit der er umgehen konnte.

Hatch griff in einen Schrank der Kombüse und nahm einen großen Erste-Hilfe-Kasten heraus. Er goss einen Tropfen Antiseptikum auf seine Hände und öffnete die Ausrüstung zum Vernähen.

»Was machst du da, Mensch?«, fragte Alex, und seine Augen weiteten sich.

»Doktor spielen.«

»Aber nicht an mir.«

»Willst du lieber in die Notaufnahme?«

Alex schüttelte verzweifelt den Kopf. Na klar, denn dann würde der Junge eine Menge Fragen beantworten müssen. Hatch packte Alex' Hand, und er fühlte sich kein klitzekleines bisschen schuldig, als der Junge zusammenzuckte.

Alex schluckte. »Du, hm, du weißt, was du da tust?«

Hatch hob sein Hosenbein und führte eine saubere, drei Zentimeter lange Narbe an seinem Knie vor. »Wenn du allein auf einem Boot am Ende der Welt lebst und die meiste Zeit mit Messern, Haken und allen Arten von Bootsmaschinen verbringst, lernst du das eine oder andere über Erste Hilfe.« Er kniete sich vor den zitternden Jungen und fügte versöhnlicher hinzu: »Wie Grace habe ich einige Zertifikationen dafür, aber wenn du es vorziehst, kann ich dich in die Notaufnahme fahren.«

Alex kaute auf seiner Unterlippe. »Mach nur.«

Hatch nahm die Nadel, und Alex packte das Sitzkissen mit seiner freien Hand.

Grace setzte sich an die andere Seite des Tischs. »Siehst du den alten Hund da in der Ecke? Er heißt Allegheny Blue. Er ist berühmt.«

»Berühmt?« Alex zuckte zusammen, als die Nadel in seine Haut stach.

»Er war der Hund, der sich vor ein paar Monaten den ganzen Weg von Tallahassee nach Cypress Bend erschnüffelt hat. Aber schon vorher war er in den Nachrichten. Vor fünf, sechs Jahren hat er den Schwarzbären in Eastpoint aufgespürt und einen Baum hinaufgejagt. Dieser Bär hatte zwei Jäger zerfleischt und einem ein Auge ausgebissen. Das kam sogar in den überregionalen Nachrichten.«

Alex betrachtete den Hund, der jetzt in der Ecke lag und schnarchte, mit großem Interesse. »Das ist cool.«

»Anscheinend haben das viele Leute gedacht. Sein früherer Besitzer bekam von Jägern im Dreiländereck Deckgeldangebote in der Höhe von eintausend Dollar, und jemand hat sage und schreibe zehntausend Dollar geboten.«

»Wow. Wollen Sie verkaufen?«

»Nein, er ist jetzt zu alt. Er sitzt bloß rum und frisst und schläft. Außerdem sabbert er.«

Alex runzelte die Stirn. »Zehn Riesen? Das ist ein feiner Haufen Kleingeld. So viel hätte ich gern mal in den Händen.«

»Was würdest du denn damit machen?«, fragte Grace.

Alex kniff die Lippen zusammen, die – wie Hatch bemerkte – nicht mehr bebten. »Ich würde ein Boot kaufen, bloß nichts so Nobles wie das hier.« Er beschrieb mit seinem gesunden Arm einen Halbkreis durch die Kajüte. »Etwas Kleines, aber groß genug für die offene See. Ich würde damit durch den Golf, vielleicht sogar die ganze Strecke nach Mexiko …«

Als Hatch den letzten Stich vernähte, erzählte ein strahlender Alex Grace von seinen Plänen, mit seinen Kumpels Linc und Gabe auf Alligatorenjagd zu gehen.

»Okay.« Hatch warf die Nadel in den Mülleimer und sammelte die restlichen Utensilien zusammen. »Das war's.« Wenn er so etwas verbrochen hätte, hätte sein Vater ihn windelweich geprügelt. »Jetzt wird's Zeit, zu reden.«

»Das wüsste ich aber.« Alex sprang auf.

Er griff nach Alex, steckte aber seine Faust in die Tasche.

»Wenn du mit Hatch nicht reden willst«, sagte Grace, »wirst du mit jemandem auf der Polizeiwache sprechen müssen.«

Grace hielt, was man von ihr erwartete. Ein weiterer Grund,

dass er sie in die Arme nehmen wollte, um ihr einen Riesenkuss auf die Lippen zu setzen, wovon er seit heute Morgen fantasierte … seit sie ihn auf diesem verdammt kleinen Sofa geweckt hatte. Sie war zu seinem Sohn durchgedrungen und hatte ganz klar die Aufmerksamkeit des Jungen.

Das Blut wich Alex aus dem Gesicht. Das Kind bemühte sich so sehr, tough zu sein, aber heute Abend sah es so verdammt jung und ängstlich aus. Vielleicht war es das ja, was der Junge brauchte – ihm solche Angst vor diesem ganzen Mist einzujagen, dass er seinem Leben eine neue Richtung gab. Mit einem ermutigenden Nicken von Grace erzählte Alex widerstrebend von dem Versuch, in das »Clip & Curl« einzubrechen, wo sie allerdings nicht weiter gekommen waren als bis zum Fenster.

»Also, was musst du jetzt tun?«, fragte Grace.

Alex zuckte mit den Schultern. »Weiß nicht. Ist mir auch egal.« Bumm. Die alte Haltung war wieder da.

»Verdammt noch mal, Alex«, fing Hatch an, aber Grace' Finger gruben sich in seinen Oberschenkel.

»Alex, das sollte dir besser nicht egal sein, sonst fahren dein Dad und du als Allererstes morgen Früh auf das Polizeirevier.«

Alex fuhr mit den Zehen die Holzdiele entlang. »Ich glaube, ich sollte mich bei der Friseurin melden und anbieten, das Fenster zu ersetzen.«

»Das klingt angemessen. Hatch, was meinst du?«

Hatch hatte keine Ahnung, was er da gerade tat, aber er war dankbar, dass Grace offenbar Spielregeln hatte. »Klar doch.«

»Ausgezeichnet«, sagte Grace. »Morgen werdet ihr beide die Eigentümerin des ›Clip & Curl‹ aufsuchen und den Ersatz besprechen.«

Sie fuhren Alex nach Hause, und als der Junge aus dem Auto stieg, sah er aus wie ein Schüler, der zum Rektor bestellt worden war. Er und Grace folgten. In dem Moment, als Alex durch die Tür trat, rief Trina Milanos, was die Zwillinge weckte, die sofort fanden, Mitternacht sei die ideale Zeit zum Spielen.

»Kissenschlacht!«, krähte Raymond und packte ein Kissen vom Sofa.

»Rechne damit, dass ich besser bin, Trulla!« Ricky griff sich auch ein Kissen und warf es Grace ins Gesicht.

Grace duckte sich. »Das glaube ich nicht.« Mit ihrer üblichen Behändigkeit und Anmut nahm sie sich schnell ein eigenes Kissen. »Bereitet euch darauf vor, sofort zurück ins Bett zu tanzen!« Sie jagte sie aus dem Raum, unter schallendem Kleinjungen-Gelächter.

Hatch rieb sich die Stirn. Er wünschte, er könnte in das helle Lachen einstimmen. Alex starrte ihn noch mal düster an und stampfte in sein Zimmer, wo er sich voll bekleidet auf sein Bett fallen ließ. Hatch sprach mit der Großmutter, während Grace die Zwillinge einfing und sie zu Bett brachte.

Als sie zum SUV gingen, zupfte sich Grace ein paar Federn aus dem Haar. »Alex braucht Regeln und Beständigkeit.«

»Und das weißt du so genau, weil …?«

»Weil das, was er hat, nicht funktioniert.« Grace legte eine Hand auf den Türgriff des SUV, zog aber nicht. »Hatch, der Junge braucht einen Mann in seinem Leben. Selbst ich mit meiner sehr beschränkten Kenntnis von kleinen Kindern kann das sehen. Er braucht mehr als eine erschöpfte Großmutter mit Gesundheitsproblemen, um ihn durch die Wogen der Teenagerjahre zu steuern.«

»Und du meinst, das kann er bei mir finden?«

»Kann er das?«

»Nein.«

»Warum nicht?«

Er begann, vor dem SUV auf- und abzugehen. »Habe ich dir je von meinem Alten erzählt?« Die Frage war rein rhetorisch, denn er hatte nie mit jemandem über seinen Vater gesprochen, außer, dass er gesagt hatte, dass er gestorben war, während Hatch noch zur Highschool ging. »Alles, was Pops je wollte, war Rennen fahren. Mit zwölf fing er an, an der örtlichen Tankstelle zu arbeiten, sodass er wenigstens in der Nähe der Autos sein konnte. Keine großen Karrierepläne, kein Traum vom College. Er wollte nichts als schnelle Wagen fahren, aber mit sechzehn wurden seine Träume kreischend gebremst. Er wurde Vater. Schwierig, eine Rennkarriere zu starten, wenn du eine Frau und ein Kind hast und einen Mindestlohn-Job bei einer Tankstelle. Pops war den größten Teil seines Lebens frustriert und wütend auf die Welt, aber am meisten wütend war er auf mich. Und er hielt nicht damit hinterm Berg. Ich war der Grund, warum er sechzig Stunden pro Woche hinter einer Ladentheke mit winzigen Autoersatzteilen arbeitete, wo er dann starb, noch bevor er vierzig wurde.«

»Aber du bist nicht wie dein Vater.«

»Genau, und ich habe keine Absicht, in seine Fußstapfen zu treten. Ich will nicht als wütender, verbitterter Mann und mit einer Riesenliste von nichts als Bedauern sterben.«

»Aber du bist nicht im Mindesten wie er. Du bist nicht jähzornig. Du liebst deinen Job. Du bist glücklich in deinem Leben. Und du kannst diesem Jungen ein guter Vater sein.«

Er unterbrach sein Herumtigern und griff nach der Beifahrertür.

Sie schob sich zwischen ihn und die Tür. »Du musst das Vertrauen haben, dass du etwas Gutes für Alex tun kannst.«

Er versuchte, sie leicht zur Seite zu schieben.

Sie rührte sich nicht von der Stelle. »Dieser Junge braucht dich.«

»Verdammt noch mal, Grace!« Er packte sie am Arm und zog sie von der Tür weg. »Lass es!«

Blue knurrte.

Hatch sah entsetzt auf seine Finger, die sich in das sahneweiße Fleisch ihrer Arme bohrten, überwältigt von zu viel Wut, zu viel Hitze, zu viel Vergangenheit. Grace musste es gespürt haben, denn sie stand da mit geöffnetem Mund und weit aufgerissenen Augen, ein unnatürlicher Anblick bei einer Frau voll kalter Entschlossenheit.

»Oh Mist, es tut mir so leid.« Er fuhr sich mit der Hand durchs Haar. »Siehst du, warum ich nicht zum Vater geeignet bin? Ich habe zu viel von meinem Alten in mir. Alex wird es ohne mich besser ergehen. Spring in den Wagen, ich nehme dich mit nach Hause.«

Grace blieb wie versteinert stehen. Unter dem sanften Leuchten des Mondes sah sie aus wie eine Marmorstatue. Endlich setzte sie sich in Bewegung, jedenfalls der Mund, und auch der nur minimal. »Nein, Hatch. Du nimmst mich mit zum Segeln.«

Seine Finger glitten über seinen sehnigen Hals. »Nicht heute Abend, Grace. Hast du vergessen, dass wir auf einen Anruf warten von jemandem, der lebendig begraben ist?«

Grace schüttelte den Kopf und hielt ihm ihr Handy entgegen. »Ich habe in der ganzen Bucht Empfang.«

17

Grace löste die Leine und sprang auf Deck, ihre Füße in den Sandalen verursachten kaum ein Geräusch. So anmutig, so schön und – wie gewöhnlich – so richtig.

Hatch musste segeln, musste den Wind im Gesicht spüren und die salzige Meeresgischt auf seiner Haut. Er ließ den Motor an, und wie ein gut dressiertes Pferd glitt die »No Regrets« aus der Anlage, geradewegs und stabil, weg von der Stadt, in der Alex mal wieder einen Einbruch mit seinen beiden besten *Freunden* versucht hatte. Alex frustrierte ihn, verärgerte ihn, aber mehr als alles andere verwirrte er ihn. Er wollte helfen, seinen Sohn auf den richtigen Weg zu bringen, aber er hatte keinen Lenker und nicht mal eine Richtung.

Grace zog die Leine, entfaltete das Großsegel.

Aber er hatte Grace, und das wog eine verdammte Menge auf. Er hatte Alex gegenüber die Geduld verloren, aber sie war immer noch auf seiner Seite.

Obwohl es schon nach Mitternacht war, war die Bucht alles andere als ruhig. Trawler mit ihren hellen Lichtern und großen Auslegern verließen den Hafen, um auf Krabbenfang zu gehen, Frösche quakten, und Eulen zerschnitten den schwarzen Himmel mit ihrem messerscharfen Schreien. Mit Blick auf seinen Tiefenmesser und der Erkenntnis, wie wenig Erfahrung er mit Alex hatte, glitt er durch die Nacht, den Wind im Gesicht und die Bucht unter seinem Kiel.

Etwas später, als der Mond in einem nächtlichen Tanz zur Ballade der Bucht weitergezogen war, bemerkte er, dass die Niedergeschlagenheit, die auf seinen Schultern lastete, und der Nebel, der seinen Blick verdunkelt hatte, weg waren, dank Grace. Sie kannte ihn, und sie hatte gewusst, dass er segeln musste.

Er legte den Kopf in den Nacken und ließ ihn kreisen. Dann setzte er sich auf die Bank neben sie und streckte die Beine aus. Grace saß da, das Kinn auf den Knien und ihr Handy auf dem Sitz neben ihrer Hüfte. Der Segeltörn war für sie sicherlich keine Entspannung gewesen. Sie sah nachdenklich aus, aber weit entfernt von friedlich. Vielleicht dachte sie über das Minenfeld nach, das sein Sohn darstellte. Vielleicht dachte sie an einen Killer, der ein mörderisches Spiel spielte. Oder vielleicht dachte sie, nachdem er sie vor Alex' Zuhause so unsanft behandelt hatte, darüber nach, wie sie seinen reuigen Hintern wieder aus ihrem Leben schaffen konnte. So, wie er Grace kannte, brütete sie über ein bisschen von allem und entwarf einen Plan, um die Welt zu retten, denn anders als er konnte sie nie loslassen.

Er griff in seine Tasche und holte ein Set kleiner silberner Ringe heraus. Einen nach dem anderen ließ er die Ringe in seine Handfläche fallen, das Metall klingelte sanft, und ihr kühler Blick war gefesselt. Er nahm den letzten Ring, stieß ihn an den oberen, und schon verbanden sich alle Ringe. Er legte den nächsten Ring in seine Handfläche, und auch der verband sich mit der Kette. Er ließ die Ringe hin- und hergleiten, auf und ab, und immer mal wieder verbanden sie sich. Als die Kette wuchs, glätteten sich die Furchen auf ihrer Stirn.

Einige Nächte, besonders Nächte wie diese, brauchten einfach ein wenig Magie.

Als der letzte Ring wieder einzeln in seiner Handfläche lag, lächelte sie. »Den Ringtrick hatte ich immer am liebsten.« Sie nahm einen und fuhr mit einem Finger über seine Rundung. »Ein perfekter Kreis aus scheinbar ungebrochenem Stahl. Einfach, aber solide und stark.«

»Aber unter den richtigen Händen« – er hob seine in die Luft – »fähig zu solch unglaublichen Kunststücken.«

Grace warf den Kopf zurück, ein weiches Lachen kam aus ihrer Kehle. »Deine gute Stimmung ist zurück. Wir sollten für heute Schluss machen.«

Hatch ließ die Ringe wieder in seine Hosentasche gleiten und beugte den Kopf zu Blue hinab, der in der Tür zur Kombüse schnarchte. »Er sieht gerade so friedlich aus. Ich bringe es nicht fertig, ihn zu stören.«

»Komm jetzt, Hatch.« Sie stieß seine Schulter mit ihrer an. »Wir haben beide eine Menge zu tun. Du musst früh aufstehen, dich mit Alex und der Besitzerin des Haarsalons treffen, und ich muss …« Grace brachte die Worte nicht über die Lippen, aber in ihren Gedanken waren sie vorformuliert. *Warten, dass jemand aus Kiste Nummer zwei anruft.*

Er blickte sie mit halb geschlossenen Augen an. »Kannst du dich noch daran erinnern, wie du das erste Mal auf diesem Boot warst?«

»Hatch …«

»Kannst du?«

Sie holte tief Luft und zählte bis drei, bevor sie wieder ausatmete. Sie hatte Hatch auf den Ozean gedrängt, damit er einen klaren Kopf bekam und von den Schwierigkeiten mit Alex abgelenkt wurde. Auftrag ausgeführt, aber jetzt hatte er den Spieß umgedreht, mit seinen klingenden Ringen und der kleinen Promenade auf der Straße der Erinnerungen.

»Und?«, fragte Hatch.

»Ich werde keinen von uns verletzen, indem ich ›nein‹ sage«, sagte Grace. Zu behaupten, es sei eine unvergessliche Nacht gewesen, wäre die Untertreibung des Jahrzehnts gewesen. Dieser ganze Sommer, der Sommer, in dem Hatch in ihre Welt gesegelt war, hatte sie besinnungslos zurückgelassen. Wortwörtlich.

»Du konntest mir nicht widerstehen«, sagte er.

Grace lachte. »Eigentlich konnte ich der Möglichkeit nicht widerstehen, Victoria Jensen einen Tritt in den Hintern zu verpassen.«

»Victoria Jensen?«

»Die Hauptschwimmlehrerin im Camp. Schwarzroter rattenscharfer Badeanzug, schön prall gefüllt.«

Ein verwirrter Ausdruck trat auf Hatchs Gesicht. »Ich erinnere mich weder an eine Victoria noch an einen Badeanzug.«

»Du hast sie ganz schön beeindruckt. In dieser ersten Nacht im Camp hat sie abends über nichts anderes gesprochen als über dich. Sie hat uns von dem Lyrikbuch erzählt, das du in deinem Rucksack hattest, Longfellow, und über das Segeln um die Barrier-Inseln und Nacktbaden um Mitternacht. Mit einem lasziven Grinsen hat sie uns versichert, du hättest nicht einen einzigen Bräunungsstreifen an deinem Körper. Sie war so verknallt, und wenn es nicht um Victoria und das andere Dutzend Mädchen gegangen wäre, das in diesem Sommer halb in dich verknallt war, hätte ich mich, glaube ich, gar nicht erst auf diesen Wettbewerb eingelassen.«

»Wettbewerb?«

»Wusstest du gar nicht davon?«

»Ich hatte nie etwas übrig für das Tratschen am Wasserspender, weißt du das nicht mehr?«

Er selbst mochte vielleicht nicht tratschen, aber er war der Gegenstand des meisten Klatsches in diesem Sommer vor zehn Jahren gewesen. »In dieser ersten Campwoche haben sich die weiblichen Mitarbeiter zu einem Wettbewerb entschlossen. Es ging darum, wer dich schnappen könnte. Die Erste, die dich für den Sommer am Haken hätte, würde ein Zimmer mit eigener Badewanne bekommen.«

»Der Preis war eine *Badewanne*?«

»Eine *eigene* Badewanne. Eine mit Löwenklauen und eigenem Wasserboiler.«

»Das hört sich für mein Ego nicht so gut an.«

Sie klopfte ihm auf den Arm, ihre Finger verweilten auf der Schwellung seines Bizeps. »Aber ich habe mich nicht wegen der Badewanne um dich bemüht, sondern, weil ich dich nicht an Victoria verlieren wollte.«

»Und du hast gewonnen.«

»Ja und nein«, sagte Grace.

Seine Brauen hoben sich fragend.

»Ich habe den Wettbewerb gewonnen, aber mein Herz verloren.« Er öffnete den Mund, aber sie wischte die Worte fort. »Und, was noch wichtiger ist, ich habe meine Richtung verloren.« Der Abstand von zehn Jahren konnte den Schmerz nicht von der reinen Wahrheit lösen. »Ich hatte diesen großen Plan für mein Leben entworfen und klar definiert, was ich erreichen und wohin ich gehen wollte, und ich war eigentlich auf dem besten Weg dahin.« Ihre Hand fiel in ihren Schoß. »Bis zu dieser ersten Nacht auf diesem Boot. Bis du kamst.«

»Daran ist doch nichts Schlimmes, Prinzessin.« Er rückte näher, seine Hüfte schob sich näher an ihre, sein Deckschuh glitt neben ihre Sandale. Seine Hand legte er ihr auf das Knie. »Es ist vollkommen in Ordnung, umherzustreifen und herumzuwandern, ohne Absicht oder Plan.«

»Für dich vielleicht, Hatch.«

Der Hatch, den sie vor zehn Jahren gekannt hatte, lebte ohne Kompass und ohne Sorgen, und bis zu einem gewissen Grad tat er das immer noch. Er war in die Stadt gekommen, um Alex wieder mit dem Gesetz ins Reine zu bringen, und er hatte sich ganz offensichtlich in die Aufgabe gestürzt, Lias Killer zu schnappen. Aber diese Zeit in Cypress Bend war nur eine weitere Zwischenlandung auf Hatchs nie endender Reise.

»Das ist der wesentliche Unterschied zwischen dir und mir«, fuhr Grace fort. »Es ist nicht in Ordnung, jedenfalls nicht für mich. Dir reicht es, unter dem sonnigen Himmel zu segeln, egal, wohin der Wind dich trägt. Ich brauche mehr. Etwas Solides und Dauerhaftes.«

Seine Stirn runzelte sich, mehr nachdenklich als streitsüchtig.

Sie nahm seine Hand von ihrem Knie, ihre Haut wurde merkwürdig kalt in der hitzigen Nacht. »Du hast nie mein Bedürfnis verstanden, meine Füße in die Erde zu pflanzen und irgendwo Wurzeln zu schlagen. Du hast erwartet, dass ich alles aufgebe – meinen Job, meine Familie, meine Träume –, um mit dir in den Sonnenuntergang zu segeln.«

»Also wirklich, Prinzessin. Ich habe dich nie gebeten, dein Leben aufzugeben. Wenn ich mich nicht irre, war ich derjenige, der den Kurs gewechselt hat. Ohne einen zweiten Gedanken zu verschwenden, habe ich das Schiff vor Anker gelegt, damit du im Staatsanwaltsbüro arbeiten konntest, damit du bei deinem Daddy sein konntest, damit wir *unsere* Träume leben konnten.« Er zeigte mit spitzem Finger auf das Wasser. »Ich bin vor Anker gegangen.«

»Du warst körperlich da, Hatch, aber nicht im Geiste, jedenfalls nicht ganz. Jedes Mal, wenn wir Daddy besuchen gingen, hast du ausgesehen wie ein Mann auf dem Weg zum Galgen.«

»Dein Daddy hat mich gehasst. Das erste Mal, als ich ihn besucht habe, hat er Zustände bekommen und mich einen *Loser* genannt.«

»Weil er dich nicht kannte, oder die Tiefe meiner Gefühle für dich, aber wenn du ihm Zeit gegeben hättest, wäre er schon klargekommen. Er wollte, dass ich glücklich bin, und ich habe keinen Zweifel, ich hätte glücklich sein können – überglücklich – mit dir. Aber es geht hier nicht nur um Daddy. Du hast meinen Job gehasst. Du hast es gehasst, dass ich abends arbeiten musste und an Wochenenden und dass wir nicht einfach für eine Woche wegfahren konnten, wenn das Wetter danach war. Und du hast es verabscheut, zu irgendwelchen gesellschaftlichen Verpflichtungen mit meinen Kollegen geschleppt zu werden oder zu Benefizveranstaltungen, die ich unterstützt habe.«

»Ich habe mich nie beklagt, und wenn du dich erinnern möchtest, habe ich es doch geschafft, charmant und unterhaltsam zu sein.«

»Genau das trifft es, Hatch. Du *hast es geschafft*. Du wolltest nicht in einem Ballsaal voller Leute in Schlips und Kragen herumstehen. Du hast die Tage gezählt, die Stunden, die Minuten, bis du wieder das Segel setzen konntest. Du hast deine Zeit abgesessen.«

Er glitt mit den Fingern das Steuerrad entlang. »Ich habe dir gegeben, was ich konnte, Prinzessin. Ich werde mich nicht dafür entschuldigen, wie ich bin.«

»Ich weiß. Ich glaube mit allen Sinnen, mit einhundert Prozent meines ganzen Wesens, dass du mir gegeben hast, was du konntest.«

Seine Knöchel wurden weiß. »Und das war nicht genug.«

»Doch, das war es. Es war jedenfalls genug für mich.«

»Sagt die Frau, die die Scheidung wollte.« Die Worte klangen scharf und kühl.

Sie legte ihre Hand über seine und bewegte sich nicht, bis er ihr in die Augen sah. »Sagt die Frau, die dich tief und wie verrückt geliebt hat.« Der Puls an seinem Handgelenk schoss unter ihren Fingerspitzen nach oben. Irgendwo in der Nähe sprang ein Fisch aus dem Wasser, und ein sanftes Klingeln erklang. Auf dem Festland kreischte ein Vogel. Aber das lauteste Geräusch war ihr Herzklopfen. »Ich hätte auf einem Boot leben können. Ich hätte unter der Woche Überstunden machen können, damit wir die Wochenenden zusammen gehabt hätten. Und ich habe die Vorstellung akzeptiert, keine Kinder zu haben, weil du so dagegen warst.« Sie ließ seine Hand wieder los. »Aber ich war nicht das Problem.«

»Ich habe dir mehr gegeben als jemals jemandem zuvor. Grace, überleg doch, ich habe mein Herz auf ein Silbertablett gelegt und es dir gereicht.« Er schlug sich mit den Fäusten an die Brust, ein schaurig hohler Klang in der jetzt stillen Nacht.

»Ja, das hast du. Ich habe an deiner Liebe nie gezweifelt.« Sie erkannte es jetzt. Heiß und leidenschaftlich, süß und golden. Sie hatte auch seinen Schmerz gesehen. Sie sah ihn immer noch. Sie glättete eine Haarlocke auf seiner Stirn. »Was ich in Frage gestellt habe, war deine Fähigkeit zu überleben. Du hast es gehasst, festgebunden zu werden. Du hast diese Stadt gehasst, und früher oder später hättest du mich gehasst.« Er schüttelte den Kopf, aber sie nahm sein Gesicht in beide Hände und zwang ihn, ihr in die Augen zu sehen.

»Du hättest diesen rastlosen Teil deines Wesens nie aufgeben können, und das hätte dich umgebracht, Hatch. Mein Gott, wie ich es gehasst habe, an der Seitenlinie zu sitzen und zu beobachten, wie dein Kopf und dein Herz miteinander im Gefecht lagen. Mit jedem Tag, der verging, mit jeder Woche, die verging, hast du mehr gelitten.«

»Aber ich habe es geschafft.«

»Du bist gestorben!« Ein Schaudern erschütterte sie, als sie sich wieder vor Augen hielt, wie der Sommer in den Herbst übergegangen war. »Du hast keine Seemannslieder mehr gesummt, und du hast deine dummen Zaubertricks nicht mehr aufgeführt.« Ihre Schultern senkten sich ermattet unter dem

Gewicht der Erinnerung. »Und das mitanzusehen hat mich umgebracht.« Sie versuchte, sich zu räuspern, aber der schartige Klumpen rührte sich nicht von der Stelle. »Also habe ich dich weggeschickt.«

Es war die schwierigste Zeit, die sie jemals durchgemacht hatte. Sie hätte genauso gut in ihre Brust greifen und ihr Herz hinauszerren können, um eine klaffende, blutende Wunde zurückzulassen. Nachdem Hatch gefahren war, hatte er angerufen – zehn Mal.

Und nicht ein einziges Mal hatte sie abgenommen.

Warum hast du das Telefon nicht abgehoben, Grace, warum nicht?

Beim elften Anruf hatte sie ihr Handy ins Meer geworfen und sich in einem Motelzimmer verkrochen, wo sie die Festnetzverbindung aus der Wand gerissen hatte, um nicht in Versuchung zu kommen, ihn anzurufen. Ebenso wenig hatte sie Kontakt zu ihrem Vater oder ihrem Chef aufgenommen. Fünf Tage lang gab es nur sie und einen schwärenden Schmerz, der sie wie eine Pfütze auf dem Boden zurückgelassen hatte, wie einen Süchtigen, der einen kalten Entzug machte. Am fünften Tag klopfte der Hotel-Manager mit einer Nachricht von ihrem Chef an die Tür: *Sie sind gefeuert.*

Diese Worte waren der Weckruf gewesen, den sie gebraucht hatte.

Nachdem Hatch aus ihrem Leben gegangen war, brauchte sie etwas, das ihre Stunden füllte, die Tage, die Jahre, die vor ihr lagen. Sie kratzte sich selbst von dem befleckten Motelteppich auf und sammelte alles zusammen, was von ihr übrig geblieben war, um ihr Leben wieder in eine Spur zu bringen. Sie kämpfte, wie sie nie zuvor gekämpft hatte, und als Travis ihr den Job zurückgegeben hatte, schwor sie, nie wieder jemandem zu erlauben, sie so niederzumachen.

Hatch rückte näher, sein Knie drückte sich an ihre Hüfte. »Prinzessin …?«

Sie presste die Finger an ihre Lippen. Sie wollte diese Worte nicht hören. O Gott, sie wollte sie nicht hören, denn sie kannte Hatch. Sie kannte sein Herz, und sie wusste, was er fragen würde.

»Liebst du mich noch?« Sanft berührten seine Worte das zitternde Fleisch ihrer Finger.

Sie wusste, es gab nur eine Antwort. »Ja.« Sie liebte Hatch – niemand, mit dem sie eine Beziehung geführt, niemand, mit dem sie geschlafen hatte, hatte sie mit dem Wunsch nach mehr zurückgelassen. Nein, kein Wunsch nach mehr. Die Sehnsucht nach Hatch. »Ich liebe dich, Hatch, und ich werde dich immer lieben.« Sie hielt die Worte sachlich, denn mit Tatsachen und Beweisen konnte sie besser umgehen als mit dem chaotischen Gefühl, das in ihr tobte. »Aber ich kann dich nicht *haben*. Niemand kann das. Du bist wirklich und wahrhaftig ein freier Geist. In ein paar Monaten ist hier für dich wieder Schluss, und ungeachtet von mir oder Alex wirst du wieder lossegeln.«

Sie hatte gehofft, er würde ihr sagen, dass sie im Unrecht war, dass er den Wind und die See nicht mehr brauchte. Hatch hatte sich so sehr verändert. Er trug eine Uhr, er hatte eine Waffe bei sich. Er versuchte, Alex ein guter Vater zu sein. Aber er konnte immer noch nicht ihr Bedürfnis nach Solidität und Beständigkeit nachvollziehen, nach einem Haus auf einem Hügel und Wurzeln, die sich in die Erde gruben. »Und ich soll mich damit zufriedengeben?«

»Warum nicht? Du bist mit deinem Job verheiratet, und ich mit der See. Keiner von uns hat bei jemand anderem sein Glück gefunden. Ich werde dich nicht anlügen. Ich bin nicht der Mann, der mit einem Achtstundentag und 2,5 Kindern glücklich wird. Aber mit dir kann ich glücklich sein. Ich liebe dich mehr als jedes andere menschliche Wesen auf dieser Erde, und ich schenke dir einen Teil von mir.«

»Ein Teil ist nicht das, was ich will, nicht das, was ich *brauche*.«

»Aber er könnte es sein.« Mit verschränkten Fingern zog er sie näher an sich heran. »Sag mir, dass du das hier nicht brauchst.« Er senkte den Kopf und streichelte mit seinen Lippen ihre Schläfe, ihre Wange, ihren Kiefer, winzige Kusstropfen mit der Macht einer Flutwelle, die sie versengte und ihr den Atem nahm. »Und sag mir, dass du das nicht brauchst.« Seine Lippen folgten der Linie ihres Halses und ihrer Schulter, und die Finger seiner freien Hand glitten ihren Rücken hinab und zogen weiter. Und so, wie die Flut dem Mond gehorcht, rückte sie näher. »Sag es mir, Grace. Sag es mir, und ich höre auf.«

Heiße Sehnsucht ließ ihr Fleisch beben, erhitzte ihr Blut und sandte einen Dunstschwall aus, der ihr Gehirn benebelte. Die Linie zwischen Wollen und Brauchen wurde unscharf. Seine Lippen glitten über ihre. Süß, so süß. Eine Welle goldener Wärme, wie ein Glas Honig unter einem Julihimmel.

Sie glitt mit ihren Fingern durch sein seidiges Haar und zog ihre Lippen wieder von ihm weg. »Du hast recht. Ich will das, *brauche* es sogar.« Denn was sie für Hatch fühlte, war ein ganz, ganz tiefes Bedürfnis in ihrem Innersten. »Aber ich verdiene *mehr* als das.«

Hatchs Finger blieben auf ihrem Brustkorb liegen. »Willst du, dass ich dir wieder und wieder sage, dass ich dich liebe?«

Ihr Herz hämmerte gegen seine Hände. »Ich brauche mehr als Worte, Hatch. Ich brauche einen Mann, der sich binden kann.«

»Ich binde mich doch gerade.«

Sie löste seine Hände von ihrer Haut. »Aber was ist mit nächster Woche oder nächstem Monat?«

»Damit befassen wir uns nächste Woche oder nächsten Monat.«

»Und das genau ist die Crux.« Sie zog die Beine an ihre Brust, legte die Arme um ihre Beine und hielt sie fest gegen ihren Brustkorb gedrückt, damit ihr Herz, ihr schmerzendes, blutendes Herz, nicht aus ihrem Körper in seine Hände springen konnte. »Ich will dich nicht nächste Woche und nächsten Monat. Gerade du kennst mich doch. Ich will den Gewinn und den großen Preis, der dazu gehört. Wenn ich dir dieses Mal meine Liebe gebe, Hatch, möchte ich ein *Für immer*. Ich *verdiene* ein *Für immer*.«

Stirnrunzelnd betrachtete Hatch seine leeren Hände, so, als sei er nicht in der Lage, zu verstehen, warum sie nicht mehr über ihre Haut glitten und Unheil anrichteten, indem sie Gefühle zutage brachten, die sie vor Langem beerdigt hatte. Seine Verwirrung und seinen Schmerz zu sehen war jetzt, beim zweiten Mal, keineswegs einfacher.

»Mein Handy-Akku lässt nach«, sagte sie. »Wir müssen zurück.«

Sie konnten gemeinsam an einem Fall arbeiten, aber für sie beide gab es keine Zukunft.

Hatch blieb still, weil es keine Worte mehr gab. Er stand im Schatten am Steuerrad, und sie wurde nicht schlau aus seinem Gesicht. Bereute er, zurückgekommen zu sein? Dass er zugegeben hatte, sie zu lieben, und dass er sie immer lieben würde?

Die Markierungslichter der Marina kamen näher, und sie nahm wieder ihre Position am Segel ein. Der Wind fuhr in die Leinwand und stach ihr in die Augen. Hatch glaubte nicht an Reue, und das wäre eine gesunde Haltung, die sie sich zu eigen machen sollte. Ihre Beziehung zu Hatch war intensiv und unglaublich, aber am Ende unmöglich. Obwohl sie ihn liebte und auch immer lieben würde, hatten sie keine Zukunft. Ihre Finger legten sich um eine Leine. Die zehn Jahre alte Erkenntnis brachte immer noch den Boden unter ihren Füßen zum Schwanken.

Als sie die Marina erreichten, schaltete Hatch den Motor ab, und die »No Regrets« glitt lautlos in die Anlegestelle. Sie verzurrte das Boot, während Hatch es für die Nacht sicherte. Seine Bootschuhe tappten über Deck. Wortlos duckte er sich, um seine Sachen zusammenzupacken. Sie saß auf einer der Bänke und fuhr mit einem Fuß über Blues Bauch. Der Hund öffnete ein Auge, ruckelte sich ein bisschen zurecht, damit sie mehr von seinem Bauch erreichen konnte, und schlief wieder ein, blind gegenüber ihrer schwankenden Welt.

Ein sanftes Glockenklingen unterbrach die Ruhe. Sie holte ihr Handy aus ihrer Tasche, als Hatch den Kopf aus der Tür nach oben steckte. »Alex?«, fragte er.

Die Kennung auf dem Display zeigte »Anonym«. Sie holte tief und scharf Atem.

Hatch sprang an ihre Seite.

»Hallo«, sagte Grace.

»H… h…lo? W… wer … wer ist da«

Grace überlief ein eiskalter Schauer. »Mein Name ist Grace Courtemanche.«

»H… hilf … m… mir, Grace.« Ein Schrei löste sich aus dem Telefon und verklang in der Nacht.

18

»Ich bin hier.« Grace umklammerte das Handy, als wäre es eine Rettungsleine. »Hörst du mich? Ich bin hier!«

Wieder traf ein schriller Schrei Grace' Ohr. Sie hielt das Telefon näher, packte es noch fester. »Sag mir, wo du bist. Sag's mir, und ich hole dich da raus.«

Schluchzer um Schluchzer klangen aus dem Telefon.

»Alles wird gut, aber zuerst musst du dich beruhigen.«

Hatch ließ sich neben sie auf die Bank fallen und reichte ihr sein Telefon. »Ruf Lieutenant Lang an. Lass sie zum Jachthafen kommen. Ich will mich nicht wegbewegen und bloß keinen unterbrochenen Anruf riskieren.« Nacheinander bog er mit Kraft ihre Finger von dem Hörer ab und sprach zu dem Anrufer: »Hör zu. Mein Name ist Hatch, und wir holen dich da raus.«

Grace starrte ihre leere Hand an, die jetzt eiskalt war. Sie krümmte ihre kalten Finger zur Faust und legte ihre Hand auf die Brust, wo ihr Herz in heißer Raserei pochte. Sie wollte mit diesem Mädchen verbunden sein, etwas tun, egal, was, um zu helfen. Hatch neben ihr redete weiter, seine Stimme gleichmäßig, seine Worte tröstend. Er tat das, was er am besten konnte.

Sie schüttelte ihre Hand, um das Blut wieder in Fluss zu bringen. Sie hatten eine Strategie parat. In der Minute, in der das Telefon aktiviert wurde, würde die Telefongesellschaft den Anruf triangulieren, um den Herkunftsort zu bestimmen, Lieutenant Lang würde einen Suchtrupp mobilisieren, und Hatch würde reden. Dieses Mal stand ihr Team bereit. Dieses Mal würde der Angreifer nicht zuschlagen können.

Grace sprang auf den Steg, und mit ruhigen Fingern wählte sie die Nummer von Lieutenant Lang, die beim dritten Klingeln abhob, ihre Stimme noch vom Schlaf benommen.

»Ein zweites Opfer«, sagte Grace. »Hatch und ich sind im *Cypress Bend*-Jachthafen. Hatch spricht mit ihr am Telefon.«

Lieutenant Lang fluchte, plötzlich klar und lautstark. »Ort?«

Hinter Grace drangen immer noch Schreie aus dem Hörer. »Hatch arbeitet daran.«

»Bin unterwegs.«

Grace stellte sich zu Hatch, der das Mädchen auf Lautsprecher gelegt hatte. Die Schreie waren zu erstickten Schluchzern verebbt. »Gut, das ist gut, Süße«, sagte er gerade. »Wie ist dein Name?«

»J…j…janis«, sagte sie mit einem kratzenden Husten. »J…j…janis J…j…jaffee.«

Grace kramte in ihrer Handtasche und brachte einen Stift zum Vorschein. Wo zum Teufel gab es ein Stück Papier? Wenn Hatch schon das Reden übernahm, konnte sie wenigstens Notizen machen. Sie fand die Speisekarte eines Selbstbedienungsrestaurants und kritzelte den Namen des Mädchens auf den Rand.

»Du machst das ganz toll, Janis«, sagte Hatch. »Kannst du mir sagen, wo du bist?«

»N…n…nein. Ich kann nichts sehen. Zu dunkel. Ich kann nichts sehen.« Ein Schluchzen drang aus dem Hörer.

»Bist du in irgendeiner Art Kiste?«, fragte Hatch.

»Ja…ja…« Ein rüttelndes Geräusch erklang, als ob Janis den Hörer von innen gegen den Deckel eines hölzernen Sargs hämmern würde.

Grace sah in Gedanken Lias Hand vor sich, schwarz vor Prellungen, die Fingerspitzen zersplittert. »Holt mich hier raus. Holt mich sofort hier raus!«

»Genau das tun wir ja, Liebes.«

»Ich…krieg… k…keine Luft. Ich w…werde sterben.«

»Du kriegst Luft, Janis. Die Kiste ist nicht luftdicht. Heb deine Hände. Suche eine der Fugen. Suche, wo Luft hereinkommt. Dann atme. Atme einfach.«

Grace holte ein Mal ganz tief Luft und versuchte, auch ihr eigenes Atmen zusammen mit dem der Frau am Telefon zu stabilisieren und auszugleichen.

»Braves Mädchen«, sagte Hatch. »Tu jetzt so, als wäre dein Handy meine Hand. Kannst du das für mich tun?«

»J…ja.«

»Gut, jetzt klammer deine Finger um das Telefon. Machst du das?«

»Ja.«

»Ich bin bei dir, Janis, und halte deine Hand. Wenn du Angst bekommst, drückst du einfach meine Hand. Okay?«

»Okay.«

»Hast du eine Ahnung, wo du bist?«, fragte Hatch, seine freie Hand lag zur Faust geballt, die Knöchel kalkweiß, auf seinem Oberschenkel.

»Nein.«

»Wie bist du in die Kiste geraten?«

»Ich bin am Strand gejoggt. Carrabelle Beach. In der Nähe von zu Hause. Dort jogge ich immer. Seit Jahren. Aber …« Sie würgte ein neues Schluchzen hervor.

»Und du wirst wieder joggen. Was ist passiert, als du am Strand warst?«

»Etwas hat mich von hinten getroffen, niedergeschlagen. Das Nächste, an das ich mich erinnere, war, dass ich unten in einem Boot lag.«

»Hast du deinen Angreifer gesehen?«

»Nein. Aber ich habe ihre Stimme gehört.«

»Ihre?«, fragten Hatch und Grace unisono.

»Der Angreifer war eine Frau?« Zum ersten Mal, seit Hatch am Telefon sprach, hatte seine Stimme ihren ruhigen Tonfall verloren.

»Ich…ich… glaube es jedenfalls. Ich erinnere mich an ihre Hände. Klein und weich.«

»Was hat sie gesagt?«

»Verrückt. Etwas Verrücktes.« Wieder ein Schluchzen. »Etwas … wie … Ebene zwei. Das muss an dem Schlag auf meinen Kopf liegen. Es ergibt keinen Sinn.«

Aber es ergab sehr wohl einen Sinn. Einen perfekten Sinn. »Lia Grant war Ebene eins«, sagte Grace im Flüsterton, und Hatch nickte.

»Bist du am Carrabelle Beach oder dort in der Nähe?«, fragte Hatch.

»Nein. Sumpf. Ich glaube, ich bin im Sumpf.«

Grace kritzelte den Namen des Strandes auf und textete dem Lieutenant den Ort der Entführung.

»Wieso glaubst du, dass du im Sumpf bist?«, fragte Hatch.

»Ich bin in dem Boot wieder zu mir gekommen. Es roch nach Sumpfwasser, nicht nach Seewasser.«

»Hast du irgendetwas gesehen? Orientierungspunkte? Gebäude?«

»Augen verbunden. Hände und Füße gefesselt.« Wieder ein Schluchzen.

»Hast du eine Ahnung, wie lange du bewusstlos warst?«

»Weiß nicht. Lieber Gott, hilf mir. Jemand soll mir helfen!«

»Drück meine Hand, Janis.« Als die Schreie des Mädchens nachließen und nur noch ein Wimmern zu hören war, fragte Hatch: »Wie steht es mit Geräuschen? Hörst du jetzt irgendetwas? Fließendes Gewässer oder Tiergeräusche oder Autos?«

»Still. Alles still. Ich bin alleine. Ganz alleine.« Ein Schrei wollte hervorbrechen, es kam aber nur ein ersticktes Keuchen.

»Du bist nicht allein, Janis. Ich halte deine Hand.«

»Ja. Okay. Ich erinnere mich.«

»Als du auf dem Boot warst, hast du da irgendetwas gehört? So etwas wie einen Zug oder Autos oder Leute?«

»Nein… nichts davon. Aber ich habe ein Mal Hunde gehört. Jede Menge Hunde.«

Dieses Land war voller Jäger so wie Lamar Giroux. Grace packte Hatchs Arm und zog das Handy zu ihrem Mund.

»Hast du irgendein Scheppern gehört, als du die Hunde gehört hast?«

Langes Schweigen. »Ja, Klirren. Ich habe das Bellen gehört und das Klirren von Metall gegen Metall.«

Grace grub Hatch ihre Finger in den Arm. »Ich kenne ein paar Jäger, die ihre Hunde in schwimmenden Pferchen halten.«

»Irgendwo bei Cypress Point?«

»Nein, weiter westlich auf Apalach zu.«

Sie durchwühlte ihr Gedächtnis und stellte sich die Pferche vor. Die Jäger bauten schwimmende Stege und stapelten in den wildreichen Gegenden große Lattenverschläge darauf. In weniger als einer Minute kritzelte sie die Namen von vier Creeks hin, alle weiter von ihrem Zuhause entfernt. Aber es ergab einen Sinn. Ebene zwei würde eine größere Herausforderung bedeuten.

»Sonst noch irgendwelche Geräusche?«, fuhr Hatch fort. »Wie ist es mit Gerüchen? Erinnerst du dich noch an irgendetwas?«

»Nein. Nichts.« Janis hustete, dann stockte sie. »Kann nicht sprechen. Es wird schwerer zu sprechen.«

»Okay, Janis. Halt nur den Hörer ganz fest und drücke meine Hand, ich übernehme das Sprechen. Du bist eine starke Frau, eine kluge Frau, und ganz bald haben wir dich da raus. Weißt du, meine Großtante Piper Jane ist so klug und stark wie du. Vor fünf Monaten ist sie zu ihrer sechsten Weltumsegelung aufgebrochen. Zweiundsechzig Jahre alt und…«

Eine Sirene heulte auf, und Grace rannte den Steg hoch. Ein Sheriff-SUV mit blinkendem Blaulicht fuhr auf den Parkplatz, gefolgt von vier anderen Fahrzeugen.

Lieutenant Lang rannte auf sie zu. »Die Telefonleute sind bei der Arbeit«, sagte sie. »Das GPS wurde nicht aktiviert, also prüfen sie die Sendeanlagen und –sektoren. Etwas Besonderes von dem Mädchen?«

»Sie ist im Sumpf, vielleicht in der Nähe von Apalachicola, und in der Nähe von einem Hunderudel.« Grace skizzierte die Gegend auf die Menükarte und vermerkte die vier Bezirke, von denen sie wusste, dass sie Hunde beherbergten, als sie Lang auf den neuesten Stand brachte. »Ich beginne hier bei Nettle Creek.«

Lieutenant Lang nahm das Stück Papier, und zusammen rannten sie zu Hatchs Boot, wo sich eine kleine Gruppe versammelt hatte. Hatch kletterte aus dem Boot, in seinen Händen nichts als die Schlüssel für seinen SUV.

Ihr Herz schlug ihr bis zum Hals. »Haben wir Janis verloren?«

Er schüttelte den Kopf und trat zur Seite. Dadurch wurde ein großer, schlanker Mann in einer schwarzen Hose und einem schwarzen Strickhemd sichtbar. Er stand im schattigen Heck, Grace' Telefon am Ohr. Er war so dunkel, wie Hatch hell war, mit gepflegtem mitternachtschwarzen Haar und durchdringenden kohleschwarzen Augen. »Jonny Mac ist hier.«

Der Rabenmann neigte leicht seinen Kopf. Dies war Hatchs Teamkollege, der Apostel, der sich darauf spezialisiert hatte, verlorene Seelen aufzuspüren.

Lamar Giroux' Fischerboot war weder schnell noch groß, und es roch wie Allegheny Blue, aber es war unschlagbar darin, sich durch die gewundenen Bäche und Tümpel zu schlängeln. Hatch hatte erst vor ein paar Minuten mit Jonny Mac gesprochen. Janis redete nicht mehr, aber sein Teampartner konnte immer noch schwache Atemzüge ausmachen. Hatch leuchtete mit dem Scheinwerfer die Küste von Nettle Creek entlang und spähte durch das dichte Gestrüpp, auf der Suche nach einer lebendig begrabenen jungen Frau. Flussabwärts bellte ein Hunderudel.

»Richte das Licht mehr nach rechts auf die Lilien zu«, sagte Grace, als sie durch die Dunkelheit blinzelte, die nur vom Silber des Mondes abgeschwächt wurde.

»Da war etwas.«

Das Scheinwerferlicht schnitt durch die Lilien und traf auf eine Stelle mit abgebrochenem Schilf. Hatchs Puls erhöhte sich, er fasste nach dem niedrig hängenden Ast einer Zypresse und zog sich näher.

Verdammt. Zu eng für ein Boot, sogar für ein extrem schmales Fischerboot. »Nur eine Alligatoren-Rutsche«, sagte er. Noch eine Sackgasse.

Grace manövrierte das Boot aus dem winzigen Flüsschen und glitt auf ein Paar starre gelbe Augen zu, die aus dem Wasser herauslugten. Hatch sah den Alligator so lange an, bis das Tier blinzelte und sich wegdrehte. Er hätte es mit jedem einzelnen Alligator in Florida aufgenommen, wenn er so Janis rechtzeitig erreicht hätte. Obwohl Zeit der alles entscheidende Faktor war, fuhr Grace fast quälend langsam weiter den Fluss entlang und suchte an den Ufern nach Zeichen menschlicher Zerstörung. Hatch knirschte mit den Zähnen. Sie wollten nicht nur einem gestörten Menschen das Handwerk legen, sondern sie hatten es mit einem geradezu verdrehten und gefährlichen Wesen zu tun.

Als sie erst auf dem Apalachicola River waren, vibrierte Hatchs Handy. Er hatte eine Nachricht von Lieutenant Lang. »Der Mobilfunkbetreiber hat gerade zwei Sendemasten identifiziert, die Signale empfangen«, sagte er zu Grace. »Die beiden Gebiete überschneiden sich an einem Ort namens Bremen's Bayou. Sagt dir das was?«

»Nordwestlich von hier«, rief Grace über das Knattern des Motors.

»Großes Gebiet?«, fragte Hatch.

»Ein paar Morgen.«

Sogar über dem Lärm des Außenbordmotors konnte er die Aufregung in ihrer Stimme hören. »Was?«

»Einer von Lamars alten Jagdfreunden hält seine Hunde auf einem schwimmenden Pferch in dieser Gegend. Janis hat die Hunde gehört, kurz bevor sie vom Boot gezogen wurde. Wenn wir die Hunde finden, finden wir das Mädchen.«

Innerhalb von fünfzehn Minuten ließ Grace sie den Apalachicola River hinunterrasen, hinein in Bremen's Bayou, einen träge dahinfließenden Wasserweg, umgeben von Zypressen und Eichen voller Dschungelmoos. Der Scheinwerfer glitt über Zypressenwurzeln, die aus dem Wasser ragten wie Hände ohne Finger. Die Bäume hingen tief über dem Wasser, und ihre Zweige kratzten das Boot an der Seite. Und einige der Zweige waren …

»Abgebrochen!«, rief Grace atemlos. »Das Holz ist noch feucht an der Bruchstelle. Jemand hatte hier drinnen erst kürzlich noch ein Boot versteckt.«

Sie ließ das Boot Zentimeter für Zentimeter durch das Astgestrüpp gleiten. Der Scheinwerfer traf auf einen plattgedrückten Busch und ein paar zertretene weiße trompetenförmige Blumen. Hatch stellte das Licht höher ein. »Schleifspuren. Zu breit für ein Krokodil.«

Grace setzte das Boot auf dem Ufer fest. Hatch sprang über die Bootswand, seine Füße sanken sofort in der sumpfigen Erde ein. Büsche beiseitestoßend verfolgte er die Schleifspuren zu einem Nest aus blauschwarzen Sträuchern und Bäumen. Lianen griffen nach seinen Händen und Beinen. Ein klebriges Stück Moos wickelte sich um seinen Hals, und er riss es ab. Etwas knurrte. Etwas anderes zischte. Hatch lief weiter.

Das Gestrüpp öffnete sich zu Sumpfgebiet. Schlamm zog an seinen Füßen. Seinen Schienbeinen. Seinen Knien.

Auf der anderen Seite des Sumpfes entdeckte Hatch einen Erdhügel und rannte die Steigung hoch. Etwas Scharfes schnitt in seinen rechten Fuß. Er hatte einen Schuh verloren.

Auf dem Erdhügel fiel er auf die Knie und wühlte mit den Händen in der Erde.

»Janis!«, rief er. »Hier ist Hatch. Ich bin hier.«

Keine Schläge. Kein keuchendes Luftholen.

Er grub fester, schneller, und warf sandigen Boden auf. Seine Finger stießen an etwas Flaches und Kaltes. Er zog, ein Stein kam zum Vorschein. Jetzt schaufelte er mit dem flachen Stein Erde.

Etwas brach durch das sumpfige Gras und stürzte neben ihn. Ein Paar Hände zum Anpacken.

»Ich habe drei Boote gesehen, die in unsere Richtung kommen.« Grace schlug ihre Hände in den Dreck und schaufelte.

Sein Stein traf auf Holz. Jemand stieß einen Schrei aus. Grace? Er selbst? Janis?

Noch mehr sandige Erde flog durch die Luft. Er legte eine Kante frei. Noch eine. Als knapp ein Meter Holz sichtbar war, schlug er den Stein auf die obere Kante. Das Holz zersplitterte. Er packte die zerbrochene Holzplanke und riss ruckartig, jeder Muskel seines Körpers angespannt. Die Nägel kreischten, das Holz zersplitterte, und das halbe obere Brett brach ab. Zum Vorschein kam eine blasse, dunkelhaarige junge Frau.

Im schwachen Schein des Mondes sah die junge Frau so kalt aus wie Stein. Nicht einmal ihre Brust hob oder senkte sich. Grace legte ihr die Finger an den Hals. »Kein Puls, aber sie fühlt sich noch warm an.«

Hatch griff unter die Schultern der jungen Frau und wuchtete sie aus dem Grab. Er ließ sich neben dem Mädchen auf die Knie fallen, legte seinen Mund auf ihren und holte Luft.

Allegheny Blue hoppelte die Verandastufen hinunter und lehnte seinen Kopf gegen Grace' Oberschenkel, ein Sabberfaden lief in ihre schlammverkrusteten Ballerinas. Sie kraulte dem alten Hund den Kopf und passte ihren Atem seinem Schnaufen an. Langsam und gleichmäßig.

Atmen. Ein Vorgang, so alltäglich und selbstverständlich, dass die meisten Leute sich seiner gar nicht bewusst waren – bis sie daran gehindert wurden.

Janis Jaffee, eine dreiundzwanzigjährige Joggerin aus Carrabelle, atmete, aber nicht aus eigener Kraft. Sie war umringt von einem Team von Ärzten und Maschinen im Cypress Bend Medical Center, die ihr alle halfen, um ihr Leben zu kämpfen. Erleichterung mischte sich mit Freude und Erschöpfung, als Grace die Verandastufen hochstieg.

Hatch schloss den SUV ab, aber anstatt die Stufen hochzugehen, ging er an die Seite ihrer Hütte, seine Bewegungen langsam und mühselig, als ob ihn das Gewicht der Schlammkrusten an seinem Körper niederdrücken würde. Er zog seinen Schuh aus und schälte sich aus seinem Hemd. Er holte die

Waffe aus dem Holster auf seinem Rücken und legte sie zusammen mit seiner kurzen Hose auf die Veranda. Nur mit Boxershorts bekleidet, griff Hatch nach dem Wasserhahn.

»Du kannst drinnen duschen«, sagte Grace. »Ein bisschen Schlamm kann dieser Hütte jetzt auch nichts mehr anhaben.«

Hatch drehte den Hahn auf, und eine sprudelnde Fontäne barst aus dem Schlauch. Hatch sah zu, als ob er von dem laufenden Wasser hypnotisiert würde. Dachte er an das tintenschwarze Wasser, das sie auf ihrer Jagd nach einem lebendig begrabenen Mädchen durchquert hatten? An den Schweiß, der sein Gesicht hinuntergelaufen war, als er das Mädchen aus seinem Grab gezogen hatte? Oder andere Gewässer, die ihn von dem Schrecken dieser Nacht fortbringen würden? Er hob den Schlauch über seinen Kopf und schloss die Augen, seufzte, als ein Schwall Schlamm seine Brust und Beine hinunter auf die Kieselsteine strömte. Oder vielleicht war er einfach nur ein müder, dreckiger Mann, der sich nach einem langen, harten Arbeitstag waschen wollte.

Es hatte eine Zeit gegeben, in der sie Hatch vorgeworfen hatte, ein fauler, sonnenverliebter Herumtreiber zu sein. Das würde sie nie mehr tun. Heute Nacht hatte sie einen anderen Mann erlebt: Einen Mann, der so voller Emotionen steckte, der so gefangen war in seiner Aufgabe, diese eine Frau zu retten, dass fast nichts anderes in seiner Welt zu existieren schien. Und jetzt musste er seinen Geist und seinen Körper von dem Martyrium reinigen. Sie nahm es ihm nicht übel. Es saß ihm tief in den Knochen.

Sie schlüpfte aus ihren schlammigen Ballerinas und ging hinein, um ein Stück Seife und ein Handtuch zu holen. Dann gesellte sie sich draußen zu ihm. Sie griff nach dem Schlauch. Er riss die Augen auf, aber erhob keine Einwände. Es war Zeit,

Hatch dabei zu helfen, den Schlamm und das Entsetzen abzuwaschen.

Sie reichte ihm die Seife und ließ das Wasser seinen Rücken hinunterlaufen.

Im Schein der Verandabeleuchtung schäumte Hatch sich ein, schrubbte seinen Kopf und Oberkörper, bis seine goldene Haut rosa glänzte. Sie führte den Wasserstrahl über die Hügel und Täler seines Körpers. Und immer noch schrubbte er.

Schließlich nahm sie ihm die Seife ab. »Es ist vorbei, Hatch. Alles vorbei.« Dreck und Sand waren in der Erde versunken. Seine Brust hob und senkte sich in einem langen, tonlosen Seufzer, und ein Zittern erschütterte seinen Körper.

»Jetzt geh rein und wärme dich unter der Dusche auf«, sagte sie.

»Du bist dran.« Hatch griff nach dem Schlauch, aber sie hielt ihn außerhalb seiner Reichweite.

»Ich kann es selbst.«

Hatch lachte. »Ja, Grace, wir hatten doch schon festgestellt, dass du in der Lage bist, mit nur einer Hand die Weltherrschaft zu übernehmen.« Er wand ihr den Schlauch aus der Hand und nahm die Seife. »Aber ich hatte eine höllische Nacht. Halte einen armen Kerl bei Laune, wenn's geht.«

Sie schlüpfte aus ihrem Leinenoberteil und der Hose und warf alles auf die Veranda.

Hatch hob den Schlauch, und kaltes Wasser ergoss sich über ihre Schultern und den Hals. Der getrocknete Schlamm und Schweiß, der ihre Haut gereizt hatte, weichte auf und verschwand. Der gleichmäßige Wasserstrom massierte die verspannten Stellen zwischen ihren Schulterblättern und linderte die Kratzer auf ihren Armen und Beinen. Hatch ließ die Seife über ihre Arme und ihren Rücken gleiten und vertrieb so den Gestank des Sumpfes, der ihr noch in der Nase hing und im

Hals festsaß. Als nichts mehr davon übrig war, hob sie ihr Gesicht zum Himmel und atmete tief ein und aus.

Hatch drehte das Wasser ab, und sie öffnete die Augen. Er stand genau vor ihr, sein Atem ging genauso langsam und gleichmäßig wie ihrer. Erst vor ein paar Stunden hatte er ihr Herz zum Trommeln und ihren Atem zum Rasen gebracht, auf einem Boot mit dem Namen »No Regrets«. Und sie hatte das beendet. Dieses Mal wollte sie, dass es für immer weiterging, ein Entwurf weit weg von seiner Schifffahrtsroute.

Sein Arm schlang sich um ihre Schulter. »Jetzt komm, Grace. Du bist fertig, ich bin fertig, und der gute alte Blue sieht auch ganz schön fertig aus.«

Der Hund hatte alle ihre Kleider zu einem einzigen Haufen auf der Veranda zusammengetragen und sich ganz oben darauf zusammengekringelt.

Im Haus füllte sie Blues Wasser- und Futternapf und vergaß auch nicht seinen gewohnten zerbröckelten Streifen Speck. Als sie den Napf auf den Boden stellte, beschnüffelte er ihn und sah sie von unten an. »Du bekommst keine zweite Scheibe Speck«, tadelte sie ihn.

Er gähnte und legte ihr seinen Kopf auf die Füße. Der alte Hund war erschöpft. So wie sie. Die Achterbahn, mit der sie von Schrecken zu Todesangst bis zu zurückhaltender Erleichterung gerast war, hatte sie physisch total verbraucht. Sie wollte sich nur noch in ein warmes, sauberes Bett fallen lassen und am Morgen bei Sonnenschein aufwachen, mit der Nachricht, dass Janis selbsttätig atmen konnte.

Im Schlafzimmer fand sie Hatch quer über ihr Bett ausgebreitet, sein Gesicht in ein Kissen gedrückt, keinen Faden am Leib. Immer noch keine weißen Streifen auf seiner Haut, bemerkte sie mit einem müden Lächeln.

Sie rubbelte ihr Haar mit dem Handtuch trocken, streifte

ihren nassen BH und Slip ab und zog ausgeleierte Boxershorts und ein T-Shirt aus ihrer Kommode an.

»Diese Nacht schlafe ich nicht auf dem Sofa«, murmelte er in das Kissen.

Sie sank ins Bett. »Ich weiß.«

»Und ich missbrauche nicht deinen wunderschönen Körper.«

Sie streckte sich neben ihm aus, nahe, aber ohne ihn zu berühren. »Das weiß ich auch.«

Nur ein paar Meilen entfernt lag Janis Jaffee in einem Krankenhausbett. Ihre Lungen bekamen regelmäßig Luft. Dank Hatch. Dank ihr selbst. Sie wollte ihm nur nahe sein, so nahe, dass sie ihn atmen hören konnte.

19

Portsmouth, Ohio

Das handgemalte Schild am Schaufenster von Florie's Café lautete: *Heute Pie! Schokolade-Sahne, Banane-Kokos-Sahne, Waldbeeren.*

An diesem sonnigen Sonntagmorgen hoffte Tucker, dass irgendjemand in dem Diner ihm außerdem mit den Namen von zwei Leichen dienen konnte, die in Collier's Holler gefunden worden waren.

Tucker hatte am Tag zuvor den Besitzer des Diners angerufen, der ihm bestätigte, dass sie am vergangenen Montag jede Menge Heidelbeer-Pie und weiße Schokoladenmousse mit Granatapfelkernen verkauft hatten. Das Restaurant zu finden, wo seine beiden Opfer ihr letztes Mahl zu sich genommen hatten, war ohne viel Aussicht auf Erfolg gewesen, und die Kellnerin, die sich an ihre Bestellung erinnern konnte, war erst recht ein Schuss ins Blaue gewesen, aber er hatte nur den einen Schuss.

»Ich rufe Ihnen eben mal Linda«, sagte der Inhaber, als er sich vorstellte. »Sie arbeitet morgens, und montags auch die Lunch-Schicht. Sie hat einen guten Blick für Menschen, vergisst nie ein Gesicht.«

Nur, dass die beiden Leichen, die man in Collier's Holler gefunden hatte, keine Gesichter *hatten*. Opas und Omas Mörder hatte mit Absicht ihre Gesichter und ihre Fingerabdrücke zerstört, weil er nicht wollte, dass sie identifiziert würden. Sein

Gefühl sagte ihm, dass ihn die Namen der Opfer zu ihrem Killer bringen würden.

»Wie kann ich Ihnen helfen?«, fragte Linda, als er ihr von seinen Ermittlungen berichtete.

»Wir suchen nach einem älteren Ehepaar, so um die sechzig. Er ist knapp eins sechzig, sie etwas kleiner.« Tucker fuhr fort und beschrieb ihr Gewicht, ihre Haare und Kleidung.

»Das trifft auf die Hälfte meiner Kunden zu.« Die Kellnerin klopfte sich mit ihrem Kuli gegen die Wange. »Sie haben nicht zufällig ein Foto?«

»Leider keines, das Sie sich gern ansehen würden, fürchte ich.«

»Wir sind ganz nahe am Highway«, sagte die Kellnerin weiter. »Und hier kommen so viele Leute durch, Familien in den Ferien, Trucker, Vertreter. Es ist möglich, dass sie hier vorbeigekommen sind, und falls sie da waren, habe ich sie bedient.«

»Er hat einen Halbpfünder mit Bacon und Cheddar bestellt, dazu Süßkartoffelfritten. Sie hat den Caesar Salad mit Hähnchen genommen und Croutons. Beide haben Pie gegessen.«

Er brauchte nicht in seine Notizen zu sehen. Mangels Informationen und Beweisen kannte er das bisschen, das sie hatten, auswendig. »Sie hat die weiße Schokoladen-Mousse mit Granatapfelkernen gegessen, und er den Heidelbeer-…«

Lindas Finger schoss zu einem aufgeregten Stoß in die Höhe. »…mit drei Kugeln Vanilleeis.«

Er hielt den Atem an. Komm, liebes Universum, sag *ja*, oder vielleicht auch nur ein mickriges *vielleicht*.

»Klar, jetzt erinnere ich mich an sie. Waren zum ersten Mal da. Das Schleckermäulchen war er und hatte den entsprechenden Bauch. Seine Frau hat versucht, ihm das Vanilleeis auszureden, doch er hat nur auf sein Bäuchlein geklopft und gesagt, dann hätte sie noch mehr zu lieben. So ein süßes altes Paar. Sie hatten solche zusammenpassenden Gürteltaschen. Das müssten doch die Leute sein, die Sie suchen, oder?«

»Ja.« Ja. *Ja*. Endlich. »Erinnern Sie sich an ihre Namen, vielleicht von einer Kreditkarte oder einer Quittung auf ihren Namen?«

Sie klopfte schneller. »Ich glaube, sie haben bar bezahlt. Ja, ich bin sicher, denn als er bezahlt hat, hat er noch einen Schoko-Sahne-Pie zum Mitnehmen bestellt, und sie hat ein ziemliches Theater darum gemacht. Machte sich Sorgen um sein Cholesterin.«

»Können Sie sich noch an etwas erinnern? Akzent? Schmuck? Vereinsnamen auf dem T-Shirt?« Verzweifelte Fragen eines Mannes, der sich aus lauter Not in einen Pie verwandeln würde, nur, um diese Ermittlung auf Touren zu bringen.

»Nichts Besonderes.«

Die ganze Front des Diners entlang verliefen Fenster, die auf den verwinkelten Parkplatz hinausgingen. »Haben Sie vielleicht bemerkt, was für ein Auto sie fuhren?«

»Nein.«

»Haben sie erwähnt, warum sie in der Stadt waren oder wohin sie wollten?«

»Ich bin ziemlich sicher, dass sie nur auf der Durchreise waren. Ich glaube, sie waren auf dem Weg in den Urlaub.«

»Haben sie gesagt, in welche Richtung sie wollten?«

»Richtung Süden, glaube ich. Er sagte, dass es ein kalter Winter gewesen war und dass er sich auf die Sonne freute.«

»Erinnern Sie sich an eine Stadt oder einen Bundesstaat? Woher sie kamen oder wohin sie wollten?«

Vor Konzentration zog sich ihr Mund zusammen. »Ehrlich gesagt sprachen sie am meisten über ihre Enkelkinder. Waren echt stolz auf sie. Sie sagte, eine ihrer Enkelinnen würde im

Sommer in ein Camp mit Delfinen fahren. Das Kind sei total verrückt auf Delfine und wolle Meeresbiologin werden. Er sprach über seinen Enkel, der Star-Spieler des Baseballteams seiner Highschool ist. Der Junge hat ein Stipendium für ein Community College bekommen.«

»Haben Sie den Namen einer Schule verstanden, oder den des Camps, oder sogar einer Stadt?« Egal, was.

»Nein.« Die paar Buchstaben trafen wie eine Links-Rechts-Kombination.

Die Kellnerin musste seine Qual bemerkt haben. Sie kaute an ihrer Kulispitze. »Es tut mir leid, Detective.«

»Mir auch.« Er hatte sich so viel von diesen Pies erhofft. Mann, sie waren seine einzige Hoffnung gewesen. Er gab ihr seine Visitenkarte und bat sie, ihn zu jeder Tages- oder Nachtzeit anzurufen, wenn sie sich noch an irgendetwas erinnern sollte.

Zurück in seinem Streifenwagen steckte er den Schlüssel in das Zündschloss, startete den Motor aber noch nicht. Und jetzt? Würde er warten müssen, bis jemand das Paar als vermisst melden würde? Würde ihm sein Boss jetzt den Hals herumdrehen, weil er mit einer Handvoll Nichts nach Hause kam? Er drehte den Schlüssel. An der Ecke war ein Lebensmittelgeschäft, und er hoffte, sie hätten ein paar Schluck Wild Turkey für ihn.

Er fuhr gerade rückwärts aus dem Parkplatz, als er hörte: »Warten Sie, Detective Holt! Warten Sie!« Die Kellnerin kam winkend herbeigerannt. »Ich habe etwas für Sie.« Sie kam zu seinem Fenster und reichte ihm eine flache Schachtel. »Waldbeeren. Sie sehen so aus, als könnten Sie einen guten Pie vertragen.«

Pie. Was er wollte, war ein Mörder, und sie hatte nur Pie für ihn. In seiner Brust zuckte es. Sein Job ging gerade vor die Hunde, und seine Ex versuchte, das alleinige Sorgerecht für die Kinder zu bekommen. Er wollte Wild Turkey. Und bekam Pie. Irrsinnig witzig. Scheißwitzig. Er lachte so laut, dass seine Hände zu sehr zitterten, um den Pie noch in Empfang zu nehmen. Die Kellnerin starrte ihn zweifelnd an und schlug nach ein paar Wespen, die eindeutig interessierter an den Waldbeeren waren als er.

Schließlich hatte er sich so weit beruhigt, dass er ihr danken und den Pie nehmen konnte. Die Kellnerin blieb wie angewurzelt an seinem Fenster stehen und starrte vor sich hin. Ja, er saß in der Scheiße. Er öffnete den Mund, um sich zu entschuldigen, aber sie hielt eine Hand in die Höhe, ihre Augen weit aufgerissen. »Ich habe einen Namen. Die Hornissen!«

»Wie bitte?«

Sie zeigte auf die Wespen, die um den Pie schwirrten. »Der Name des Baseballteams ihres Enkels. Ich erinnere mich ausdrücklich, dass er gesagt hat, sie hießen Hornissen und dass sein Enkel, der, der das Stipendium für das College bekommen hat, Stachel genannt wird.«

Grace lag auf der Seite, ihr Kopf ruhte auf der Handfläche ihres angewinkelten Arms. Die Vormittagssonne schien durch die Musselin-Vorhänge ihres Schlafzimmers und brachte Hatch goldenes Haar zum Leuchten. Er sah überwältigend aus, wie eine der nackten Bronzestatuen der Renaissance. Und vergangene Nacht war er auch überwältigend gewesen. Mit Worten, dann hatte er mit seinen bloßen Händen eine Frau in Todesangst aus ihrem Grab gehoben.

Letzte Nacht hatten sie gewonnen.

Siehst du, Daddy. Noch ein Sieg.

Und dieser eine Sieg zählte wie kein anderer. Lia Grant hatten sie nicht retten können, aber Janis Jaffee. Eine federleichte Freude breitete sich von ihrer Brust aus und fuhr ihr bis in die

Zehenspitzen. Sie hatten nicht nur die junge Frau gerettet, sie hatten auch erfahren, dass der Entführer eine Frau gewesen war. Grace konnte sich immer noch nicht an die Vorstellung gewöhnen.

Neben ihr streckte Hatch seine Arme über dem Kopf aus, schmatzte und öffnete vorsichtig ein Auge. Er blinzelte und stöhnte. »Bitte sag mir, dass ich nicht die beste Sexnacht meines Lebens verschlafen habe«, sagte er gähnend.

Sie lachte. »Es gab keinen Sex.«

Er fuhr ihr mit einem Finger über den Arm, ein Lächeln schlich sich auf seine Lippen.

»Dagegen können wir etwas tun, wenn du magst.«

Sie stieß seinen Finger spielerisch beiseite. Hatch liebte Necken und Spielen, und nach ihrer erfolgreichen Suche nach Janis in der letzten Nacht konnte sie ihm seine gute Laune nicht verübeln.

»Ich mag nicht«, sagte sie, obwohl der Gedanke daran, den ganzen Vormittag mit Hatch im Bett zu verbringen, ihr Glück auf ein ganz anderes Niveau heben konnte. Er liebte genau so, wie er lebte, aus dem Vollen mit einer Spur Heiterkeit, Unsinn und Magie. Als ob sie je die Magie dieser Hände vergessen könnte. Sie räusperte sich und hoffte, dass sie nicht rot wurde. »Und du auch nicht.« Sie rollte sich aus dem Bett, die frische Luft kühlte ihre Haut. »Weil du heute Morgen die Besitzerin von ›Clip & Curl‹ anrufen und ein Treffen wegen Alex vereinbaren musst.«

Hatch sank zurück in sein Kissen. Das unbekümmerte Grinsen wich einem mürrischen Gesichtsausdruck, und alles, was an diesem Morgen süß und fröhlich gewesen war, verschwand auf goldenen Staubpartikeln.

Er packte seine Haare mit beiden Händen und rubbelte, als wollte er seine Gehirnzellen nötigen, aufzuwachen und zu leuchten.

Es war befremdlich, zu sehen, wie sich Hatch, der sonst nur so vor ungezwungenem Selbstvertrauen strotzte, dass es beinah an Dreistigkeit grenzte, mit etwas quälte, insbesondere wegen einer Person. Er wusste, dass er seinem Sohn helfen musste, aber er war vollkommen ratlos, wie. Und das verblüffte Grace. Die Antwort war für sie so leicht zu erkennen, und sollte das für einen Mann mit Hatchs Fähigkeiten nicht auch so sein? Er musste einfach das tun, was er am besten konnte: reden. Letzte Nacht hatten Hatchs Worte ein Mädchen von der Schwelle des Todes gerettet, und in nur wenigen Minuten hatte er es geschafft, eine Brücke zu ihr zu bauen, die stark und lang genug gewesen war, dass er sie für ihre Rettung nutzen konnte. Heute Morgen musste Hatch mit dem Ladenbesitzer und Alex sprechen, und sie mussten einen Plan entwerfen, wie man Alex zur Verantwortung für seine Taten ziehen und ihn davon abhalten konnte, falsche Entscheidungen zu treffen.

Eine düstere Mischung aus Scheu und Resignation umwölkte Hatch' sommerblaue Augen, als er das Telefon vom Nachttisch nahm. Sie legte ihm eine Hand auf den Arm und drückte leicht.

Genau wie Hatch konnte sie sich den Luxus nicht erlauben, im Bett zu bleiben. Sie hatte zu viel zu tun. Sie zog sich an, setzte eine Kanne Kaffee auf und öffnete die Hintertür, um Blue hinauszulassen.

Der Hund steckte seine Nase aus der Tür, schnüffelte und ließ sich auf den Boden fallen.

»Was?« Grace fuhr ihm mit dem nackten Fuß über seinen Rücken. »Keine Morgenbuddelei?« Seit drei Monaten war der Hund von der Veranda gezockelt und hatte mal in ihrem Garten, mal weiter im Wald gebuddelt, aber gebuddelt hatte er immer.

Blue ließ seinen riesigen Schädel auf seine Pfoten sinken.

»Alles in Ordnung mit dir?« Sie beugte sich über ihn und sah sich seine Pfoten an. Keine Schwellung. Keine wieder aufgesplitterte Pfote. Sein Schwanz wedelte ein Mal freudig, während er in ihre Hand sabberte. Sie schleuderte die Spucke ab. »Ich habe heute noch mehr Wichtiges, um das ich mir Sorgen machen muss.«

Sie nahm ihr Handy und rief das Cypress Bend Medical Center an. Die gute Nachricht: Janis atmete noch. Die schlechte Nachricht: Janis atmete immer noch nicht selbsttätig. Sie hing immer noch an einem Beatmungsgerät und würde heute Morgen, umgeben von ihrer Familie und Freunden, noch weitere Tests und Untersuchungen über sich ergehen lassen müssen.

Als Nächstes rief Grace Lieutenant Lang an und bestätigte, dass ein Wachtposten Stellung an Janis' Tür bezogen hatte. Die Mörderin hatte ein Mal zugeschlagen, und Grace hatte keine Ahnung, ob sie einen weiteren Anschlag begehen würde. Niemand kannte die Regeln dieses Spiels.

In der vergangenen Nacht war das Pendel zugunsten von Grace ausgeschlagen, aber sie hatte nicht vor, sich auf dem Triumph auszuruhen. Janis sagte, dass ihr Entführer eine Frau gewesen sei. Heute Morgen wollte Grace ins Büro. Sie wollte sich durch vergangene Fälle wühlen und sehen, ob sie eine besonders verabscheuungswürdige weibliche Person fand, die einen Groll gegen sie hegte und sich im Franklin County gut auskannte. Außerdem musste sie noch die Person aufspüren, die sich in der Putztruppe des Phono-Ladens als Ronnie Alderman ausgegeben hatte.

Als der Kaffee fertig war, schenkte sie zwei Tassen ein – eine schwarz, die andere mit drei Stückchen Zucker und zwei Löffeln Sahne, Hatch' erstes Highlight am Morgen, das es immer schaffte, ein Lächeln auf sein Gesicht zu zaubern. Als er wenige Minuten später in die Küche kam, hielt sie ihm die Tasse hin.

»Nein danke«, sagte er.

Blue rollte sich auf den Rücken und streckte Hatch seinen Bauch entgegen. Hatch stieg über den Hund und griff nach den Schlüsseln auf dem Küchentisch. Grace musste fast über den beleidigten Ausdruck auf Blues Gesicht lachen, verkniff es sich aber, als sie die harten Linien um Hatchs Mund entdeckte.

Als er die Küche verlassen wollte, schnappte sie sich die Schlüssel aus seiner Hand. »Lass uns ein Spiel spielen«, sagte Grace.

»Jetzt ist nicht die Zeit zum Spielen.« Er griff wieder nach den Schlüsseln.

Sie schlug sie aus seiner Reichweite. »Wenn du das Spiel gewinnst, gebe ich dir deine Schlüssel zurück.«

»Grace…« Es schloss die Augen und presste die Lippen zusammen, verkniff sich Worte, die er eindeutig nicht aussprechen wollte. Dieser Hatch befand sich im Kriegszustand. In seinem Kopf fand schon die Schlacht mit Alex statt, und er wollte nicht noch an einer anderen Front kämpfen – nicht mit ihr. Sie hatte diese Kämpfe zur Genüge erlebt, gegen Ende ihrer Ehe.

»Das Spiel heißt ›Was ist das Schlimmste, das passieren kann?‹. Ich habe es immer mit meiner Mutter gespielt, an Tagen, als ihre Paranoia so schlimm war, dass sie nicht aus dem Bett kam.« Sie legte Hatch ihre Hände auf die Schultern. Seine Muskeln verspannten sich, als ob er meutern wollte, aber er ließ sich auf den Küchenstuhl fallen.

»Zum Beispiel, wenn Momma sich Sorgen wegen des bösen Manns im Wandschrank machte, sagte ich immer: ›Momma, was ist das Schlimmste, das passieren könnte?‹ Sie antwortete mit so etwas wie: ›Der böse Mann könnte aus dem Wandschrank kommen und dir etwas tun.‹ Dann haben wir das immer und immer wieder durchexerziert, bis die ganze Welt wegen Nuklearzerstörung aufhörte, zu existieren. Manchmal brachte ich sie damit zum Lächeln, aber die meiste Zeit lenkte das Spiel sie wenigstens von ihren unmittelbaren Sorgen ab.«

Hatch fuhr sich mit einer Hand über das Gesicht, die Sorgen ließen das Gold seiner Gesichtshaut verblassen. »Du brauchst das nicht für mich zu tun.«

»Das weiß ich, aber du musst mich lassen.« Sie lachte etwas gekünstelt, zauberte aber wenigstens ein widerwilliges Lächeln auf Hatchs Gesicht. Oh Gott, wie sie dieses Lächeln liebte. »Du nimmst Alex mit, damit er die Besitzerin des Haarsalons trifft. Was ist das Schlimmste, das passieren könnte?«

Hatch legte sich beide Hände in den Nacken und rieb. »Die Besitzerin erhebt Anklage.«

»Und dann?«

»Alex kommt ins Jugendgefängnis, bis er achtzehn ist.«

»Und dann…«?

»Er gerät unter den Einfluss von Kindern, die eindeutig Berufskriminelle und Drogendealer werden.«

»Und dann…?«

»Er kommt raus, raubt eine Bank aus, um das Geld für seine neue Drogenkarriere zu beschaffen, und bringt jemanden um.«

»Und dann…?« »Er bekommt lebenslänglich … oder noch schlimmer« – Hatch erbleichte – »die Todesstrafe.«

»Und dann…?«

Hatch schüttelte den Kopf, während ein zartes Lächeln über seine Lippen glitt. »Er ist nicht in der Lage, seinen Abschluss in Kernphysik zu machen und die Welt vor der nuklearen Zerstörung zu retten.«

»Und das alles, weil er ein Fenster bei ›Clip & Curl‹ zerbrochen hat.« Sie setzte sich auf den Tischrand und ließ die Schlüssel des SUV vor seinem Gesicht baumeln. »Du hast gewonnen.«

Hatch ignorierte die Schlüssel und blickte sie an. Eine überlange Locke, voller Sonnenschein, ringelte sich auf seiner Stirn. »Ich bin ein Arschloch.«

»Nein, Hatch, du bist *Vater.*«

Er schüttelte den Kopf »Ich bin kein Vater. Ich habe keine Ahnung, was zum Teufel ich tun soll.«

»Dein Herz wird es dir sagen.«

Mit einer Mutter aufzuwachsen, die sich in ihren späteren Jahren mehr aufführte wie ein ängstliches, verwirrtes Kind, hatte Grace früh Lektionen in Erziehung gelehrt. Als sie ihre Mutter gefunden hatte, zusammengekauert in einer Ecke, weil sie dachte, jemand sei hinter ihr her, wusste Grace instinktiv, dass sie sich in die Ecke zu ihr setzen und sie mit ihrem eigenen Körper beschützen musste, um ihr Wärme und Unangreifbarkeit zu vermitteln. Innerhalb weniger Minuten waren die bösen Männer aus den Gedanken ihrer Mutter vertrieben.

Sie öffnete Hatchs zusammengeballte, verkrampfte Faust, ließ die Schlüssel in seine Hand fallen und schloss seine Finger darum.

Hatch erhob sich vom Tisch. »Bist du sicher, dass du nicht mitkommen möchtest? Du und Alex, ihr habt einen Draht zueinander gefunden.«

»Ich glaube, das ist etwas, das du allein erledigen musst.« Sie brachte ihn zur Tür.

»Du rührst dich nicht von der Stelle. Du verlässt das Haus nicht.«

Hatch kannte sie gut. Sie wollte ans Werk gehen und den Tatort ansehen, wo Janis eingegraben gewesen war, aber das würde an diesem Morgen nicht passieren. »Das ist der Plan«, sagte sie mit einem irritierten Seufzer. Sie zeigte mit ihrem Kinn auf Blue, der immer noch mitten auf dem Küchenfußboden herumflegelte. Nicht nur, dass er seine morgendlichen Buddelarbeiten nicht aufgenommen hatte, er hatte nicht ein einziges Stück Speck gefressen, und er hatte keinen Tropfen Wasser getrunken. »Ich muss ein Auge auf ihn haben. Irgendetwas stimmt nicht mit ihm.« Sie öffnete die Tür. »Jetzt hör auf, Zeit zu schinden, und schaff die ›Clip & Curl‹-Sache mit deinem Sohn aus der Welt.«

20

Alex schaufelte die verknäuelten Haarbüschel auf einer Kehrschaufel zusammen und leerte sie in einen Abfallkübel, bis jedes Haar weg war. Mit entschlossenem Gesicht nahm er den nächsten Haufen in Angriff.

»Er ist kein schlechtes Kind«, sagte DeeDee zu Hatch und zeigte auf den hydraulischen Stuhl. DeeDee, die Besitzerin des »Clip & Curl«, hatte sich einverstanden erklärt, Alex jeden Samstag den Salon kehren zu lassen, bis er genug Geld verdient hatte, um das zerbrochene Fenster zu ersetzen, und es musste ihm hoch angerechnet werden, dass er den Putzjob sehr ernst nahm. Vielleicht, weil DeeDee graue Haare hatte und ein paar Fältchen, so ähnlich wie seine Großmutter? Vielleicht fing das Kind aber auch so langsam an, zu erkennen, dass diese Jungen, die er seine Freunde nannte, alles andere waren als das, denn sie hatten ihn schon wieder im Stich gelassen. Oder vielleicht hatte der Junge auch Grace' »Was wäre wenn«-Spiel gespielt und stellte sich nun eine nukleare Zerstörung vor.

Hatch ließ sich in den Stuhl fallen. »Wenn er ein gutes Kind ist, warum macht er nur all diesen Blödsinn?«

DeeDee gluckste und nahm ein rosa Nyloncape, das sie ihm um den Hals band. »Wachstumsschmerzen. Ich kenne das. Ich habe vier Jungen großgezogen.«

»Vier Jungen?« Hatch blinzelte in den Spiegel. »Wo sind Ihre Kampfspuren?«

DeeDee fuhr mit einem Kamm durch sein feuchtes Haar. »Ich habe ein paar, die Jungen auch, aber aus allen ist was geworden. Zwei sind Ärzte, einer ist College-Professor, und das Baby kümmert sich um ein paar Ferienwohnungen drüben auf St. George Island.«

»Was ist Ihr Geheimnis?«

DeeDee nahm ihre Schere und schnippelte an Hatchs Hinterkopf. »Pferde.«

Hatch lachte.

»Ich will tot umfallen, wenn es gelogen ist.« DeeDee schnitt weiter seine Haare. »Meine Jungs zogen Pferde groß und zeigten sie auf Ausstellungen. Sie hatten zu viel damit zu tun, Ställe auszumisten und die Schweife zu kämmen, um Ärger zu bekommen.« Sie deutete mit der Schere auf Alex, der gerade die Frontscheibe mit einem Bündel Papiertücher saubermachte. »Ich nehme mal an, Ihr Junge da hat zu viel freie Zeit. Ein gelangweiltes Kind ist ein Kind, das zu viel Zeit in seinem Kopf verbringt, und das führt manchmal zu Problemen.«

Bei der Arbeit auf dem Friedhof und der Reinigung des »Clip & Curl« würde Alex in den nächsten Monaten ein sehr beschäftigter Junge sein. Nicht viel Zeit, herumzuhängen und mit seinen halbstarken Freunden Unsinn anzustellen. Aber was würde in diesem Sommer sein, wenn Hatch erst wieder weggefahren wäre? Alex würde in die Schule gehen, und was dann? Mit anderen gelangweilten Kindern rumhängen?

Hatch konnte das nicht zulassen, nicht, solange er die gute Luft auf diesem Stückchen Erde atmete. Er würde mit Alex' Oma über Sport und Clubs reden, vielleicht sogar einen Halbtagsjob vorschlagen. Er könnte ein paar Fühler ausstrecken und mit Grace sprechen. Sie kannte diese Stadt, liebte diese Stadt, und sie schien sogar eine Schwäche für Alex zu haben. Er war überrascht gewesen, wie gut sie mit dem Jungen umgegangen war, bis er sich daran erinnert hatte, dass ein Großteil ihrer Jugend darin bestanden hatte, sich um ihre Mutter zu kümmern.

DeeDee schnitt weiter, und die Bürde, die auf Hatchs Schultern gelastet hatte, fiel ab. Er konnte sich darauf verlassen, dass Grace ihm bei Alex helfen würde.

Als Alex den letzten Mülleimer geleert und seinen Putzeimer weggestellt hatte, war DeeDee mit Hatchs längst überfälligem Haarschnitt fertig. Er fuhr sich mit einer Hand durchs Haar und blickte in den Spiegel. »Sie haben aber nicht viel weggenommen.«

»Flüssigen Sonnenschein wie diesen wegzunehmen würde die Welt viel düsterer machen«, sagte sie lächelnd, als sie das Cape abnahm und es ausschüttelte. »Die Frau, mit der Sie Ihr Kissen teilen, würde mich umbringen.«

Das wäre dann ja wohl Grace. Aufzuwachen und zu bemerken, dass sie ihm in die Augen sah, war, wie im Himmel aufzuwachen. Die meisten Leute sahen Grace als kühl, fast stählern an, aber das war nur eine Begleiterscheinung ihres Tatendrangs und ihrer Entschlossenheit, und beides wiederum kam von Herzen. Und wie er Grace' Herz kennengelernt hatte, mit Alex in den letzten Tagen und bei der Jagd nach dem sadistischen Mörder! Er wuschelte sich mit beiden Händen durch die feuchten Haare. Und erst recht hatte er ihr Herz letzte Nacht auf dem Boot gespürt.

Grace' mutiges Liebeseingeständnis hatte seine Zunge gelähmt, genauso wie ihr Motiv, sich von ihm scheiden zu lassen. Sie hatte ihre Ehe in einem Tempo und einer Schärfe ausgelöscht, die ihn verwundet und matt auf dem Boden zurückgelassen hatte, und all das, weil sie ihn vor sich selbst hatte schützen wollen. Wie gewöhnlich hatte sie recht gehabt. Er liebte Grace – zum Teufel, das tat er wirklich –, aber er konnte in ihrer Welt nicht leben. Nachdem sie geheiratet hatten, hatte er ein paar Charter-Angeljobs angenommen, nur, damit er weiter auf See sein konnte, aber trotzdem war er rastlos gewesen.

Aber er hätte Grace auch nie verlassen können. Sie zu verlassen würde bedeuten, sein Herz zu verlassen, und das wäre Selbstmord gewesen.

Als er sich immer weiter gelangweilt und unruhig gefühlt hatte, war er tiefer in seinen Kopf eingedrungen. Und als Sohn seines Vaters hatten genau dort seine Schwierigkeiten begonnen. Ganz tief in seinem Inneren hatte er seinen Vater gesehen, an ein Leben gekettet, das er nie gewollt hatte, mit einem Tod, bevor er sein vierzigstes Lebensjahr erreicht hatte, hinter dem Tresen eines Ladens mit winzigen Autoersatzteilen und mit einem Herzen voller Reue. Hatch hatte geschworen, dass er nie Vater werden wollte. Und er hatte geschworen, dass er sein Herz nie einer anderen Frau schenken würde. Grace hatte ihn beim ersten Mal zu sehr verletzt.

Aber die Wahrheit war, dass er gar nicht die Wahl gehabt hatte, sein Herz einer anderen Frau zu schenken. Grace hielt es immer noch in ihren Händen, und er hatte keine Ahnung, wie er es je zurückbekommen sollte. Und nachdem er ein Kissen mit ihr geteilt hatte und im Himmel aufgewacht war, war er nicht einmal so sicher, ob er es auch zurückwollte.

***

»Eins, zwei, und hoch!«

Der Tierarzt, Grace und die Zwillinge Ricky und Raymond stemmten Allegheny Blue auf den Untersuchungstisch. Blue leckte Grace am Ellbogen.

»Jaaa!«, schrie Ricky. »Auftrag ausgeführt!«

Raymond zog Grace am Saum ihrer Leinenweste und sah durch einen Fächer aus dunkelbraunen Wimpern zu ihr auf. »Muss Blue jetzt sterben?«

Sie legte dem Jungen eine Hand auf den Kopf. Sie hatte

nicht vorgehabt, die Zwillinge mit zum Tierarzt zu nehmen, aber ihre Großmutter, die Grace und Blue mitgenommen hatte, weil Grace' Auto mal wieder den Dienst verweigerte, musste beim Sheriffbüro vorbeifahren und mit dem Deputy über Alex sprechen, und da brauchten die Zwillinge nicht unbedingt dabei zu sein. »Blue ist ein zäher alter Bursche«, sagte sie. Aber heute Morgen hatte er nicht gefressen und war auch nicht zum Buddeln nach draußen gegangen. Er hatte sich gar nicht vom Küchenboden fortbewegt. Sie legte ihre andere Hand auf den Kopf des Hunds und wuschelte sein schlaffes Ohr. »Lasst uns hören, was der Tierarzt sagt. Ihr zwei setzt euch erst mal hin.«

Die Jungen kletterten auf die Bank gegenüber dem Untersuchungstisch, während der Tierarzt Blue den Hundebauch kratzte. »Wie steht es mit den Pfoten von unserem alten Freund?«

»Vor ein paar Tagen hat er sich die Vorderpfote wieder aufgerissen, und ich habe ihm wieder die Bärenfettsalbe verabreicht.«

Der Tierarzt sah sich Blues Pfoten an. »Du siehst gut aus, Alter, und ich bin froh, dass du nicht mehr diese langen Wanderungen am Highway 319 unternimmst.« Der Tierarzt hob die schlaffe Haut um die Hundeschnauze, kontrollierte die Zähne, den Hals und die Ohren. Danach tastete er den Bauch ab. Schließlich setzte er sich auf den Drehstuhl neben dem Untersuchungstisch.

Grace hockte sich zwischen die Jungen auf die Bank, auf der schon Hunderte besorgte Tierbesitzer vor ihr gesessen hatten. Nicht, dass sie seine Besitzerin wäre. »Und?«, fragte Grace.

Der Tierarzt legte sein Klemmbrett beiseite. »Er ist alt.«

»Das ist alles? Er ist *alt*?« Sie hasste es, nicht zu wissen, was los war, im Dunkeln zu tappen.

»Das trifft es ziemlich genau. Seine Zähne und das Zahnfleisch sind in relativ gutem Zustand angesichts seines Alters. Fell, Ohren und Nase zeugen von gutem Allgemeinzustand. Natürlich könnte ich ihn röntgen, um mögliche innere Probleme zu überprüfen, Blut abnehmen und einige andere Tests mit ihm machen.« Der Tierarzt steckte seine Hand in die schlaffe Haut um Allegheny Blues Nacken und kraulte ihn fest. Der Hund brummte wohlig. »Aber zu diesem Zeitpunkt kann ich keine invasive Behandlung empfehlen. Er ist zufrieden und hat keine Schmerzen.« Der Tierarzt nahm ein kleines Stück Papier aus seiner Kitteltasche. »Wenn Sie meinen, Sie müssten etwas tun, lösen Sie dieses Rezept ein und geben Sie ihm Vitamine. In der Zwischenzeit kratzen Sie ihm den Bauch und kraulen ihn hinter den Ohren. Wenn er Probleme zu haben scheint, bringen Sie ihn her.«

»Aber er frisst nicht.«

»Sorgen Sie dafür, dass sein Fressen appetitlicher aussieht. Weichen Sie sein Hundefutter mit warmer Milch ein. Fügen Sie etwas Besonderes hinzu, zum Beispiel Rührei.«

»Speck«, sagte sie seufzend. »Er mag Speck.«

»Dann geben Sie ihm Speck.«

»Ich gebe ihm schon eine Scheibe zu jeder Mahlzeit.«

»Dann geben Sie ihm zwei.«

»Das kann doch nicht gut für ihn sein.«

»Grace, Ihr Hund ist alt.«

»Er ist nicht mein Hund.«

Blue klopfte mit seinem Schwanz auf die Unterlage.

Der Tierarzt lächelte. »Blues Zeit ist befristet. Meiner professionellen Meinung nach schlage ich vor, dass Sie ihn die Zeit, die ihm noch bleibt, genießen lassen. Geben Sie ihm die Scheibe Speck.«

Eine winzige warme Hand schob sich in ihre. Raymond nickte mit ernsthafter Miene. »Oder zwei.«

21

Hatch sprang vom Seitendeck und verzurrte Lamar Giroux' Boot an dem provisorischen Pier, das an einem winzigen Zufluss am nördlichen Ende von Bremen's Bayou befestigt worden war. Backbord war eine Planke zusammengebrochen und hatte eine kleine Pfütze dunklen, brackigen Wassers hinterlassen. Das Wasser schwappte über Grace' Schuhe, aber sie schien es nicht mal zu bemerken.

»Du bist so still«, sagte er.

Sie stand auf. »Ich habe nachgedacht.«

Er griff mit einer Hand nach dem Dockpfosten und reichte ihr die andere. »Worüber?«

Sie nahm seine Hand und versuchte, das Gleichgewicht zu finden, als sie auf das Dock trat. »Speck.«

Das Boot schaukelte, aber Hatch rührte sich nicht. Er wusste nicht, worüber er sich mehr wunderte – dass Grace seine Hilfestellung annahm oder über ihre Antwort auf seine Frage. »Hast du *Speck* gesagt?«

Als ob sie seine tiefe Verwirrung spürte, zuckte sie mit den Schultern. »Es ist kompliziert.« Sie rückte die Perlenkette an ihrem Hals zurecht und ging den Pier hinab auf das Absperrband zu.

Willkommen in seiner Welt.

Bei hellem Tageslicht sah der Sumpf nicht weniger bedrohlich aus. Er und Grace suchten sich einen Weg an ekelhaft braunem Marschgras entlang und dann durch widerlich stinkenden Schlamm. Ein Wirrwarr aus Kletterpflanzen und Ästen zerrte an ihren Beinen, als sie die Erhöhung hinaufkletterten, wo mehr als ein Dutzend uniformierte Männer und Frauen am Tatort arbeiteten. Zum Team gehörte auch Jonny Mac, der zusammen mit drei anderen Männern versuchte, Janis Jaffees hölzernen Sarg aus der Erde zu bergen.

»Nett, dass du auch mal deinen Hintern aus dem Bett bekommen hast« sagte sein Teamkollege, während er an einem Tau zog. Der Sarg taumelte aus dem Schlamm.

Hatch schob einen Stein beiseite, der sich an dem Holz verkantet hatte. »Du kennst uns hübsche Jungs doch. Wir brauchen unseren Schönheitsschlaf. Ich habe sogar eine Freistunde genommen, um mir einen Haarschnitt verpassen zu lassen.« Er schüttelte seine Mähne. »Was meinst du?«

Jon wandte die Augen vom Sarg ab. »Ist alles gut gegangen?«

Jon, wie jeder aus dem Team, wusste über Alex und seine neueste Gesetzesübertretung Bescheid. »Jedenfalls kein Blutvergießen.«

»Schön, zu hören.«

Jon und die anderen zerrten wieder. Hatch hob an, der Schlamm schmatzte, und die Erde gab endlich den Sarg frei. Als sie die Kiste auf einer Plane abgesetzt hatten, trat Jon beiseite und lächelte Grace an. »Guten Tag, Grace.«

»Ist der Tag denn gut?« Grace hielt ihre Arme nahe am Brustkorb, und ihre Hände rieben über ihre Haut, als wollte sie die Kälte abhalten. Aus der Erde stieg Hitze in feuchtwarmen Wellen auf, aber das klaffende Loch im Boden strahlte Eiseskälte aus.

»Wir arbeiten immer noch dran«, sagte Jon.

»Was habt ihr so alles gefunden?«, fragte Hatch.

»Keine Überraschungen«, sagte Jon. »Dieselbe Verfahrensweise wie beim ersten Opfer. Grob zusammengezimmerter

Sarg, das Handy auf Anrufe zu Grace beschränkt, Abdrücke von einer Wathose Größe acht.«

»Zeugen?«

»Zwei Alligatoren und ein Rotluchs, keiner spricht.«

»Was war am Strand von Carrabelle?«, fragte Grace.

»Keinerlei Kampfspuren im Sand oder am Küstenstreifen. Es sieht so aus, als wäre Janis am Wasserrand entlanggelaufen, in Ohnmacht gefallen und zu einem Boot gezogen worden. Die Flut hat alle Abdrücke weggewaschen.«

»Level zwei.« Hatch kratzte sich im Nacken. »Höherer Schwierigkeitsgrad.«

»Nur, wie kann jemand eine erwachsene Frau von einem öffentlichen Strand entführen und mit einem Boot durch die Bucht und den Fluss fahren, ohne dass jemand irgendetwas merkt?«, fragte Grace.

»Indem er ein Boot ohne Scheinwerfer und mit einem Elektromotor benutzt«, sagte Hatch. »Bei den Wolken gestern Abend wäre er beinahe unsichtbar.«

Grace wich einem dicken Brocken festgebackenen Lehms aus. »Genau. Wir tappen im Dunklen.«

Hatch konnte am besten mit Menschen arbeiten. Er konnte die Leute mit Händen und Worten berühren. Außer Lou Poole hatten sie keinen Zeugen. Grace hatte eine Liste von Leuten zusammengestellt, die vielleicht vorhatten, einen erbitterten Zweikampf gegen sie anzufangen, aber bis jetzt hatte sie keinen einzigen Verdächtigen. Hatch ging von einem Ende der Plane zum anderen. Aber ihre unbekannte Person konnte nicht unsichtbar sein, nur geschickt darin, im Dunklen zu handeln. »Wir brauchen Licht«, sagte Hatch.

»Und da es nicht von außen kommt …«, begann Jon.

»Verlegen wir uns auf das Innere.« Lächelnd griff Hatch nach seinem Handy.

Grace sah von einem zum anderen und runzelte die Stirn. »Worüber redet ihr zwei?«

Hatch und seine SCIU-Teamkollegen sprachen manchmal in einer Sprache, die nur sie verstanden. Bei anderen Gelegenheiten brauchten sie nicht mal Worte. »Ich hole den Professor an Bord.«

»Hayden Reed«, fügte Jon hinzu. »Er ist der Profiler in unserem Team. Er wird die gleichen Wege gehen, die unsere unbekannte Person gegangen ist, in ihren Kopf eindringen und …«

»… und wenn er erst mal in ihrem Kopf ist, kann Hayden erstaunlich viel über ihre Abläufe und Beweggründe und ihre Geschichte erzählen«, fügte Hatch hinzu.

»Und die gute Nachricht ist, dass sich Hayden gerade in New Orleans aufhält, um morgen eine Rede zu halten. Sieht so aus, als müsse er nur einen kleinen Umweg machen.«

»Was mich daran erinnert: Nachdem du mit Hayden gesprochen hast, müssen wir aus dem Sumpf heraus, um unsererseits einen kleinen Umweg zu machen«, sagte Grace zu Hatch. »Ich habe diesen Reinigungstrupp aufgespürt, der den Mann angestellt hatte, der für den längst verstorbenen Ronnie Alderman auftrat.«

Hatch ließ seine Erkennungsmarke aufblitzen, und ein Mann in den mittleren Jahren, der einen Staubsauger über den Eingangsflur eines Versicherungsbüros schob, kam zur Tür gerannt und öffnete sie. Und wieder staunte Grace, wie einfach sich Türen für Parker Lords Apostel öffneten.

Nachdem sie den Termin beim Tierarzt gehabt hatte, hatte Grace den Besitzer der Hausverwaltungsfirma ausfindig gemacht, der für die Reinigung des Telefonladens verantwortlich war, in dem Lia Grants Mörder die Handys gekauft hatte. Es war eben jener Laden, in dem die Sicherheitsaufnahmen von innen und außen bequemerweise für den Tag des Kaufs gelöscht waren. Dann hatte sie das Reinigungsteam aufgespürt, das mit dem angeblich längst verstorbenen Ronnie Alderman zusammengearbeitet hatte.

»Vielen Dank, dass Sie Zeit für uns haben, Mr. Montoya«, sagte Grace, während sie dem korpulenten Mann die Hand schüttelte. »Es geht um Ihren Mitarbeiter, diesen Ronnie Alderman …«

»Ich hab es schon meinem Chef gesagt, ich erinnere mich nicht, dass ich mit einem Ronnie Alderman zusammengearbeitet habe. Wir haben jede Menge junge Leute, das ist im Sommer ein einziges Kommen und Gehen, und all die Gesichter und Namen verschwimmen.«

»Vielleicht war es diese schräge Tussi.« Ein jüngerer Mann, der einen Karren schob, bei dem ein Rad quietschte, hielt beim Empfangstresen an und hob einen Papierkorb hoch. »Weißt du, die so gern im Dunkeln staubgesaugt hat.«

Der ältere Mann kratzte sich am Kopf. »Das war aber doch ein Mann, oder?«

»Nee, sie war ziemlich klein.«

»Okay, kann eine Frau gewesen sein. Ihr Name war Ronnie, oder?« Er zuckte mit den Schultern. »Sie war nur einen oder zwei Tage bei unserer Gruppe.«

»Wurde sie gefeuert?«, fragte Grace.

»Nein, sie tauchte einfach nicht wieder auf.«

»Wie sah sie aus?«, fragte Hatch.

Der Mann ließ seine Hände auf dem Griff des Staubsaugers liegen. »Eher klein. Eher jung. Schwer zu sagen, weil, wie Caleb sagt, sie gern im Dunkeln gearbeitet hat. Aber ich hab nix gesagt, da sie verdammt gut gewesen ist. Muss Augen wie eine Eule gehabt haben. Caleb hier hat vielleicht mehr gesehen. Er hat mit ihr gearbeitet.«

»Dunkle Haare.« Der junge Mann versenkte den Abfall in seiner Karre. »Glaube ich.«

»Lang? Kurz? Glatt? Lockig?«

»Weiß nicht.«

»Und das Gesicht?«

»Nichts Besonderes. Irgendwie mittelmäßig. Irgendwie blass. Vielleicht.«

»Statur?«

»Vielleicht dünn, aber sie trug diese Schlabbersachen. Alles in Schwarz, übrigens. Glaube ich. Oder vielleicht sahen sie auch nur schwarz aus, weil sie immer im Dunkeln herumgeschlichen ist.«

»Irgendwelche besonderen äußerlichen Merkmale wie Tätowierungen, Narben oder vielleicht Schmuck?«

»Nicht, dass ich mich erinnere.«

Mehr Unbekannte. Mehr Dunkelheit. Haufenweise Nichts.

»Wären Sie bereit, mit einem kriminaltechnischen Zeichner aus meinem Team zusammenzuarbeiten?«

»Klar, ich spreche mit Ihrem Zeichner«, sagte der bullige Reinigungsmitarbeiter. »Aber ich bin nicht sicher, wie viel es hilft. Im Ernst, ich erinnere mich nicht gut an diese Ronnie Alderman.«

»Sie wären überrascht, an was Sie sich erinnern, wenn Sie von einer Person befragt werden, die gewohnt ist, tief in Ihrem Kopf zu graben.«

Auf dem Weg zurück nach Cypress Bend fuhr Grace, während Hatch die kriminaltechnische Zeichnerin aus seinem Team anrief. Das Telefon klingelte dreizehn Mal. Grace hätte längst aufgehängt, aber Hatch lehnte sich im Sitz zurück und beobachtete, wie die ländliche Gegend vorbeizog.

»Friede auf Erden«, sagte eine Frau atemlos.

»Friede auf Erden – dir auch, Berk«, sagte Hatch mit einem

Lächeln, das sogar seine Augen erreichte. »Hab ich dich erwischt, als du wieder die Sonne einfangen wolltest?«

»Gestört ja, aber nicht gefangen.« Ein glockenhelles Lachen erklang. »Ich habe es mit einer halben Tube Kadmiumgelb probiert und sechs unterschiedlichen Pinseln. Vielleicht habe ich morgen mehr Glück.«

»Die Sonne wird warten müssen. Ich brauche dich.«

Und so schaffte es eine der besten Gerichtszeichnerinnen des Landes, sofort in einen Privatjet zu springen und sich in Richtung Florida Panhandle aufzumachen. Parker Lords Team wies eben die Besten der Besten auf, einschließlich des Mannes, der neben ihr saß.

Hatch war erwachsen geworden, aber er hatte sich auch auf andere Art verändert. Obwohl er immer noch rastlos war, schien er jetzt geduldiger zu sein. Obwohl immer noch ein lässiger Charmeur, hatte er auch eine ernstere Seite entwickelt, und sie hatte das Gefühl, dass Parker Lord daran großen Anteil gehabt hatte.

»Du bist schon wieder so still«, sagte Hatch, lange nachdem er das Telefongespräch beendet hatte.

»Ich denke immer noch nach«, sagte sie.

»Immer noch über Speck?«

»Über dich.«

Er legte seine Fingerspitzen auf die Brust. »Ich fühle mich geehrt.«

»Dazu hast du keinen Grund. Ich denke darüber nach, was für ein Lügner du bist.«

»Wie bitte?«

»Du hast gesagt, du würdest nie einen guten Familienmenschen abgeben, aber du bist Teil einer Familie. Du und Agent MacGregor, ihr seid wie Geschwister, und in dem Moment, in dem du etwas brauchst, *bumm*, sind deine Freunde Hayden und Berkley da. Für mich klingt das verdächtig nach Familie.«

»Das bildest du dir ein, Prinzessin. Familie ist nichts für mich.«

Sie lächelte nur.

Mit gerunzelter Stirn ließ er das Fenster hinunter und legte seinen Arm auf den Rahmen, sein Daumen klopfte einen gleichmäßigen Takt auf das Metall. Er sprach den Rest der Strecke nach Cypress Bend kein Wort, und sie fragte sich, ob er an seinen Dad dachte. Ihre Familie war nicht perfekt gewesen – eine paranoide Mutter und ein Vater, der ganze Tage und manchmal sogar Nächte in seinem Büro verbrachte –, aber sie liebte sie und konnte sich gar nicht vorstellen, wie es war, allein und einsam aufzuwachsen, wie es bei Hatch der Fall gewesen war. Kein Wunder, dass er als Kind so ein Radaubruder gewesen war. Er wollte verzweifelt die Aufmerksamkeit seines Vaters.

Als sie Cypress Bend erreichten, fuhr sie zur Polizeiwache, um Lieutenant Lang über ihre Befragung der Reinigungstruppe auf den neuesten Stand zu bringen.

Auf ihrem Weg zu Lieutenant Langs Privatbüro winkte Deputy Fillingham sie heran. »Hallo Counselor. Ich wollte Sie heute anrufen. Die Gerichtsmediziner auf Ihrem Gelände haben ihre Untersuchung aufgegeben. Ich habe gerade die Unterlagen bekommen. Das Grundstück ist wieder freigegeben. Ihre Bauarbeiter können morgen anfangen, zu buddeln.«

Im Lichte der in der jüngeren Vergangenheit gegrabenen Gräber hatte Grace die alten Knochen ganz vergessen. Sie hatte sogar ihr Bedürfnis verdrängt, den Bau ihres Traumhauses zu beschleunigen – das Traumhaus, das sie die letzten sechs Monate beschäftigt hatte. Das Wort »verrückt« reichte bei Weitem nicht aus, um die vergangenen Tage zu beschreiben.

»Und wo Sie gerade hier sind«, fuhr der Deputy fort, »ich brauche dann noch eine amtliche Erklärung von Ihnen.«

»Ich habe doch schon mit Lieutenant Lang gesprochen. Ich weiß nichts über die Gebeine dieser Frau.«

***

»Heilige Scheiße«, fluchte Hatch unterdrückt.

Grace teilte Hatchs Gefühle, aber sie bekam kein Wort heraus, denn ihre Kehle war wie zugeschnürt, während sie die beiden Skelette ansah, die auf dem Stahltisch in der County-Pathologie ausgestreckt lagen. Das eine in voller Größe und das andere so winzig, dass es in eine Schuhschachtel gepasst hätte.

»Ein Neugeborenes?«, fragte Hatch mit erstickter Stimme.

Die Gerichtsmedizinerin nickte. »Der Schädel zeigt Anzeichen, dass der Geburtskanal durchlaufen wurde. Lebend geboren. Todesursache ist ein gebrochenes Rückgrat.«

Hatch schüttelte den Kopf. »Was für eine brutale Art, zu sterben.«

»Kaum, dass man geboren ist.« Grace hatte endlich ihre Stimme wiedergefunden. Sie deutete auf das andere, ausgewachsene Skelett. »Und dieses?«

»Angesichts des ringförmigen Beckeneingangs und der breiten Ischiaskerbe eindeutig weiblich. Sie ist europäischer Herkunft, und die Schließung der Schädelnaht und der Rippenenden zeigt, dass sie zwischen dreißig und vierzig war.«

Eine Frau und ein Kind. Soweit Grace wusste, hatte Lamar Giroux, der mehr als sechzig Jahre auf ihrem Land gewohnt hatte, nie geheiratet. Seine Schwester hatte Kinder, aber alle lebten in Tallahassee. Der alte Jäger schien immer zufrieden gewesen zu sein, sein Leben mit den Hunden auf acht Hektar abgeschiedenen Lands zu verbringen. »Haben Ihre Leute denn schon mit Giroux gesprochen?«, fragte Grace Deputy Fillingham.

»Noch nicht«, sagte der Deputy. »Aber ich fahre nach Tallahassee, sobald wir den Totengräber von der Straße haben.«

»Was ist mit der Frau?«, fragte Grace die Pathologin. »Sie ist doch erschossen worden?«

Die Gerichtsmedizinerin strich mit einem Finger über ein gezacktes Loch in dem Schädel. »Einzelne Schusswunde am Kopf. Die Kugel trat in die rechte Schläfe ein. Keine Austrittswunde.«

»Selbstmord oder Mord?«, fragte Hatch.

»Angesichts der leicht aufwärts führenden Geschossbahn neige ich zu Selbstmord.«

Es gab so viele Geschichten in diesen alten Knochen, und jeder Knochen war ein Kapitel. Die Frau konnte ihr Baby getötet haben und dann sich selbst. Oder jemand anderes hatte das Kind getötet, und vor Trauer hatte sie sich das Leben genommen. War das Baby an ihre Brust gekuschelt gewesen, als sie sich selbst umgebracht hatte? War das Baby in ihren Armen begraben worden?

»Der Arm«, sagte Grace plötzlich erschreckt. »Was ist mit dem Arm des Kindes passiert?«

»Das Skelett deutet auf normalen Knochen- und Skelettwuchs hin. Scheint eine Frage der Bergung zu sein. Das Geländeteam hat den Suchbereich ausgeweitet, aber den Arm nicht gefunden.«

»Aber sie haben einige andere Dinge gefunden«, sagte Hatch und zeigte auf ein kleines Tablett am Kopfende des Tischs. »Sind das die Gegenstände?«

Gegenstände. So ein kaltes, hartes Wort für Stückchen, die einst zu einem menschlichen Körper gehört hatten. Auf dem Tablett lagen ein Frauenhausschuh aus Synthetik, ein Stück weißes Band, befestigt an einem viereckigen Noppenstoff mit rosa Häschen, eine silberne Münze und eine große, filigrane Haarspange.

Grace strich mit dem Finger über die Haarspange. »Sie muss langes Haar gehabt haben.« War es blond, braun, schwarz gewesen? Und ihre Augen, die Hautfarbe? Wenn nur diese Gegenstände sprechen und die Geheimnisse verraten könnten, die hier vergraben gewesen waren.

»Was ist das?«, fragte Hatch und deutete auf einen Haufen roten Dreck.

»Eine Anomalie«, sagte die Pathologin. »Die Erde am Ort der Exhumierung hatte eine hohe Konzentration von Sand. Diese lehmige rote Erde war um die Knochen des Kindes geklumpt.«

»Was bedeutet, das Kind wurde sehr wahrscheinlich an einem anderen Ort beerdigt, ausgegraben und für die Gemeindebeerdigung zu der Mutter gelegt«, sagte Hatch. »Das könnte auch der Grund für den fehlenden Arm sein.«

Grace stellte sich vor, wie das Baby in den Armen der Mutter geborgen war, und zum ersten Mal, seit sie den Schädel auf ihrem Grundstück hatte herausragen sehen, war die Situation weniger grauenvoll. Diese Mutter und das Kind gehörten zusammen.

Hatch studierte die Gegenstände, während sie Deputy Fillingham die amtliche Erklärung abgab. Nein, sie hatte weder von den einen noch von den anderen der Gebeine etwas gewusst, und Lamar Giroux hatte nie etwas gesagt oder getan, das sie hätte glauben lassen, er wüsste etwas von diesem einsamen Grab auf seinem Grund.

Als sie mit dem Deputy fertig war, wandte sie sich an Hatch, der immer noch über den Tisch mit den Knochen gebeugt stand. Seine Finger zeichneten die Umrisse des Frauenschädels nach, ohne ihn zu berühren. Sie legte ihm eine Hand auf die harte Rundung seiner Schulter. »Was machst du?«

»Ich höre den Knochen zu.«

Bienen und Brücken und sprechende Knochen. Ihre Welt war viel weniger trostlos, seit Hatch wieder in ihrem Leben war. Sie ließ ihre Hand seinen Rücken hinabgleiten. »Knochen sprechen nicht.«

»Nicht mit Leuten wie uns.« Feuer glomm in seinen Augen. »Wenn Berkley mit der Ronnie-Alderman-Zeichnung fertig ist, will ich, dass sie herausfindet, was diese Knochen zu sagen haben.«

22

Greenup, Kentucky

Diese Polizeiserien waren doch alle Mist. Detektivarbeit hatte nichts zu tun mit Verfolgungsjagden oder damit, Kugeln auszuweichen, während man die Bösen in aufgemotzten Sportwagen beschattete. Detektivarbeit hieß, sich den Hintern auf einem Stuhl platt zu sitzen, einen Telefonhörer am Ohr festgeklemmt und die Augäpfel am Computerbildschirm.

Detektiv Tucker Holt träufelte sich Tropfen in beide Augen. Zuerst brannte es, aber nach zehn Sekunden fühlten sich seine Augen nicht mehr so an, als ob sie eine Begegnung mit einem Blatt groben Sandpapiers hinter sich hätten. Er hatte den ganzen Tag damit verbracht, im Internet nach Highschools in den benachbarten Staaten mit Maskottchen namens Hornisse zu suchen. Er hatte mehr als siebzig gefunden und die letzten drei Stunden damit verbracht, Sportdirektoren an Highschools zu finden, um zu erfahren, ob sie einen Starwerfer hatten, genannt *der Stachel*. Bis jetzt hatte er sich zweiundzwanzig *Neins* eingeholt.

Sein Handy klingelte, und er griff danach, in der Hoffnung, es sei ein Rückruf eines der Coaches, bei dem er eine Nachricht hinterlassen hatte. Dem Display nach war ihm dieses Glück nicht beschieden. Einen Moment lang dachte er darüber nach, Mara, seine baldige Ex, gleich auf die Mailbox zu verbannen. Es war nicht das erste Mal, dass ihn ein Fall von privaten Anrufen fernhielt, aber so spät an einem Sonntagabend konnte es auch etwas mit den Kindern sein.

»He, Daddy!«, kam die quirlige Stimme seiner Vierjährigen, Hannah. »Ich bin eine Hummel, Daddy, ich bin eine Hummel.«

Ein Lächeln breitete sich auf seinem Gesicht aus, obwohl er auf der Suche nach einer verdammten Hornisse war, nicht nach einer Hummel. »Das ist aber toll, Hannah-Banana. Ich bring dir einen Strauß Blumen, und dann kannst du Honig machen.«

Hannah kicherte. »Keine echte, Dummi, beim Tanzen. Du kommst doch, wenn ich tanze, ja?«

»Natürlich komme ich und sehe zu, wie du tanzt.«

»Versprochen?«

»Versprochen.«

Hannah machte ein Geräusch, das nach einem schmatzenden Kuss klang, und das Telefon schepperte, als sei es hingefallen.

Nach einigem Quietschen und Knirschen kam Mara an den Apparat. »Wir sehen dich am Donnerstag um sieben. Sei unbedingt pünktlich, denn die Hummeln kommen als Erste.«

Hummeln? In seinem Kopf war gerade nur Platz für Hornissen und Stachel.

»Tuck, du hast doch nicht etwa Hannahs Jahresabschluss-Aufführung vergessen?«

So wie im vergangenen Jahr. Mara hatte sich immer darüber beklagt, dass er sich von den Kindern entfernte, aber vor zwei Tagen hatte er sich die Zeit genommen, auf seinem Handy alle Sommeraktivitäten von Jackson und Hannah zusammenzustellen. Er rief seinen Kalender auf und scrollte in die kommende Woche. »Natürlich nicht. Sieben Uhr im Kulturzentrum.«

»Und dieses Mal denkst du daran, die Blumen mitzubringen?«

Es war eine jahrelange Tradition des Tanzstudios, dass Väter den kleinen Tänzerinnen Blumen brachten, und nur die

Faulpelze unter ihnen vergaßen es. Wie er im vergangenen Jahr, als Hannah als klitzekleine Zuckerfee verkleidet gewesen war. Zum Glück hatte eine der Tanzlehrerinnen ein paar Rosen aus ihrem eigenen Strauß herausgezogen und sie in Hannahs Händchen gestopft, kurz bevor die Tränen kullerten. »Ich bringe die Blumen mit.« Er war ja kein Ungeheuer, nur von Ungeheuern abgelenkt. Er wollte seinen Scheiß geregelt kriegen für seine Kinder – Hannah die Hummel und Jackson den Angler. »Ist Jackson noch auf?«

Gedämpfte Stimmen vom anderen Ende der Leitung. »Er will nicht ans Telefon kommen«, sagte Mara. »Er spielt ein Computerspiel.«

»Sag ihm, er soll es einen Moment liegen lassen.«

»Tuck, er ist beschäftigt.«

»Bin ich auch, aber ich nehme mir die Zeit für ihn. Das verstehst du doch?« Das musste sie, denn er wollte nicht, dass sie irgendeinen Richter davon überzeugte, dass er ein lausiger Vater war.

Mara seufzte, und Jackson kam endlich ans Telefon. »Hey.«

»Hey Kumpel, ich dachte mir, vielleicht gehen wir, du und ich, irgendwann in dieser Woche mal wieder zusammen zum Angeln.«

»Okay.«

»Alles in Ordnung?«

»Jepp.«

»Gibt es was, über das du reden möchtest?«

»Nö. Kann ich jetzt gehen? Ich will zurück an mein Spiel.«

Mara kam wieder an die Leitung, und Tucker sagte: »Er klang nicht gerade sehr begeistert.«

»Was erwartest du, Tuck? Du redest immer über das Angeln, und dabei bleibt es dann.«

»Alles wegen der Arbeit.«

»Genau, Tuck, wegen der Arbeit. Wir sehen uns bei der Tanzaufführung. Und für den Fall, dass du es vergessen hast – Hannahs Lieblingsblumen sind …«

»… Margeriten«, beendete Tucker den Satz für seine Ex. »So ganz blöd bin ich ja auch nicht.«

Als das Telefon still war, starrte er das Foto des gesichtslosen Opa XY an. Laut der Kellnerin verbrachte er eine Menge Zeit mit seinen Enkeln. Nahm er sie mit zum Angeln? Ging er zu ihren Tanzaufführungen? Kaufte er ihnen Margeriten oder Pies mit drei Kugeln Vanilleeis?

Er nahm das Telefon wieder auf und suchte weiter nach einer Hornisse mit dem Spitznamen Stachel. Als Nächstes war eine Highschool in St. Paul, Minnesota, dran. Es war spät, zu spät für Anrufe bei Fremden. Zum Teufel damit.

»Coach Lancaster, bitte«, sagte Tuck.

»Am Apparat.«

»Hier spricht Detektiv Tucker Holt bei der Kentucky State Polizei. Ich untersuche hier einen Fall und bin einem älteren Ehepaar auf der Spur, das in Ihrer Gegend leben könnte. Sie unterrichten Baseball in Ihrer Schule, richtig?«

»Jepp.«

»Haben Sie schon einmal von einem Spieler gehört, der ›der Stachel‹ genannt wird?«

»Der Stachel? Na klar. Er ist unser Mann. Einer der besten Halbspieler, den ich je gesehen habe. Devan Lanssen.«

Tuck kribbelten die Handflächen. »Wissen Sie ganz zufällig, ob er Großeltern hat, die kommen, um ihn spielen zu sehen?«

»Aber hallo. Haben nie ein Heimspiel verpasst. Echt nettes Paar.«

Das Kribbeln weitete sich auf seinen Arm aus und über seine Brust. Sein Herz überschlug sich. »Könnten Sie sie für mich beschreiben?«

»Sie ist winzig, graue Haare. Sieht aus wie die typische Oma. Er ist ein großer Kerl, hat sicher zu seiner Zeit Football gespielt, hat aber jetzt ein Bäuchlein. Mag gern Süßes. Ist alles in Ordnung?«

Jetzt war Tucker dran mit dem Wort, das ihn seit Tagen heimsuchte. »Nein.«

* * *

Das *Spiel* hatte sich geändert.

Jemand hatte ihren geheimen Schlupfwinkel entdeckt. Niemand durfte von dem Hausboot wissen. Es war ihr Geheimnis, und Geheimnisse, wie Knochen, sollten für immer begraben bleiben. Aber jetzt wusste jedermann über das Versteck Bescheid, und sie konnte die dritte Holzkiste nicht verwenden. Jemand hatte sie weggenommen. Nichts davon hätte passieren dürfen. Es war nicht Teil des *Spiels*.

Winzige wurmartige Viecher jagten über ihre Arme, und sie rieb mit den Händen über ihre Haut und versuchte, sie wegzuwischen. Sie gruben sich ein, wollten in ihr Inneres krabbeln. Sie wischte fester, rieb die Fleischfresser ab, und endlich beruhigte sich ihre Haut. Sie waren weg.

Gut. Sie hatte Arbeit vor sich.

Das Pfand von *Level zwei* hing an einer Handvoll winziger Schläuche und Drähte. Sie würden bald reißen, und bald wäre sie aus dem *Spiel*. Dann konnten sie alle weitergehen zu *Level drei*. Unglücklicherweise konnte sie nicht ohne eine Kiste zum nächsten Level gehen. Sie konnte gerade nicht zum Baumarkt in Tallahassee fahren und noch Bauholz kaufen. Dieser FBI-Agent, der mit der Farbe von Sonne und Himmel, war klug, und Grace ebenso. Aber niemand war so klug wie sie.

Sie lächelte. Eindeutig nicht so klug wie sie.

Sie parkte den Truck in der abgelegensten Ecke des Parkplatzes von Walmart, wo das Licht nicht hinfiel, und nahm sich einen Einkaufswagen aus der Reihe. Drinnen versengte das grelle Licht ihre Augen. Sie senkte den Kopf und ließ sich die Haare ins Gesicht fallen. Walmart hatte Sicherheitskameras, obwohl jeder mit Computerkenntnissen wie sie mit Leichtigkeit herausfinden konnte, wie man in das System einbrach und das Video zerstörte.

Unter den strahlenden Scheinwerfern fing sie die Suche an. Der Laden führte jede Menge Aufbewahrungskästen und Kisten, aber nichts davon war groß genug, um einen ganzen Körper zu verstauen, und außerdem so leicht, dass sie allein damit umgehen konnte. Im Geheimen fühlte sie sich befriedigt. Grace hatte Dutzende, eher Hunderte von Leuten auf ihrer Seite, und sie war, ganz allein, dabei zu gewinnen.

Schließlich blieb sie vor einer Plastiktasche stehen und schob ihre Brille die Nasenwurzel hoch. Ungefähr neunzig mal sechzig Zentimeter. Nicht groß genug für eine Joggerin, die den Strand entlanglief, oder ein Mädchen, das zu seiner Spätschicht als Krankenhauspraktikantin ging. Und sicher nicht groß genug für das dritte Pfand, die übergewichtige Kellnerin der Oyster Bar, die jeden Abend nach ihrer Schicht, die um dreiundzwanzig Uhr endete, allein nach Hause lief.

Nachdenken. Nachdenken.

Es war einfach. Wenn das *Spiel* sich geändert hatte, musste sie die Pfände austauschen.

Sie blinzelte in die Plastiktasche hinein. Eine kleinere Person würde hineinpassen, nicht ausgestreckt, aber wie ein Ball zusammengerollt. Die kleine Person müsste in der Lage sein, sich im Inneren der Tasche zu bewegen, das Handy zu finden und Grace' Nummer zu wählen. Das gehörte zum *Spiel*. Sie betrachtete den Deckel, den Schnappverschluss, der fest schloss.

Kein Luftstrom. Nicht gut. Die kleine Person wäre in nur wenigen Minuten aus dem *Spiel*. Nicht fair. Überhaupt nicht fair. Grace brauchte eine Außenseiterchance, sonst würde es keinen Spaß machen. Niemandem.

Sie legte die Plastiktüte in ihren Einkaufswagen und nahm sich in Gedanken vor, ein paar Löcher oben in den Sack zu stechen, sodass die kleine Person Luft bekommen konnte.

Hatch steckte seine Waffe zurück ins Holster und ging die Treppen zu Grace' hinterer Veranda hoch. Anstatt hineinzugehen, legte er die Ellbogen auf das klapprige Geländer und starrte in die Dunkelheit. Wie die jungen Frauen, beerdigt in diesen Holzsärgen, waren er und alle anderen, die versuchten, diesen Fall zu lösen, von Dunkelheit umgeben. Das zersplitterte Holz bohrte sich in die Haut an seinen Armen.

Aber er hatte sein Team im Rücken. Jon stand im Mittelpunkt der Jagd. Hayden, ein weltbekannter Profiler, konnte sich in den Killer hineinversetzen und sich dem verzerrten Gehirn dieses Unbekannten nähern, und Berkley gab dem Killer ein Gesicht. Er lächelte. Vielleicht würde er noch Evie dazurufen, die Spezialistin für Bomben und Waffen bei SCIU. Seine feurige kleine Teamkollegin hatte so ihre eigene Art, Dinge zu beleuchten. Grace hatte die Gruppe, mit der er arbeitete, seine Familie genannt. Für ihn waren sie sein Team. Sie waren die Männer und Frauen, für die er kämpfen und sein Leben riskieren würde. War es nicht das, was man für seine Familie tat? War es nicht das, was er für Alex tat? Für Grace?

Sein Kopf fiel schlaff nach vorn und hing zwischen seinen Unterarmen. Der dampfige Sumpf umnebelte wieder sein Gehirn, trübte seine Sicht und brachte sie zum Einstürzen. Das erste Mal war der Nebel hier so undurchdringlich gewesen, dass er außer Grace nichts hatte sehen können.

Ein Lichtschein fiel auf die Veranda, und Grace' nackte Füße tapsten über die rauen Holzbohlen. Sie stellte sich neben ihn an das Geländer, sagte aber nichts.

Er zeigte mit seinen verschränkten Händen in die tiefschwarze Nacht. »Keine Buhmänner.«

Wieder Schweigen. Sicher dachte sie wieder nach. Über Janis' Kampf um ihr Leben, über den nächsten Schritt des Killers, über die alten Gebeine. Grace konnte nicht abschalten und aufhören, etwas, das für ihn normalerweise so natürlich war wie das Atmen. Er atmete die warme, schwere Nachtluft ein, die seine Kehle blockierte.

Grace hob einen Arm und ließ ihre Fingerspitzen seinen Rücken hinabgleiten. Ihre Berührung war so leicht, dass es vielleicht eher sein Wunsch war, dass sie ihn berührte, als eine echte Berührung. Sie drehte sich, damit sie hinter ihm stand, und jetzt streichelte auch ihre andere Hand seinen Rücken. Er atmete tief ein, die Luft, die seine Lungen füllte, war jetzt leichter, süßer und kühler. Ihre Finger rieben über seine Hüfte und rutschten unter sein Hemd, Haut auf Haut.

Jeder Muskel seines Körpers spannte sich, und er versuchte, den süßen Atem in seinen Lungen festzuhalten. Und immer noch wanderten ihre Finger weiter, glitten über seine Rippen, über seine Brust. Sein Unterkörper rührte sich. Sie drückte sich gegen seinen Rücken, ihre Hüften und die Körpermitte schmiegten sich an ihn. Dieses Mal erbebte sein Unterkörper und sandte Wellen bis in sein Gehirn.

Er legte seine Hände über ihre. »Wow, Prinzessin.« Dann wirbelte er herum, sodass sie Gesicht an Gesicht im Schatten standen. »Was wird das hier?«

Grace' Zunge schoss über ihre Lippen, eher nervös als lasziv. »Speck.«

Er blinzelte. »Speck?«

Sie verschränkte die Finger unten an seinem Hemd. »Speck, Theodore. Ich bin Speck. Du bist Speck.« Mit jedem Satz zog sie ihn näher. Ihre Zähne gruben sich in ihre Unterlippe. »Du magst doch Speck, oder?«

»Er ist … ja, lecker. Ich mag besonders den mit Hickorygeschmack. Mit Maisgrütze. Und Spiegeleiern. Ein Mal leicht gewendet.« Leicht. Ja, es wäre so verdammt leicht, Grace in die Arme zu ziehen. Er steckte die Hände in die Taschen, denn wenn er sie über Grace' Haut gleiten ließe, würde sie das in eine Situation führen, die gerade keiner von ihnen brauchen konnte.

Grace' Lippen verzogen sich zu einem sanften Lächeln. Sie erhob sich auf die Zehenspitzen, ihr Atem fächelte ihn am Hals, am Kinn. Ihre Hände, ihr Mund, ihre Worte, alles an Grace war so weich und leicht. Der Nebel. Es musste am Nebel liegen. Ein gazeartiger Nebel ließ alles verschwimmen, nur nicht die Frau vor ihm.

Zu nah. Sie war viel zu nah.

Er löste seine verkrampften Hände und legte sie auf ihre Arme. »Ich bin mir nicht sicher, um was es hier geht, aber als wir uns das letzte Mal darüber unterhalten haben … über uns … ging es nicht um ein *Für immer*, jedenfalls nicht für mich, und das ist immer noch der Fall.«

»Ich weiß.« Ihr süßer Atem strich sanft über seine Haut.

»Verdammt.« Er drückte sie weg, weiter als eine Armlänge entfernt. Er brauchte Abstand zwischen ihnen. Möglichst so groß wie ein Ozean. »Warum machst du das denn dann?«

In weniger als der Dauer eines Herzschlags schloss sie den Abstand zwischen ihnen wieder, berührte ihn aber nicht. »Weil alte Hunde sterben und es neugeborene Babys gibt, die keine Chance zum Leben bekommen.« Ihre Lippen zitterten. »Und weil du bald, an einem Tag, den ich noch nicht kenne, wieder in den Sonnenuntergang davonsegeln wirst.« Sie hob die Hände, als wollte sie sich geschlagen geben. »Und es gibt nicht eine einzige verdammte Sache, die ich dagegen tun kann, weder gegen das eine noch gegen das andere. Also werde ich bis dahin, Hatch, alles aus jedem verfluchten Moment machen, den ich mit dir habe – und laut Allegheny Blues Tierarzt bedeutet das eine oder zwei Extrascheiben Speck.«

Hatch sog ihren leichten sommerlichen Duft und ihre Worte ein. Keine Forderungen. Keine Versprechungen. »Genau hier? Genau jetzt?« Sein Herz drohte, ihm aus der Brust zu springen und den Abstand zwischen ihnen aufzuheben.

»Hier und jetzt. Die Zukunft existiert nicht.«

Ein Stöhnen kam über seine Lippen, als er sie an seine Brust zog und seine Lippen auf ihre drückte.

Süß. So süß. Wie Pfirsiche im Sommer, wie Eistee mit Honig. Seine Zunge drang tiefer vor. Und warm. Und weich. Ein sonnendurchtränktes Segel – glühend heißer, seidiger Sand. Seine Hände glitten ihren Rücken hinunter und um die Kurve ihres Hinterteils.

»Oh, Hatch.« Ihre Hände glitten zwischen sie.

Er zog sie noch näher. »Hier und jetzt.« Er flüsterte die Worte in ihre Lippen hinein.

Sie legte die Hände flach auf seine Brust und schob. »Nicht hier … ich kann das nicht vor seinen Augen tun.«

Hatch versuchte, seine Haltung wiederzufinden. »Seinen?«

Sie zeigte auf ihren rechten Fuß, auf den Allegheny Blue seinen Kopf gebettet hatte.

Hatch packte ihre Hand und zog sie in die Hütte. Blue tapste hinter ihnen her. »Wenn du hierbleibst«, erklärte er dem Hund, »sehe ich in deiner Zukunft nicht weniger als ein ganzes Schwein.«

Blue gähnte und ließ sich auf den Flickenteppich in der Küche fallen.

Grace lachte. »Und wer spricht jetzt mit dem Hund?«

Ihre Hände in seinen, schob er sie durch den engen Flur in das Schlafzimmer. Grace bewegte sich wie ein Engel auf Erden. Ein himmlisches Gesicht. Und Beine, die bis in die Ewigkeit reichten.

Als sie im Schlafzimmer waren, ließ er die Tür einrasten und fuhr mit seinen Händen über ihre Hüften und die Oberschenkel hinab. »Du weißt, dass ich immer noch von dir träume.« Seine Finger folgten der Linie ihres Bauchs durch das Tal zwischen ihren Brüsten. »Von dieser Stelle hier.«

Einen nach dem anderen knöpfte er die seidenbezogenen Knöpfe ihrer Bluse auf, seine Lippen folgten der Spur, die seine lodernden Finger gezogen hatten. Und Grace, typisch Grace, wie sie nun einmal war, wich nicht vor dem Feuer zurück. Sie krallte ihre Finger in sein Haar und zog ihn näher heran.

»Ich träume immer, dass du vor mir stehst und nichts als Mondlicht und Perlen trägst.« Ihre Bluse glitt zu Boden, danach ihre Hose, und der leise Luftzug fächelte die Hitze über seinen Körper.

Zehn Jahre lang aufgestaute Begierde zerriss ihm das Herz, aber er zwang sich, einen Schritt zurückzutreten. Im Mondlicht, das durch das Fenster strömte, war ihre Haut glatt und alabasterweiß, aber alles andere als kalt. »Ich träume davon, mit meinen Händen durch dein Haar zu gleiten. Und ich will deine Brust auf meiner Haut fühlen.«

Sie griff nach ihm, ihre Finger tasteten nach seinen Lippen. Ein Schauder durchlief ihre Hand und ihre Lippen. Keine Angst. Nicht heute Abend. Erwartung erfüllte sie, denn sie wussten, was vor ihnen lag.

Er senkte den Kopf in die Halsbeuge und folgte mit Küssen der glatten, köstlichen Form. »Und diese Beine, Grace, ich träume von diesen Beinen, wie sie sich um meine Hüfte klammern.«

»Hatch?« Sie zog sich zurück, bis er sie ansah.

»Ja, Grace?«

»Kannst du vielleicht aufhören, zu reden?« Sie schupste ihn mit den Fingerspitzen quer durch den Raum, bis seine Knie gegen das Bett stießen. »Ich habe etwas ganz anderes im Sinn.«

Er lachte, fiel auf das Bett und zog sie über sich. Die Worte verwandelten sich in Küsse, die ihren Hals entlangregneten, über ihre Brüste und die Mitte ihres Körpers hinunter. Sie verschmolz mit ihm und er mit ihr.

23

»Weißt du, wenn es dir während des Gottesdiensts langweilig werden sollte,« sagte Hatch ihr ins Ohr, als er sie über den Friedhofsparkplatz begleitete, »können wir uns aus dem Staub machen und irgendwo ein Sandwich essen oder so.«

Angesichts seiner mangelnden Ehrfurcht hätte sie ihn schlagen sollen. Immerhin gingen sie zu einer Beerdigung, aber sie konnte nicht anders – sie musste lächeln. Sie bereute nicht im Mindesten, dass sie sich letzte Nacht in seine Arme geworfen hatte mit diesem albernen Gespräch über Speck, und heute Morgen hatte sie sich nur furchtbar ungern aus ihnen gelöst. Vor zehn Jahren war Sex mit Hatch explosiv und feurig gewesen, und es hatte Zeiten gegeben, da hatte das Feuer sie verzehrt und ihren Körper komplett verausgabt hinterlassen. Aber in der letzten Nacht hatte das Lieben ein anderes Feuer gehabt, die gleichmäßige, rote, heiße Glut von lange aufgehäuften Kohlen. Selbst jetzt fühlte sie sich noch von innen erwärmt, als sie zu Lia Grants letzter Ruhestätte ging.

Sie verlangsamte ihre Schritte.

»Du brauchst nicht mitzugehen.« Hatch drückte ihre Hand. »Lias Mörder wird nicht bei der Beerdigung sein.«

Grace wusste, dass einige Mörder bei den Begräbnissen ihrer Opfer anwesend waren, um ihren Erfolg zu feiern und ihre Macht zur Schau zu stellen, aber laut Haydens Profil spielte Lias Mörder nur im Dunklen.

»Es geht nicht um den Fall«, sagte Grace. »Es geht um das Mädchen.« Sie hatte für Lia Grant im Leben nicht da sein können, dafür wollte sie ihr im Tod beistehen. Sie gingen den Weg entlang bis zu der Grabstelle, die Black Jack für das Begräbnis vorbereitete.

Hatch blieb stehen, um mit einem der diensthabenden Deputys zu sprechen. Ein leichter Dunst hing über dem Friedhof, wie Gespenster, gefangen zwischen Himmel und Erde, und sie konnte nicht anders, als an die zweite junge Frau zu denken. Sie huschte in einen Pavillon, wo sie das Handy hervorholte, sich auf eine ruhige, schattige Bank setzte und die Nummer wählte, die sie heute bereits zwei Mal gewählt hatte.

»Janis' Zustand ist unverändert«, berichtete die diensthabende Krankenschwester. »Und nichts Neues über die neuen Tests, die der Arzt angeordnet hatte.«

»Und der Wachmann sitzt immer noch vor Janis' Tür?«

»Ja, Grace.«

»Und nur berechtigtes Personal und die engsten Familienmitglieder haben Zutritt zu ihrem Zimmer?«

»Ja, Grace.«

»Danke, Brenda.« Grace nannte alle Krankenschwestern auf Janis' Etage, wo sie um ihr Leben kämpfte, beim Vornamen. Sie ging zu dem Begräbnis für ein Mädchen, das sie aus dem Grab angerufen hatte, und der Gedanke, zu einem zweiten gehen zu müssen, nahm ihr jede Kraft. Als sie schließlich das Gespräch beendete, legte ihr Hatch einen Arm um die Schulter und führte sie zu einem großen Sonnensegel.

Grace war in ihrem Leben bei zwei Beerdigungen gewesen. Die ihrer Mutter hatte an einem sonnigen Apriltag stattgefunden, in dem Jahr, als sie dreizehn wurde. Sie hatte neben ihrem Vater gestanden und seine Hand gehalten, während er hemmungslos um die Liebe seines Lebens weinte. Obwohl sie sich weigerte, zu weinen – sie hatte für ihren Vater stark sein müssen –, hatte sie den Stachel des Verlusts gespürt, den Tod ihrer

Mutter betrauert, und, wie sie später feststellte, auch den Abschied von einem Teil ihres Vaters. Ihr Vater hatte kein zweites Mal geheiratet, denn in seiner Welt war eine Ehe für die Ewigkeit, was sicher auch einen Einfluss auf Grace' eigene Vorstellung von Ehe gehabt hatte. Bei all den unglückseligen Dates und lustlosen Beziehungen nach Hatch wollte Grace auf einer unbewussten Ebene immer noch an der Liebe ihres Lebens festhalten. Sie führte Hatchs Hand an ihre Lippen und küsste seine Knöchel. Er drückte ihre Finger.

Als sie sich dem Sonnensegel näherten, verspannte sich Hatchs Hand in ihrer. Auf der anderen Seite der Grünfläche schleppte Alex einen Stapel Stühle auf seiner Schulter. Er nahm sie von einem Karren und transportierte sie zu dem Hang, wo er sie in rasiermesserscharfen Reihen aufstellte. Schweiß stand dem Jungen auf Nacken und Armen, und auf dem Gesicht hatte er eine schwarze Schmutzspur.

»Wie macht er sich?«, fragte Hatch Black Jack, der zwei Riesenblumenbouquets an das rechteckige Loch in der Erde schleifte.

»Er arbeitet hart heute Morgen«, sagte Black Jack.

»Er beklagt sich doch nicht oder macht Ihnen irgendwelche Schwierigkeiten?«

Black Jack setzte die Vasen rechts und links des Lochs ab. »Nein.«

Alex zerrte noch einen Armvoll Stühle von der Karre, und Hatch rieb sich mit dem Zeigefinger über das Kinn. »Wie geht es seinem Arm heute Morgen? Hat er noch Probleme damit?«

»Mr. Hatcher«, Black Jack schüttelte sich den Dreck von den Händen, »Ihrem Sohn geht es gut.«

Hatch atmete ein Mal lang und tief ein, als ob er die Worte des Totengräbers einsaugen wollte. Grace wusste, dass er unbedingt wollte, dass es Alex gut ging, dass er seine Lektion gelernt hatte und sich nie wieder zu falschen Entscheidungen verleiten lassen würde. Aber wenn es um seinen Sohn ging, hatte Hatch eine Art mentale Sperre, ziemlich wahrscheinlich aufgrund der Erfahrungen mit seinem eigenen Vater. Trotz seiner Brücken bauenden Fähigkeiten hatte Hatch noch keine Möglichkeit gefunden, zu seinem Sohn durchzudringen. Ebenso wenig, wie er sich klarmachte, dass er ernsthafte Gefühle für den Jungen hegte, die selbst Black Jack erkannte. Sie drückte Hatchs Hand und führte ihn zu zwei Stühlen in der letzten Reihe.

Ein verschwitzter Alex setzte die letzten Stühle in eine Reihe und verschwand mit seinem Karren, gerade, als sich die ersten Trauergäste einfanden. Als der Junge außer Sicht war, legte Hatch seinen Arm auf ihre Stuhllehne und sah sich beiläufig um. Sie sah, wie er Lieutenant Lang zunickte, die neben einem Brunnen stand und ebenso ein paar unruhige Männer begrüßte, die aussahen, als würden sie sich in Polizeiuniformen wesentlich wohler fühlen als in ihren schlecht sitzenden Anzügen. Hatch hatte gesagt, sie erwarteten nicht, dass der Killer auftauchen würde, aber niemand wollte ein Risiko eingehen.

Die Besuchermenge nahm zu, und der Gottesdienst begann. Sechs Männer in dunklen Anzügen trugen einen Sarg aus glänzendem Kirschbaumholz und mit Messinggriffen den Gang hinauf. Der Sarg war so ganz anders als die ungleichmäßigen Bohlen aus fleckigem Sperrholz, in denen Lias lebloser Körper letzte Woche gelegen hatte. Hinter dem Sarg folgte ein Paar in mittleren Jahren mit rot geränderten Augen. Die Frau drückte eine abgeliebte Stoffkatze an die Brust, und ihr Blick wich nie von dem Sarg, während der Mann mit düsterer Miene das Meer der Trauergäste maß. Als er Grace erkannte, geriet die stählerne Kraft, die ihn zusammenhielt, ins Wanken. Für einen winzigen Moment löste sich sein stoischer Gesichtsausdruck auf. Er wusste, wer sie war und was sie getan hatte … oder besser, was sie nicht getan hatte.

Warum nur, Grace, sind Sie nicht an Ihr Telefon gegangen?

Sie umklammerte mit den Nägeln ihren Rocksaum. *Es tut mir so leid, dass ich nicht mehr getan habe. Es tut mir so leid, dass ich nicht schneller gehandelt habe. Es tut mir so leid, dass ich es nicht geschafft habe, das Leben Ihrer jungen Tochter zu retten.*

Hatch legte seine Hand auf ihre. Nach Anbetungsliedern und der Trauerrede schlüpfte er wieder in sein Jackett und holte sein Handy hervor. Obwohl es stumm geschaltet war, konnte sie sehen, dass das Licht aufleuchtete. Er scrollte durch einen Text, und der Arm über ihrer Schulter wurde plötzlich steinhart.

»Was ist?«, flüsterte Grace.

»Das war Berkley«, flüsterte er ihr ins Ohr. »Die Zeichnung der Frau, die sich als Ronnie Alderman ausgibt, ist fertig.« Er steckte das Handy wieder in die Tasche. »Ich muss ein paar Minuten eher raus. Willst du mitkommen?«

»Nein, ich muss das hier zu Ende bringen.« Denn sie machte keine halben Sachen – nicht beim Erwachsenwerden, nicht bei ihrer Arbeit und nicht bei ihren Beziehungen. *Wenn du etwas machst, Gracie, gib alles, oder fang es gar nicht erst an.*

Hatch drückte ihr einen leichten Kuss aufs Ohr. »Warte auf mich. Ich bin gleich zurück.«

»Sind Sie okay?«

Die sanfte Stimme überraschte Grace, genauso wie der junge Mann, der vor ihr stand. Alex hatte sich das Haar glatt zurückgekämmt, sein Hemd in die Hose gesteckt und eine Krawatte umgebunden.

»Harter Tag«, sagte sie. »Eigentlich war die ganze Woche schon hart.«

Lias Begräbnis war vor zwei Stunden zu Ende gewesen und die letzten Verwandten und Freunde des Mädchens längst gegangen. Nur Alex, ein paar der Deputys und Black Jack blieben noch. Sie stand auf, weil sie wusste, dass Alex die Stühle wegräumen musste, aber er machte ihr ein Zeichen, sich wieder hinzusetzen.

»Hab schon gehört, dass Sie so eine miese Woche haben.« Der Junge setzte sich neben sie, seine Sneaker scharrten eine Spur in den Weg aus zerstoßenen Austernschalen. »Wollen Sie darüber reden? Dieser Shrink, zu dem meine Granny mich schickt, sagt, es hilft, wissen Sie, über den ganzen Mist zu reden.«

Sie zeigte auf das Loch im Boden, in dem jetzt Lia Grant lag. »Du kannst ruhig ›Du‹ sagen, Alex. Ein cleveres Mädchen mit einem guten Herzen und einer vielversprechenden Zukunft ist gestorben, nur, weil ich mich nicht schnell genug um sie gekümmert habe.« Ihre Hand fiel in ihren Schoß. »Und ein zweites Mädchen, das mich erreicht hat, liegt im Krankenhaus, und dann ist noch mein Hund krank.«

»Du hast recht. Das ist mal eine miese Woche.«

»Ja.«

Alex schob die Austernschalen zu einem Haufen zusammen. »Letzte Woche habe ich das Grab einer ganzen Familie gesehen, die alle in einer einzigen Woche in den 1800ern am Sumpffieber gestorben sind. Eine Mom, ein Dad und sechs Kinder.«

»Das *ist* eine schlimme Woche«, sagte sie.

»Und dann habe ich den Grabstein von einem Mann gesehen, der gestorben ist, als er in eine Grube mit Wassermokassinottern gefallen ist.«

»Im Ernst?«

»Nee.« Alex blitzte sie aus dem Augenwinkel an. »Das Letzte habe ich erfunden, damit du nicht weiter über all den anderen Mist nachdenken musst.«

Ein kleines Lachen stieg auf, ihre Lippen verzogen sich leicht. Hatch mochte denken, dass der Junge nur für Schwierigkeiten sorgen würde, weil er selbst als Teenager nur Unsinn gemacht und kein Vertrauen zu seinen Fähigkeiten als Vater hatte, aber der junge Mann hatte schon einige versöhnliche Eigenschaften gezeigt, einschließlich seiner süßen, charmanten Seite. »Was macht dein Arm?«, fragte Grace.

»Erzähl's *ihm* nicht, aber der Arm bringt mich um.«

»Vielleicht, wenn du mit der Arbeit fertig bist, können wir beide vor dieser richtig, richtig miesen Woche abhauen und mit dem Boot rausfahren. Ich habe zwar nicht so ein schickes Segelboot wie Hatch, nur ein kleines Skiff. Aber Allegheny liebt es, mit dem Boot zu fahren. Er wird mitkommen.«

Alex kratzte noch mehr Austernschalen zu einem Haufen zusammen. »Kann nicht. Granny hat mir Hausarrest gegeben, weil ich in den Salon eingebrochen bin.«

»Wenn du keinen Hausarrest mehr hast, gib mir Bescheid. Ich lass dich sogar fahren.«

Alex glättete die Austernschalen wieder. »Das wäre toll. Jetzt muss ich wieder an die Arbeit.«

Wieder sah Grace auf die Uhr. Wo blieb Hatch? Seine Teamkollegin Berkley hatte die Zeichnung längst fertig, und sie stellte sich vor, dass er daran arbeitete, die Zeichnung der Frau, die sich selbst als Ronnie Alderman ausgegeben hatte, an den Justizvollzug und die Medien zu verbreiten. Aber das konnte doch nicht mehr als zwei Stunden dauern. Sie sah aufs Handy. Immer noch keine Nachricht von den Krankenschwestern an Janis' Bett. Was nun?

Geduld, Prinzessin, Geduld.

Dieses Mal hörte sie auf Hatch, nicht auf ihren Vater.

***

Ein ärgerliches Summen erklang in der Nähe von Lou Pooles Bienenkästen. Hatch lief durch das Tor und über den hölzernen Weg zu dem Stelzenhaus, wo Lou auf der vorderen Veranda in einem uralten Schaukelstuhl saß.

»Sie ist gestorben«, sagte Lou.

Ihre knotigen Hände umfassten die geschnitzten Griffe ihres knarzenden Stuhls. Die Medien waren in voller Stärke bei der Beerdigung gewesen. Lia Grants Tod hatte die Gemeinde aufgewühlt.

»Ja, Miss Poole, ich war heute Morgen bei der Beerdigung.«

»Beerdigung?« Lou schlug sich mit ihrer von blauen Adern durchzogenen Hand ins Gesicht. »Und *mich* nennen die Leute plemplem.«

»Entschuldigung, Ma'am?«

Die Imkerin blickte in Richtung ihrer Bienenkästen. »Die Königin, sie ist gestorben. Hab sie heute Morgen auf dem Boden gefunden. Schlechte Zeit, um zu sterben. Schlecht für den Bienenstock.« Sie schaukelte schneller, das Knarzen wurde lauter. »Schlechte Zeit, um zu sterben.«

Die Bienenzüchterin hatte eine alte Freundin verloren, aber auch eine Art Geschäftspartnerin. Ein Bienenstock brauchte seine Königin. »Es tut mir leid …« Er sollte mehr sagen, aber er hatte keine Zeit. Das Begräbnis war längst vorbei, und er wollte Grace nicht zu lange allein lassen. »Ich hatte gehofft, wir könnten noch über etwas anderes reden.« Er holte Berkleys Zeichnung aus der Tasche. »Über den Geist, der das Mädchen beerdigt hat.«

»Tot. Wie die Königin ist der Geist tot.«

»Ja, aber ich muss wissen, ob Ihr toter Geist derselbe Geist ist, den ich suche.« Er faltete das Stück Papier auseinander und hielt es der alten Frau hin.

»Wenn sie keine neue Königin machen, stirbt der Bienenstock.«

»Miss Poole, erkennen Sie diese Frau?«

Beim Rascheln des Papiers drehte sie sich um. »Tot. Sie ist tot.« Lou zupfte an einer kleinen Schorfstelle an ihrem Arm. »Die Königin ist tot. Der Geist ist tot. Der Bienenstock …«

Er musste eine Möglichkeit finden, diese Frau abzulenken. »Der Bienenstock ist noch nicht tot, Miss Poole. Die Bienen arbeiten schwer. Sie machen eine neue Königin. Und in der Zwischenzeit sagen Sie mir bitte Folgendes.« Er hockte sich vor sie, nahm beide Armlehnen des Schaukelstuhls in die Hände und beendete die fieberhafte Bewegung. »Ist dies der Geist, den Sie mit dem Mädchen im Boot gesehen haben?«

Endlich sah Lou Poole das Stück Papier an und nickte.

»Wie heißt sie, Miss Poole? Hat der Geist einen Namen?«

Sie fuhr sich mit der Hand über ihr schmales Gesicht, sagte aber nichts.

Brücke. Er brauchte eine Brücke. »Sie haben diese Frau gekannt, bevor sie ein Geist wurde, stimmt's?«

Nicken.

»Sie hatte also einen Namen. Wie hieß sie denn?«

Lou wandte sich von der Zeichnung ab und den Bienen zu, als ob sie die Antwort wüssten.

»War sie eine Freundin? Eine Verwandte? Hatte sie etwas mit den Bienen zu tun?«

Lou sprang aus dem Stuhl hoch, die Augen weit geöffnet, wild. »Sie ist tot. Die Königin ist tot!« Schluchzend humpelte sie in ihr Haus.

Hatch fühlte sich mehr und mehr frustriert, während er zum Friedhof fuhr. Irgendwo in Lou Pooles Kopf war der Name des Killers. Er wusste, er könnte an sie herankommen, aber heute würde sie nichts preisgeben, nicht nach dem Tod ihrer Bienenkönigin.

Als er auf den Highway kam, rief er Lieutenant Lang an. »Poole bestätigte angesichts der Zeichnung der Frau, die sich als Ronnie Alderman in dem Putztrupp ausgab, dass sie es ist, die sie mit Lia Grants Leiche gesehen hat.«

»Hat sie Ihnen dieses Mal einen Namen genannt?«

»Negativ. Und ich hab's versucht.« Und wie er es versucht hatte.

»Wir könnten sie für Behinderung der Justiz drankriegen.«

»Und wohin bringt uns das?«

»Verdammt noch mal nirgendwohin«, sagte Lieutenant Lang.

24

Die Zeit stand still, und das wortwörtlich. Grace, die immer noch auf ihrem Stuhl in der Nähe von Lia Grants Grab saß, tippte mit einem Finger auf das Gehäuse ihrer Uhr, aber der Sekundenzeiger rührte sich nicht.

Sie blickte auf ihr Handy. Hatch war jetzt seit fast drei Stunden weg, und die ganze Zeit hatte sie gewartet.

Ich bin gleich zurück.

Sie hatte diese Worte schon mal gehört, vor mehr als zehn Jahren, an dem Abend, als sie zu einem Austernessen bei ihrem Chef eingeladen gewesen war. Es war ihr erstes zwangloses Beisammensein mit den Kollegen von der Staatsanwaltschaft gewesen, und sie wollte einen guten Eindruck machen. Sie hatte Hatch gebeten, loszulaufen und eine Flasche Wein zu kaufen. Er hatte ihr einen langen, leidenschaftlichen Kuss gegeben und gegrinst. »Ich bin gleich zurück.« In der Stadt hatte er einen alten College-Kommilitonen aus Savannah getroffen, und die beiden hatten zusammen ein halbes Dutzend Biere gekippt.

Er war nach Mitternacht zum Boot geschlendert gekommen, ein Lächeln im Gesicht, aber keinen Wein in der Hand.

»Es war ein *alter* Freund«, hatte Hatch erklärt.

»Und ich wollte einem *neuen* Chef imponieren.«

Hatch hatte ihren Ärger und Schmerz einfach nicht verstanden. Er hatte sich ja nicht einmal die Mühe gemacht, anzurufen. Er war zu sehr damit beschäftigt gewesen, für den Moment zu leben.

Sie kontrollierte ihre Mailbox. Kein Anruf von Hatch. Gut, sie würde ihm noch fünfzehn Minuten geben, und wenn er nicht auftauchte, würde sie … Sie zupfte eine Fluse von ihrem Rock aus Rohseide. Hatch war gefahren, also hatte sie keine Schlüssel und auch nicht ihr Auto. Im Laufe der letzten paar Tage war sie mehr und mehr von Hatch abhängig geworden. Sie glitt mit den Fingern über ihre Perlenkette. Aber dies war eine andere Version von Hatch, mit der sie es jetzt zu tun hatte – die erwachsene Version.

Zehn Minuten später kam Hatch den Weg hinunter, inzwischen ohne Krawatte und Jackett, das Gesicht voller Falten. »Ich hab's«, sagte er und nahm ein Stück Papier aus seiner Tasche. »Berk hat alles herausgeholt und uns ein Gesicht geschaffen. Ich bin beim Haus von Miss Poole vorbeigefahren, und Lou hat bestätigt, dass dies die Frau ist, die sie bei Lia Grants Leiche gesehen hat.«

Grace sprang aus dem Stuhl und nahm das Stück Papier, das sie zu dem Killer führen könnte. »Konnte Lou dir einen Namen geben?«

Hatch schüttelte den Kopf. »Heute hatten sie und ihre Bienen keinen guten Tag.« Er erzählte ihr von seinem vergeblichen Vorstoß, eine Brücke zu bauen. »Aber Lieutenant Lang hat die Zeichnung an alle Mitglieder der Vollzugsbehörde geschickt und hält eine Pressekonferenz ab, um die Medien auf den neuesten Stand zu bringen. Irgendjemand irgendwo muss diese Frau kennen.«

Grace sah sich die scharf geschnittenen Gesichtszüge der Frau genau an. Schmales Gesicht mit einer langen, dünnen Nase, starkes Kinn und kantige Wangenknochen. Selbst die Lippen waren scharf gezeichnet, zwei dünne Linien aus schwachem Rosa. Zwischen so vielen rasiermesserscharfen Ebenen und harten Kanten sahen die großen, weit geöffneten Augen mit den üppigen Wimpern und der Iris in der Farbe von geschmolzener dunkler Schokolade vollkommen fehl am Platz aus.

»Erkennst du sie?«, fragte Hatch.

Diese Frau hatte Grace ausgewählt, ausgerechnet sie, um dieses Spiel zu spielen, also läge es eigentlich nahe, dass sie sich kennen würden. Sie fuhr mit dem Finger über die kräftigen schwarzen Augenbrauen. Grace würde sich erinnern, Augen wie diese gesehen zu haben, vor allem direkt gegenüber am Tisch der Verteidigung oder im Zeugenstand. »Nein. Ich bin sicher, ihr nie in einem Gerichtssaal gegenübergestanden zu haben, aber da ist doch etwas Vertrautes an ihr. Ich frage mich …«

Hatch blieb still stehen.

»Ich frage mich, ob sie vielleicht mit einem der Angeklagten verwandt ist, den ich strafrechtlich verfolgt habe. Vielleicht saß sie im Gerichtssaal oder auf der Galerie und hat Tag für Tag als Zuschauerin teilgenommen. Sie hat etwas.« Grace betrachtete weiter diese scharfen Gesichtszüge.

Auf dem Weg zum SUV blieb Hatch plötzlich stehen. »Ist das da Alex?« Der Junge, immer noch mit Krawatte und Oberhemd, stapelte noch Stühle.

»Respekt steht deinem Sohn gut«, sagte sie.

Hatch sah den Jungen an, ein merkwürdiges halbes Lächeln auf den Lippen. Er hob einen Stuhl und klappte ihn zusammen.

Grace packte ihn am Ellbogen. »Was machst du da?«

»Ich helfe. Wenn wir zusammenarbeiten, schaffen wir es in fünfzehn Minuten, die restlichen Stühle wegzuräumen.«

Hatch behauptete, alles, was ihn mit Alex Milanos verbinde, seien ein paar passende DNA-Stränge, aber das war Schwachsinn. Hatch kümmerte sich um diesen Jungen, was keine Überraschung war. Hatch hatte riesiges Potenzial, wenn es darum ging, sich zu kümmern. Er kümmerte sich um die Gesundheit dieses Jungen, seine Sicherheit, seine Zukunft. Sie zeigte auf den Stuhl in seinen Händen. »Ich glaube, es wäre am besten, wenn du Alex sich allein um diese Stühle kümmern lässt.«

»Sein Arm schmerzt sicher wie die Hölle.«

»Stimmt, aber sein zerbrechliches Ego schmerzt sicher mehr, wenn sich jemand einmischt, vor allem du. Dies ist seine Arbeit, seine Verantwortung.«

Sie versuchte, ihm den Stuhl abzunehmen, aber er ließ nicht los. Also Zeit für eine Geschichte. »Als ich klein war, ungefähr fünf oder sechs«, sagte Grace, »bekam ich einen neuen Tennisschläger zu Weihnachten. Ich war ja so aufgeregt. Ich bin durch das ganze Haus gehopst und habe den Schläger geschwungen. Daddy hat mich ermahnt, zur Ruhe zu kommen, aber ich wollte nicht. Kaum zwei Minuten später habe ich so fest geschlagen, dass ich den Weihnachtsbaum umgehauen habe, ein 3-Meter-Kaliber vollgehängt mit Christbaumschmuck. Ich habe mich nicht verletzt, aber Daddy hat dafür gesorgt, dass ich die nächsten zwei Stunden damit verbracht habe, das Chaos wegzuräumen, das ich verursacht hatte. Und weißt du was?« Sie wartete seine Antwort nicht ab. »Ich habe nie wieder meinen Tennisschläger im Haus geschlagen.«

Hatch setzte den Stuhl hin und legte einen Arm um ihre Schulter. »Du hast recht, wie immer. Du bist ein Freak von Natur aus, Prinzessin. Das weißt du, stimmt's?«

»Nach der Woche, die ich hinter mir habe, betrachte ich das als Kompliment.«

»Kannst du, denn das sollte es auch sein.« Er küsste sie flüchtig auf die Stirn, ein Kuss, der so leicht war, dass sie ihn kaum hätte spüren müssen … aber eine kribbelnde Wärme durchfuhr sie von Kopf bis Fuß.

Seite an Seite verließen sie den Friedhof, vorbei an Black

Jack, der am Grab stand, eine Schaufel auf der Schulter, das Gesicht ernst. Nun, da die Zeremonie vorüber war, wurde es Zeit für den praktischen Teil des Begräbnisses, für diejenigen, die sich um die Toten kümmerten und jetzt ihren Part zu erfüllen hatten.

Ein Teil von Grace wollte sich abwenden, aber ein anderer Teil, einer, der sich nach einer Welt voller Anstand und Respekt sehnte, stand wie angewurzelt in der Mitte der Straße, als der Totengräber den Kopf senkte. Seine Lippen bewegten sich. Aus dieser Entfernung konnte Grace nicht erkennen, ob er sang oder betete. Als er fertig war, griff er in seine Tasche und warf etwas Kleines, Glänzendes in das Grab. Dann nahm er seine Schaufel und häufte Erde um Lias Sarg, wie Eltern eine Decke um ihr Kind wickelten.

***

Grace wollte ihre Arbeitsakten durchforsten, um zu sehen, ob sie einen Namen fand, der zu dem Bild passte, das Berkley Rowe gezeichnet hatte. Leider hatte Hatch eine andere Idee.

»Es wird nur ein paar Minuten dauern.« Hatch zog sie über den Parkplatz der Polizeiwache.

»Lieutenant Lang ist nicht da. Sie und die meisten anderen sind entweder bei der Pressekonferenz oder auf dem Friedhof.«

»Das ist das, was ich hören wollte.« Hatch zwinkerte und zog sie in den Eingangsbereich.

»Na so was, Agent Hatcher!« Die Rezeptionsangestellte lehnte sich nach vorn und bot großzügig ihr Dekolleté zur Ansicht.

»Mann, das ist der Sonnenstrahl, den ich gebraucht habe«, sagte Hatch. »Nach solch einem trübsinnigen Tag.« Er lehnte einen Ellbogen auf den Schalter und sagte etwas so leise, dass es nur die Angestellte hören konnte. Sie kicherte. Er griff hinter das Ohr der Frau und zauberte eine helle Kamelie hervor, die farblich genau zu denen an den Büschen rechts und links der Eingangstür passte. Grace tippte mit dem Fuß auf den Boden, während die beiden plauderten. Sie war nicht eifersüchtig auf die Angestellte. Hatch war und würde immer ein Charmeur sein. Sie wollte nur vorwärtskommen und etwas tun.

Als sich Hatch endlich von der Dame am Empfang trennte, ging er mit Grace den Gang hinunter bis zu einem Raum mit der Aufschrift *Beweise*.

»Was machen wir hier?«, fragte Grace.

»Wir suchen Beweise.« Er griff nach dem Türknauf. Abgeschlossen.

»Der Techniker muss in der Mittagspause sein.«

»Das hat die Rezeptionistin auch gesagt.«

»Wir können später noch mal wiederkommen.«

Hatch griff in seine Tasche und förderte einen Schlüssel zutage. »Oder auch nicht.«

»Wie hast du …« Sie schüttelte den Kopf. Es war nicht nötig, die Frage zu beenden. Hatch würde allen Angestellten der Welt die Schlüssel abflirten, bis er alt und grau war.

Er schloss die Tür auf, schaltete das Licht an und ging durch die Regalreihen. Dann blieb er vor einer großen Schachtel mit der Fall-Nummer 11672 stehen. Im Inneren erkannte sie die Teile der Gebeine wieder, die auf ihrem Grund und Boden gefunden worden waren.

»Was machst du da?«, fragte Grace.

»Hab ich dir doch gesagt, ich suche nach Beweisen«, grinste Hatch.

»Und wenn du sie findest?«

»Werde ich sie mitgehen lassen.«

Sie presste die Lippen zusammen, nicht sicher, ob sie einen Vorwurf oder ein Lachen unterdrückte. »Du bist ein vereidigter Agent der Bundesregierung, und ich bin Staatsanwältin mit dem Auftrag, die U. S.-Konstitution zu ehren und die Gesetze meines Staats zu beachten, während ich den Respekt aufrechterhalte, der dem Justizwesen gebührt.« Sie lehnte den Kopf an das Regalsystem, in dem Hunderte Beweisschachteln standen. »Und hier stehe ich und helfe dir, Beweise zu stehlen. Das Verrückte ist, es macht mir nicht mal etwas aus.« Sie kicherte schrill. »Hörst du, Hatch? Es macht mir nichts aus, weil du vielleicht gelegentlich unkonventionell arbeitest, doch einer von den Guten bist.«

Er nahm die Silbermünze heraus, die bei den Gebeinen von Mutter und Kind gefunden worden war. »Bin ich ja auch.« Er küsste sie auf die Nasenspitze. »So, zurück zum Friedhof. Wir müssen mit Black Jack sprechen.«

»Warum?«

»Weil er etwas über die Frau weiß, die auf deinem Grundstück gefunden wurde.« Er hielt die Silbermünze gegen das Licht. »Black Jack hat eine Silbermünze wie diese in das Grab von Lia Grant geworfen, und ich wette jeden Cent, dass er diese hier in das Grab auf deinem Grund geworfen hat.«

Ihr Puls überschlug sich. »Du denkst aber doch nicht, dass Black Jack etwas mit all dem zu tun hat?« Grace kannte den eigenwilligen Hüter des Friedhofs fast ihr ganzes Leben lang. Er hatte geholfen, ihre Mutter und ihren Vater zu begraben, und für sie war er nie etwas anderes als ein stiller, nachdenklicher Riese von einem Mann gewesen.

Hatch steckte die Münze in seine Tasche. »Ich habe keine Ahnung, aber da ist etwas, das er erklären muss.«

Zwanzig Minuten später fanden sie Black Jack in der Nähe seines Cottages bei einem Wasserhahn. Er spülte eine Schaufel ab. Hatch lehnte sich an die Motorhaube des SUV und ließ die Silbermünze durch die Luft schnippen. Zwei Silbermünzen. Zwei tote Frauen. Grace fragte sich, ob das alles zusammenhängen konnte.

Als Black Jack die Schaufel an das Cottage lehnte, hielt Hatch die Münze hoch, und die Mittagssonne spiegelte sich in dem silbernen Kreis. »Warum die Münzen?«

Black Jack wusch sich die Hände und Arme und stellte dann das Wasser ab. »Das geht solche, wie ihr seid, nichts an.«

Hatch deutete mit der Münze in die Ecke des Friedhofs, wo Lia Grant gerade erst zur letzten Ruhe gebettet worden war. »Das Mädchen, das Sie heute Morgen begraben haben, geht mich sehr wohl etwas an, genauso eine andere junge Frau, die zwischen Leben und Tod schwebt, und eine dritte, die ich verzweifelt davor bewahren will, hier zu enden.« Hatch ließ die Münze über und unter seinen Handknöcheln hin- und herwandern. »Heute haben Sie eine Münze so wie diese in Lia Grants Grab geworfen. Ich nehme an, vor zehn oder zwanzig Jahren haben Sie diese Münze in ein anderes Grab auf dem Gelände des alten Giroux geworfen.«

Black Jack nahm die Münze und barg sie in seiner Handfläche. »Sie gehört mir.«

»Also haben Sie vor zehn oder zwanzig Jahren eine Frau und ihr Neugeborenes auf Cypress Point begraben.«

Der Totengräber blieb so still und kalt wie ein Grabstein aus Marmor. Grace hielt den Atem an. Wusste er etwas über die Frau und das Kind? Und, wichtiger noch, hatte er etwas mit dem Killer zu tun, der das Spiel angezettelt hatte?

»Wir können uns hier unterhalten«, sagte Hatch. »Sie können mich aber auch auf ein Schwätzchen ins Polizeibüro begleiten.«

Die Armmuskeln des großen Mannes spannten sich zu faserigen Strängen in der Farbe von gebrannter Bronze. Grace hatte den Totengräber nie durch die Stadt laufen oder in einer der Austernbars oder Krabbenbuden zum Mittagessen sitzen sehen. Sie konnte sich den riesigen Mann nicht auf einem Klappstuhl hinter einem Tisch im Verhörraum vorstellen. Er war hier zu Hause, bei den Gruften und Gräbern.

»Sie können sich aber auch Ihre Angel über die Schulter hängen und barfuß auf Nimmerwiedersehen aus der Stadt verschwinden.« Hatch streckte eine Hand aus, die Fläche nach oben. »Was bedauernswert wäre, denn Sie haben hier viel zu tun – Arbeit, die niemand außer Ihnen machen kann.«

Black Jack streckte die Hände aus und gab Hatch die Münze. »Kommen Sie mit mir.«

Sie folgten Black Jack zu der Lichtung aus Eichen und Efeu, wo der schwammige Boden Grace' Pumps durchnässte. Nicht weit entfernt rauschte Wasser, und schließlich kamen sie an einen grüngrauen, trägen Fluss.

»Von alters her wurden Münzen dazu benutzt, den Fährmann zu entlohnen«, begann Black Jack mit seiner weichen, holprigen Stimme. »Eine Münze bringt den einen über die Styx in den Hades und den anderen durch das Tor zum Himmel.« Er griff in seine Tasche und holte noch eine Münze hervor. »Und manchmal brauchen die Seelen Münzen, um den Träger zu bezahlen.«

Der Fluss rauschte und wirbelte, als Black Jack verstummte. Hatchs Kiefer wurde hart und spannte sich, und Grace konnte erkennen, dass er um Geduld kämpfte. Genau wie sie wollte er die Geschichte hinter den Gebeinen kennenlernen, und, ob sie aus irgendeinem verrückten Grund mit dem tödlichen Spiel verbunden waren.

»Manche Seelen haben so viel Gepäck hier auf Erden«, fuhr Black Jack fort, »dass sie jemanden bezahlen müssen, damit er sie davon befreit. Nur dann ist ihre Last leicht genug, dass sie weiterkommen. Die junge Miss, die wir heute begraben haben, ihre letzte Habe, war schwer. Ich hatte mir vorgestellt, dass sie einen Träger bezahlen müsste.«

Lia Grant war lebendig begraben worden und hatte entsetzlich gelitten. Wenn das nicht als Gepäck zählte, wusste Grace nicht, was sonst. Die Sorge in Grace' Vorstellung verschwand. Black Jack war kein Mörder. »Sie und die Münzen helfen, die Last leichter zu machen.«

»Wir versuchen es.«

Black Jack hatte einen breiten, starken Rücken, und Grace wollte gern über die Lasten Bescheid wissen, die er trug, sowohl für sich als auch für andere. »Und die Frau und das Kind, die auf meinem Grund gefunden wurden, dem früheren Giroux-Besitz, die haben Sie doch beerdigt, oder?«

Black Jack pflückte eine Lilie von einem Busch, der sich an das Flussufer schmiegte, seine ledrigen Hände wirbelten die zerbrechliche Blüte herum.

Hatch trat an das Flussufer. »Die meisten Menschen denken, das Gesetz ist schwarzweiß. Man bricht das Gesetz, man bezahlt den Preis. Die Wahrheit ist, das Leben ist nicht immer schwarzweiß.« Hatch deutete auf den verschlammten Fluss. »Es gibt so viele Grautöne, so viele Stationen zwischen richtig oder falsch, zwischen gut und schlecht.«

Black Jack hörte auf, die Blüte herumwirbeln zu lassen. »Ihre Lasten waren zahlreich.«

»Wer war sie?«, fragte Grace.

»Ihren Namen kenne ich nicht. Ihr Gesicht habe ich nie gesehen. Ich wusste nichts über ihr Leben, aber nach ihrem Tod habe ich sie gehalten. Sie nahm sich selbst das Leben. Hat sich in den Kopf geschossen.«

»Ja, so lautet auch der Bericht der Gerichtsmedizinerin.«

»Medizin?«, spottete Black Jack. »Sparen Sie sich Ihre Medizin für die Lebenden. Im Tod ist nicht viel Platz für Medizin.«

»War irgendetwas an ihr, das Sie an das Mädchen erinnerte, das wir heute Morgen begraben haben?«, fragte Hatch. »Irgendeine Verletzung an ihren Händen, als ob sie gefangen gewesen wäre und versucht hätte, sich zu befreien?«

Black Jack schüttelte den Kopf.

»Und ein Telefon? Hatte sie ein Handy?«

Noch ein düsteres Kopfschütteln.

Hatch suchte nach Verbindungen. Das war alles, was er tun konnte, denn sie hatten so wenig, womit sie weiterarbeiten konnten.

»Wie hat die Leiche ihren Weg zu Ihnen gefunden?«, fragte Grace.

Black Jack warf die Blüte in das träge dahinfließende Wasser, die Lilie war längst außer Sicht, als er wieder etwas sagte. »Ein dunkler Engel brachte sie.«

»Dunkler Engel?«

»Ein dunkelhaariger Engel mit einer Haut so weiß, dass sie leuchtete. Sie glitt flussabwärts. Die Leichen waren in ein weißes Tuch gewickelt.«

»Was für ein Boot?«, fragte Hatch.

»Ich erinnere mich nicht«, sagte Black Jack. »Ich war mehr damit beschäftigt, mich um die Leichen zu kümmern.«

»Und das Neugeborene?«, fragte Hatch. »Gab es etwas Ungewöhnliches oder Aufschlussreiches an dem Baby?«

»Das Baby … es war Jahre vor der Frau gestorben, und es war gestört worden.« Die Adern an seinem Hals schwollen vor Ärger an, den Grace spüren konnte.

»Mit anderen Worten, jemand hat es aus seinem ursprünglichen Grab ausgegraben«, sagte Hatch mit rauer Stimme.

»Haben Sie den Engel, die Person, die Ihnen die Leichen gebracht hat, gekannt?«

»Nein. Ich kannte auch nicht ihren Namen oder, wie sie an den Körper der Frau oder des Babys gekommen war. Sie hat die Körper bei mir gelassen und darum gebeten, dass sie ein anständiges Begräbnis bekämen, an der höchsten Stelle von Cypress Bend. Das ist alles, was ich weiß, und jetzt habe ich genug geredet.« Black Jack wandte sich vom Wasser ab und verschwand in den Wäldern.

Der SUV polterte über die zerklüftete Straße, als Hatch vom Friedhof wegfuhr, aber das leise Rumpeln der Worte von Black Jack hallte immer noch in Grace' Kopf wider. *Die höchste Stelle von Cypress Bend.* Diese Formulierung hatte sie oft von ihrem Daddy gehört und seine Augen feurig auflodern sehen, wenn er über ein Haus auf dem Hügel sprach, das er einst auf eine Papierserviette gezeichnet hatte, schon bevor sie geboren worden war. Zeitweise war dieses Lodern so intensiv, dass es ihr Angst machte. Als sie sechs oder sieben war, hatte sie ihn schließlich gefragt, warum ihm das Land so wichtig sei.

Ihr Vater hatte sich vor sie gehockt und ihre Hände ergriffen, so fest, dass sich ihre Knochen in ihre Haut drückten. »Anders als deine Momma, Gracie, bin ich aus dem Nichts gekommen, von den Niedrigsten der Niedrigen, wo die Leute um mich herum mir sagten, ich würde es nie zu etwas bringen, und dass meine Füße für immer im Schlamm stecken bleiben würden. Ich schäme mich nicht dafür, woher ich komme, aber ich gehe niemals zurück. Ich habe mich aus dem Mist herausgewühlt, und ich bin auf dem Weg zu diesem Haus auf dem Hügel. *Wir sind* auf dem Weg zu diesem Haus auf dem Hügel, denn das Haus würde mir ohne meine Familie nichts bedeuten.«

»Er sagt die Wahrheit«, erklärte Hatch.

Grace musste ihre Gedanken wieder aus der Vergangenheit zurückzerren, streckte ihre Finger aus und schüttelte den Schmerz weg. »Bitte?«

»Black Jack«, sagte Hatch mit einem Anzeichen von Verzweiflung. Er musste geredet haben, während sie über die Skizze auf der Serviette nachgedacht hatte, die des zweigeschossigen Hauses mit Tennisplätzen und einer Reifenschaukel. »Er sagt die Wahrheit. Er hat die Leiche dieser Frau begraben, hat aber keine Ahnung, wer sie ist.«

»Das glaube ich auch«, sagte Grace. »Ich habe Tausende Leute im Zeugenstand gesehen, und neunhundertneunundneunzig Mal aus eintausend kann ich die Lügner ausmachen. Black Jack lügt nicht.«

Hatchs rechtes Bein zuckte und brachte dabei die Schlüsselkette, die am Zündschloss hing, zum Rasseln. »Was hältst du von der Sache mit den Engeln? Laut meiner begrenzten Erfahrung mit Engeln sind ihre bevorzugten Transportmittel nicht unbedingt Sumpfboote.«

Vom Thema Tod umgeben, konnte Grace nicht lächeln. »Der Engel könnte rein metaphorisch gemeint sein, als Engel des Todes. Vielleicht hat sich die Mutter im Boot in den Kopf geschossen und ist in Black Jacks Richtung getrieben, da sie wusste, dass er sich um ihren Leichnam kümmern würde. Oder vielleicht hat sie auch jemand in das Boot gelegt. In manchen Kulturen ist Selbstmord schändlich und in einigen Religionen eine entsetzliche Sünde.«

»Der Engel könnte aber auch jemand sein, der einfach nur engelhaft aussieht«, sagte Hatch. »Aber zu diesem Zeitpunkt macht es keinen Unterschied, oder?« Er lenkte den SUV auf den Highway und trat das Gaspedal ganz durch. »Dies ist eindeutig ein ungeklärter Kriminalfall einer vermissten Person, die niemand vermisst.«

»Das kann man nicht wissen. Irgendjemand irgendwo vermisst sie wahrscheinlich und fragt sich, wohin sie vor all den Jahren verschwunden ist.«

»Du klingst, als würde es dir etwas bedeuten.«

»Die Frau, die auf meinem Baugrund gefunden wurde, ist die Tochter von jemandem, die Geliebte von jemandem, vielleicht die beste Freundin oder Schwester von jemandem. Irgendwo hat sie eine Familie, zu der sie gehört. Sobald wir Lias Killer geschnappt haben, werde ich das Polizeibüro auf Trab bringen, damit sie die Familie dieser Frau aufspüren, oder ich mache es selbst.«

Zum ersten Mal an diesem Tag lachte Hatch. »Manche Dinge ändern sich nie, was meinst du, Prinzessin?«

»Nein. Jetzt lass uns zum Krankenhaus fahren und uns nach Janis erkundigen. Wir hätten längst etwas hören müssen.«

25

Die automatischen Türen des Krankenhauses von Cypress Bend öffneten sich und stießen kalte, antiseptische Luft aus. Die Luft ließ Grace nicht so sehr erzittern wie die Praktikantin am Empfangstresen. Sie trug einen großen Button mit den Worten: *Wie kann ich IHNEN helfen?*

Grace hatte einen anderen Button an einer anderen Praktikantin vor Augen, einer, die nie wieder lächeln würde, nie wieder einem Besucher, der durch die Krankenhaustür eintrat, ein freundliches Wort anbieten würde. Lia Grant war tot und seit heute Morgen begraben, und jetzt hing das Leben eines anderen Mädchens am seidenen Faden.

»Einen schönen guten Tag«, sagte die Praktikantin mit einem Strahlen in der Stimme, das Grace' innerer Befindlichkeit widersprach. »Wollen Sie heute einen Verwandten oder Freund besuchen?«

»Janis Jaffee«, sagte Grace sanft.

Das putzmuntere Lächeln verblasste. »Ich fürchte, sie darf keine Besucher empfangen. Sie ist in diesen schrecklichen Fall mit dem äh … Totengräber verwickelt.«

»Das wissen wir.« Hatch holte seine Kennmarke heraus. »Wir gehören zu diesem schrecklichen …«

Sie Armer, schien das Gesicht der Angestellten zu sagen, als sie ihnen eine Zimmernummer auf der dritten Etage nannte. Während sie durch den Haupteingang gingen, stupste Hatch Grace an und deutete auf eine Fernsehleinwand in der Ecke. Die lokalen Mittagsnachrichten liefen, und der Bildschirm zeigte einen Sprecher in der Nachrichtenredaktion. Darüber gelagert auf einem Laufband kam in Großbuchstaben: »DER TOTENGRÄBER«.

»Das Polizeibüro des Franklin County hat eine Zeichnung einer Person von polizeilichem Interesse in dem entsetzlichen Mord letzte Woche an der Schwesternschülerin Lia Grant veröffentlicht«, sagte der Nachrichtensprecher, als Berkleys Zeichnung auf der linken Bildschirmhälfte auftauchte. »Die Behörden suchen diese Frau, die zuletzt vor zwei Wochen in Port St. Joe gesehen wurde, wo sie in einer gewerblichen Putzkolonne arbeitete. Die Frau wird beschrieben als dünn und ungefähr 1,52 Meter groß. Sie hat große braune Augen und dunkles Haar, eventuell lang und lockig. Sie trägt eine Tätowierung am Handgelenk, vielleicht einen Schmetterling. Sie könnte eine schmale Goldkette mit einem goldenen Schlüssel um den Hals tragen. Die Behörden warnen, dass diese Frau, die auch in Zusammenhang mit dem Angriff und der Entführung einer Joggerin aus Carrabelle gesucht wird, als bewaffnet und gefährlich eingeschätzt werden muss. Jeder Zuschauer mit Informationen sollte Kontakt zum Büro des Sheriffs aufnehmen …«

Sie gingen zum Aufzug, und Grace drückte den Aufwärts-Knopf. »Unglaublich«, sagte Grace. »Gestern hatten diese beiden Männer von der Putzkolonne noch Mühe, sich zu erinnern, ob Ronnie Alderman ein Mann oder eine Frau war. Dann taucht Berkley auf und bringt sie dazu, sich zu erinnern, dass die Frau ein Goldkettchen und eine Tätowierung trug.«

»Ich habe dir doch gesagt, dass Berk gut ist.«

Grace schlug noch mal auf den Aufzugknopf. »Und sie wird sich die Gebeine ansehen, ja?«

Er drückte ebenfalls auf den Knopf, und wenige Sekunden später öffnete sich die Tür mit einem Klingeln. Er drückte ihr einen Kuss mitten auf die Stirn. »Berkley hört den Knochen zu, während wir sprechen. So, lass uns hören, was Janis' Ärzte zu sagen haben.«

Auf der dritten Etage sagte ihnen die Krankenschwester, es habe keine neue Entwicklung gegeben, aber sie wusste zu berichten, dass Janis' Mutter vor einer Stunde die Wache am Bett ihrer Tochter abgebrochen hatte, um sich mit den Ärzten zu verständigen.

Die Maschinen um Janis Jaffee, mit ihren Narkoseleitungen und der Blutzufuhr und anderen lebenserhaltenden Flüssigkeiten, röchelten und piepten und blinkten. Sie wirkten lebendiger als das stille Mädchen mit dem blassen Gesicht. Grace nahm Janis' Hand in ihre. Immer noch warm. Immer noch am Leben.

»Halt durch, Janis. Du musst durchhalten«, sagte Grace. »Denn eines Tages wirst du wieder diesen weißen Sand entlanglaufen, den du so liebst. Stell es dir vor, Janis, stell dir Carrabelle Beach vor. Hör das Meer. Fühle den Sand zwischen deinen Zehen. Wenn du lange genug und fest genug an etwas glaubst, wird es passieren.«

»Hier spricht der wahre Champion«, sagte Hatch vom Fenster her.

»Hier spricht mein Daddy. Hier beginnt das Gewinnen.« Sie fuhr mit dem Finger über Janis' Schläfe. Sie würde alles tun, um etwas vom Kampfgeist ihres Vaters an dieses Mädchen weiterzugeben. »Du schaffst das, Janis, und du wirst gewinnen.«

Vom Flur her hörte man Schritte, und ein Mann in einem weißen Kittel trat ein. »Da sind Sie ja, Agent Hatcher. Ich hatte gehofft, Sie oder Lieutenant Lang persönlich sprechen zu können.« Er hob einen dicken Stapel Unterlagen hoch. »Wir haben unsere erweiterten klinischen Beobachtungen von Ms. Jaffee abgeschlossen und auch eine zweite Meinung vom Neurologen eingeholt. Leider kommen wir zu demselben Ergebnis.«

Er blätterte durch die Papiere, während Grace Janis' Hand fester packte. »Die Quintessenz ist, dass wir zwei Testrunden und eine erweiterte klinische Beobachtung hinter uns haben, und es gab keinerlei Hirnaktivität, seit sie hier eingeliefert wurde.«

»Hirntod?«, fragte Grace, das Wort ein rasiermesserscharfer Widerhaken in ihrer Kehle. Nein, das konnte nicht stimmen. Janis würde wieder selbständig atmen und ihre Zehen in den weißen Sandstrand graben.

»Eindeutig«, sagte der Arzt. »Ich habe mit der Familie gesprochen. Die Mutter redet mit einem Priester, und wir warten auf Bescheid, wie sie mit der Organspende verfahren will.«

»Organspende?« Grace' Finger krallten sich um Janis' Handgelenk. »Aber ein Teil von ihr lebt doch noch.« Janis' Haut strahlte Wärme aus. Der Puls an ihrem Handgelenk war schwach, aber gleichmäßig. Sie konnte ihn unter ihren Fingerspitzen spüren. Das hatte doch etwas zu bedeuten. »Es geschehen immer wieder Wunder.«

»Das stimmt, aber …«

»Ich bin sicher, es wurde schon einmal jemand für tot erklärt, ist aber wieder ins Leben zurückgekehrt, genau hier in diesem Krankenhaus. Genau hier auf diesem Stockwerk. In diesem Zimmer.«

»Ja, natürlich, aber …«

»Es gibt ja auch medizinische Fortschritte. Wenn sie lange genug durchhält, könnte vielleicht irgendeine Operation oder ein Medikament ihr Gehirn wiederbeleben.«

Der Arzt klemmte sich den Ordner unter den Arm. »Vielleicht habe ich mich nicht verständlich ausgedrückt, Counselor Courtemanche, also lassen Sie es mich noch einmal versuchen. Aufgrund kontinuierlichen Sauerstoffentzugs hat Janis Jaffee einen irreversiblen Stillstand aller Funktionen des gesamten Gehirns erlitten. Ihr Stammhirn ist tot. Alle erkenntnis- und lebenserhaltenden Funktionen haben für immer ausgesetzt. Ich weiß, dass Sie persönlich involviert sind, und mir tut Ihr Verlust entsetzlich leid.«

***

Hatch zog sein Hemd aus und riss das Holster von seinem Rücken. Seine Finger klammerten sich um seine Waffe. Er hasste Gewalt, zog im Dienst seinen Dienstrevolver so gut wie nie, aber todsicher würde es ihm nichts ausmachen, ihn einzusetzen.

Er warf den Revolver auf Grace' Kommode und setzte sich auf das Bett. Er schleuderte einen Schuh von sich, der quer durch das Zimmer schoss und in die Kleiderschranktür krachte. Der andere Schuh wurde in den Gang geschossen. Das Getöse und der Aufschlag brachten ihm keine Befriedigung. Noch ein Mädchen war gestorben, was bedeutete, die unbekannte Person würde zu *Level drei* übergehen.

Und was dann? Was, wenn noch ein Opfer starb? Wenn Grace die Verliererin sein würde? Er barg seinen Kopf in den Händen. Wenn sie überhaupt so lange überlebte, denn sie marterte sich und sah die ganze Schuld bei sich.

Ihrem Verständnis nach hatte Grace bei Janis versagt. Mit ihrem überzogenen Verständnis von Verantwortlichkeit und Eigenverantwortung bestand sie darauf, dass sie allein schuld am Tod der jungen Frau war. Hatch zog seinen Gürtel aus und knöpfte seine Anzughose auf. Schuld war ein bösartiges Biest. Es verschlang Menschen, zerstörte sie von innen. Andere hielt die Schuld schlicht als Geisel, machte sie für immer unbeweglich und unfähig, ihr Leben weiterzuleben. Aber bei manchen Menschen schlich sich die Schuld ein und übernahm alles, kontrollierte die Gedanken und Handlungen, eben das ganze Leben. Er knöpfte sich das Hemd auf. Bei Grace vermutete er das Letztere. Als sie von Janis' Tod erfahren hatte, hatte sie die nächsten sechs Stunden in ihrem Büro verbracht und war Akten und Arbeitsdateien durchgegangen auf der Suche nach einem anderen Biest, das ein Gesicht, aber keinen Namen hatte.

Das Biest blieb namenlos.

Etwas zischte an seinem Ohr vorbei und landete mit einem Bums auf dem Bett.

Grace stand in der Schlafzimmertür und trug ihre weißen Tennissachen, einen Schläger in der Hand. »Komm, lass uns spielen.«

Gott, wie er diese Frau liebte. Ihren Schwung. Ihre Beharrlichkeit. Und er liebte es, dass sie ihn in- und auswendig kannte. Etwas Körperliches zu tun klang verdammt gut. Er würde jetzt so gern auf seinem Boot sein, am Tauwerk ziehen, mit den Segeln kämpfen, den Wind besiegen. Er brauchte es, dass der Wind auf ihn einschlug, die Wut und die Angst beiseitestieß. Er zog sein Hemd aus und ließ es auf den Boden gleiten. Aber das wäre kaum das Verantwortliche, das sie im Moment tun konnten. Für den Moment musste es reichen, ein paar Bälle zu dreschen.

Eine Mondsichel leuchtete auf ihrem Weg, als Grace ihn zu einem großen Gelände führte, das von einem Maschendrahtzaun umgeben war. Blue humpelte hinter ihnen her. Sie knipste einen Schalter am Tor an, und einige Flutlichter summten, flackerten und blieben dann hell. »Es ist Giroux' alter Hundezwinger, nicht ganz nach Vorschrift. Die Beleuchtung ist furchtbar, und du musst auf Löcher aufpassen.«

Ohne ein weiteres Wort und ohne Aufwärmen schlug Grace den Ball übers Netz, und er schlug zurück. Wieder und wieder schlugen sie sich Bälle zu. Schweiß tropfte ihm in die Augen. Hitze und Staub wirbelten von der ausgedörrten, knochenharten Erde hoch.

Grace gewann den ersten Satz, und er nutzte ein letztes Ass, um den zweiten zu gewinnen. Er hätte beinahe über die Empörung auf ihrem Gesicht lachen müssen. Während des dritten Satzes, mehr als eine Stunde später, weichte der Schweiß seinen Körper auf, und er war eins mit der stickigen Nachtluft. Beim Matchball traf sie auf die Außenlinie. Er duckte sich danach und schlug ihn zurück. Sie bekam den Ball und bereitete ihren Schlag vor, ihre perlweiße Haut glühend, ihre langen schlanken Glieder gestreckt wie ein Geschoss. Schweiß kräuselte ihre Haare und klebte ihr weißes Top an ihre Brüste. Sie schlug, und der Ball zischte wohl an ihm vorbei.

Er konnte es nicht beurteilen, denn er war nur auf die Frau konzentriert, die er liebte.

Ihre Augen leuchteten an diesem Abend noch heißer und erregender. »Du hast den letzten Schlag mit Absicht verpasst.« Sie packte den Schläger wie eine Keule. »Verdammt, Hatch, du hast mich gewinnen lassen.«

Er wischte sich mit einem Handtuch über das Gesicht. »Warum sollte ich?«

»Weil du weißt, dass ich es hasse, zu verlieren.« Sie senkte den Schläger und zupfte mit den Fingern an den Saiten. »Weil du mich glücklich machen wolltest.«

Er sprang über das Netz, nahm ihr den Schläger ab und warf ihn neben seinen auf die Bank. Dann nahm er ihre Hand in seine und verschränkte ihre Finger. »Ich glaube, wir können beide etwas Glücklichsein gebrauchen.«

* * *

Sie hielt den Atem an und drückte ENTER.

Der Computer zu ihrer Rechten wurde für die Dauer eines Herzschlags schwarz, zwei, drei.

Wusch.

Die Tür brach auf, und Reihe um Reihe gepixelter Buchstaben jagten über den Bildschirm – so viel Text, so viel Licht, dass sie die Augen zusammenkniff und nach der Kontrasteinstellung tastete. Die teuflischen Lichtzeichen verdunkelten sich, aber nicht ihre Begeisterung. Computersysteme wie das im Gebrauch des Krankenhauses von Cypress Bend waren wie zwanzigstöckige Hochhäuser. Man musste es immer wieder auf verschiedenen Etagen probieren, über verschiedene Notausgänge huschen und neugierigen Bewohnern ausweichen. Aber wenn man immer und immer wieder an die Türen klopfte und auch die kleinsten Fenster ausprobierte, fand man einen Weg hinein.

Sie scrollte durch die Eingabe des Arztes, der das Pfand von *Level zwei* betreute. Der größte Teil des Berichts war in Ärztesprache, aber ein paar Schlüsselwörter sprangen ihr ins Auge.

… Abwesenheit von Gehirnwellen …

… keine Atemtätigkeit …

… keine Blutzufuhr zum Gehirn …

Das Pfand von *Level Zwei* war kein Pfand mehr, sondern höchstens eine Kartoffel. Sie drückte noch ein paar Tasten und blinzelte auf die Pixelreihen. Und seit siebzehn Uhr sechzehn heute Nachmittag galt die Kartoffel offiziell als zerstampft.

Mit einem teuflischen Grinsen schaltete sie den Computer aus und wandte sich dem zu ihrer Linken zu. Während sie auf Nachrichten zu der Kartoffel gewartet hatte, hatte sie ein kleines Nebenspiel mit Grace gespielt, genauer gesagt mit Grace' Girokonto. Spaß für alle.

Aber alles nichts gegen den Spaß auf *Level drei.*

Mit einem roten Marker kreuzte sie ein riesiges X auf das Gesicht zu *Level zwei.* Heute Abend würde sie in die wundervolle Dunkelheit eintauchen und den Treffer bei ihrer Widersacherin abliefern. Arme Grace. Sie würde verlieren. Grinsend drehte sie das Foto um und schrieb eine kleine Nachricht für Grace darauf.

Das *Spiel* wurde hitziger, und sie war auf den Sieg eingestellt, aber zuerst musste sie eine kleine Person finden.

Das Problem mit kleinen Leuten war, dass sie immer von großen Leuten umgeben waren, das hatte sie bemerkt, sobald sie im Park angelangt war. Sie stand im Schatten einer Zeder und beobachtete die Kinder auf dem Spielplatz von Harbor Park. Die Nacht hatte eingesetzt, und die meisten kleinen Leute lagen längst zusammengerollt in ihren Bettchen und schliefen fest. Nur ein junges Paar mit einem Doppelkinderwagen, in dem ein Baby und ein Kleinkind untergebracht waren, lief noch auf dem Weg, der den Spielplatz umrundete. Eins dieser kleinen Wesen würde gut in die Tüte passen, konnte aber weder das Telefon benutzen noch Grace anrufen.

Falscher Schritt.

Eine ältere kleine Person, vielleicht elf oder zwölf, saß auf einer Bank und aß ein Hörnchen mit zwei Kugeln Eis, neben sich ein gelangweiltes Mädchen, das in sein Handy sprach. Der Junge mit dem Eishörnchen konnte ein Telefon benutzen, aber Teile von ihm waren alles andere als klein. Fettrollen hingen um seinen Bauch, und seine Beine erinnerten sie an Baumstämme. Das wäre ein hartes Stück Arbeit, ihn in die Box zu quetschen.

Klein. Sie brauchte jemand wirklich Kleines.

Das *Spiel* war voll in Fahrt, und sie würde gewinnen. Grace hatte auf *Level zwei* einen ganz guten Zug gemacht und hätte es beinahe rechtzeitig zu dem Pfand geschafft, dank all ihrer Verbündeten. Obwohl die beeindruckende Staatsanwältin notorisch selbstsicher war, hatte sie ein Team einberufen, das Mitglieder der Polizeiwache einschloss, zwei lokale Polizeitruppen, die Florida State Police und das FBI.

Sie stellte sich den Mann mit der Farbe der widerwärtigen Sonne vor. Theodore Hatcher – »Hatch« war ein so alberner Name – gehörte zu irgendeinem Eliteteam des FBI mit Sitz in Maine, geleitet von einem Mann namens Parker Lord. Sie hatte eine Menge Zeit an ihren Computern verbracht, um Informationen über dieses Team ans Licht zu bringen, denn sie hatte schon früh gelernt, dass es einfacher war, gegen einen Feind anzutreten, den man kannte. Da war etwas Merkwürdiges an Hatchs Chef. Fünfzehn Jahre lang war er der Spitzenmann des FBI gewesen, der strahlendste aller Sterne, der sich selbst einen Namen gemacht hatte im weltweiten Kampf gegen den Menschenhandel. Dann, vor zehn Jahren, war er verschwunden. Kein Hinweis, kein Skandal. Kein Indiz Richtung Motiv oder Mission.

Wusch. Weg.

Dann, ganz plötzlich, war er wieder im Land der Lebenden mit einem funkelnagelneuen FBI-Team, der Special Criminal Investigative Unit. Wenn Theodore Hatcher ein Maßstab war, dann war tatsächlich etwas Besonderes an Parker Lords Team. Leider war das Team von Parker Lord auf dem absteigenden Ast. Sie standen auf der falschen Seite.

Grace' Verbündete hatten es ihr schwerer gemacht, sich ungehindert zu bewegen. Die lokalen TV-Sender pflasterten die Abendnachrichten mit ihrem Gesicht und nannten sie den »Totengräber«. Die Ähnlichkeit war erstaunlich, und sie war nicht überrascht gewesen, zu erfahren, dass der Zeichner aus Theodores Team stammte, ein früherer Cop aus L. A. namens Berkley Rowe. Hunderte Menschen suchten sie, brachten Flugblätter an, durchsuchten den Sumpf. Sie betastete die Kette an ihrem Hals. Sie kannte den Sumpf nicht so gut, nicht wie Grace. Ihr *Daddy* hatte sie nicht viel mit nach draußen genommen. Aber dafür war sie gut darin, sich unsichtbar zu machen.

Zeit, das Unsichtbar-Spiel zu spielen. Keiner darf uns sehen. Spaß, oder?

Sie duckte sich, huschte hinter die Pinien, die den Harbor Park umgaben.

Sieh, Momma. Lautlos wie eine Katze. Hinein ins Schwarze.

Als sie von Baum zu Baum glitt, überlegte sie, wo sie sonst noch eine kleine Person finden könnte. Vielleicht sollte sie es auf dem Baseballplatz versuchen. So viele helle Platzlichter, aber es müssten sicher kleine Ballspieler da sein, die von den Abendspielen nach Hause gingen.

Aufregung wuchs in ihrer Brust, sie schoss durch die Pinien, wo plötzlich etwas knurrte. Sie sprang zurück, streckte beide Hände vor, um einen Hund abzuwehren.

»Ist schon okay«, sagte der Mann und kraulte seinen Hund am Kopf. »Mein Ramsey beißt nicht, stimmt's, alter Junge?«

»Nehmen Sie ihn weg!« Sie ging rückwärts, bis ihre Fersen den Stamm einer Pinie trafen. »Nehmen Sie ihn doch weg!«

»Im Ernst. Ist schon gut. Er ist vierzehn und halb blind.«

Sie wusste, dass sie lächerlich wirkte. Der Hund wog weniger als fünf Kilo. Aber er versetzte sie in Angst und Schrecken. »Ich … ich bin allergisch gegen Hunde.«

»Tut mir leid.« Der Mann zog an der Leine des Hunds und zog ihn vom Baum weg. »Schönen Abend noch.«

Sie nickte und rannte tiefer in die Dunkelheit und weit weg von dem Hund. Hunde waren nicht schlecht, nicht böse in dem Sinne, wie Menschen böse waren. Hunde waren … Hunde. Sie taten das, was alle Hunde taten. Sie bellten den Postboten an. Sie jagten ihre eigenen Schwänze. Sie buddelten Löcher. Sie kauten Knochen.

26

Grace schüttelte den Flickenteppich aus und schob ihn an eine Stelle mit Frühmorgensonne. Allegheny Blue zockelte über die Veranda und ließ sich auf dem Lichtring nieder. Sie kontrollierte die Ballen aller vier Pfoten und füllte den Wassernapf neben der Hollywoodschaukel.

»Deinem Hund geht es gut.« Hatch glitt aus der Vordertür, küsste sie auf die Wange und lief die Treppen zum Pier hinunter.

Sie öffnete den Mund, um ihn daran zu erinnern, dass Blue eigentlich nicht ihr Hund war, beschloss aber, das Streitgespräch aufzuschieben auf etwas, das es wert war.

Gestern war eine zweite junge Frau gestorben, und der Killer würde bald nach einem dritten Opfer suchen. Für Grace war das Gesicht, das Berkley gezeichnet hatte, der Schlüssel. Etwas an diesem Gesicht ließ ihr keine Ruhe. Sie war ihre Akten im Büro durchgegangen, und nichts war ihr aufgefallen. Sie hatte die Zeichnung ihren Mitarbeitern gezeigt, und keiner von ihnen hatte die Frau erkannt. Sie würde die Zeichnung zu ihrem alten Tennis-Club und zu ihrem ehemaligen Appartementkomplex mitnehmen und sehen, ob dort jemand die Frau erkannte. Sie wollte sich ihr angemietetes Lager vorknöpfen und alte Jahrbücher herausziehen, ebenso wie die Fotoalben. Aber zuerst würde sie den frühen Morgen bei einer Bootsfahrt mit Hatch verbringen.

Letzte Nacht, als sie im Bett gelegen hatten, erschöpft nach einem Liebesspiel, das dort angefangen hatte, wo sie ihr explosives Tennismatch beendet hatten, war Hatch untypisch still geworden. Sie stellte sich vor, dass er, wie sie, über den Schrecken von Janis Jaffees Tod grübelte, dass er vielleicht darüber nachdachte, wie die Hände der jungen Frau kalt wurden. Als sie ihn zur Rede gestellt hatte, musste er zugeben, dass er in Gedanken bei einem Boot war.

»Beide Male hat der Killer ein kleines Aluminiumboot benutzt, das nicht mit Benzin betrieben wird«, hatte Hatch gesagt. »Dieses Boot kann nicht weit sein, und es kann nicht viele davon geben. Wenn wir das Boot finden, finden wir den Killer.«

Als sie den Schotterweg erreichte, der zu Lamars altem Pier führte, blieb sie einen Moment lang stehen und horchte auf das Poltern der Erdbaumaschinen. Nachdem sie die Genehmigung der Gerichtsmediziner bekommen hatten, sollten die Bauarbeiter im Morgengrauen eigentlich wieder ans Werk gehen. Sie strich sich die Haare hinter die Ohren. Blue schnarchte auf der Veranda, zwei Häher schnatterten in einer Pinie oben am Weg, und unten beim Tümpel hustete und spuckte der Motor von Lamars Boot, den Hatch zum Leben zu bringen versuchte.

Kein Poltern, Rasseln oder Piepen vom Baugrundstück.

Sie hatte dem Generalunternehmer gestern eine Nachricht hinterlassen und ihm das grüne Licht der Behörden mitgeteilt, und er hatte ihr zugesichert, dass sie bei Sonnenaufgang zu arbeiten beginnen würden. Noch eine Leiche?

Sie lief die Anhöhe hoch. Als sie die Baustelle erreichte, fand sie die Ausrüstung vor, aber keine Arbeiter. Sie nahm ihr Handy und rief ihren Bauunternehmer an. »Wissen Sie, dass Ihre Männer nicht aufgetaucht sind?«

»Aufgetaucht sind sie schon, aber ich musste sie wieder abrufen. Ich habe heute Morgen eine E-Mail von meiner Bank bekommen. Ich fürchte, der Scheck, den Sie mir gegeben haben, Miss Courtemanche, ist geplatzt.«

»Da muss ein Fehler vorliegen. Ich hatte das Geld für die Zahlungen parat.« Sie würde sich nie zu einem Projekt verpflichten, für das sie nicht die Mittel hatte. Verdammt, sie hatte fast alles, was sie besaß, verkauft, damit sie die Zahlungen leisten konnte.

»Vielleicht sprechen Sie ja mal mit Ihrer Bank, Ma'am, denn der Scheck kam zu uns zurück, gekennzeichnet ›fehlende Kontodeckung‹. Ich fürchte, bis wir die Sache mit dem Scheck geklärt haben, können wir nicht auf Ihrer Baustelle arbeiten.«

Sie knirschte so fest mit den Zähnen, dass ihr Kiefer schmerzte. »In Ordnung. Ich rufe die Bank an und lasse das aufklären. Und Sie sorgen dafür, dass Ihre Crew einsatzbereit ist.«

Grace beendete gerade das Gespräch, als Hatch die Anhöhe hochgelaufen kam. »Ich habe das Boot zum Laufen gebracht«, sagte er. »Was machst du hier?«

»Ich versuche, ein Haus bauen zu lassen.«

Er fuhr sich mit beiden Händen durch die Haare. »Und?«

Sie blickte von ihrem Handy auf und über das Land. Sie sollte helfen, einen Killer zu schnappen, ein Boot oder ein Gesicht suchen, stattdessen redete sie am Telefon mit jemandem, der ihr eine Wendeltreppe bauen sollte, eine Kücheninsel und ein zentrales Staubsaugsystem. Verrückt. Sie steckte das Handy wieder in ihre Tasche. In diesem Moment sollte das Haus keine Rolle spielen.

Sie nahm einen tiefen Zug von der harzigen Luft. Tat es aber. Es spielte eine so große Rolle, dass sie den Sog in ihren Zehen verspürte, sich in dieser Erde zu versenken, einen Sog, der ganz tief aus ihrem Inneren kam und nichts mit den Träumen ihres längst verstorbenen Vaters zu tun hatte. In den letzten paar Tagen hatten sie und Hatch immer im Kreis über das Thema Familie gesprochen. Ihre Leidenschaft für dieses Haus hatte nichts mit ihrem Vater zu tun, nichts mit einer verblichenen Zeichnung auf einer gelblichen Cocktailserviette. Sie wollte fünf Schlafzimmer und eine Reifenschaukel. Sie wollte eine Bootsanlegestelle, wo sie ein Skiff festmachen konnte, eines, wie sie und ihre Mutter es benutzt hatten, um hinauszufahren und Blumen für den Esstisch zu besorgen. Sie wollte einen Tennisplatz wie denjenigen, auf dem ihr Vater ihr zuerst gezeigt hatte, wie man einen Schläger hält und ein Match gewinnt. Selbst nachdem sie Hatch kennengelernt hatte, der ihr freimütig gestanden hatte, dass er nie Kinder haben wollte, hatte sie die Cocktailserviette nicht weggeworfen, weil sie immer eine Familie haben wollte. Es ging nicht um ein Haus, sondern um eine Familie.

Sie musste irgendein Geräusch gemacht haben, denn Hatch legte ihr eine Hand auf den Arm. »Alles in Ordnung?«

»Ich bin nicht ganz sicher.« Sie strich sich wieder die Haare hinter die Ohren. »Aber lass mich noch ein einziges Mal telefonieren.«

Grace rief ihr Girokonto auf dem Handy auf und sah rot. Ihr Scheck an den Bauunternehmer war geplatzt, weil jemand ihr Konto geleert hatte. Konnte das ein widerlicher Überrest von der Larry-Morehouse-Sache sein? Er hatte es immerhin geschafft, auf ihren Namen ein Konto in Nevis zu eröffnen. Diese Schnecke, oder vielmehr einer seiner Widerlinge, konnte sich in ihr Konto gehackt haben. Knurrend drückte sie den Knopf für Kundenservice und landete bei Musikberieselung.

Hatch, der zum Briefkasten gelaufen war, kam mit einer ganzen Handvoll Post zurück, darunter ein kleiner, vertraut aussehender Briefumschlag.

Die Fahrstuhlmusik hatte aufgehört. »Guten Morgen. Sie sind verbunden mit dem Kundenservice der First Southern Bank«, sagte eine Frau mit einnehmender Stimme.

Mit den Fingerspitzen nahm Hatch ein Foto von Janis Jaffee

aus dem Umschlag, ein scharlachrotes X über ihrem Gesicht. Grace hatte dieses Foto erwartet, aber der Schock, das Gesicht zu sehen, ließ sie die Tasten verfehlen.

»Mein Name ist Miranda«, fuhr die Stimme am Telefon fort. »Was kann ich heute für Sie tun?«

Hatchs Augenbrauen zogen sich zusammen, als er auf die Rückseite sah. Sie packte ihn am Arm. In klobigen roten Buchstaben standen dort die Worte: *Noch drei Treffer, und Grace ist draußen.* Neben den Worten stand ein Strichmännchen mit zwei X als Augen und Perlen um den Hals.

»Hallo? Hier ist Miranda von der First Southern Bank. Kann ich Ihnen helfen?«

»Hure!«, zischte Hatch.

Das Handy fiel Grace aus der Hand.

***

Greenup, Kentucky

Zähne waren erstaunliche kleine Körperteile. Wo Weichgewebe verrottete und Knochen brachen, splitterten und zu Erde zerfielen, blieben Zähne fest. Und lange, nachdem das Herz aufgehört hatte zu schlagen und Gehirnströme nicht mehr im Schädel tätig waren, konnten die Zähne immer noch Geschichten erzählen.

Leise klassische Musik erklang aus dem Hörer, als Tucker einen großen Schluck Kaffee nahm und auf den Zahnarzt in St. Paul, Minnesota, wartete. Nachdem er am vergangenen Abend mit dem Chefcoach des Hornet-Baseballteams gesprochen hatte, hatte Tucker mit Lawrence Lassen Kontakt aufgenommen, Vater des »Stachels« und vielleicht Sohn von Oma und Opa XY, die vor fünf Tagen in Collier's Holler gefunden worden waren. Lawrence Lassen berichtete, er habe seit mehr als zwei Wochen nichts von seinen Eltern gehört, was aber nicht unbedingt ungewöhnlich sei. Seine Eltern waren gesunde, wohlhabende Über-Sechzigjährige, die ihr Rentnerdasein genossen und immer bereit waren für kurz entschlossen angetretene Autotouren. Seine Mutter liebte es, zu wandern und Vögel zu beobachten, und sein Vater liebte das Essen. Dads Lieblingsessen: Pie. Gestern Abend hatte Tucker per Express Zahnröntgenaufnahmen seiner beiden nicht identifizierten Opfer an den Familienzahnarzt der Familie Lassen geschickt.

»Ich habe mir die Filme der beiden Personen angesehen, Detektiv Holt«, sagte der Zahnarzt, als er endlich den Hörer aufnahm, »und sie stimmen mit den Filmen überein, die wir von unseren langjährigen Patienten Oliver und Emmaline Lassen in den Akten haben.«

Oma und Opa XY hatten jetzt Namen.

Allein diese Tatsache ließ Tuckers Knie vor Erleichterung zittern. Nachdem er dem Zahnarzt gedankt und ihm sein Beileid ausgesprochen hatte, betrachtete er das Foto auf Emmalines Facebookseite, eines, auf dem sie und Oliver vor einem Weihnachtsbaum standen, umgeben von fünf Enkelkindern. Lächelnde Gesichter, unversehrte Gesichter, die nicht von Swimmingpool-Säure weggefressen worden waren.

Warum sollte die Arschgeige diese Gesichter zerstören wollen? Angriffe auf das Gesicht waren nicht ungewöhnlich bei persönlichem Groll oder zwischen Opfern und Tätern, die eine gemeinsame Geschichte hatten. Vielleicht hatte jemand, der sich von den Lassens ungerecht behandelt gefühlt hatte, ihren Tod gewollt. Das Paar hatte Geld. Vielleicht waren die Morde ganz simpel das Ergebnis eines Raubüberfalls gewesen, der in Gewalt ausgeartet war.

Tucker trank den Rest Kaffee in einem Zug. Er würde sich in den privaten und finanziellen Hintergrund des Paars vertiefen, gründlich mit Familienmitgliedern und früheren Mitarbeitern sprechen, aber er wollte noch einen Namen zutage fördern. Seit Tagen hatte es ihn in den Fingern gekribbelt, Oliver und Emmalines Auto aufzuspüren, das auf dem Parkplatz am Ausgangspunkt des Wanderwegs auffälligerweise gefehlt hatte. Wenn er das Auto fand, konnte er vielleicht das Arschgesicht finden.

Denn Autos konnten sprechen, genau wie Zähne.

Tucker rief seinen Ansprechpartner bei der Motor Vehicle Division an, der ihn mit einem MVD-Mann in Minnesota verband. In einer ihrer biestigeren Launen hatte seine zukünftige Exfrau vorgeschlagen, dass er ein Telefon zum Dinner am Valentinstag ausführen sollte, weil er mit dem Ding mehr Zeit verbrachte als mit ihr. Während mancher Fälle, wie bei diesem, hätte das verdammte Telefon genauso gut operativ an seinem rechten Ohr befestigt sein können.

Innerhalb von fünfzehn Minuten hatte er die Fahrzeugidentifikationsnummer und das Nummernschild des Lassen-Wagens, ein neueres Cadillac-Modell, champagnerfarben. Er ließ die Daten durch die NCIC-Datenbank gestohlener Fahrzeuge laufen, bekam aber kein Ergebnis, doch als er Fabrikat und Modell durch eine Datenbank der örtlichen Exekutivorgane prüfen ließ, wurde er mit einem möglichen Treffer belohnt. Eine Gruppe von Jungen auf Biking-Tour hatte einen champagnerfarbenen Caddie auf einer abgelegenen Landstraße gefunden. Das Auto hatte kein Nummernschild, und die Fahrzeugidentifikationsnummer war mutwillig zerstört worden.

Tucker folgte jedem Krümel und stellte fest, dass der Caddie auf einen Abschleppplatz in Südohio gebracht worden war. Innerhalb einer Stunde stand er auf dem Abschlepphof und sprach mit dem Manager.

»Der Wagen war ungewöhnlich sauber, als er gebracht wurde«, sagte der Mann. »Keine Information über Zulassung oder Versicherung. Keine persönlichen Gegenstände zur Identifizierung. Die Cops haben keine Fingerabdrücke gefunden, nicht mal auf dem Lenkrad oder Türgriff. Nur ein bisschen Abfall.«

Was für den einen Abfall war, konnte dem anderen einen Fall lösen. Tucker schlüpfte in ein Paar Handschuhe. Zeit, tiefer zu graben und sich schmutzig zu machen. In der Mittelkonsole fand er eine Kleenex-Box, etwas Kleingeld und einen Leichtgewichtfeldstecher. Hatte der Lassen-Sohn nicht gesagt, seine Mutter gehe gern auf Vogelbeobachtung? In der Seitentasche auf der Fahrerseite fand er eine Handvoll verkrümelter Servietten, alle von Peggys »Pie Palace«. Und Oliver Lassen liebte Pie.

Ja.

»Haben Sie jemanden hier, der den Wagen für mich anlassen kann?«, fragte Tucker, wobei sein Herz hochfuhr.

»Klar, aber ich kann ihn noch nicht freigeben.«

»Ich will auch nirgendwo hinfahren. Ich will nur das Navi von dem Wagen sehen.« Wenn Zähne und Pies sprechen konnten, überlegte Tucker, stelle man sich vor, was ein GPS einem offenlegen konnte.

Ein Mechaniker stocherte unter der Motorhaube herum. In der Zwischenzeit sah Tucker seinen Kalender durch. Jackson hatte heute Abend ein Spiel. Er würde den Rest des Tages im Büro verbringen, ans Telefon und den Computer gebunden, während er Informationen ans Tageslicht bringen würde, warum irgendjemand die Lassens umbringen wollte, und dann würde er zu Jacksons Spiel gehen. Aber das war der Moment, in dem er für gewöhnlich in Schwierigkeiten geriet. Aus Tagen wurden Nächte, und er bemerkte es nicht einmal. Er stellte auf seinem Handy den Wecker auf eine halbe Stunde vor Spielbeginn.

Als der Mechaniker den Cadillac endlich zum Brummen gebracht hatte, glitt Tucker auf den Beifahrersitz und stellte das Navigationssystem an, das eine geplante Route zeigte. Er scrollte zum Zielpunkt. Cypress Bend, Florida.

Er rief eine Landkarte auf. Sah aus wie eine kleine Stadt an der Küste des Florida Panhandle. Eine lange Strecke und einige Grad entfernt von St. Paul, Minnesota. Florida? Woran erinnerte ihn das? Er ging seine Notizen durch, jetzt schon Hunderte Seiten. Auf einer der ersten Seiten fand er eine Liste von Fahrzeugen, die am Ausgangspunkt gesehen worden waren, am Fundort der Leichen. Alle aus Kentucky und Ohio, aber einer der Wanderer hatte gesagt, er habe früher am Tag einen Pick-up gesehen, der von auswärts kam. Er blätterte die Seiten durch.

Verdammt, Colorado, nicht Florida.

Er suchte weiter, bis er seine Notizen von dem Gespräch fand, das er mit Oliver und Emmaline Lassons Sohn geführt hatte. Der Sohn hatte Tucker erzählt, dass seine Eltern kürzlich einen neuen Wintersitz in Florida gekauft hätten, in einer Stadt an der Apalachicola Bay namens Cypress Bend.

Irgendetwas an dieser Stadt verursachte ihm Magenschmerzen.

27

Lamar Giroux hatte seine Hütte für einen Mann mit spartanischem Lebensstil gebaut. Zwei Menschen hätten das Zwei-Zimmer-Haus beengt finden, fünf Menschen hätten übereinander stolpern müssen. Aber Hatchs Team bewegte sich und arbeitete perfekt wie kleine Rädchen im Getriebe.

Grace bewunderte die gut geölte Maschine, die sich darauf konzentrierte, einer neuerlichen Entführung vorzubeugen, was bedeutete, den »Totengräber« zu fassen. Der Killer hatte eine klare Nachricht hinterlassen. Grace war der Höchstpreis. Der Killer wollte ihren Tod. Diese Idee versetzte sie in Angst und Schrecken, aber mehr noch, sie rüttelte sie auf. Höhere Spieleinsätze bedeuteten höhere Bemühungen auf ihrer Seite.

Berkley Rowe, die kriminaltechnische Zeichnerin des SCIU, saß auf der Hinterveranda, wo »das Licht gut war«. Sie glättete Lehmstreifen an Markierungen entlang, die aus einem Gipsabdruck des Schädels, der auf Grace' Baustelle gefunden worden war, hervorragten. Die langen, geschickten Finger der Künstlerin, jetzt mit Farbstoffteilchen unter den Fingernägeln, bewegten sich schnell und entschlossen, während sich ihr langer blonder Zopf aus einem Haarband gelöst hatte und ihr über den Rücken fiel. Sie erinnerte Grace an eine elegante Hippie-Braut, nicht an eine ehemalige Polizistin.

Bisher hatte niemand eine Verbindung zwischen den Leichen auf Grace' Grundstück und den Morden des »Totengräbers« gefunden, aber Berkley hatte sich, genau wie Grace, zu der Frau und dem Kind hingezogen gefühlt, und sie hatte den ganzen Tag damit verbracht, an einer 3-D-Rekonstruktion zu arbeiten, die helfen sollte, die Frau zu identifizieren.

Berkley wischte sich die Hände an einem Handtuch ab, das sie um ihre Hüfte gewickelt hatte. »Okay, ich bin fertig.« Sie löste das Handtuch, legte es auf den Tisch und zeigte auf die Lehmbüste. »Zeig mir, wo sie zu Hause war.«

Grace brachte Berkley zur Baustelle, die immer noch zeitweise auf Eis lag, solange die Bank versuchte, herauszufinden, wo das Geld geblieben war. Die Künstlerin folgte einigen Kameliensträuchern, dann setzte sie sich mit übergeschlagenen Beinen an den Rand des Aushubs. Ihre Finger gruben sich in den Boden, hoben die sandige Erde an und siebten sie. Ihre Augenlider senkten sich.

Grace wartete, denn ehrlich gesagt gab es für sie gerade nicht anderes zu tun. Es war gut, dass sie mit Hatch Geduld geübt hatte.

»Da soll also dein neues Heim gebaut werden?«, fragte Berkley schließlich.

»Das ist der Plan.« Aber nicht alle Pläne funktionierten so, wie sie ursprünglich ausgemalt worden waren. Sie wollte ein Heim voller Kindergelächter und Hatchs albernen Seemannsliedern. Es ging längst nicht mehr um Grund und Boden oder darum, die langjährigen Pläne ihres Vaters zu erfüllen.

Die Künstlerin zog die Beine an die Brust, legte ihr Kinn auf die Knie und blickte zum Fluss hinunter. »Es ist so wunderschön hier, Grace, und so friedlich. Ein schöner Platz, um zu leben« – ihr Blick glitt zu der Ausgrabungsstelle – »und zu sterben. Wer immer die Mutter und das Baby hier begraben hat, liebte sie sehr.«

Trotz der hoch am Himmel stehenden Sonne fröstelte Grace. »Und dann musste ich mit den Bulldozern kommen und sie aus der Erde reißen.«

Berkleys Zopf baumelte bis auf den Boden, als sie verwirrt den Kopf schüttelte. »Und das beunruhigt dich?«

»Ich habe ihre Ruhe gestört.«

Berkley klopfte sich den Sand von den Händen, löste ihre übergeschlagenen Beine und stand auf. »Vielleicht bringst du ihnen ja auch den Frieden.«

»Indem ich ein Jahrzehnte altes Grab zerstöre?«

Sie zeigte auf das Loch. »Wir schauen auf ein isoliertes Bild. Manchmal ist es nötig, einen Schritt zurückzutreten und sich die ganze Leinwand anzusehen. Vielleicht haben diese Frau und das Kind ein unterschiedliches Schicksal. Vielleicht hat auch dieses Land ein unterschiedliches Schicksal. Du musst dich dem öffnen, was das Universum dir bringen will.« Sie hakte sich bei Grace unter und ging mit ihr die Kameliensträucher entlang.

Grace stellte sich vor, was das Universum ihr geschickt hatte: einen sonnenverwöhnten Seemann, der nie Wurzeln schlagen und ihr und einem fleckigen Hund mit blutenden Pfoten nie ein *Für immer* versprechen würde. Sie lachte. »Das Universum muss in letzter Zeit ein paar Lieferungen durcheinandergebracht haben.«

Berkley tätschelte ihr den Arm. »Das Universum macht in der Regel alles richtig.«

So vieles, was Hatch anging, war richtig. Sie liebte seine Lebenslust, seine Entschlossenheit, das Böse in diesem Leben zu bekämpfen, und die Art, wie er ihr zu verstehen gab, dass sie nicht mehr allein, sondern Teil eines größeren und besseren Ganzen war. Hier ging sie mit einer von Hatchs Teamfreundinnen Arm in Arm. Sie hatte Rickys und Raymonds Hand gehalten und Alex zu einer Bootsfahrt eingeladen. Ihr Leben galt nicht mehr nur Bordellkönigen und Kindsmörderinnen wie Helena Ring. Und das Verrückte daran? Es machte ihr nichts mehr aus. Ihr Vater mochte sich im Grab herumdrehen, aber sie war glücklicher, als sie seit Jahren gewesen war … seit einem Jahrzehnt. Sie hob das Gesicht dem Himmel entgegen und lachte.

Als sie und Berkley die Hütte erreichten, huschte die Künstlerin auf ihren perlenbesetzten Sandalen zur Hinterveranda, während Grace in der Küche herumlungerte, wo Agent Jon MacGregor eine Kommandozentrale mit drei Computern und vier Telefonen auf ihrem Küchentisch eingerichtet hatte.

»Etwas über die letzte Nummer?«, fragte Agent MacGregor den Radiofrequenz-Ingenieur der Telefongesellschaft.

»Nichts, aber in dem Moment, wenn jemand das Telefon benutzt, sind wir dabei. Wir nehmen an, dass es wieder unmöglich sein wird, das Handy zu positionieren«, sagte der Ingenieur. »Aber wir können die Triangulation des Signals beginnen, sobald jemand das Telefon benutzt.«

»Und die mobilen Handystationen?«, fragte Jon.

»Wir haben vier Computernetzwerktechnologien bereitgestellt, alle in abgeschiedenen Bereichen. Die Konzentration auf Basisstationen-Handys ist gering, denn die Gegend ist so abgelegen. Die COWs sollten uns helfen, den Standort präziser einzuordnen.«

Grace verstand diese Sprache nicht wirklich, aber sie war dankbar für die Crew an ihrem Küchentisch. Sie schlenderte ins Wohnzimmer und suchte nach Blue. Bei all diesen vielen Leuten musste er sich davongeschlichen haben, um ein ruhiges Plätzchen für seinen Mittagsschlaf zu finden.

Sie ging auf die Vorderveranda, und sofort begann ihre Haut zu kribbeln. Jemand beobachtete sie. Sie wirbelte herum und entdeckte Hayden Reed, den Profiler des SCIU, der in der Ecke auf der Hollywoodschaukel saß.

Hayden zeigte auf Blue, der sich auf seinem Rücken mitten auf der Veranda ausgestreckt hatte und der Sonne den Bauch entgegenhielt. Die Haut um das Hundemaul hing schlaff durch, sein Zahnfleisch und die Zähne traten deutlich hervor. »Er sieht aus, als würde er lachen«, sagte Hayden.

Grace setzte sich auf die oberste Verandatreppenstufe und lehnte den Rücken an den Pfosten. »Hunde, die auf dem Rücken liegen, sehen immer aus, als würden sie lächeln.« Und Blue hatte jeden Grund, zu lachen. Er hatte ein langes Leben gehabt, ein erfülltes Leben, ein Leben, in dem er tun konnte, was er am meisten mochte, auf einem Stück Land, das er nicht verlassen wollte. Im Moment machte er jedenfalls das meiste aus der Zeit, die ihm geblieben war. Sie streckte ein Bein aus und kraulte seinen Bauch mit ihrem Fuß.

Hayden schloss seinen Laptop, und Grace bemerkte ein paar üble Kratzer auf seinen Handrücken. »Was ist passiert?«

»Ellie, die Teufelskatze«, sagte er. »Sie ist nicht ganz so sanftmütig wie dein Freund Blue hier. Auf dem Weg zum Flughafen wollte ich Ellie bei der Tierpension vorbeibringen, weil meine Verlobte nicht in der Stadt ist. Sie muss einem alten Freund mit ein paar Problemen helfen, und diese Höllenkatze hat mich deutlich spüren lassen, wie wenig ihr das gefällt.«

Die Fliegengittertür öffnete sich, und Hatch trat mit Agent MacGregor auf die vordere Veranda. »Die Teams schwärmen aus«, sagte Agent MacGregor. »Lieutenant Lang schickt zusätzliche Patrouillen zum Fluss, die lokalen Polizeibehörden sind in höchster Alarmbereitschaft, und die Medien arbeiten mit uns zusammen, um die Öffentlichkeit darauf aufmerksam zu machen, besonders wachsam zu sein, gerade jungen Frauen gegenüber, die allein laufen. Die Sonne geht in ein paar Stunden unter, und ich will, dass jedermann bereit ist.«

Weil der »Totengräber« nachts sein grausames Spiel spielt.

Der Frieden, den sie am Grab der Mutter und des Kinds gefunden hatte, verflog mit dem Wind. Es könnte heute Nacht sein, morgen Nacht oder erst übernächste Woche. Das Einzige, was sie sicher wussten, war, dass sie nachts zuschlagen würde.

Hatch setzte sich auf die Stufe unter ihr, seine Schulter an ihr Knie gelehnt. Vielleicht sagte er gerade nicht viel, aber sie empfand seine stabile, verlässliche Gegenwart als willkommen, zwei Worte, die sie früher nie benutzt hätte, um Theodore Hatcher zu beschreiben.

»Professor, was hast du über unser Mädchen?«, fragte Jon.

Grace schüttelte den Kopf. »Ich kann mich immer noch nicht mit der Idee abfinden, dass unser Killer eine Frau sein soll. Normalerweise sind Männer doch viel mehr auf Wettbewerb aus.«

»Wirklich?«, fragte Hatch mit erhobenen Augenbrauen. »Du bist die wettkampforientierteste Frau, die ich kenne.«

Wenigstens sagte Hatch etwas. Seine vollkommene Stille hatte sie verunsichert, aber der anklagende Blick in seinem Gesicht brachte sie höchstens zum Lächeln. Sie hatte einen angeborenen wettkampforientierten Charakterzug, der fast alles bestimmte, was sie tat, und sie würde sich nie dafür entschuldigen.

Hayden zog seine Manschetten zurecht. »Grace hat recht. Männer sind in der Regel kampforientierter, aber wir haben ein Opfer, das behauptet, eine Frau gehört zu haben. Die Beweise stützen das. Die Watstiefelabdrücke, die beim Grab des ersten Opfers gefunden wurden, sind Größe acht, also zu klein für die meisten Männer. Angesichts der Tiefe der Abdrücke und des relativ gleichbleibenden Feuchtigkeitsgrads suchen wir ein Individuum von ungefähr fünfundvierzig Kilo. Was die Entführungen selbst angeht, waren sie alles andere als körperliche Angriffe. Unserem zweiten Opfer nach wurde sie mit einer Elektroschockwaffe getroffen und lange genug kampfunfähig gemacht, bis die unbekannte Person ihr eine Injektion verabreichen konnte, die sie bewusstlos machte. Eine Injektionsspur an der Schulter des ersten Opfers weist auf eine ähnliche Situation hin. Unsere unbekannte Person verfügt nicht über brutale körperliche Kraft, aber sie ist wendig und bei relativ guter Gesundheit.«

Grace schauderte. Nein, der »Totengräber« war krank, durch und durch krank. Niemand konnte das tun, was sie getan hatte, und gesund genannt werden.

»Gute *körperliche* Gesundheit«, berichtigte Hayden mit einem Lächeln in ihre Richtung, als ob er ihre Gedanken gelesen hätte.

»Wir haben also eine Frau vor uns«, fuhr Hayden fort. »Alter zwanzig bis fünfunddreißig, ungefähr 1,52 groß und fünfundvierzig Kilo schwer. Sie kommt von hier oder hat eine erhebliche Zeit damit verbracht, die Gegend kennenzulernen, aber sie mag Wasser nicht unbedingt … oder den Aufenthalt im Freien im Allgemeinen. Als Kind war sie Einzelgängerin und hat nie Teamsportarten gespielt, aber sie ist wettkampfbesessen. Sie hat als Kind stundenlang Computerspiele gespielt, und zwar solche mit komplexen und voll entwickelten Welten. Sie hat kein einträgliches Einkommen, hat aber Zugang zu Geld, entweder aus der Familie oder illegal beschafft. Sie könnte auch Hackerin sein.«

Während die Männer auf der Veranda Haydens Profil überdachten, schüttelte Grace voller Bewunderung den Kopf. Sie hatte schon mit Profilern gearbeitet, aber nie mit einem, der derartig detaillierte Behauptungen mit solch einem Selbstvertrauen erstellt hatte. »Verblüffend.«

Bevor irgendjemand etwas sagen konnte, öffnete Berkley die Fliegengittertür und streckte ihren Kopf hervor. »Kamelie ist fertig.«

Obwohl die Frau, die auf ihrer Baustelle gefunden worden war, nichts mit dem »Totengräber« zu tun hatte, wollte Grace gern einen Namen zu dem Gesicht der Mutter finden. Diese Gebeine waren real und sichtbar, anders als die unsichtbare Frau, die sie jagten.

Auf der Hinterveranda leuchtete die Spätnachmittagssonne, und Grace wartete, bis sich ihre Augen an die Helligkeit gewöhnten. Während sie noch blinzelte, blieb ihr Mund offen stehen. »Das kann nicht wahr sein«, sagte Grace. Vielleicht waren die Apostel doch keine Wundertäter – oder vielleicht hatte Berkley Rowe einen schlechten Tag?

»Das ist sie«, beharrte Berkley. »Das ist Kamelie.«

Der Tonschädel hatte ein schmales Gesicht, dünne Lippen und große Augen mit üppigen Wimpern. Er sah unangenehm vertraut aus. Berkley hatte sie mit einer dicken schwarzhaarigen Perücke und schokoladebraunen Augen ausgestattet. »Sie sieht aus wie deine Zeichnung der ›Totengräberin‹«, sagte Grace. »Bist du sicher, dass du nicht zwei Projekte verwechselst?«

Berkley schüttelte den Kopf, packte den Ton und das Werkzeug zusammen und legte alles in einen großen silberfarbenen Koffer.

»Ich kann Grace nur zustimmen, Berk«, sagte Hatch. »Die beiden könnten als Schwestern durchgehen. Du hast nicht gerade viel Schlaf bekommen in den letzten achtundvierzig Stunden. Vielleicht bist du ein bisschen durcheinander.«

Berkley schüttelte nachdrücklich den Kopf, als habe sie mit kleinen Kindern zu tun. »Dies *ist* Kamelie.«

»Aber …«, setzte Hatch an.

»Was stimmt nicht mit dir?«, fragte Berkley. »Du weißt doch, wie das geht. Ich habe mich auf die gewebetiefen Marker verlassen, die Alter, Geschlecht und Rasse benennen. Das Knochensubstrat des Schädels sagt mir immer, wie ich die Nase, den Mund und die Ohren machen muss. Das ist reine Wissenschaft.«

Vielleicht irrte Black Jack ja. Vielleicht gab es im Tod einen Platz für Wissenschaft.

»Sie ist schön, wunderschön, auf eine wilde, derbe Art«, sagte Grace. »Warum hast du ihr dunkle, lockige Haare gegeben?«

»Das war mehr so ein Gefühl. Dasselbe mit der Augenfarbe. Dieses Schwarzbraun passt zu einem so starken Gesicht.«

»Und die Ronnie-Alderman-Schrägstrich-Totengräber-Zeichnung?«, fragte Grace. Die Übereinstimmung im Aussehen war zu schwer zu verdauen. »Waren dort die dunklen lockigen Haare und braunen Augen auch so ein Gefühl?«

»Nein. Direkte Beobachtung. In getrennten Befragungen sagten beide Mitglieder des Reinigungstrupps aus, dass die Frau, die sich Ronnie nannte, braune Augen und dunkle, lockige Haare hatte.«

Hayden, der sich gerade neben Grace auf die Veranda gestellt hatte, verschränkte die Arme vor der Brust. »Ich wäre schockiert, wenn sie nicht verwandt wären.«

Berkley zuckte mit den Schultern. »Könnte gut sein. Sie könnten Mutter und Tochter sein, Tante und Nichte, sogar Schwestern.«

»Das führt zu einer Menge von Zufällen«, sagte Grace. »Viele Zufälle auf einmal …«

»Tut es das wirklich?« Hatch ging das Geländer entlang, seine Hände in den hinteren Taschen seiner Bermudas. »Wann hast du mit Lia Grant gesprochen?«

Äonen waren seitdem vergangen. Lange vor Hatch und Speck und alten vergrabenen Gebeinen, damals, als alles, was zählte, war, einen Zuhälter ins Gefängnis zu bringen und einen weiteren Sieg einzustreichen. »Am Mittwoch«, sagte Grace. Dieser Tag würde sich für immer in ihr Gedächtnis einprägen.

»Und für wann waren die Bauarbeiten angesetzt?«, fuhr

Hatch fort und lief schneller, so schnell, dass die Haare von seiner Stirn weggeblasen wurden.

»Donnerstag.«

»Also wollte die ›Totengräberin‹ dich ablenken. Vielleicht wollte sie nicht, dass die Bauarbeiten beginnen, weil sie das zerstören würden, was eigentlich eine geheiligte Grabstätte sein sollte.«

»Ich habe ja wahrhaftig etwas für positives Denken übrig, Hatch«, sagte Jon. »Aber es gibt wirklich einfachere Möglichkeiten, ein Bauprojekt zum Scheitern zu bringen.«

Grace sah auf das Land jenseits der Veranda, auf die Baustelle mit den stillgelegten Maschinen.

»Was ist, Grace?«

»Das Grundstück. Als Lamar Giroux ursprünglich diesen Boden zum Verkauf anbot, waren sechs Anbieter am Start, mich eingeschlossen. Vier davon sind schnell ausgestiegen, aber einer war ein ernsthafter Herausforderer und hat meine ersten vier Angebote überboten. Ich musste jeden Dollar, den ich auftreiben konnte, zusammenkratzen, bis ich das letzte Angebot machen konnte.«

»Am Ende hast du ja gewonnen«, sagte Hatch in einem Ton, der alles andere als positiv klang.

Jedes Haar auf Grace' Körper sträubte sich. »Und der andere Bieter hat verloren.«

»Besorge den Namen des Immobilienverkäufers, der den Abschluss vermittelt hat, Grace. Wir müssen herausfinden, wer der andere Mensch war, der dieses Land unbedingt haben wollte.«

Hayden verstaute den Namen des Immobilienmaklers in seiner Jacketttasche und gab Hatch ein Zeichen, ihm zu seinem Mietwagen zu folgen.

»Wer ist sie?«, fragte Hayden, als sie die Auffahrt erreichten.

Hatch fuhr sich mit den Händen durchs Haar. Er hätte vorgeben können, nicht zu wissen, worüber sein Teamfreund sprach, aber es war schwierig, einen Mann wie Hayden zu täuschen, der alles sah. »Dir entgeht aber auch nichts, oder?«

»Wer ist sie?«, fragte Hayden wieder.

»Eine alte Freundin.«

»Und ich liebe Katzen«, sagte Hayden mit todernstem Gesicht.

Hatch schlug seinem Freund auf die Schulter. »Weißt du, ich mag diese leichtere Seite an dir, Professor. Ich glaube, du hättest Kate schon vor Jahren abschleppen sollen.«

»Wer ist sie?«, beharrte Hayden.

Hatch reckte den Hals. »Meine Exfrau.«

Hayden, der unerschütterliche, grundsolide Hayden, stieß einen Pfiff aus. »Du warst mal *verheiratet*?«

»Ich hatte eine Kopfverletzung damals. Die Platten unter meinen Füßen brachen nach ein paar Nächten unfassbarem Sex zusammen.«

»Weiß Parker davon?«, fragte Hayden, wischte die Worte aber sofort wieder weg. Parker wusste alles.

Als sie Haydens Mietwagen erreichten, gab ihm Hatch ein Blatt Papier. »Hier sind die Fragen, die du bitte dem Immobilienmakler stellst.«

Hayden stieg ein und lachte.

»Was?«, fragte Hatch.

Hayden schüttelte den Kopf. »Nichts.«

»Komm, Hayden, sag es mir. Sag mir, was in deinem Kopf vorgeht, denn du siehst Dinge, die sonst niemand sieht.«

Hayden klopfte Hatch auf die Schulter und ließ den Motor an. »Ich sehe dich in einem Jahr vor mir, mein Freund, und ich sehe dich nicht auf einem Boot.«

28

Hatch stand auf der Vorderveranda von Grace' Haus und wartete auf das grüne Aufblitzen, diesen magischen Moment bei Sonnenunter- oder -aufgang, wenn die Sonne hinter die Horizontlinie gelangte und einen Bogen Grün über den Himmel zeichnete. Laut einer alten schottischen Seemannslegende ist derjenige, der diesen grünen Blitz sieht, gesegnet, denn er wird tief in sein eigenes Herz sehen können und ebenso in die Herzen anderer Menschen.

Während seiner Reisen um die Weltmeere hatte Hatch jede Menge dieser grünen Blitze gesehen, und er würde alles dafür geben, jetzt einen zu sehen und sich die Macht der Legende zunutze zu machen – nicht, weil er in sein eigenes Herz sehen wollte, sondern, weil er unbedingt in das Herz einer Mörderin schauen wollte, einer Mörderin, die letzten Endes Grace umbringen wollte.

Er dachte an das Strichmännchen in Perlen mit den durchgestrichenen Augen. Wer zum Teufel wollte Grace töten? Wer würde ein so übles Spiel inszenieren? Und wann würde sie das nächste Mal zuschlagen?

»Sie wird unruhig«, hatte Hayden gesagt, bevor er sich aufgemacht hatte, den Immobilienmakler aufzusuchen, der eine Mörderin repräsentierte. »Unsere unbekannte Person war jetzt zu lange in der Öffentlichkeit, außerhalb ihres vertrauten Bereichs, und sie muss dieses Spiel beenden. Ich würde mich nicht wundern, wenn sie heute Nacht zuschlagen würde.«

Heute Nacht. Diese Worte hämmerten auf Hatch ein wie Winde in Sturmstärke. Heute Nacht könnte der »Totengräber« das dritte und letzte Opfer verschleppen. Und was war das Schlimmste, das passieren konnte?

Das Opfer konnte sterben.

Und dann?

Grace hätte drei Züge.

Und dann?

Würde Grace sterben.

Und dann?

Seine eigene Art einer nuklearen Vernichtung.

Er drückte seine verspannten Hände gegen das Verandageländer, so fest, dass das graue, zersplitterte Holz krachte. Was in seinem Herzen vor sich ging, wusste er genau. Er liebte Grace und konnte sich ein Leben ohne sie nicht mehr vorstellen. Wie sie ein gemeinsames Leben organisieren sollten, musste noch durchdacht werden. Grace hatte ihm vorgeworfen, ein Freigeist zu sein, aber das war weit von der Wirklichkeit entfernt. Er war an Grace gebunden und angekettet, und er hatte kein Bedürfnis, diese Ketten zu lösen.

Die Tür öffnete sich, und Grace trat hinaus, Blue hinter ihr herschlurfend. »Land oder Wasser?«, fragte sie.

Jetzt, da die Dunkelheit einsetzte, war es ihr Ziel, so viele Leute in die Sümpfe und auf die Strände zu bekommen, wie nur irgend möglich. Jon hatte ein hochmotoriges Sumpfboot herbeigeschafft und war bereits draußen auf dem Cypress Bend River.

»Land«, entschied Hatch.

Blue hoppelte hinter ihnen zu dem SUV. »Sollten wir ihn nicht lieber zu Hause lassen?«

»Meinst du wirklich, er lässt uns?«, fragte Grace und hob eine Augenbraue.

Der alte Hund war wie … wie ein Hund mit Knochen. Hatch schüttelte den Kopf. Wenn er einmal seine Zähne hineinversenkt hatte, gab er nicht mehr auf, genau wie Grace. Nach den ersten Telefongesprächen mit Lia Grant hatte sie sich ganz der Ermittlung gewidmet und sich verpflichtet, sie zu Ende zu bringen. Sie stieg in den SUV, und er schloss die Tür fest hinter ihr. Sein Job war es, sie am Leben zu halten.

Sie fuhren von der Hütte weg, hinein in die einsetzende Dämmerung. Ihre Verdächtige konnte überall sein, sogar in Grace' Hinterhofgarten. Als sie bei der Baustelle um eine Kurve fuhren, raschelten Blätter an einem der Kameliensträuche. Es konnte ein Reh, ein Schwarzbär oder ein Mörder sein.

Er fuhr langsamer und blinzelte in die grauer werdende Nacht.

»Was ist?«, fragte Grace.

»Ich bin nicht sicher.«

Er parkte den SUV, und er und Grace gingen über die gerade erst freigegebene Erde, gingen um das Loch, in dem Kamelie und ihr Kind begraben gewesen waren. Ein Hauch Silber funkelte hinter einem der Kameliensträucher. Er packte Grace und sprang hinter einen breiten Ahorn.

Die Blätter erzitterten, und Hatch hob seine Glock.

Die Sträucher teilten sich. Eine Frau trat auf die Lichtung.

»Lou?«, fragte Grace und holte erschreckt Luft.

Die alte Imkerin schrak zusammen, etwas Scharfes und Glitzerndes fiel ihr aus einer Hand und eine Handvoll von etwas Rotem aus der anderen. »Bei allen lebendigen Heiligen!« Lou presste ihre knotigen Hände an ihre Brust. »Sie haben mich zu Tode erschreckt.«

Hatch senkte die Pistole, steckte sie aber nicht weg. Er trat näher an sie heran und hob das glitzernde Etwas auf, das auf den Boden gefallen war. Ein Messer. »Was tun Sie hier?«

Lou wischte sich den Dreck von ihren Händen, trat beiseite und zeigte auf den Strauch. »Ich sammle Blumen.« Sie beugte sich langsam hinunter, und er konnte geradezu das Krachen ihres alten Rückgrats hören, als sie ein halbes Dutzend Kamelienblüten aufhob, die am Boden verstreut lagen. »Für Corabeth.«

»Corabeth?«

»Die anderen nennen sie Kamelie.« Lou wankte zum Rand des Lochs. »Ich habe ihr Bild in den Nachrichten gesehen und gehört, dass sie hier begraben war.«

»Sie haben sie gekannt?«

Lou warf einen einzelnen Kamelienzweig in das Loch, die dunkelroten Blüten fielen an den feuchten Erdklumpen vorbei, bis sie auf eine Wasserpfütze trafen, die sich am Boden gebildet hatte. Eine nach der anderen warf sie die Blumen in das Grab. Tränen rannen ihre runzeligen Wangen hinab und trafen auf das Wasser. »Sie war meine Tochter.«

Ein Windstoß fuhr über den Sumpf und brachte Ochsenfrösche und Grillen zum Verstummen. Laut Berkley sahen sich die »Totengräberin« und Kamelie sehr ähnlich.

»Ihre Tochter?«, fragte Grace. »Ich wusste gar nicht, dass Sie eine Tochter hatten.«

»Sie war schon lange weg, als du geboren wurdest, kleine Gracie.« Die alte Frau pflückte noch ein Büschel Blüten von dem Kamelienstrauch.

»Erzählen Sie uns von Ihrer Tochter, Lou«, sagte Grace.

Die alte Bienenzüchterin rupfte ein Blütenblatt von einer Blume.

»Bitte, Miss Poole, das Leben der kleinen Grace steht auf dem Spiel.«

Lou sah Grace aus dem Augenwinkel an und rupfte schneller. Was sahen diese alten Augen? Die kleine Gracie, die kam, um ein Glas Honig auszusuchen? Eine erwachsene Frau, die in

Gefahr war? Hatch steckte die Hände in die Taschen, weil er versucht war, die Schultern der alten Frau zu packen und die Worte aus ihr herauszuschütteln.

»Corabeth wurde vor mehr als fünfzig Jahre geboren«, sagte Lou schließlich. »Ihr Daddy war Landarbeiter, der einen Sommer auf den Baumwollfeldern nördlich von Apalach arbeitete. Er war ein wilder Kerl, aber er hatte so eine Gabe mit Wörtern. Hat mich *und* die Bienen bezirzt.« Ihre zerfurchten Lippen hoben sich in einem blassen Lächeln. »Wie ihr Vater war Corabeth eine Wilde. Mochte nicht eingesperrt sein. Mochte nicht zur Schule gehen. Ist den ganzen Tag im Sumpf herumgewandert und hat von dem Tag geträumt, an dem sie wegfliegen könnte.«

»Und?«, fragte Grace.

»Und eines Tages hatte sie ihre Flügel. Sie kam nach Hause, total flattrig, und sagte, sie hätte den Mann ihrer Träume gefunden, der sie aus dem Sumpf holen und ihr ein Schloss wie für eine Königin bauen würde. Ich habe nie wieder etwas von ihr gehört.«

Grace legte ihre Finger auf Lous, und die hörte auf, die Blume zu zerstören. »Das tut mir leid.«

»Ich habe aufgehört, zu trauern, als Corabeth vor sechzehn Jahren gestorben ist.«

»Moment mal«, sagte Hatch. »Woher wussten Sie denn, dass Corabeth vor sechzehn Jahren gestorben ist?«

Die alte Imkerin ließ die verstümmelte Blume auf den Boden fallen. »Haben mir die Bienen erzählt.«

»Die *Bienen* haben Ihnen gesagt, dass Ihre Tochter tot war?«, fragte Hatch mit leicht ansteigender Stimme.

»Jepp, sie haben mir gesagt, sie ist in der Erde begraben und gibt jetzt der Erde zurück, was die Erde ihr gegeben hat. So ist es auf dem Land.«

»Die Frau, die Sie bei Lia Grant gesehen haben, bei derjenigen, die bei Ihnen in der Nähe begraben wurde, sah aus wie Ihre Tochter, oder?« Grace packte die zitternde Hand der alten Frau und nahm sie zwischen ihre. »Deswegen haben Sie sie einen Geist genannt, weil Sie dachten, es sei Corabeth, die schon einige Jahre vorher gestorben war.«

»Falsch, es sah falsch aus. Wenn man so lange tot ist, muss man nur noch Knochen sein, nur Knochen.«

»War sie aber nicht«, sagte Grace mit einer Ruhe, die sie nicht empfand. »Die Person bei Lia Grant war eine echte Person, eine, die genau so aussah wie Ihre Tochter.«

»Knochen, sie soll nur noch Knochen sein«, sagte Lou, als sie ihre Hand befreite und an einem der grauen Haare zupfte, das aus dem Bandana hervorschaute, das sie über ihrer Stirn trug.

»Jemand wie …«

»Eine Tochter«, beendete Hatch ihren Satz. »Deswegen sahen sich Berkleys Zeichnung und die Gesichtsrekonstruktion so ähnlich.« Er wandte sich zu Lou. »Die Frau, die auf diesem Grund begraben wurde, ist Ihre Tochter, Corabeth Poole, was bedeutet, dass die junge Frau, die Sie im Boot mit Lia Grant gesehen haben und die in dem Reinigungstrupp in Port St. Joe gearbeitet hat, Ihre Enkelin sein könnte.«

Lou zog an dem grauen Haarbüschel.

»Sprechen Sie mit mir, Miss Poole. Hatte Corabeth eine Tochter?«

Sie zog weiter an den Haaren, als sei das eine Möglichkeit, etwas aus ihrem Gehirn zu lösen. »Ich … ich weiß nicht.«

Ihr Mund zitterte, die schlaffe Haut an ihrem Hals geriet in Bewegung. »Das haben mir die Bienen nicht gesagt. Sonst haben mir die Bienen immer die wichtigen Sachen gesagt. Das hätten sie mir sagen sollen. Sie *hätten* es mir gesagt.«

Er nahm ihre Hände in seine und verschränkte ihre Finger.

»Denken Sie, Lou, denken Sie zurück. Haben Sie jemals einen Anruf, eine Nachricht, einen Besuch bekommen von einem jungen Mädchen, das wie Corabeth aussah?«

Lou starrte die Brücke, die ihre Arme bildeten, sehnsuchtsvoll an. Sie wollte sich verbinden, wollte zugeben, dass sie eine Enkelin hatte. Die dünnen Arme der alten Frau wurden steif und starr wie von der Sonne ausgetrocknete Zweige. Aber dann schüttelte sie seine Hände ab. »Sie ist tot. Die Königin ist tot!« Lou stopfte die Haare wieder unter ihr Bandana und stampfte ab in den Sumpf.

»Sie ist es«, sagte Grace. »Die Mörderin ist Lou Pooles Enkelin. Alles ist mit diesem Land verbunden, dem höchsten Punkt auf Cypress Band.«

Hatch sah in den Nachthimmel, der von Pflaumenblau zu Grau gewechselt hatte und jetzt schwarz wurde. »Die wichtigere Frage ist nicht, wer sie ist, sondern, wo sie ist.«

* * *

Manchmal machte Glück den Unterschied, nicht Können, und heute hatte sie beides. Sie beobachtete, wie die beiden Jungen die Straße hinunterliefen. Die Ermittler rechneten damit, dass das nächste Pfand wieder eine junge Frau sein würde. Oh, wie gut das war. Noch eine Änderung im Spiel. Einer dieser beiden lärmenden kleinen Jungen hätte gerade die richtige Größe. Zwei hingegen wären einer zu viel.

Sie schob ihre Brille hoch. *Nachdenken. Nachdenken. Nachdenken.*

Trenne und erobere. Das war es, was sie tun musste. Sie suchte auf der Straße und fand eine Aluminiumdose auf dem Boden. Zusatzpunkte für das Einsammeln von Müll. Sie warf die Dose in einen Abfallkübel für Metall. Das Geräusch störte die Nachtstille. Die Jungen sprangen auf und liefen davon. Am Ende der Straße trennten sie sich.

Leise und unsichtbar lief sie hinter demjenigen her, der nach rechts abbog.

Als sie den Jungen erreichte, packte sie ihn und zielte mit der Elektroschockpistole auf seinen Hals. Der Junge, klein und mickrig wie ein teuflischer kleiner Hund, glitt ihr aus den Händen. Sie sprang hervor, flog durch die Luft und landete auf ihm.

Er strampelte, trat mit seinen winzigen Tennisschuhen um sich. Die Elektroschockpistole fiel ihr aus der Hand, aber sie fing sie noch rechtzeitig, dank der vielen Videospiele, die sie als Kind gespielt hatte. Gut für die Auge-Hand-Koordination. Sie legte mit der Waffe auf den Hals des kleinen Wesens an und beobachtete, wie sich sein Körper aufbäumte und erstarrte. Schließlich holte sie die Nadel aus ihrer Vordertasche – es war erstaunlich, was man alles im Internet kaufen konnte –, nahm die Schutzkappe ab und stach in seinen Hals.

»Auuu!«, rief er.

»*Letztes Level*«, sagte sie, als sich die Augen des Jungen endlich schlossen. Sie richtete den Blick Richtung Cypress Point, wo Grace und ihre hübschen Perlen lebten, und sagte: »Möge die beste der Schwestern gewinnen.«

❊❊❊

Etwas Kaltes und Nasses schnüffelte an ihrer Hand. »Geh weg.« Ein langes, nasses Stück Sandpapier leckte über ihren Hals. »Jetzt nicht, Blue. Ich gebe dir deinen Speck später.«

Sie griff nach ihrem Kissen, um es nach dem Hund zu werfen, aber ihr Kissen war gar nicht unter ihrem Kopf. Ihre Finger glitten an etwas Warmem und Festem und dennoch Weichem entlang, etwas, das nach Salz und Sonne roch. Hatch. Ihr Kopf lag in Hatchs Schoß.

In dem Moment hörte sie das Klingeln.

Ihr Handy. Jemand rief auf ihrem Handy an. Sie versuchte, sich aufzurichten. Sie war im SUV. Wo war ihr Handy? Sie hatte es in der Hand gehalten und musste eingeschlafen sein. Hatch, schlafend auf dem Fahrersitz, den Kopf gegen das Fenster gelehnt, rührte sich nicht.

Sie grub zwischen den Sitzen und unter Hatch. Das Klingeln hörte nicht auf.

»Wo bist du?« Sie rutschte auf die Knie und tastete auf dem Boden herum, stieß sich dabei den Kopf am Armaturenbrett. »Verdammt!«

»Mit wem redest du?«, gähnte Hatch.

»Mit meinem Handy.«

Hatch riss die Augen auf. Sein Sitz quietschte, als er nach dem Lichtschalter am Armaturenbrett tastete. Licht durchflutete den Wagen.

Endlich fand sie ihr Telefon. Das Display zeigte »ANONYM«. »Hallo!«, sagte Grace. Ihre Hand bebte. War es das? *Level drei*? »Hallo!«

»Wer zum Teufel ist da?« Die Stimme wirkte reichlich verärgert.

»Grace. Mein Name ist Grace Courtemanche. Bist du okay?«

»Nicht wirklich.« Der freche Unterton der ersten Worte ließ nach. »Irgendwie brauche ich Hilfe.«

»Wie heißt du? Wo bist du?«

»Ich heiße Linc.« Ein Zittern erschütterte die Stimme, dann ein leises Schluchzen. »Ich war heute mit meinem Kumpel Gabe draußen und habe jetzt ein ziemliches Problem.«

An ihrem Hals brach Schweiß aus. »O Gott.«

»Was ist los?« Hatch ließ sich neben ihr auf den Boden fallen.

Sie übergab ihm das Handy. »*Level drei*. Sie hat einen von Alex' Freunden. Linc.«

Hatch nahm das Handy. »Linc, mein Name ist Agent Hatcher. Ich bin beim FBI. Wo bist du?«

»Ich bin in einem Loch in einer stinkenden Plastiktüte, so eine, wie meine Mutter sie in ihrer Waschküche für Dreckwäsche nimmt.«

Gut. Das Kind war ein Kämpfer, eines, das nicht aus lauter Angst bewegungslos war. »Ich stelle dir jetzt ein paar Fragen«, sagte Hatch. »Ich möchte, dass du ganz ruhig bleibst, dann kriegen wir dich ganz bald da raus. Bist du so weit, mein Freund?«

29

»Bist du irgendwie verletzt, oder hast du Schmerzen?«, fragte Hatch Linc, das dritte Opfer der »Totengräberin«. Ein Junge. Sie hatte einen dreizehnjährigen Jungen entführt. Er unterdrückte den Fluch, der in seiner Kehle aufstieg, und zwang sich, sich daran zu erinnern, was er zu tun gelernt hatte.

Ruhig bleiben. Alle um ihn herum ruhig halten.

»Ich war wohl eine Weile … bewusstlos.« Lincs Stimme brach kurz, aber er räusperte sich. »Aber jetzt bin ich okay. Blute nicht oder so was.« Das Kind hielt sich tapfer.

»Hast du Luft?«

»Ja. Hab ein paar Löcher in dem Plastikdeckel. Ich kann gut atmen.«

Ausgezeichnet. Gute geistige und physische Gesundheit. Jim Breck von der örtlichen Telefongesellschaft und Lieutenant Lang waren beide an die Leitung angezapft und einsatzbereit. Breck und sein Team teilten den Anruf in Dreiecke ein, und das Team von Lieutenant Lang würde sofort graben können, sobald die Koordinaten bekannt waren. Grace und Allegheny Blue saßen mit ihm im SUV auf einer der vielen Nebenstraßen, die durch Cypress Point führten.

»Bleib so ruhig du kannst, Linc. Was wir gar nicht brauchen können, ist, dass Dreck runterfällt und die Löcher verstopft. Weißt du, wo du bist?«

»Keinen Schimmer.«

»Hörst du laufendes Wasser oder Boote oder Vögel?«

»Es ist still. Ich höre rein gar nichts.«

»Was ist mit Gerüchen? Riechst du Fisch oder Autoabgase?«

»Ich rieche Dreck.«

Sie würden keine rasche Lösung von ihm bekommen. Zeit, zurückzugehen. »Wo warst du, als du entführt wurdest?«

»Die Straße hinter Robsons Lebensmittelladen hinter der Hauptstraße.«

»Wie viel Uhr?«

»Gegen Mitternacht.«

»Und wie bist du in der Kiste gelandet?«

»Ein Mädchen tauchte aus dem Nichts auf und ist über mich hergefallen. Freakiges Mädchen. Beinahe wäre ich davongekommen, aber sie hat mich mit einer Art Elektroschocker getroffen und mir eine Nadel in den Hals gestochen. Dann war ich wohl weg.«

»Wann und wo bist du wieder zu dir gekommen?«

»Weiß nicht, wie lange ich weg war. Aber ich bin in dieser Scheißwäschetüte aufgewacht. Zuerst habe ich nur geheult, aber dann habe ich die Löcher entdeckt und gemerkt, dass ich atmen kann.« Ein Schluchzen drang aus Lincs Kehle.

Nein, er würde den Jungen nicht in Panik geraten lassen wie Janis Jaffee. »Und was hast du dann gemacht, Linc?«

»Dann habe ich geschrien und auf die Tüte gehauen. Ich war richtig sauer.«

Linc musste bei dieser Wut bleiben. Dieser kampfwütige Geist würde ihn länger im Spiel halten. »Als du wach geworden bist, warst du dann schon unter der Erde?«

»Nein. Ich war noch draußen und unterwegs. Ich habe den Wind auf der Tüte gespürt, und ich habe die Straße unter mir gehört.«

Wenn Linc den Wind gespürt hatte, musste er auf einem Truck gewesen sein. Sehr wahrscheinlich ein weißer mit großen Reifen mit einem kreuzweise schraffierten Muster. »Asphalt, meinst du einen Highway oder eine Stadtstraße?«

»Zuerst Asphalt. Dann müssen wir auf eine Schotterstraße abgebogen sein, denn dann wurde es holprig.«

»Wie lange warst du auf dem Asphalt?«

»Keine Ahnung. Sie hat mir mein Handy abgenommen. Da war ich natürlich erst recht sauer.«

»Hast du irgendetwas gehört, als ihr auf dem Asphalt wart? Etwas durch die Löcher gesehen?«

»Nee, nix.« Die Stimme des Kindes bebte. »Das ist …ist nicht gut, stimmt's?«

»Du machst das ganz großartig, mein Freund. Du musst nur weiter mit mir reden, weil meine Kumpel bei der Telefongesellschaft herauskriegen können, wo du bist.«

»Ja, das stimmt. Das können die doch, oder?«

»Darauf kannst du wetten. Also der Truck ist auf eine rumpelige Straße abgebogen. Und was ist dann passiert?«

Neben ihm klammerte Grace die Finger um ihre Perlenkette. Sie hatte ihre ganze Kindheit lang das ›Was ist dann passiert‹-Spiel gespielt, aber nie mit so hohem Einsatz.

»Ist zigmal abgebogen«, fuhr Linc fort. »Ich weiß nicht, wie oft, und ich habe keine Ahnung, wie lange wir auf der Schotterstraße waren. Die Schachtel rutschte hin und her. Ich dachte schon, ich müsste kotzen.«

»Und als ihr angehalten habt?«

»Sie zerrte die Tüte vom Truck, direkt von hinten, und ich bin voll auf den Boden geknallt. Ich hab mir auf die Scheißzunge gebissen.«

»Nur eine Person? Dieselbe Person, die dich hinter dem Laden erwischt hat?«

Pause. »Ja, nur eine. Bestimmt dieselbe Tusse. Ich hab mich von einem blöden Mädchen kidnappen lassen. Einem blöden

Mädchen!« Eine Folge lauter Schläge (gegen seine Stirn?) ertönte.

»Und wir werden sie fangen.« Er musste die Sache deeskalieren. »Hörst du mich, Linc? Wir holen dich da raus und nehmen sie hops.«

»Ja, das will ich auch. Ihren Arsch in einer Kiste wie dieser hier.«

»Okay, mein Freund, also, was ist als Nächstes passiert?«

»Sie hat die Kiste auf dem Boden weitergezogen.«

»War da Pflaster? Gras? Schotter?«

»Kein Schotter und kein Pflaster, aber da müssen Steine gewesen sein. Sie haben ein Loch in den Boden dieser Tüte gerissen. Klein. Ich kann zwei Finger durchstecken.«

»Hast du etwas gesehen, gerochen oder gehört, als du gezogen worden bist?«

»Nichts.«

»Und was war dann?«

»Sie hat mich und die Tüte in ein Loch geschmissen. Ich bin hin und her geknallt, aber aufrecht angekommen. Dann habe ich gehört und gerochen, wie Erdklumpen auf mich gefallen sind.«

»Denk scharf nach, Linc. Hast du während dieser Zeit irgendwas durch die Löcher gesehen?«

»Nee, war zu dunkel.«

»Oder etwas gehört? Hunde oder Vögel oder Boote? Was ist mit Gerüchen? Wasser oder Fische oder Autoabgase?«

»Nein n…«. Er atmete tief ein. »Rauch. An einer Stelle habe ich Rauch gerochen, so wie von Lagerfeuern. Ich schwöre, an einer Stelle hat es gerochen, wie wenn man Marshmallows röstet. Aber das ist doch blöd, oder?«

»Marshmallows sind definitiv nicht blöd.« Lieutenant Lang hatte sicher längst eine ihrer Suchtruppen ausgesandt, um die örtlichen Campingplätze nach Marshmallows an Röststecken abzusuchen. »Sonst noch was? Noch irgendwelche Gerüche oder Klänge? Vielleicht Leute, die geredet haben oder gesungen?«

»Nix.«

Hatch schaute auf seine Uhr. »Was ist mit deiner Angreiferin? An was erinnerst du dich?«

»Klein. Ungefähr meine Größe. Auch so dürr. Lange, dunkle Haare. Lockig.«

»Sonst noch was?«

»Große Augen. Und sie hatte ein Tattoo am Handgelenk. Hab ich gesehen, als sie den Elektroschocker in meinen Hals geknallt hat. Eine Hummel. Eine verdammte Hummel. Ein Lesbenarsch mit einer blöden Misthummel.«

»Und wir kriegen sie. Hatte sie …«

»Moment, Agent Hatcher. Ich glaube, ich hab hier noch ein Loch.« Schlurfgeräusche, ein Platschen, ein Fluch.

Grace runzelte die Stirn. »Hat er Loch gesagt?«

»Linc?«, sagte Hatch. »Was ist los?«

»He, tut mir leid. Ich bin wieder da. Jepp. Ich hab hier zwei Löcher, nicht nur eins. Ich hab mein T-Shirt ausgezogen und das neue zugestopft. So kommt nicht zu viel Wasser rein.«

»Bei dir kommt Wasser in die Tüte?«

»Ja, langsam fast drei Zentimeter.«

»Salzwasser? Frisch?«

Ein leises Rascheln erklang, und Linc sagte: »Salz, ziemlich schlammig. Aber ich muss mir doch um das Wasser keine Sorgen machen, weil Sie schon auf dem Weg sind, oder? Sie und Ihre Jungs teilen den Bereich in Dreiecke ein, orten den Anruf – wie in all den Cop-Filmen. Sie werden hier sein und …«

Plötzliche Stille aus der Leitung. »Linc?« Immer noch Schweigen, nicht einmal ein Ansatz von Atem. »Verdammt!«

Hatchs Hand klammerte sich um das Telefon. »Der Anruf ist abgebrochen.«

»Er wird wieder anrufen.« Grace drückte sich an seine Seite, starrte das schwarze, lautlose Metallstück in seiner Hand an. »Lia hat neun Mal angerufen. Linc ruft auch noch mal an.«

Hatch wollte dem Telefon seinen Willen aufzwingen. Es *musste* klingeln. »Komm, Junge. Wir sind noch nicht fertig. Ruf mich an.« Als das Handy still blieb, schüttelte er es, als ob er es unterwerfen wollte, endlich zu gehorchen.

Ein Handy klingelte, und Hatchs Herz schlug gegen seinen Brustkorb. Er drückte sämtliche Knöpfe, aber das Display blieb schwarz.

Grace stupste ihn in die Brust. »Dein Telefon. Es ist Jim Breck von der Telefongesellschaft.«

Er nahm Grace sein Telefon ab. »Was zum Teufel ist passiert?«

»Das Signal ist weg«, sagte Jim. »Wir haben den Kontrollkanal komplett verloren. Wir machen weiter und überprüfen wie gehabt, aber es sieht so aus, als wäre die Batterie tot, oder der Junge hat das Handy abgeschaltet, oder das Telefon funktioniert nicht mehr.«

»Oder, was noch wahrscheinlicher ist, die Killerin hat das verdammte Ding so programmiert, dass es sich nach fünf Minuten abschaltet, denn wir sind bei *Level drei*.« Hatchs Hand zitterte, als er Grace ihr Handy reichte. Linc würde nicht wieder anrufen. Aber sie hatten ihn nicht verloren, noch nicht. Dieses Kind war stark und dachte logisch. Hatch versuchte, ernsthafte Informationen zu bekommen. »Haben Sie eine Ortung?«

»Wir sind dabei, genau, seit der Junge das Telefon angeschaltet hat«, sagte Jim. »Wir arbeiten immer noch an den Koordinaten, aber die besten Ergebnisse haben wir bei einem Turm in der Nähe von Tate's Hell.«

Er wandte sich an Grace.

»Ein Landeswald mit primitiven Campingplätzen«, sagte sie. »Mehr als achttausend Hektar.«

Hatch fuhr sich mit der Hand über das Gesicht. Diese Fläche war eine Herausforderung. Er warf den Motor an. Hunde, genau wie Bienen, konnten Dinge erspüren, und der alte Blue wusste, dass er auf die Jagd ging.

»Ein Kind?« Agent MacGregor schlug seine Fauste auf die Motorhaube von Hatchs SUV. Der Knall fand sein Echo in der Dunkelheit vor Sonnenuntergang. »Ich kann es nicht glauben, dass sie sich ein Kind geschnappt hat.«

»Einen dreizehn Jahre alten Jungen namens Lincoln Henderson«, sagte Grace. Seit fünfzehn Minuten strömten Sucher, darunter Special Agent Jon MacGregor, auf den südlich gelegenen Parkplatz im Tate's Hell State Park.

»Wie klang der Junge?«, fragte Agent MacGregor.

»Ich konnte nur ungefähr fünf Minuten mit ihm sprechen, bevor der Anruf wegbrach, aber er war in guter Verfassung. Allerdings weiß ich nicht, wie lange das noch anhält.« Hatch gab seinem Teamkollegen und allen Deputys und Suchern eine detaillierte Beschreibung seines Telefongesprächs mit Linc. Geendet hatte sie mit: »Das Wasser steigt. Also könnte er entweder ersticken oder ertrinken.«

Level drei. Weniger Zeit und mehr Hindernisse. Dieses Miststück. Dieses kranke, verrückte, sadistische Miststück. Allegheny leckte Grace' Hand, und sie grub ihre Finger in die weichen Hautfalten an seinem Hals.

Innerhalb von dreißig Minuten hatte Agent MacGregor eine gewaltige Suchmaschinerie in Gang gebracht. Spürhunde, ein Helikopter, Suchpersonal in Booten oder auf Rädern. Die Sonne hatte den Horizont durchbrochen, und eine tiefe

Pflaumenfarbe mit Streifen von Pfirsich ergoss sich über den Himmel.

»Ich brauche dich und Hatch am Cypress Bend River.« Jon tippte auf eine Karte, die auf der Motorhaube des SUV ausgebreitet war. »Fang hier an.«

Grace griff nach Hatchs Hand, aber er stand nicht mehr neben ihr. Sie entdeckte ihn am Ufer, eine große, dunkle Silhouette mit zerzausten Haaren, ein Mann, der den Sirenenklängen fließenden Wassers nicht widerstehen konnte. Selbst jetzt, da jede Minute zählte, brauchte Hatch einen Moment, um die Kraft zu finden, das zu tun, was er so gut konnte.

Hinter ihr trafen immer mehr Wagen ein. Boote brummten auf dem Fluss heran. Vor ihr beobachtete Hatch das Wasser, aber als sie näher kam, bemerkte sie, dass er alles andere als ruhig war. Seine Hände ballten sich zu Fäusten, lockerten sich wieder. Sie legte ihm ihre Hand auf den Arm. »Was ist?«

Er wich ihr aus und lief am Ufer entlang.

»Sag mir, was los ist«, beharrte sie.

»Das willst du wissen?« Die Frage war knapp und scharf. »Du willst *wirklich* wissen, was los ist?« Er wirbelte zu ihr herum, das Gesicht verzerrt. »Ich fühle mich erleichtert, Grace, ein Gefühl, das so unendlich stark ist, aber es ist falsch.«

»Alex«, flüsterte sie.

»Ja. Das hätte *mein Sohn* sein können, der lebendig in einer Plastiktüte begraben ist. *Mein Sohn*, der nach Luft ringt. *Mein Sohn*, der verzweifelt versucht, den Kopf über Wasser zu halten.« Hatch fuhr sich mit beiden Händen durch die Haare. »Aber es ist nicht mein Sohn, der da in Gefahr ist, und das erleichtert mich so unendlich und macht mich so verdammt glücklich, dass ich mich selbst nicht ausstehen kann.« Er trat gegen die Böschung, und ein Brocken Schlamm flog auf. Ein Fischadler flatterte von einem nahen Baum auf.

Grace legte ihm eine Hand auf die Schulter. »Schluss jetzt.«

»Schluss womit?«

»Schluss damit, ein FBI-Agent zu sein. Erlaube dir einen Moment lang, nur Vater zu sein. Tu das, was du hier tun musst.« Sie schlug auf seine Brust, nicht überrascht über die donnernden Schläge gegen ihre Fingerspitzen. »Und wenn du deinen Elternverpflichtungen nachgekommen bist, dann kannst du hierhin gehen«, sagte sie und tippte ihm auf die Stirn.

Hatch schloss die Augen und legte seine Faust auf die Brust. Er klopfte. Wollte er Gefühle zurückschlagen? Sich vergewissern, dass ihm sein Herz nicht aus der Brust sprang?

Endlich packte er sie bei der Hand. »Woher weißt du so viel über Kinder?«

»Tue ich doch gar nicht.« Sie legte ihm ihre Hände auf beide Wangen. »Ich kenne *dich* einfach.« Sie brachte sein Gesicht an ihres und drückte ihre Lippen auf seine, gerade lange genug, um einen langen, regelmäßigen Atem mit ihm zu teilen.

»Okay, es wird Zeit, einen angefressenen und verängstigten dreizehnjährigen Jungen zu finden.« Halb im Laufen zog er sie auf den Parkplatz, wo sich inzwischen die Zahl der Autos verdreifacht hatte. Dutzende, vielleicht einhundert, versammelten sich um die Picknicktische, wo Jon die Kommandoposten aufgestellt hatte. Weitere Autos trudelten ein.

Ihre Füße sanken in den Boden, und sie zog ihre Hand aus Hatchs.

»Was tust du?«, fragte er.

Sieger handeln, und Handelnde siegen.

Hör auf, Daddy.

Sie streckte Hatch ihre Hand entgegen und wackelte mit den Fingern. »Die Schlüssel, bitte …«

»Jon möchte, dass wir am Fluss anfangen.«

»Ich komme nicht mit.«

»Das ist *Level drei*, Grace, wesentlich mehr Herausforderung als die anderen beiden, und wir wissen beide, wie die geendet haben.«

»Linc ist in schlimmster Gefahr, also müsst ihr alle euch aufmachen.« Die Sonne tauchte am Horizont auf, und bald würde die Stadt komplett wach sein und in ihren Tag einsteigen. Die Austernboote würden in der Bucht aufbrechen. Ihre Mitarbeiter würden sich auf einen Tag im Gericht vorbereiten. Und ein dreizehnjähriger Junge würde mit seinem Fahrrad losfahren, um seinen gemeinnützigen Dienst auf dem Friedhof anzutreten.

»Jemand muss sich um Alex kümmern«, sagte sie. »Linc und Gabe sind vielleicht nicht die beste Wahl als Freunde, aber sie sind die Freunde deines Sohns.« Sie winkte in Richtung des Parkplatzes, auf dem jetzt zwei TV-Nachrichten-Crews standen. »Es dauert nicht lange, dann erfährt Alex, was mit seinem Freund los ist, und dann muss jemand für ihn da sein, jemand anderes als ein mundfauler Totengräber, seine erschöpfte Oma und die Terror-Zwillinge. Das ist deine Welt, Hatch, deine Spezialität. Linc braucht dich hier. Das bedeutet, dass ich für Alex bleibe.«

Hatch strich mit einem Finger über ihre Wange, als wäre er nicht ganz sicher, was er da anfasste. Dann drückte er seine Stirn an ihre. »Du, Grace Courtemanche, bist mehr als überwältigend.«

»Hat man mir schon mal gesagt.« Sie steckte ihre Hände in die Taschen seiner Shorts und suchte nach den Schlüsseln. »Halt mich auf dem Laufenden, und du …« Sie winkte Allegheny Blue zu, der nervös zwischen dem Ufer und dem Parkplatz hin- und hergelaufen war. »Komm, du Tölpel. Du wirst hier sowieso jedem im Weg herumstehen.«

30

Grace fuhr vor Alex' Haus vor, gerade, als er sein Fahrrad aus der Garage holte.

»Hallo auch, Grace.« Er radelte zur Beifahrerseite des SUV und streichelte Allegheny Blues weiche Ohren.

Der Muskel in ihrem Brustkorb fing an, zu zittern. Er sah so glücklich aus, so normal, und sie würde das zerstören müssen. »Hallo Alex.«

»Rate, was Black Jack mich heute tun lässt? Ich soll eine Brücke bauen. Eine echte Brücke. Da ist doch dieser kleine Bach, der über den südlichen Teil des Friedhofs läuft, und da gibt es diese alte Frau, sie heißt Mrs. Rubidoux, die das Grab von ihrem Mann seit zwanzig Jahren jede Woche besuchen kommt. Ich glaube, sie hat sich die Hüfte gebrochen oder sonst was und hat Probleme mit dem langen Weg über den Friedhof, also hatte Black Jack diese Idee, eine Brücke über den Bach zu bauen, direkt neben das Grab von ihrem Mann, damit sie nicht so weit laufen muss. Und er will, dass ich es mache. Nichts Besonderes. Nur ein paar Bohlen und Blöcke, und ich glaube, das schaffe ich.«

»Ich bin sicher, du kannst das, Alex«, versicherte sie ihm, denn der Junge war wie sein Vater. Hatch war ein Meister im Brückenbauen, und sie betete, er hatte genug Informationen, sodass jemand Linc erreichte, bevor das Wasser zu hoch stieg oder dem Jungen die Luft und der Kampfgeist ausgingen.

»Mrs. Rubidoux kommt nicht vor Montag, also habe ich fünf Tage Zeit, daran zu arbeiten. In fünf Tagen sollte ich es schaffen.« Ein Rosa, das ihn noch jünger aussehen ließ, brachte seine Wangen zum Glühen. »Meinst du nicht?«

Fünf Tage, um eine Brücke zu bauen. Fünf Minuten für eine andere. »Ich bin sicher, du schaffst das.«

»He, stimmt was nicht? Du siehst heute Morgen nicht wirklich gut aus. Es ist doch nicht etwa was mit Blue?«

Bei der Erwähnung seines Namens lief ein besonders langer Sabberfaden aus der Schnauze des alten Hunds.

»Mit Blue ist alles in Ordnung«, sagte sie und suchte verzweifelt nach Worten.

»Ist es Hatch?« Alex hörte auf, Blues Nacken zu kraulen. »Er ist abgehauen, stimmt's?«

Für jemanden, der »der blonde Bulldozer« genannt wird, war sie äußerst zögerlich und verhaspelte sich. Sie ordnete die Perlen an ihrem Hals. »Hatch geht es gut, und er ist immer noch in der Stadt. Alex, gestern Abend waren Linc und Gabe nach Mitternacht noch in der Innenstadt hinter dem Lebensmittelladen und …«

»Ich war nicht mit, ich schwöre es …«

»Ich weiß.«

»Idioten. Ich hab denen doch gesagt, dass das Schloss von diesem Lebensmittelladen nicht zu knacken ist. Die Leute vom Sheriff haben sie verhaftet. Geschieht ihnen recht.«

»Nein, Alex, der Sheriff hat sie nicht gefunden. Das war jemand anders. Die Person, die diese Mädchen im Sumpf begraben hat, hat sich Linc geschnappt.«

Alle Farbe wich aus Alex' Wangen.

»Mach dir keine Gedanken. Linc geht es so weit gut. Dein Dad hat mit ihm gesprochen, das ist höchstens eine Stunde her. Er ist am Leben und schimpft. Und noch wichtiger, Hunderte von Leuten sind im Sumpf und suchen ihn.«

Alex' Kinn zitterte. »Linc ist in so 'ner Kiste? Unter der Erde?«

Sie griff über den SUV und legte ihre Hand auf seine. »Aber es wird ihm wieder gut gehen. Er ist ein kluger Junge. Er konnte Hatch jede Menge nützliche Information geben.«

Alex fuchtelte an der Handbremse seines Fahrrads herum. »Und Hatch, ist er da draußen und sucht nach Linc?«

Ein Knoten formte sich in Grace' Hals. »Ja, Alex, Hatch sucht deinen Freund.«

»Gut. Hatch ist ein Ass beim FBI. Er weiß, wie man mit solchen Sachen umgeht.« Alex grub seine Hände in Blues schlaffen Hals und kraulte fest. »Okay, Linc wird bald wieder in Ordnung sein.« Alex versuchte so sehr, seinen Mann zu stehen.

»Ich bin sicher, Black Jack und deine Oma werden es verstehen, wenn du heute nicht zur Arbeit gehen möchtest.«

Alex kraulte Blues Kinn weiter. »Nein. Ich muss zur Arbeit gehen. Ich … uh … muss diese Brücke für Mrs. Rubidoux bauen, damit sie es einfacher hat, ihren Mann zu besuchen. Ich habe es Black Jack versprochen.«

Grace verstand. Der Junge brauchte die Beschäftigung. »Stell dein Fahrrad in die Garage und steig ein. Ich fahre dich zum Friedhof.« Sie zog an Blues Halsband und brachte ihn auf den Rücksitz. »Und ob du es mir glaubst oder nicht – ich kann tatsächlich ganz gut mit einem Hammer umgehen. Muss man ja auch, wenn man ein Auto wie meins hat. Wie wäre es, wenn ich dir helfen würde, diese Brücke zu bauen?«

Tucker Holt mochte diese kleine Stadt. Cypress wäre ein toller Ort für einen Urlaub mit seinen Kindern. Jede Menge Bootsverleihe, Strände mit weißem Sand, Wanderwege, preiswerte Lokale und sogar ein paar hübsche Campingplätze. Der außerhalb der Stadt namens Tate's Hell war Wahnsinn. Jackson und Hannah wären begeistert. Er und Jackson könnten ihre Angelschnüre an einem der Flüsse auswerfen, und Hannah würde

Feenhäuser aus Margeriten, Rinde und Gras basteln. Vielleicht würde Tucker, sobald er den Doppelmord in der Tasche hätte, die Kinder auf einen kleinen Urlaub herbringen. Sie waren seit ein paar Jahren nicht in Urlaub gewesen, nicht, seit er es zum Detective geschafft hatte.

Zu viele Leichen, zu viel Tod.

Er rollte das Fenster seines Mietwagens hinunter, während er weiter den Highway hinabfuhr. Selbst abseits der Senke verstopfte der Gestank dieses Arschgesichts und des Gifts seine Nüstern.

Als Tucker seinen Mietwagen auf das Revier des Franklin-County-Sheriffs fuhr, hatte er jede Menge Parkplatz zur Auswahl. Kein einziges Auto. Innen fand er die Lobby ebenso leer, und in dem Moment witterte er Arschgesicht.

Er drückte die Klingel an der Rezeption. Eine Tür am ganz anderen Ende ging auf, und eine Frau mit sehr rot geschminkten Lippen steckte den Kopf aus dem Eingang. »Ich bin in einer Minute bei Ihnen, Sir«, sagte sie.

»Eilt nicht.« Sein Flug nach Kentucky ging erst um drei Uhr nachmittags. Er hatte genug Zeit, um sich um Oliver und Emmaline Lassens neues Winterquartier zu kümmern und trotzdem zeitig zu Hannahs Ballettaufführung heute Abend nach Hause zu kommen.

Als die Frau zurückkam, lächelte sie ihn erschöpft an, und er gab ihr seine Karte.

»Entschuldigung, dass Sie warten mussten, Detective Holt. Wir haben hier einen vermissten dreizehnjährigen Jungen. Das dritte Opfer des ›Totengräbers‹.« Sie zeigte ihm ein Foto des Jungen, ein kitschiges Lächeln, angeschlagene Frontzähne, Schmachtlocke, Sommersprossen. Er sah aus wie ein kleiner Höllenkerl. Er runzelte die Stirn. Der jetzt tatsächlich in der Hölle war.

Tucker hatte in den Nachrichten von dem »Totengräber« gehört. Er schauderte. Das war doch noch so ein verdammtes Arschgesicht.

»Ich untersuche den Tod eines Rentnerpaars, das hier ein Winterquartier hat«, sagte Tucker. »Oliver und Emmaline Lassen«, er blickte auf seine Notizen, »von Gator Slide.«

»Die Namen kommen mir nicht bekannt vor, aber ich kann jemanden bitten lassen, Sie anzurufen, sobald wir einen Deputy zur Verfügung haben, denn wenn Ihre Morde nichts mit dem ›Totengräber‹ und diesem vermissten Jungen zu tun haben, fürchte ich, dass Sie hier noch eine Weile sich selbst überlassen sind.«

»Mit dem ›Totengräber‹ zu tun? Das bezweifle ich ernsthaft.« Die Lassens waren nicht lebendig begraben worden, sondern weggeworfen, nachdem man sie erschossen hatte. Der einzige Grund für seinen Umweg war, dass sein Bauchgefühl zu ihm sprach. »Ich will mir den Grund und Boden des Ehepaars mal ansehen und da ein bisschen herumstochern.«

Als er wieder draußen war, dachte er an das Gesicht des vermissten Jungen, an seine Sommersprossen, die so sehr wie die von Jackson aussahen, und an seine Zahnlücke, die der der kleinen Hannah glich. Tucker konnte sich nicht vorstellen, was die Eltern des Jungen durchmachen mussten, aber er hatte eine verdammt gute Vorstellung davon, was der leitende Beamte und das Suchteam durchmachten – nämlich hochgiftige Höllenfeuer.

Mara hatte seine Arbeit oft hochgiftig genannt. *»Sie vergiftet dich und unsere Ehe«, hatte sie gesagt, als sie ausgezogen war. »Aber jetzt nicht mehr, Tuck. Ich lasse nicht zu, dass dieses Gift mich und die Kinder zerstört.«*

Also war sie ausgezogen und hatte allein weitergemacht, wegen des Gifts, Gift, das er in seiner Nase spürte, in seiner Kehle und im Mund. Es stach und verbrannte seine Augäpfel. Er fuhr sich mit dem Handrücken über die Augen. Feuchtigkeit glänzte auf seiner Haut.

Seine Knie knickten ein, und einen Moment lang bebte die Erde. Er sank auf die obere Treppenstufe, sein Hintern traf das Pflaster.

Mara hatte recht. Dieser Job war hochgiftig, brachte ihn von innen um, da er ihn lebte, atmete. Das Gift lief durch seine Blutbahn, füllte jeden Zentimeter seines Schädels. Manchmal konnte er außer seinem Job nichts sehen.

Wieder stellte er sich den Dreizehnjährigen mit den Sommersprossen vor. In ein paar Jahren könnte Jackson so aussehen, gefangen, mit Mühe atmend, sterbend. Sein Innerstes machte einen Sprung. Und wo wäre Tuck dann? Bei einem Fall. Auf der Jagd nach Mördern. Beim Einatmen von Gift.

Er hatte schon so viel von Jacksons und Hannahs kurzem Leben verpasst. Irgendein Arschgesicht, ein Unfall oder eine Krankheit konnten sie ihm noch heute nehmen. Keine Hummelauftritte beim Ballett mehr. Keine Angelausflüge mehr.

Er hätte längst aussteigen sollen, ungefähr zu der Zeit, als er jeden Abend nach einem ordentlichen Schluck Wild Turkey griff. Alkohol desinfizierte. Er tötete. In den letzten zwei Jahren hatte er jeden Abend versucht, das Gift zu töten, das seinen Körper übernehmen wollte.

Das ergab Sinn. Er schlug sich mit der offenen Handfläche gegen die Stirn. Das. Ergab. Sinn. So. Viel. Verdammten. Sinn.

Peng. Peng. Peng. Peng.

Jeder, der vorbeiging, musste ihn für verrückt oder betrunken halten. Aber zum ersten Mal seit Jahren war sein Hirn kristallklar.

Er musste das Gift loswerden. Er musste aus der Polizeiarbeit aussteigen.

Noch gestern hätte er das für undenkbar gehalten, aber heute und jeden Tag und Monat, die vor ihm lagen, war es das Richtige. Er sprang von den Stufen hoch.

Dies war für ihn nicht das Ende. Sicher, es war das Ende dieses Kapitels, aber es gab noch viel mehr Kapitel in der Zukunft, Kapitel, die Jackson und die kleine Hannah füllen würden – und Angeln. Ganz viel Angeln.

Was die Arbeit anging, konnte er eine Menge tun. Privater Sicherheitsdienst. Ein Schreibtischjob beim Staat. Oder er könnte unterrichten. Er hatte viel Zeit mit den Greenhorns verbracht. Er liebte es, Jungen wie Carl im Revier zu unterrichten, ihnen den Weg aus dem Klassenraum in die »echte Welt« zu erleichtern. Tuck hatte einen Bachelor of Arts in Geschichte. Er könnte Geschichte unterrichten, aber vielleicht auch als Baseball-Coach arbeiten. Lehrer verdienten nicht viel, weniger als Cops, aber er brauchte nicht viel, gerade so viel, um die Miete und seinen Wohnwagenplatz zu zahlen, vielleicht ein Boot zu kaufen, das groß genug für ihn und die Kinder war. Und wenn er nebenbei ein paar Sicherheitsjobs annahm, könnten er und Jackson und Hannah auch mal Urlaub an einem Ort wie diesem hier machen.

Tucker Holt musste aus dem Polizeidienst weg, aber bevor er das anging, musste er ein letztes Mal ein Arschgesicht schnappen.

Jon MacGregor hatte einen Namen für Kreaturen, die Kinder entführten. Würmer. Schlamm saugender Abschaum, der seinen Kopf nicht von seinem Arsch unterscheiden konnte.

Und er hatte einen Ort, wohin er sich diese abscheulichsten Kriminellen wünschte.

Die Hölle. Einen Ort des Feuers und des geschmolzenen Gesteins. Ein Ort, an dem schleimige, wurmartige Körper zu

Tode gebacken werden würden. Das sollte natürlich erst geschehen, nachdem er sie mit seinen Stiefelabsätzen zertreten hätte.

Jon hielt das Boot und würgte den Motor ab. »Liiinc!«

Er kontrollierte das Funkgerät an seiner Hüfte. Auch still. Mehr als einhundert Sucher verteilten sich seit drei Stunden über die Gegend.

Jede Minute dasselbe.

Nichts.

Hatch hatte ihn Agent Optimist genannt. Ja, Jon hatte Hoffnung, denn Würmer, die Kinder entführten, hinterließen immer Schleimspuren, und Jon würde nicht ruhen, bis er den Schleim entdeckt hatte.

Hayden Reed kreuzte die Arme und richtete einen rasiermesserscharfen Blick auf Glenna Wheeler. Er hatte die ganze Nacht damit verbracht, die Immobilienhändlerin ausfindig zu machen, die den Deal für das Giroux-Anwesen unter Dach und Fach gebracht hatte. Es stellte sich heraus, dass sie die Nacht bei Alligator Point verbracht hatte, um einen »Freund« zu besuchen. Er hatte sie am Morgen gefunden, als sie in ihrem Büro angekommen war. Als er um Informationen über den Bieter gebeten hatte, der gegen Grace verloren hatte, verweigerte sie die Auskunft mit der Begründung, sie habe eine Vetraulichkeitsklausel unterschrieben.

Sie wickelte die Schnur des Bürotelefons um ihren Finger. »Hören Sie auf, mich so anzusehen, Agent Reed.«

»Wie?«

»Als ob Sie durch mich hindurchsehen könnten.« Die Telefonschnur war so eng, dass Glennas Finger knallrot wurden.

»Ich sehe vielmehr eine Frau, die verzweifelt versucht, Linc Henderson zu helfen.«

Glenna brachte die Bilderrahmen auf dem Buffet hinter ihr in Ordnung und ordnete den Strauß Iris auf ihrem Schreibtisch neu. »Ich kann Ihnen den Namen nicht nennen. Ich bin vom Gesetz daran gebunden, keine Informationen preiszugeben. Das verstehen Sie doch, oder?«

»Nein, das verstehe ich nicht, Glenna, und der dreizehnjährige Junge, der lebendig begraben wurde, ebenso wenig.«

»Hören Sie auf, so zu reden!« Sie starrte ihr Telefon an. »Wann meldet sich dieser verdammte Richter endlich mit der Verfügung zurück?«

»Hoffentlich, bevor der Junge, der lebendig begraben wurde, erstickt.«

Glenna trommelte mit den Fingern auf den Schreibtisch, den Blick wie gebannt auf das Telefon auf ihrem Schreibtisch gerichtet. Alle Lämpchen waren dunkel. »Ich könnte meinen Job verlieren bei so was.«

Hayden verschränkte die Finger und legte sie auf seine Krawatte.

Sie drehte sich zu ihm. »Dieses Mal hat sie also ein Kind?«

»Er heißt Linc. Er ist Halbspieler für sein Sommerteam. Er hat einen schokoladenfarbenen Labrador namens Maurie.« Er konnte es erkennen. Sie war nahe dran.

Ihre Hände schlugen auf den Schreibtisch. »Jetzt klingel doch, verdammt noch mal!«

Hayden sah sie nur weiter an.

Grummelnd fuhr sie endlich ihren Computer hoch. »Ich geb Ihnen den Namen.« Ihre Finger flogen über die Computertasten. »Lieber gehe ich in den Knast als in die Hölle.«

Hatch hatte das Wasser geliebt. Er hatte es geliebt, über den Ozean zu segeln, in der Bucht zu angeln, nackt an einer abgeschiedenen Stelle mit Grace zu schwimmen. Aber jetzt, als er sich vorstellte, wie Wasser in die Plastiktüte hineinsickerte, die einen dreizehnjährigen Jungen gefangen hielt, hasste er es.

Er hasste fast die gesamte Menschheit, sich selbst eingeschlossen. Als er erfahren hatte, dass Alex, Linc und Gabe in die Krabbenbude eingebrochen waren, hätte er sie alle drei in das Büro des Sheriffs zerren und verlangen sollen, dass sie eingesperrt würden, bis sie die Pubertät hinter sich gelassen hätten.

Dann wäre Linc jetzt in Sicherheit.

Und Grace …

Er stellte sich die Zeichnung des Strichmännchens mit Perlenkette und ausgestochenen Augen vor. Grace war nur ein paar Atemzüge davon entfernt, das nächste Opfer der »Totengräberin« zu sein.

»Liiinc!« Hatch fuhr weiter auf einem Boot den Cypress Bend River entlang, und er erhielt dieselbe Antwort wie auf alle seine früheren Rufe in den letzten drei Stunden. Nichts. Schweigen.

31

Alex arbeitete zwei lange Stunden. Er räumte Büsche und Lianen von beiden Seiten des Bachs weg, wo er Mrs. Rubidoux' Brücke bauen würde. Dann fiel die erste Träne.

Grace, die an seiner Seite den Abfall auf einen Anhänger transportiert hatte, zog ihre Handschuhe aus und nahm den Jungen in den Arm. Der Dreizehnjährige, der nichts und niemanden brauchte und fast die ganze Welt hasste, drückte sein verschwitztes, dreckiges Gesicht in ihre Bluse und schluchzte laut und stoßweise. Ihr Körper beugte sich instinktiv über seinen, und sie bewegten sich hin und her, eine beruhigende, schaukelnde Bewegung, neben ihnen der leise plätschernde Bach.

Sehr bald zog sich Alex wieder zurück und hinterließ ihre Arme schmerzhaft leer. Er wischte sich mit einer dreckigen Hand über seinen Arm. »Tut mir leid. Mann, ich bin so ein Weichei.«

»Nein, Alex, du bist ein Freund, jemand, der sich um einen Freund in einer schlimmen Situation sorgt.«

»Hatch würde lieber sterben, als dabei erwischt zu werden, wie er wie ein Baby heult, und die anderen in seinem Team auch. Ich bin hier der *Loser.*«

»Hör auf.«

»Womit?«

»Dich selbst zu steinigen. Damit hilfst du Linc nicht.«

»Meinst du, wir können losgehen und nach ihm suchen?«

Grace ließ normalerweise ungern andere die Arbeit machen, aber sich jetzt den Suchern in Tate's Hell anzuschließen wäre unsinnig. Sie war das allerletzte Opfer der »Totengräberin«, und sie weigerte sich, ein leichtes Ziel zu sein. »Ich glaube, wir sollten uns mal um Allegheny Blue kümmern. Er sah nicht gerade glücklich aus, als wir ihn bei der Hütte zurückgelassen haben. Warum machen wir hier nicht Schluss für heute?«

Alex' Finger klammerten sich um den Griff der Schaufel. »Kann nicht. Ich habe Black Jack versprochen, heute den Boden für Mrs. Rubidoux' Brücke vorzubereiten.«

»Ich bin sicher, er wird es verstehen.«

Alex zog mit seiner Schuhspitze eine Linie in den Weg aus Austernschalen. »Okay, ich glaube auch, dass Black Jack das versteht. Lass mich gerade noch das Zeug wegtun, dann fahren wir und kümmern uns um Blue.«

Grace war glücklich, vom Friedhof wegzukommen. Zu viele Leichen.

Zurück bei der Hütte fanden sie Blue auf der Vorderveranda, in der Sonne auf seinem Fleckenteppich zusammengerollt. Er grüßte sie mit einem sparsamen Schwanzwedeln und rollte sich auf den Rücken. Alex und sie kraulten seinen Bauch.

In ihrer Hütte setzte sie eine Kanne Sonnentee auf, säuberte und füllte Blues Wasser- und Fressschalen und kontrollierte die Mailbox, ihr Telefon und ihre E-Mails.

»Du kannst nicht gut still sitzen, was?«, fragte Alex.

»Nein, aber ich arbeite daran.«

Er deutete mit dem Kinn auf das Küchenfenster und den Bach dahinter. »Wir könnten mit dem Boot los.«

»Erst, wenn wir Linc haben.« Sie hatte allerhöchstes Vertrauen zu dem Team, das sie zusammengetrommelt hatte, besonders zu dem Mann am Steuer.

Alex holte tief Luft und nickte. »Ja, erst, wenn wir Linc haben.«

Sie wühlte sich durch die Post, die sich im Laufe der Woche angesammelt hatte. Ihre Finger glitten über die Einladung des älteren Ehepaars, das das frühere Haus ihres Vaters gekauft hatte, Oliver und Emmaline Lassen. Sie hatten ihr eine Einladung zukommen lassen, diese Woche jederzeit auf einen Tee reinzuschauen. »Du hast recht. Ich kann nicht nichts tun. Also los.«

»Suchen wir Linc?«

»Nein. Wir gehen zu einer Teeparty.« Sie steckte die Einladung der Lassens in ihre Tasche.

Alex verzog seine Lippen zu dem überheblichen Zähnefletschen, das Teenager über Jahrhunderte perfektioniert hatten. »Du machst wohl Scherze.«

»Nein. Aber das Coole ist, dass da tatsächlich Alligatoren sein werden. Wir fahren zu meinem alten Zuhause, genannt Gator Slide.«

Das Zähnefletschen verschwand. »Cool.«

Blue folgte ihnen zu dem SUV, schwanzwedelnd.

Grace fuhr in die Auffahrt des zweistöckigen viktorianischen Hauses mit minzgrüner Verkleidung und einer Rieseneiche mit einer Reifenschaukel.

Alex schaute aus dem Fenster. »Ich seh keine Alligatoren.«

»Sie sind normalerweise hinten in dem Grasland zwischen Haus und Fluss«, erklärte Grace. »Du siehst wenigstens ein Dutzend Rutschspuren, wo die Alligatoren in den Fluss gleiten und wieder zurückkommen. Deswegen heißt das Haus Gator Slide. Ich erinnere mich, wie ich einmal aus meinem Schlafzimmerfenster gesehen habe und sich vier Alligatoren auf unserem Tennisplatz gesonnt haben. Ein anderes Mal hat jemand die Garagentür offen gelassen, und als ich mein Fahrrad holen wollte, um in die Schule zu fahren, lag ein Alligator zusammengerollt neben dem Wäschetrockner.«

»Cool.« Alex nickte. »Und ein schönes Haus. Verdammt groß und schick. Und du bist hier aufgewachsen?«

»Jepp.« Sie hatte die ersten achtzehn Jahre ihres Lebens in diesem Haus verbracht. Als ihr Vater vor fünf Jahren gestorben war, hatte sie darüber nachgedacht, das Haus zu verkaufen, aber jedes Mal, wenn sie das Telefon genommen hatte, um den Immobilienmakler anzurufen, konnte sie einfach nicht auf die Tasten drücken. Erst, als sie ihr Augenmerk auf das Giroux-Anwesen gerichtet hatte, konnte sie sich vorstellen, sich von Gator Slide zu trennen, und selbst dann war es noch schwierig gewesen. An dem Tag, als sie das letzte Teil aus dem Haus geräumt hatte, inklusive einer vergessenen Schachtel Weihnachtsbaumschmuck vom Dachboden, hatte sie richtig weinen müssen. Als alles verpackt war, abtransportiert und geputzt, hätte Gator Slide nichts als Erinnerungen beherbergen sollen – deshalb war sie so verblüfft gewesen über Emmaline Lassens Nachricht, dass noch persönliche Dinge vorhanden seien.

Grace stieg zusammen mit Alex aus dem SUV. Blue hob seinen knochigen Kopf, sah aus der Heckscheibe und legte sich wieder schlafen. Müder alter Kerl. Sie kraulte ihm den Kopf und klingelte, während Alex die das Haus vollständig umschlingende Veranda entlanglief. »He, hier hinten sind ein Boot und eine Anlegestelle.« Als er zurückging, murmelte er etwas darüber, dass jeder außer ihm ein Boot hatte. In solchen Momenten war ihr ein grüblerischer Alex lieber als ein Alex, der wegen seines Freunds in Angst und Schrecken war. Sie klingelte noch mal.

»Vielleicht sind sie nicht zu Hause«, sagte Alex. »Können wir trotzdem nach Alligatoren suchen?«

Dieses Mal klopfte sie und spähte durch einen Spalt in den Vorhängen vor den langen, schmalen Fenstern rechts und links der Tür. Jeder Fensterladen und Vorhang des Hauses musste geschlossen sein, denn alles, was sie sah, war schwarz. Sie legte ihre Hände neben den Kopf und blinzelte. Durch die Düsternis konnte sie Dutzende von Kisten sehen und Laken, die sich über etwas beulten.

»Sieht so aus, als wären ihre Sachen angekommen«, sagte sie. »Lass uns mal schnell einen Blick nach hinten werfen.«

Als die Lassens das Anwesen zum ersten Mal gesehen hatten, hatten sie sich sofort in den Hinterhof mit dem Flussblick, dem Tennisplatz, dem Bootsanlegesteg und den Gärten verliebt. Grace war überrascht, kniehohes Gras und Unkraut auf den Fußwegen zu entdecken. An dem Tag, als der Verkauf beschlossene Sache war, hatte Oliver den Baumarkt aufgesucht und war mit einem Aufsitzrasenmäher nach Hause gekommen, während Emmaline nicht nur ein, sondern gleich vier Vogelfutterhäuschen angeschleppt hatte. Sie hatten so niedlich ausgesehen, so aufgeregt. Grace hatte erkannt, dass ihr Elternhaus in guten Händen sein würde.

»Und das ist genau das Boot, das ich mag«, sagte Alex. »Nicht zu groß, nicht so schickimicki.«

Ein warmes Gefühl der Erinnerung überwältigte Grace. Seit dem Tod ihres Vaters vor fünf Jahren hatte das Vier-Meter-Skiff in der Garage gestanden. Sie hatte vorgehabt, das Boot zu behalten und mit einem neuen Motor auszustatten, weil der alte hinüber war. Aber als die Lassens angeboten hatten, ein paar Tausender für das Skiff springen zu lassen, war sie dankbar auf den Deal eingegangen. Das Extrageld konnte sie gut gebrauchen. Außerdem freute sie sich, dass die Lassens es nun nutzten.

Sie beobachtete, wie Alex den abschüssigen Hof zum Fluss rannte. Obwohl die Lassens nicht zu Hause waren, gönnte sie ihm diese unbeschwerte Zeit. Sie ließ ihren Kopf auf den Schultern kreisen. Sie selbst könnte auch etwas unbeschwerte Zeit brauchen. Wenn sie Linc gefunden hätten, würde sie einen richtigen Urlaub nehmen. Vielleicht würden sie und

Hatch an Bord der »No Regrets« gehen und segeln, wohin der Wind sie führen würde.

»Hallo, kann ich Ihnen helfen?« Ein Auge, halb bedeckt mit einer Schlafmaske, blinzelte durch eine Spalte in der Tür.

»Guten Morgen«, sagte Grace. »Ich wollte eigentlich Emmaline Lassen sprechen.«

Das Auge blinzelte. »Und Sie sind …«

»Grace Courtemanche, die frühere Besitzerin von Gator Slide. Mrs. Lassen hat mir eine Einladung geschickt, jederzeit morgens vorbeizukommen. Sie sagte, sie hätte etwas gefunden, das meinem Vater gehört hat.«

Die Tür öffnete sich weiter, und Grace erkannte kurze blonde Haare, rundum wild gelockt. Das Mädchen war winzig – wohl ein Teenager – und trug ein unförmiges Nachthemd mit einer Zeichnung von einem Moskito und der Aufschrift *Minnesota's State Bird*.

»Wenn es jetzt nicht passt, kann ich gern später wiederkommen«, sagte Grace.

Das Mädchen klopfte sich auf die Wangen, als ob sie versuchen würde, sich selbst aufzuwecken. »Nein, gehen Sie nicht. Ich hole Ihnen die Sachen. Ich will mich nur anziehen.« Sie lief durch die dunkle Küche und dann die Treppen hinauf.

Grace rief Alex, der vom Fluss herbeigelaufen kam. »Ich habe zwei Alligatoren gesichtet. Einer war mindestens viereinhalb Meter lang. Ich kann es kaum erwarten, Gabe und Linc zu erzählen …« Sein Lächeln gerann.

Sie drückte seine Schulter. »Wirst du bald können, Alex, Linc wird wieder in Ordnung kommen.« Sie zeigte auf seine Schuhe, die mit roter, schaumiger Erde verdreckt waren, wie man sie an diesem Teil des Flusses fand. »Mach deine Füße sauber.«

Als sie das Haus betraten, schloss sie die Tür, und ein Schatten fiel über die Küche.

»Mann, hier ist aber 'ne Masse Platz«, sagte Alex, als er durch das schattige Haus huschte und seine Nase in das Esszimmer, die Bibliothek und das Wohnzimmer steckte. »Ich wette, du hattest ein Zimmer für dich allein.«

»Genau. Nur für mich.« Musste hart sein für einen dreizehnjährigen Jungen, sein Zimmer mit diesen ungestümen Zwillingen zu teilen. Hatch liebte seinen Sohn und kümmerte sich eindeutig um sein Wohlergehen. Grace wäre nicht überrascht, wenn er Alex' Großmutter zu einer größeren Wohnung verhelfen würde. Grace glitt mit ihrer Hand über einen Stapel Kartons in der Küche. Und vielleicht würde er auch länger bleiben.

»Hallo Grace, hier entlang.«

Grace schrak zusammen. Das Mädchen war so leise gewesen, dass Grace nicht gehört hatte, dass sie die Treppe heruntergekommen war. Mit Alex im Schlepptau suchte sie sich einen Weg durch die dunkle Küche und den Hauswirtschaftsraum und schlängelte sich zwischen den Umzugskisten hindurch.

»Verdammt!«, schrie Alex hinter ihr.

Grace wirbelte herum, ihre Hände tasteten im Dunkeln nach dem Jungen. »Alles in Ordnung?«

»Ja, ich bin nur gegen so eine verdammte Wand gestoßen.«

»Tut mir leid«, kam die Stimme des Mädchens aus dem Flur. »Ich habe die Elektrizitätswerke den Strom schon vor ein paar Tagen anstellen lassen, aber irgendwas stimmt mit den Sicherungen nicht.«

»Wer sind Sie?«, fragte Grace.

Eine Tür quietschte, und trüber Lichtschein fiel aus der Garage in den Flur. »JoBeth Lassen. Oliver und Emmaline sind meine Großeltern. Ich bin hergekommen, um ihnen beim Auspacken zu helfen.«

Grace erreichte die Garage, die mit noch mehr Kartons und Gartenmöbeln zugestellt war. Im Hintergrund stand ein langes

Fahrzeug. Irgendjemand hatte Verdunkelungspapier über die schmalen Fenster oben in der Garage geklebt. Beim ersten Fenster war das Papier ein wenig abgesackt, und ein Lichtschein durchschnitt die ansonsten vollkommene Dunkelheit. Das Mädchen, das jetzt eine hautenge Jeans zu ihrem Moskito-Hemd trug, kletterte über einen niedrigen Stapel neben der Tür.

»Wo sind Ihre Großeltern?«, fragte Grace.

»Immer noch in Minnesota. Grandpa ist gestürzt. Die Ärzte wollten, dass er sich noch ein paar Tage ausruht. Dieses Wochenende sollten sie aber kommen.« Das Mädchen kletterte über zwei Gartenstühle und auf einen weiteren Stapel mit Kartons.

»Dann kann ich ja wiederkommen.«

»Nee, ist schon in Ordnung.« Schnell und gelenkig sprang sie von den Kartons herunter. »Ich weiß, wo die Sachen sind. Grandma hat sie in den Keller getan.«

»Keller? Dieses Haus hat keinen Keller.«

»Natürlich. Er ist unter der Garage.«

Das Mädchen war wahrscheinlich noch nicht ganz wach. Grace hatte ihr ganzes Leben hier verbracht und war nie in einen Keller gegangen. Der einzige Stauraum in der Garage war der massive Wandschrank, in dem ihr Vater sein Angelzubehör aufbewahrte. »Es ist nichts unter der Garage. Gar nichts.«

Das Mädchen blieb vor dem Wandschrank stehen und wirbelte zu Grace herum, das Kinn hochgereckt. »Sie irren sich. Wirklich.«

Grace rückte näher an Alex heran. Diese Unterhaltung im Dunkeln über einen Keller, der nicht existierte, war absurd. Und das Mädchen – da war irgendetwas an ihr, nicht nur merkwürdig, sondern auch irgendwie vertraut. Alex lief los und kletterte über die Kartons und Gartenstühle. Beim zweiten Stapel rutschte er aus und fiel auf den Boden. »Au!«

Das war doch lächerlich. Er hätte sich verletzen können. Grace fuhr mit den Fingern die Wand entlang, bis sie den Lichtschalter fand. Sie drückte, aber die Leuchtröhren an der Decke flackerten nicht auf.

»Ich hab doch gesagt, dass die Sicherungen durchgeknallt sind«, sagte JoBeth. Ihre Worte klangen schnippisch.

»Wo sind denn jetzt die Sachen von meinem Vater?« Grace war nicht in der Stimmung, sich mit theatralischen Teenagerlaunen zu befassen.

»Wie ich gesagt habe, sie sind im Keller.«

Grace rieb sich über die Stirn. »Ich komme wieder, wenn Ihre Großeltern da sind.«

»Oder Sie können sie sich selbst nehmen. Darin sind Sie doch so gut, stimmt's?« Die Worte hatten einen eisigen Unterton.

»Wir gehen, Alex«, sagte Grace.

Alex rappelte sich vom Boden auf, hielt aber inne, als JoBeth eine der Schranktüren öffnete, einen hohen, flachen Raum, in dem Grace' Vater jahrzehntelang seine Angelruten aufbewahrt hatte. Sie hatte diesen Schrank erst vor sechs Monaten ausgeräumt und die Angelausstattung ihres Vaters einem Seniorenheim in Apalach vermacht.

»Sofort, Alex«, sagte Grace.

Sie war halb durch die Tür, als Alex murmelte: »Cool, eine Geheimtür.«

»Alex, komm jetzt zurück und …« Grace wandte sich um.

JoBeth hatte die hintere Vertäfelung des Schranks zur Seite geschwenkt und so eine schlichte braune Tür enthüllt. Das Mädchen nahm einen Schlüssel von ihrer Halskette, entriegelte die Tür und stieß sie nach innen wie in eine Wand aus pechschwarzer Finsternis.

Was zum …

»Es sind zwei Kartons, einer mit den alten Trophäen Ihres Vaters und der andere mit Büchern, darunter ein Familienalbum von einer Kreuzfahrt in die Karibik.«

Als Grace das alte Haus ausgeräumt hatte, hatte sie dieses Album gesucht und war sehr enttäuscht gewesen, es nicht zu finden. Das Album war deshalb so besonders, weil es die letzten Fotos ihrer Mutter enthielt, die drei Monate später gestorben war.

JoBeth griff in den tiefschwarzen Schlund. *Klick*. Ein weiches Gelb glomm von weit oben. »Gut, die Kellersicherungen hat es nicht erwischt.« Sie machte Grace und Alex ein Zeichen. »Die Kartons stehen da auf dem Tresen.«

»Wow, ein Geheimzimmer.« Alex sprang die Stufen herunter.

Grace zögerte oben auf der engen Treppe. Wie konnte sie hier all die Jahre gelebt haben, ohne zu wissen, dass dieser Raum existierte? Diese Räume, ergänzte sie, als sie am Boden der hölzernen Treppe angekommen war. Sie stand in einem rechteckigen Raum mit Sofa, Fernseher, einem Computertisch an einem Ende und einer kleinen Küche an der anderen. Von einer Wand gingen zwei Türen ab, eine in ein Badezimmer, die andere in ein Schlafzimmer, das gerade groß genug für ein schmales Doppelbett war. Auf dem Küchentresen standen zwei Schachteln voller goldener, bronzener und hölzerner Trophäen.

»Ich hatte ja keine Ahnung, dass das alles hier war«, sagte sie.

»Ich weiß.« JoBeth hatte ihre ganze schläfrige Sanftmut verloren. »Ich bin ja so froh, dass Sie es endlich alles zu sehen bekommen, Gracie.«

Grace wandte sich um und sah hoch. JoBeth stand mitten auf der düsteren Treppe, aber Grace konnte die Waffe in ihrer Hand genau erkennen.

32

In der Nähe von Genesee, Colorado

Deputy Danny Arredondo schlug zum vierten Mal an die Tür. Niemand zu Hause. Er ließ seine Finger über die Gänsehaut an seinem Nacken gleiten. Warum fühlte es sich dann so an, als ob ihn jemand beobachtete? Er blickte über die Schulter. Hier hoch oben in den Wolken war es dann wohl ein Hirsch oder Puma. Er wollte wieder zu seinem Streifenwagen gehen, kam aber mit einem Schleudern zum Halt. Oder war es vielleicht die Kamera unter dem Nachthimmel? In seinen schotterbefleckten Stiefeln drehte er sich ganz langsam um. Oder die Kamera bei der Garage. Oder die Kamera, die an einer Topfpinie in der Nähe der Haustür befestigt war.

Es lebten schon seltsame Menschen hier oben in den Bergen. Er klopfte ein fünftes Mal.

Unglücklicherweise schien diejenige, mit der er dringend sprechen wollte, nicht zu Hause zu sein – oder, wenn sie es war, versteckte sie sich hinter all den Kameras. Hayden Reed, den Special Agent bei der Special Criminal Investigation Unit des FBI, würde das sicher interessieren. Agent Reed hatte das Sheriff's Department von Jefferson County vor einer Stunde angerufen mit der Bitte um Informationen über diese Frau, und zwar so schnell wie möglich. Es hatte was mit den Totengräbermorden in Florida zu tun.

Danny lenkte sein Auto eine Spitzkehre weiter und fuhr in die Auffahrt eines Hauses mit einem ein Meter sechzig breiten Elchgeweih über der Tür. »Guten Morgen, Sir«, sagte er zu dem Mann, der im Garten neben dem Haus arbeitete. »Ich gehöre zum Sheriff's Department und würde gern mit Ihnen über Ihre Nachbarin sprechen.«

»Nachbarin?«

Er sah auf den Namen, den er von Special Agent Hayden Reed bekommen hatte. »JoBeth Pole.«

»JoBeth Pole? Ich habe hier oben in der Höhe nicht viele Nachbarn im Umkreis von anderthalb Meilen, aber ich bin sicher, keinen mit diesem Namen.«

»Sie muss die Frau in dem Haus oberhalb von Ihrem an der letzten Spitzkehre sein.«

»Jetzt hab ich's, klar. Das dunkelhaarige Mädchen mit dem großen Pick-up. Jetzt weiß ich, von wem Sie sprechen. Ich bekomme sie nicht oft zu Gesicht. Sie ist so eine Art Eremitin.«

»Sie haben sie aber schon mal gesehen?«

»Das eine oder andere Mal.«

Der Deputy holte die Zeichnung hervor, die Agent Reed ihm gegeben hatte. »Ist sie das?«

»Jepp. Gleicht ihr aufs Haar. Sie hat diese riesengroßen Rehaugen.«

»Haben Sie sie in letzter Zeit mal gesehen?«

»Nein, schon ein paar Wochen nicht, aber das ist nichts Besonderes.«

»Sie sagten, sie fährt einen Pick-up? Welche Farbe?«

»Weiß, glaube ich. Deputy, ist meine Nachbarin etwa irgendwie in Gefahr?«

»Das nicht, sie könnte eher eine Gefahr für andere sein.«

Grace schlidderte quer durch den Raum, bis sie direkt zwischen Alex und JoBeth Lassen stand. »Wer sind Sie, und was wollen Sie?«

»Hmm, das sind gleich zwei Fragen. Welche soll ich Ihrer

Meinung nach zuerst beantworten? Vielleicht sollten wir das mit eene meene muh klären.«

»Was zum …«, begann Alex, aber Grace machte ihm ein Zeichen, zu schweigen, indem sie eine Hand hob.

Das Mädchen schlurfte auf nackten Füßen die Treppen herunter, der Glanz der Waffe wurde immer heller. Grace, mit Alex in ihrem Rücken, bewegte sich Zentimeter für Zentimeter auf den Küchentisch zu.

Das verhaltene Licht kroch jetzt die Beine der Frau hoch und an ihre Taille, und zum ersten Mal verhüllten die Schatten nicht mehr JoBeths Gesicht. Sie war kein Teenager mehr, sondern ein gutes Stück älter, altersmäßig Grace näher als Alex. Sie schien nur so jung, weil sie klein und schlank war. Aber nicht mager. Das würde ja Gebrechlichkeit bedeuten. Aber an dieser Frau war nichts zart oder schwach.

Grace' Füße gefroren. »Kamelie«, sagte Grace, ihre Stimme ein ersticktes Flüstern, »ich meine Corabeth, ich meine …«

»Es steht zwei zu null, Gracie. Nicht sehr beeindruckend. Du bringst dieser Tage ganz schöne Verluste ein. Mein Name ist JoBeth. CoraBeth wäre meine …« Sie beschrieb einen Kreis und deutete Grace an, weiterzumachen.

»Ihre Mutter.«

JoBeth applaudierte, ihre Augen eigentümlich leuchtend. »Braves Mädchen. Endlich hast du mal wieder einen Treffer gelandet. Ich fing schon an, mir Sorgen zu machen.«

Alex griff nach ihrer Hand und verschränkte seine zitternden Finger mit ihren. »Um was es auch geht«, sagte Grace, »es geht nur dich und mich etwas an. Lass den Jungen frei.«

JoBeth lachte. Ihr Körper schüttelte sich, der Lauf der Waffe zuckte. »O Gott, du klingst so herrschsüchtig, genau wie für eine ältere Schwester üblich.«

»Schwester?«

»Hast du wirklich keine Ahnung, wer ich bin?«

»Lass den Jungen gehen, bitte.«

»Er hat mich also nie erwähnt? Hat dir nie ein Foto von mir gezeigt oder von meinen Träumen oder Leistungen erzählt?« Wehmut, ungebremst und ungeschönt, kam stoßweise mit ihren gehauchten Wörtern heraus.

»Von wem sprichst du?«

»Henri Courtemanche, unserem Vater.«

»Ich weiß ja nicht, was für ein krankes Spiel du hier spielst, aber …«

»O nein, das ist kein Spiel. Es ist sehr, sehr wahr.«

»Ich verstehe nicht, wovon du sprichst.«

JoBeth stieß einen träumerischen Seufzer aus. »Weißt du, davon habe ich immer geträumt, dass wir beide, nur du und ich, uns unterhalten. In langen, schwesterlichen Gesprächen offenbaren wir uns mitten in der Nacht gegenseitig unsere Gefühle. Aufgeregte Gespräche vor dem ersten Schultag. Nervöses Tuscheln über Jungs und Prüfungen. Hoffnungsvolle Gespräche über Träume und die Zukunft.«

Der Küchenstuhl kam in Reichweite. Ein Schritt, und Grace wäre bei der Theke, wo die Schachtel mit den Trophäen stand. Darunter war ein marmorner Fußball auf einem viereckigen Holzsockel. Der Stuhl und die Trophäe könnten als Waffe dienen, jedenfalls lang genug, um diese Verrückte niederzuschlagen und Alex die Stufen hochzudrängen.

JoBeth klopfte mit der Spitze der Pistole an ihr Kinn und nickte. »Okay, ich bin dabei, Schwester. Lass uns reden.« Ihre Hand schwenkte die Waffe hin und her, und sie zeigte auf den Küchenstuhl. »Setz dich.«

Das Problem war der Grundriss des Zimmers. Nicht mehr als vier Meter breit, wäre es schwierig, an der Pistole vorbeizukommen. Jemand, der von außen kam, jemand, der die dunklen Stufen herabkam, könnte JoBeth leicht überwältigen. Sie hatte Hatch eine Nachricht geschickt, dass sie das Haus der Lassens aufsuchen wollte, aber er und fast die ganze Stadt waren auf der Suche nach Linc und hatten keine Ahnung, dass sie und sein Sohn in den Fängen der Mörderin gelandet waren. Und Blue, ihr treuer Kamerad, war draußen und fläzte sich in der Sonne. Hier waren sie und Alex mit einer verrückten Frau allein, die vorgab, ihre Schwester zu sein.

Grace glitt mit beiden Händen, schweißnass, vorne über ihre Hose. »Ich setze mich, wenn du den Jungen freilässt.«

»Du bist nicht in der Position, Bedingungen zu stellen, Richterin. Jetzt mach, was ich sage, und setz dich.« Sie richtete die Waffe auf Alex. »Oder unserem Sonnenschein hier wird das Licht ausgepustet.«

Grace holte tief Luft, aber der Raum hatte nicht genug Sauerstoff. Überwältigt von einer Schwindelwelle, schob Grace Alex hinter sich, dann hockte sie sich auf die Stuhlkante.

JoBeths Gesicht verzog sich zu einem breiten Grinsen.

»Wer bist du?«, fragte Grace.

»Hab ich dir doch gesagt, Gracie. Hörst du denn gar nicht zu? Ich bin deine Schwester.« Ihr Haar stand in einem wilden Lichtring aus messingfarbenen Locken ab, die Sorte Haar, wie man sie künstlich kaufen konnte. Sie hatte braune Haare und volle Lippen. Sie hatte aber auch Henri Courtemanches kantige Wangenknochen und sein starkes Kinn, Merkmale, die auch Grace selbst hatte. War es das, warum Berkleys Zeichnung so vertraut gewirkt hatte? Weil Besonderheiten dieses Gesichts Grace jeden Morgen aus dem Spiegel entgegensahen?

»Meine Mutter war das schmutzige kleine Geheimnis unseres Vaters, ein Mädchen aus dem Sumpf mit Ehrgeiz, aber nichts an den Füßen, nicht wie deine blaublütige Mutter. Aber du kennst ja unseren lieben Vater. Er dachte, er könnte alles haben. Zwei Frauen, die er liebte, und irgendwann zwei Töchter. Ich bin in diesem Raum hier geboren worden und habe fünfzehn Jahre unter euren Füßen gelebt.«

Ein Schauder lief Grace über den Rücken. »Nein, das ist nicht möglich. Ich hätte es gemerkt. Meine Mutter hätte …«

Böse Jungs sind auf der Straße, in unserer Nachbarschaft, unter unserem Zuhause. Sie beobachten mich, folgen mir, berühren mich, während ich schlafe. Mach, dass sie weggehen, Gracie, bitte, bitte mach, dass sie weggehen. Momma.

Grace packte beide Stuhlkanten, um nicht schwindelig zu werden, als der Raum unter ihren Füßen schlingerte.

»Deine Mutter war also doch nicht verrückt, nicht?«

»Nein. Doch. Ich …« Grace drehte sich der Magen um, und etwas Grobes und Ekelhaftes fuhr durch ihre Eingeweide.

»Fehlen dir die Worte? Normalerweise bist du doch so redegewandt und selbstsicher und hast alles unter Kontrolle. Das goldene Kind.« JoBeth setzte sich auf die Sofalehne, hielt die Pistole aber auf Alex gerichtet.

»Lange genug wollte ich sein wie du. Ich habe mir deine glänzenden goldenen Tennispokale gewünscht und einen Schrank voller Prinzessinnenkleider und funkelnder Schuhe. Wenn du und deine Mom bei Tennisturnieren wart, hat er uns immer freigelassen. Meine Mom hat in dem Bett von deiner Mom geschlafen. Ein Mal habe ich sie sogar dabei erwischt, wie sie die Zahnbürste deiner Mom benutzte. Irgendwie krank, oder? Ich dagegen ging in dein Schlafzimmer und probierte deine Sachen an. Diese hübschen Sonntagskleider, die flotten Tennisröckchen, die seidigen Prinzessinnennachthemden. Mein liebstes war das blaue mit der elfenbeinfarbenen Spitze. Tut mir leid wegen des Risses im Saum. Du warst immer so viel größer als ich. Ein dreifaches Hoch auf Sonnenlicht und bessere Ernährung.« Das Lächeln auf ihren Lippen war aber alles andere als um Verzeihung bittend.

»Ich wollte auch solche Fahrten ins Sommercamp und wöchentliche Tennisstunden«, fuhr JoBeth scharf fort. »Ich wollte auch beste Freundinnen wie Gina und Nanette, die mir ›Beste Freundinnen für immer‹-Perlarmbänder bastelten. Aber ich konnte nie du sein, Gracie. *Daddy* hatte nur ein Lieblingskind. Also verbrachte ich fünfzehn Jahre, fast jede Minute, jede Stunde, in einem unterirdischen Loch. Ich konnte mich nur mit mir selbst beschäftigen. Ein mageres Mädchen, das mit dem Computer spielte und selten die Sonne sah, denn ich durfte nur bei Nacht nach oben.«

Grace presste ihre Hände um den Plastikstuhl, während sich die Welt immer noch um sie drehte. Konnte es sein, dass JoBeth die Wahrheit sagte? Hatte ihr Vater, der ihr alles über Stärke beigebracht hatte, dieses abscheuliche Verbrechen begangen?

»Was für eine Mutter hätte das zugelassen?«

»Eine Mutter, die komplett verliebt war in einen charmanten, starken Mann, der ihr das Blaue vom Himmel versprochen hatte.« Einen Moment lang stieß sie die Pistole in Richtung Decke, bevor sie sie wieder auf Alex richtete. »Er hat meiner Mutter immer wieder gesagt, dass sie die Liebe seines Lebens wäre, aber dass deine Mutter zu krank und schwach wäre, als dass er sie verlassen könnte. Völliger Bockmist. Deine Mutter war ziemlich stark. Meine Mutter demontierte jahrelang ihr Selbstvertrauen, indem sie Haarspangen verschwinden ließ, das letzte Stück Baisertorte. Meine Mutter war eine Königin aus Geduld und Hoffnung, die ihre ganze Kraft einem Mann opferte, der ihr den Himmel versprach, aber sie in der Hölle begraben hielt.«

»Und du?«, stieß Grace aus dem Horror hervor, der ihr den Hals zuschnürte. »Während deine Mom gewartet hat, was hast du gemacht?«

»Ich habe mein Modell eines normalen Lebens geführt. Ich habe Spiele gespielt, ferngesehen, gemalt. Er brachte uns Bücher nach unten, und Mom tat ihr Bestes, mir etwas beizubringen. Habe ich erzählt, dass Mom nie zur Schule gegangen ist und diesen Heimunterricht nicht gerade mochte? Nachdem ich lesen gelernt hatte, kaufte er mir einen Computer, und der kleine Kasten mit all seinen Pixeln wurde meine Welt. Was gut war, denn ein Jahr später bekam Mom das Baby und hat es gewissermaßen verloren.«

Grace dachte an die winzigen Knochen auf dem Tisch der Pathologin. »Das Kleinkind, das mit der Mutter vergraben war.«

»Mom ließ mich ihr einen Namen geben, und ich nannte sie Skye. Sie hat nur zwei Stunden gelebt. Dann bat Mom mich, ihr das Genick zu brechen.« JoBeth stieß einen Finger in ein winziges Loch im Sofa, aber die Pistole richtete sich weiter auf Alex. »Lass mich dir etwas über das Leben im Untergrund erzählen. Das ist diese vollkommene Finsternis. Du verlierst jede Wahrnehmungsfähigkeit, das Gefühl für Richtungen und Raum. Unterirdisch hast du auch vollkommene Stille. Keine Vögel, keine Autos, nicht mal ein leiser Hauch von Wind. Stell dir den Lärm vor, als ich Skye das Genick gebrochen habe. Es hat mir noch Jahre im Kopf nachgehallt.« JoBeths wildes Haar bebte, als sie den Kopf schüttelte. »Unser geliebter Vater wurde nicht vor drei Tagen erwartet, und als Skye anfing, zu stinken, habe ich sie in die Tiefkühltruhe gelegt.«

Alex taumelte, und Grace schluckte verzweifelt den ekelhaften Brocken, der in ihrem Hals hochkroch. Das alles war krank und sträflich, und der Mann, den sie ihren Vater genannt hatte, war ein Teil davon. Sie musste einen Laut ausgestoßen haben, denn Alex presste die Hüfte gegen ihren Arm.

»Ehrlich gesagt muss die Idee, mich Skye umbringen zu

lassen, ein lichterer Moment meiner Mutter gewesen sein. Irgendwo in ihrem Kopf begriff sie, dass dies alles« – sie beschrieb einen Kreis im Raum – »falsch war. Sie wollte nicht, dass noch eine Tochter aufwuchs, ohne dass sie je die Sonne sah. Aber kennst du den makabren Teil?« JoBeth kam näher, als wollte sie ihr ein Geheimnis verraten. »Die kleine Skye hat dann doch die Sonne gesehen, weil Daddy sie nicht tief genug in eurem Garten zwischen all den hübschen Blumen deiner Mutter begraben hat. Ein Hund entdeckte sie, aber zu Skyes Glück hatte er mich in dieser Nacht hinausgelassen, und ich fand sie. Na, fast. Alles, außer dem rechten Arm. Und als ich meine kleine Schwester wieder begrub, habe ich alles richtig gemacht. Ich habe tief genug gegraben.«

»Aber als deine Mutter starb, hast du Baby Skye wieder ausgegraben.«

»Es schien mir nur richtig, die Familie zusammenzulassen.«

Grace schüttelte den Kopf. Sie versuchte, sich gegen das zu wappnen, was aus dem Mund dieser Frau kam. »Ich kann mir nicht vorstellen, was du durchgemacht hast.«

»Also, da könnte ich dir noch mehr Geschichten erzählen. Geschichten darüber, wie es war, nur ein paar Zentimeter entfernt von Leuten zu leben, die dich nie sehen würden, nie von dir hören würden, nie in den Boden greifen und dich aus der Hölle auf Erden befreien würden. Natürlich habe ich seinerzeit nicht begriffen, dass es die Hölle war, denn ich kannte es ja nicht anders. Verstehst du mich, Grace? Die Hölle. War. Für. Mich. Normal.« Die Worte klangen rau und kratzig und brüchig, wie das untere Ende einer rostigen Schaufel.

Grace presste die Hände auf ihren revoltierenden Magen.

»Ich habe nie daran gedacht, fortzulaufen. Erst, als ich von diesem Kellerloch und diesem Mann wegkam, wurde mir klar, welches Unrecht mir vom Moment meiner Geburt an angetan worden war.« Spucke troff JoBeth von den Lippen. »Und du hast recht, Gracie, du wirst dir nie vorstellen können, was ich durchgemacht habe, weil du geboren und aufgewachsen bist in einer Welt voller Licht und Leben. Aber dank unseres kleinen Spiels musst du jetzt ein ganz kleines bisschen von dem Terror erfahren, wie es ist, lebendig begraben zu sein.«

Ein Schluchzer drang aus Grace' Kehle. »Lia. Janis. Linc. Wie? Warum?«

»Zwei Monate Planung hat es gebraucht, sorgfältigste Ausführung, aber doch, ich habe es ganz allein geschafft. Jahrelang habe ich davon geträumt, unseren lieben Daddy in einer Box in der Erde zu versenken. Ich habe davon geträumt, eine kleine Kamera und ein Mikrofon anzubringen, sodass ich ihn beobachten und alles mithören konnte. Aber weißt du, was wirklich krank daran ist, Schwester Gracie? Ich konnte es nie durchziehen. So viel zu Vaterproblemen, was?«

»Du hast das also angefangen, dieses Spiel, um es unserem Vater heimzuzahlen?«

»*Ich* habe das Spiel nicht angefangen!«

Sie sprang vom Sofa auf, ein Luftzug ging durch die abgestandene Luft, als sie sich mit der Waffe Alex weiter näherte. »Du warst es. Als du das Giroux-Land gekauft hast, hast *du* damit angefangen. Ich wäre damit zufrieden gewesen, auf meinem Berg anderthalb Meilen hoch im Himmel zu leben. Ich war damit zufrieden, ein Mal im Jahr herunterzukommen, um eine Handvoll Kamelienblüten auf das Grab von meiner Mutter und Skye zu legen. Ich war glücklich, Grace, oder jedenfalls so glücklich, wie jemand wie ich überhaupt glücklich sein konnte. Du warst diejenige, die nicht glücklich war. Du warst diejenige, die die Dinge änderte. Ich habe versucht, das Land zu kaufen, damit meine Familie nicht weiter in den Händen der Familie Courtemanche leiden musste, aber du hast gewonnen.« Ein wenig Schnodder lief ihr aus der Nase, und sie wischte ihn mit dem Handrücken weg.

»Du hast Lia Grant und Janis Jaffee getötet!« Grace' Horror wich ohnmächtiger Wut.

»Sie waren nur Pfänder!«

Grace fühlte den Drang, die Hirnrissigkeit aus dieser Frau herauszuschütteln. »Es waren junge Frauen, die lebten, die atmeten, die Träume hatten. All das hast du ihnen genommen. Du hast sie getötet.«

»Sie gehörten zum Spiel.«

»Mord ist kein Spiel!«

»Es ist ein Spiel.« JoBeth schniefte, aber der Schleim tropfte ihr weiter aus der Nase. »Alles ist ein Spiel.«

»Du hast zwei junge Frauen gequält und gefoltert. Sie sind grausam zu Tode gekommen, brutal und schmerzhaft. Und ein Junge könnte ertrinken, während wir hier reden.«

»Ein Spiel! Es ist ein Spiel! Bei Spielen kommt niemand zu Schaden.«

Grace öffnete gerade den Mund, um zu widersprechen, aber dann stellte sie sich Hatch vor. Hier ging es nicht um richtig oder falsch. Das Urteil würde später vor Gericht fallen. Es ging darum, eine Krisensituation zu entspannen. Sie musste zuhören, JoBeths Geschichte anhören, und mit ihr mitfühlen. Dann wäre es an der Zeit, ihr zu helfen, einen Weg aus diesem Elend zu finden. »Okay, du hast recht. Bei Spielen kommt niemand zu Schaden.«

33

Tucker parkte seinen Mietwagen hinter dem SUV des Sheriffs in der kreisförmigen Auffahrt von Gator Slide, dem Winteranwesen der verstorbenen Oliver und Emmaline Lassen. Als er aus dem Wagen stieg, sah er keine Anzeichen von Alligatoren … oder eines Mörders. Wem wollte er etwas vormachen? Dieser Trip nach Cypress Bend war mehr, als nur nach Pie zu forschen.

Er wunderte sich allerdings über den SUV des Sheriffs. War ein Hiesiger schon dabei, das Haus zu überprüfen, nach seinem Besuch auf dem Revier? Hatte es irgendeine Auffälligkeit gegeben? Es musste etwas Wichtiges sein, wenn sie einen Mann von der Suche nach dem kleinen Jungen abzogen.

Ein blau gefleckter Hund lag in einem Sonnenstrahl auf dem Rücksitz des SUV. Beim Anblick von Tucker wedelte er mit dem Schwanz. Tuck steckte eine Hand durch das offene Fenster und kratzte den Hund am Kopf. »Was machst du denn so ganz allein hier draußen?« Der Hund gähnte und schlief wieder ein.

Gator Slide war ein zweistöckiges Haus im noblen Teil von Cypress Bend, lag am Ende der River Run Road und direkt am Ufer des Cypress Bend River. Das nächste Haus einen halben Block entfernt. Das Gras könnte mal gemäht werden, und abgestorbene Blätter und vergilbte Palmwedel sammelten sich auf den Stufen und in den Ecken der Veranda. Die Fensterläden waren geschlossen. Er ging die Verandastufen hoch und spähte durch die Vorhänge vor den Glasscheiben der Haustür. Kartons und abgedeckte Möbel. Oberflächlich gesehen war dies ein Haus, das auf seine neuen Besitzer wartete.

Er klopfte und bemerkte zwei verschiedene Fußspuren auf der staubigen Rundumveranda. Keine Antwort.

Hinter dem Haus führte ein Rasen zum Fluss. Ein einzelner Alligator badete auf einer flachen Grasnabe bei der Anlegestelle. Hübsches kleines Boot am Dock. Ein Vier-Meter-Aluminium-Ruderboot mit einem glänzenden, funkelnagelneuen Elektromotor. Hätte für ihn und die Kids die perfekte Größe.

Die Fußspuren endeten an der Hintertür. Er klopfte noch mal. Der Alligator hob den Kopf.

Auf der anderen Seite des Hauses befand sich eine Garage für drei Wagen. Die Fenster alle mit Papier abgedeckt.

Er nahm sein Handy heraus und rief das Büro des Sheriffs an. »Hier ist Tucker Holt von der Kentucky Staatspolizei. Haben Sie einen Officer nach River Run Road 707 E abgestellt?«

Nach einer kurzen Pause sagte die Dame: »Nein. Ist es ein Notfall, Detective?«

»Nein, noch nicht. Einer der SUVs aus Ihrem Department steht in der Auffahrt, aber ich habe den entsprechenden Officer nicht gefunden.«

Sie notierte sich die Nummer seiner Kennmarke. »Lassen Sie mich das weitergeben an einen der Lieutenant-Deputys, und er wird sich bei Ihnen melden.«

Tucker kontrollierte die Uhrzeit auf seinem Handy. Hannahs Tanzaufführung war noch in weiter Ferne. Er hatte keine Eile, hier wegzukommen, aber es juckte ihn, in dieses Haus zu gelangen. Er steckte sein Handy wieder ein und lief zur Vordertür.

Die Türglocke ertönte, ein Klang, der in Grace' Brust einen Hoffnung auslöste. »Da ist jemand«, sagte Alex mit krächzender Stimme. »Vielleicht Hatch oder einer von seinen FBI-Kumpeln.« Grace' Arm umklammerte Alex fester. JoBeth hielt immer noch die Pistole auf den Kopf des Jungen gerichtet.

»Vielleicht aber auch nicht«, sagte sie. »Ich habe in den Nachrichten gehört, dass sie immer noch in Tate's Hell auf *Level drei* sind.« Immer noch mit der Pistole in der Hand, tastete sie sich rückwärts die Stufen hoch.

»Dad!«, schrie Alex gellend.

JoBeth ließ die Tür ins Schloss fallen.

»Hier unten, Dad! Wir sind hier unten! Sie ist bewaffnet, und wir sind hier unten!«

Grace packte den Jungen und legte ihm eine Hand über den Mund.

JoBeth polierte den Pistolenlauf mit dem Saum ihres T-Shirts. »Du verschwendest deine Puste, Sonnenschein.«

Er riss sich von Grace los. »Daaaad! Daaaaaaad!«

Grace stürzte sich durch die winzige Küche und stieß den Karton mit den Trophäen hinunter, Metall und Holz und Stein krachten laut zu Boden. Sie packte sich die Fußballtrophäe, der Marmor fühlte sich schwer und massiv an.

»Und du auch, großes Schwesterchen.«

Grace schlug mit dem Marmor gegen die Wand. Alex schrie weiter.

»Du kapierst es nicht!«, sagte JoBeth. »Wer immer das ist, kann dich nicht hören. Niemand kann dich hören.« JoBeth klopfte mit dem Pistolengriff an die Tür, die Wand, die Decke. »Alles hier ist schalldicht. Niemand hat es gehört, als hier das erste Mal eine Waffe losging. Willst du, dass wir es ein zweites Mal versuchen?« Sie zielte mit der Pistole auf Alex.

Die Trophäe krachte zu Boden. Grace musste JoBeth die Waffe entringen. »Eine Waffe? Eine Waffe ist hier losgegangen?«

»Ach, Schwesterchen Gracie möchte noch ein wenig plaudern. Du willst etwas über die Waffe wissen? Ein Mal ist hier unten eine Waffe losgegangen. Es hat bloß eine Kugel gebraucht, um meiner Mutter das Gehirn auszupusten.« Sie wischte mit ihrer freien Hand über den winzigen Resopaltisch. »Es passierte hier in unserem entzückenden, eleganten Speisezimmer. Mom stand genau da, wo du jetzt stehst, mein Sunnyboy. Sie hielt die Waffe genau so an ihren Kopf.« Der Pistolenlauf landete an Alex' Schläfe.

Alex wimmerte.

Grace' Handflächen wurden schlüpfrig und heiß. Auf ihrer Oberlippe brach Schweiß aus.

»Dann drückte Mom – die arme, kranke, verrückte Mom – ab und …« JoBeth hielt inne, und Grace' Schultern senkten sich. »Bumm«, flüsterte JoBeth, dann trat sie einen Schritt zurück und lächelte.

Alex sank auf einen der Stühle: Seine Schultern bebten vor unterdrückten Schluchzern. Grace drängte sich zwischen ihn und ihre Halbschwester.

JoBeth beschrieb mit ihrer freien Hand einen Bogen. »Stückchen von ihrer Hirnmasse flogen hierhin und dorthin, und bis ganz da hinten. Wusstet ihr, dass Hirn wie durchsichtiger Wackelpeter aussieht? Ich weiß es, denn ich habe es neun Tage lang angestarrt und mir die Seele aus dem Leib geschrien, als ich versucht habe, jemanden hier herunterzubekommen. Ich hämmerte gegen die Tür, habe sogar versucht, mich mit einem Messer hier herauszubuddeln. Keine Chance bei all dem Beton und Metall. Aber keiner kam. Unglücklicherweise konnte ich Mom nicht in die Tiefkühltruhe stecken. Wisst ihr, wie eine Leiche nach neun Tagen aussieht, wie sie sich anfühlt und wie sie *stinkt*? Ich weiß es, und *Daddy* auch, denn als er endlich herunterkam, ist er umgekippt. Ich habe es genossen, ihn da hingestreckt und hilflos liegen zu sehen. Aber um sicherzugehen, dass er lange genug bewusstlos war, damit ich Mom und Skye hinausschaffen konnte, habe ich ihm eins mit einer seiner blöden Trophäen übergezogen. Zwei Dumme, ein Gedanke, was,

Schwesterchen? Egal, dann dampfte ich ab mit nichts weiter als den Kleidern, die ich am Leib trug, und einer Tasche voller Geld, das ich über die Jahre aus Henris Brieftasche gestohlen hatte.«

JoBeth blickte die Stufen hoch und tippte auf ihr Bein. »Wisst ihr, ich muss mich mal um unseren Besucher kümmern. Er könnte Sunnyboys ersten Schrei gehört haben.« Sie massierte sich den Bauch mit der Faust. »Ich hätte daran denken sollen, die Tür zu schließen. Ich hätte unseren Sonnenschein erschießen sollen. Siehst du, Gracie, du bist nicht die Einzige, die heute blöde Fehler macht.« JoBeth beugte sich hinunter und hob die Handtasche auf, die Grace fallen gelassen hatte, als sie sich auf die Schachtel gestürzt hatte, hielt aber die ganze Zeit die Augen auf sie gerichtet. »Ich würde euch nur ungern mit einem Handy allein lassen.«

Hatch sprang aus dem Boot und rannte auf Hayden zu, der gerade erst auf dem Parkplatz des Tate's Hell Park ankam. Hatch wollte verzweifelt den dreizehnjährigen Lincoln Henderson in die Finger bekommen, aber sollte es ihm nicht gelingen, dann zumindest seinen Teamkollegen Hayden. Hayden hatte endlich Grace' Immobilienagenten aufgespürt und den Namen der privaten Bieterin für das Giroux-Land herausbekommen. »Wie heißt sie? Wie heißt sie denn bloß, zum Teufel?«

»JoBeth Poole«, sagte Hayden. »Ich habe nicht viel über sie herausbekommen, aber sie passt ins Profil. Sie lebt auf einem Berg in den Colorado Rockies. Sonst nichts Auffälliges. Keine Kinder. Anscheinend keinen Job. Vor fünf Jahren arbeitete sie für eine Gruppe von Computerfreaks in Denver. Kennt sich anscheinend gut sowohl mit Computer-Software als auch -Hardware aus. Das Jefferson County hat einen Deputy ausgesandt, um sie aufzuspüren. Sie und ihr weißer Pick-up sind weg. Sie wurde seit Wochen nicht gesehen.«

Weil diese verdrehte Frau zu tief in der Sache steckte. »Hast du irgendwas? Eine Handyspur, der wir nachgehen können, oder eine Kreditkartenabrechnung, mit der wir Einkäufe nachvollziehen können?«

»Vollkommen abgekoppelt vom Rest der Welt.« Der Hauch eines Lächelns umspielte Haydens Lippen. »Nicht so ihr Wagen.«

Hatch schnappte sich das Stück Papier mit dem Autokennzeichen des Trucks. Er hatte schon mit weniger mehr erreicht, so wie mit Donuts. Wenn sie den Truck fanden, würden sie ziemlich sicher JoBeth Poole finden, und wenn sie JoBeth Poole fanden, würde er sie zum Reden bringen. Und er würde keine Ruhe geben, bis sie ihm erzählt hätte, wo sie Linc vergraben hatte.

Linc zerdrückte den sich windenden, schwammigen Körper zwischen den Fingern und zog die Zecke von seinem Hals. Warmes Blut spritzte zwischen seinen Fingern hervor, und er schwenkte sie im Wasser.

Das Wasser, stinkend und voller Zecken und Nacktschnecken, stand ihm inzwischen bis zum Hals. Er hatte sein Hemd zerrissen, seine Hose und sogar das Gummi von seinen Tennisschuhen abgerissen und versuchte, die Löcher zu stopfen. Zwecklos. Das Wasser lief jetzt schneller herein. Er reckte den Hals, sein Gesicht kratzte an dem Deckel der Plastikkiste. Er hatte noch acht, vielleicht zehn Zentimeter übrig. Keine Ahnung, was das in Stunden umgerechnet hieß. Oder ging es schon um Minuten?

Seine Zähne klapperten. Tränen, große, feige Tränen, rollten seine Wangen hinunter. »Sei kein Schlappschwanz. Hör auf, zu heulen.« Als ob er in diesem stinkenden Wäschebeutel noch mehr Wasser gebrauchen könnte.

Grace riss die Küchenschublade auf. Ihre Finger flogen über Löffel, Gabeln, einen Pfannenwender und einen Eisportionierer. Sie knallte die Schublade zu und riss die nächste auf, wo sie wenigstens einige Buttermesser und ein Steakmesser fand. Sie ließ das Steakmesser in ihrer Hand verschwinden. Wenn JoBeth wiederkäme, wäre sie bewaffnet. Das Problem war Alex. Während ihrer absurden Version schwesterlicher Vereinigung hatte JoBeth die Pistole immer nur auf den Jungen gerichtet.

»Wenn sie zurückkommt, Alex, will ich, dass du auf alle Fälle im Schlafzimmer unter dem Bett bleibst.«

Der Junge stocherte neben ihr in der Schublade und zog eines der Buttermesser heraus.

Ihr Herz tat einen Sprung, als sie sah, wie ein Junge versuchte, ein Mann zu sein. »Du nützt mir mehr, wenn du dich versteckst«, fügte sie hinzu. »Wenn sie dich nicht sieht, wird sie überrascht sein.« Und hoffentlich nicht in Form.

Er durchwühlte die nächsten beiden Schubladen, bis er eine Büroklammer und einen Kugelschreiber fand. Mit dem Messer in der Hand rannte Hatchs Sohn die Stufen hoch. Er kauerte sich vor die Tür.

»Süßer, ich weiß ja, dass du nur helfen willst, aber sie wird dich sehen. Da oben nützt du keinem von uns etwas.«

»Halt die Klappe, Grace«, sagte Alex mit einem verärgerten Schnaufen. »Ich brauche Ruhe, damit ich mich konzentrieren kann.«

Hatchs missratener Sohn, der Junge, der in Krabbenbuden und Friseursalons einbrechen konnte, steckte die Büroklammer zwischen die Lippen und verklemmte den Türgriff mit dem Messer.

Grace packte die Lampe vom Tisch neben dem Sofa und rannte zum Fuß der Treppe, um dem Jungen mehr Licht zu verschaffen.

34

JoBeth blinzelte durch den Flur und versuchte, durch die winzigen Fenster beiderseits der Vordertür etwas zu sehen. Der Besucher auf der vorderen Veranda hielt seine Finger immer noch auf der Türklingel. Sie musste ihn zum Schweigen bringen, bevor noch irgendjemand zu diesem verdammten Haus kam.

Sie wollte das nicht tun. Sie sollte das nicht tun *müssen*. Es war Grace' Schuld, dass sie so lange hatte reden müssen und ihre Zeit vertan hatte. Die Geschichten und der Horror ihrer Kindheit wären lieber begraben geblieben. Sie verstrubbelte ihr Haar und steckte die Pistole hinten in ihre Jeans. Sie öffnete die Tür einen Spalt und gähnte.

»Detective Tucker Holt von der Kentucky State Police. Ich komme wegen Oliver und Emmaline Lassen.«

Sie drückte sich eine Faust in den Magen. Wie hatte dieser Mann sie gefunden? Sie hatte doch alles so sorgfältig geplant. Niemand hatte gesehen, wie sie sich der Lassens entledigt hatte, und sie hatte nichts zurückgelassen … nicht einmal Fußabdrücke oder Reifenspuren wegen der Hunde, die sie mit ein paar saftigen Knochen in die Gegend gelockt hatte. Die Würmer wühlten sich tiefer in ihre Eingeweide, winzige, feixende Nädelchen. »Oh, die, die sind nicht hier.«

»Und Sie sind …?«

»Eine Freundin. Die Lassens haben mich eingeladen, bei ihrem neuen Haus hereinzuschauen. Ich bin diesen Monat auf Urlaub in Florida.«

»Und woher kommen Sie?«

»Aus der Gegend von Denver.«

»Wo sind denn die Lassens?«

»Sie sind noch nicht aufgetaucht. Sie kommen hierher aus der Gegend von Minnesota. Ich erwarte sie jeden Moment.«

Er blinzelte sie an. »Wie, sagten Sie, ist Ihr Name?«

Sie hatte ihn nicht genannt. Verdammt. Das gehörte nicht zum Spiel. Darauf war sie nicht vorbereitet. »JoBeth Poole. Stimmt etwas mit Oliver und Emmaline nicht?«

»Ich fürchte es, Miss Poole, und ich würde Ihnen gern noch ein paar Fragen stellen.«

Sie musste diesen Cop unbedingt loswerden. Aber er war ein Cop, größer und stärker. Unglücklicherweise konnte er sich nicht unsichtbar machen. »Oh … ja klar.« Wenn er erst im Haus war, konnte sie ihn aus dem Spiel nehmen und dann verschwinden. Sie hatte das schon mal gemacht. Aber sie konnte nicht gut mit Menschen umgehen, nicht wie ihre Schwester Grace. Sie nestelte an der Kette um ihren Hals. Was würde Grace tun? »Mmh, hätten Sie vielleicht gern etwas gesüßten Tee?«

»Den Tee brauche ich gar nicht«, sagte der Detective. »Aber mir wäre sehr geholfen, wenn Sie ein paar Lichter anmachen würden.«

Die meisten Cops waren dämlich, aber einige, wie dieser Detective aus Kentucky, der in der Eingangstür stand und von hinten von der teuflischen Morgensonne angeleuchtet wurde, hatte wohl ein paar Hirnzellen. Nicht so viele wie sie. Nein, nie im Leben so viele wie sie. »Natürlich.« Sie drückte den Schalter im Eingang, aber die Wandleuchte erwachte nicht zum Leben. »Die Schalter spinnen schon seit ein paar Tagen. Lassen Sie mich die Lampe aus dem Wohnzimmer holen. Sie liegt neben meinem Computer. Ich weiß, dass die wenigstens funktioniert.«

»Ist jemand im Haus?«

»Nein.« *Nicht im Haus. Aber Sie wären schockiert, Mr. Klugscheißer, zu hören, wer* unter *dem Haus ist.* Wenn JoBeth jetzt abhauen würde, würde Grace vielleicht sterben, aber … Sie fummelte an ihrer Halskette herum. Aber Grace würde das Spiel nicht *allein* zu Ende spielen. Sunnyboy wäre bei ihr. Grace musste allein sein.

»Unten in der Auffahrt steht ein Sheriff-Wagen. Haben Sie eine Ahnung, wo der Fahrer dieses Wagens ist?«

»Nein. Wenn er geklingelt hat, habe ich es nicht gehört. Ich habe den ganzen Morgen geschlafen.« Fast wie eine Katze. Im Dunkeln. Sie schlüpfte durch das Wohnzimmer und stolperte mit einem Fuß absichtlich über ein Bein des Spieltischs. Sie fiel hin. Ihre beiden Computer fielen hin.

Detective Holt kam einen Schritt in den Eingang. »Miss Poole?«

»O je! Ich bin immer noch nicht ganz wach. Können Sie zu dem Lichtschalter am Kamin kommen?«

Er ging mit gezogener Waffe weiter. Kluger Cop. Aber nicht so klug wie sie. Versteckt in der wunderbaren Dunkelheit, hob sie ihre Pistole.

Bumm.

Kentucky Cop am Boden. Nur schade, dass sie keine Bodensenke hatte, in die sie ihn hätte reinrollen können.

»War das ein Schuss?«, fragte Alex, als sie durch den Schrank in die Garage stürzten.

»Keine Ahnung. Egal.« Grace packte den Jungen und zog ihn durch die Garage, nur weg von ihrer Halbschwester und der Pistole, die sie bei sich trug. Jemand konnte angeschossen worden sein und verbluten. Zum Teufel, jemand konnte tot sein, aber sie musste Alex hier wegbekommen. Sie brauchte

Hatch. JoBeth wusste, wo Linc war, und Hatch könnte es schaffen, sie zum Sprechen zu bringen, eine Brücke zu bauen und den Jungen zu erreichen, bevor er ertrank.

Sie erreichten die Seitentür, und Grace riss am Türriegel. Sie und Alex tauchten ein in das strahlende Licht, ihre Füße wirbelten zerdrückte Schalen auf der kreisförmigen Auffahrt auf. Der SUV stand zwanzig Yards vor ihnen. Keine Handtasche. Keine Schlüssel. Aber sie brauchten kein Fahrzeug. Alles, was sie brauchte, war ein Handy.

Mit Alex neben sich rannte sie die Auffahrt hinunter. Die Crismons lebten einen halben Block die Straße runter. Sie liefen um den SUV. Alex rutschte mit dem Fuß in ein Schlagloch und stürzte kopfüber. Sie griff nach ihm, aber er knallte am Boden auf, den Knöchel in einem unnatürlichen Winkel abgespreizt.

»Steh auf, Alex!« Sie griff nach ihm und zog ihn auf die Füße.

»Aua!« Er stürzte nach vorne, und sie fing ihn auf. Sie klemmte seinen Arm unter ihre Schulter und trieb ihn den Weg entlang. Sie kamen auf die andere Seite des SUV und blickten geradewegs auf JoBeths Pistole.

Ihre wilden Augen blinzelten hektisch, als würden sie vom Tageslicht schmerzten. »Weißt du, langsam gehst du mir wirklich auf die Nerven, Sunnyboy.« Sie richtete die Pistole auf Alex und blinzelte. »Zeit, dass du das Spiel verlässt.«

Grace stieß Alex zu Boden und stürzte sich auf JoBeth. Eine riesige schwarzweiße Masse warf sie um, ein polterndes Bellen erklang. JoBeth wirbelte zu Grace herum, die Hand mit der Waffe beschrieb einen Bogen.

»Neiiiiin!«, schrie Grace.

Die Pistole ging los und zuckte. Allegheny Blue erstarrte mitten im Sprung, eine Spur Sabber verteilte sich auf der Seite seines Gesichts, seine Ohren breiteten sich aus. Sein Körper zuckte hoch und plumpste zu JoBeths Füßen auf den Boden.

JoBeth kreischte und sprang zurück, die Augen weit aufgerissen vor Grauen. »Tu das weg!«

Alex rappelte sich auf, stürzte aber wieder zu Boden. Er umklammerte seinen Knöchel.

»Steh auf!«, zischte Grace.

JoBeth schien es nicht zu bemerken. Sie stolperte rückwärts. Ihre Hände, auch die mit der Waffe, wirbelten hilflos durch die Luft, als ob sie dort Halt suchte.

»Tu den Hund weg!«

Grace kroch zu dem Haufen schwarzweiß gefleckten Fells. Blut tropfte aus Allegheny Blues Brust, und sein Körper hob und senkte sich, als er mühsam hechelte. Sie grub ihre Hände in die seidigen Falten an seinem Hals. Seine Sandpapierzunge glitt über ihren Arm, und seine großen, triefenden Augen, die schon viel zu viele Hundejahre gesehen hatten, richteten sich auf sie. »Mein Hund …«

Sein Schwanz wedelte. Sie grub ihre Hände unter seine Schultern und wollte gerade ziehen, als sein Atem stoppte. Seine Augenlider flatterten noch ein Mal, dann schlossen sie sich.

»Blue!« Hektisch glitten ihre Finger seinen Hals entlang zu seinem fassförmigen Rumpf.

Stille.

Für einen Sekundenbruchteil starrte sie auf das Blut an ihren Händen. »Mein Hund«, sagte sie in einem erstickten Flüstern.

Aus dem Augenwinkel sah sie, dass Alex sich auf Hände und Knie hochgezogen hatte. Er kroch Richtung Osten, genau in die aufgehende Sonne. Sie wischte ihre Hände an dem dicken knorrigen Kopf ab und sprang auf die Füße. Jetzt, da JoBeth schreckensstarr und von der Sonne geblendet dastand, war es Zeit, sich Alex zu schnappen und loszulaufen. Sie lief zwei Schritte, da krachte ein Körper in ihren Rücken. Hände packten ihre Perlenkette und verzwirnten sie. Die Perlen schnitten ihr in den Hals. Grace umklammerte den Strang, um den Druck zu lockern, und schnappte verzweifelt nach Luft.

Alex sah sich über die Schulter nach ihr um. »Grace?«

Sie öffnete den Mund, konnte aber nicht schreien. Sie schlug mit der Faust in die Luft. *Weg! Weg!*

Alex tastete sich vorwärts. »Auuu!«

Die Perlen schnitten ihr immer mehr die Luft ab. Grace holte mit einem Ellbogen aus, aber JoBeth verlagerte ihr Gewicht. Benommenheit breitete sich in ihrem Kopf aus, ihrer Brust, ihre Füße wurden wackelig. Ein grauer Schleier zog sich über ihr Blickfeld, trotzdem konnte sie noch sehen, dass Alex wegkroch. Der Junge war ein Kämpfer. Er würde davonkommen. Sie schwankte. Der graue Schleier verdichtete sich.

Neben ihr hob JoBeth einen Arm, und etwas Helles glitzerte in der Sonne. *Bumm!* Alex zuckte und fiel vornüber auf die Kiesauffahrt.

»Prima. Bonuspunkte für mich. Jetzt können wir das Spiel zu Ende bringen, Schwester Gracie. Wer die meisten Punkte hat, gewinnt.«

Die Fernsehreporterin brachte das Mikrofon nah an ihre Lippen. »Im Zusammenhang mit der Suche nach der ›Totengräberin‹ suchen die Behörden nach einem weißen veralteten Ford Pick-up mit Kennzeichen von Colorado und dem amtlichen Kennzeichen …«

Hatch wandte sich von der Live-Übertragung vom Parkplatz von Tate's Hell ab. Bisher waren es drei TV- und fünf Radio-Sender, die den Hilfeaufruf an die Öffentlichkeit auf der Suche nach JoBeths Truck brachten.

Hatch war kein Zahlenmensch. Bei seiner Arbeit verließ er sich nicht allzu sehr auf sie, aber zwei Zahlen schwirrten ihm ununterbrochen durch den Kopf: neun und sechs. Lia Grant hatte noch neun Stunden in ihrer Kiste gelebt, während Janis es nur auf sechs Stunden gebracht hatte. Bei Linc hatte gerade die fünfte Stunde begonnen.

Aber Linc war ein Kämpfer. Das war der Vorteil, wenn man dreizehn war und dachte, man regiere die Welt.

Hatch nahm sein Handy heraus. Keine neuen Nachrichten von Grace. Das Letzte, was er gehört hatte, war, dass sie und Alex sich Alligatoren ansehen und zum Tee zu den Leuten fahren wollten, die das ehemalige Haus ihres Vaters gekauft hatten. Er war froh, dass Grace Alex beschäftigte. Der Junge sollte nicht unbedingt in diese ganze Sache hineingezogen werden – der Terror und der Wahnsinn, jemanden lebendig begraben zu wissen, konnte einem schon alle Nerven rauben. Wenn sie Linc erst gefunden hätten, würden er und Alex ein langes Gespräch führen – über seine Freunde, seine Freizeit und die Rolle, die Hatch in seinem Leben spielen würde, denn Hatch würde den Jungen jetzt nicht mehr verlassen.

Neun Stunden. Sechs Stunden. So wenige Stunden. Er wünschte, er hätte ewig Zeit.

Und Grace. Er wollte Grace. All die Jahre hatte er vor Familie zurückgescheut, denn er wollte nicht voller Reue über verpasste Chancen begraben werden. Aber Grace hatte sein Team als das bezeichnet, was es war: seine Familie. Und sie hatte geholfen, die Wogen zwischen ihm und Alex zu glätten. Er konnte sich nicht mehr vorstellen, ohne sie zu sein.

Sein Handy klingelte, und er befreite seinen Hals von dem Knoten, bevor er mit Lieutenant Lang sprach. »Hatcher hier.«

»Es kann sein, dass wir einen Treffer zu dem weißen Truck haben«, sagte sie. »Ein Anwohner von Cypress Bend, ein Mann namens Paul Crimson, sagte, er habe in den letzten beiden Wochen zwei Mal einen schlammigen weißen Truck in seiner Gegend gesehen. Er sagte, er erinnere sich deswegen so genau, weil der Truck so dreckig war. Er konnte allerdings das Colorado-Kennzeichen nicht bestätigen.«

»Wo lebt er?«

»Bei der River Run Road.«

»Ich kenne die Gegend.« Grace' Elternhaus war auf der River Run gewesen, und es war möglich, dass sie und Alex dort waren. Er hatte keine Zeit, weiterzusprechen, aber er hoffte, wenn all dies vorbei wäre, würde Grace zuhören, was er zu sagen hatte. »Ich kümmere mich darum. Versuchen Sie, aus dem Knaben, der den weißen Truck gesehen hat, noch mehr Details herauszukitzeln.«

»Nachdem unser Sunnyboy das Schloss des Untergeschosses versaut hat, haben sich die Spielregeln noch mal geändert«, verkündete JoBeth, zerrte Grace in den Eingang von Gator Slide und knallte die Tür zu. Endlich ließ sie die Perlenkette los.

Grace schnappte nach Luft, ihr rauer Hals zog sich krampfhaft zusammen. Endlich drang wieder Sauerstoff in ihre Lungen, in ihre Adern und ihr Hirn. Mit einer Hand stützte sie sich auf einen Umzugskarton im Eingang. Der graue Schleier hob sich.

Etwas Kaltes, Spitzes schob sich zwischen Grace' Schulterblätter. JoBeths Pistole. Die, mit der sie gerade auf Alex geschossen hatte. Grace bebte. Sie bewegte den Kopf, um aus den schmalen Fenstern beiderseits der Tür hinauszusehen. Sie konnte nicht hinter den SUV blicken. Ihre Handflächen, immer noch feucht vom Blut ihres Hunds, presste sie gegen die Oberschenkel. Lebte der Junge noch? JoBeth konnte schießen, aber sie hatte in dem grellen Sonnenlicht kaum sehen können.

»Los, in die Mitte des Wohnzimmers.« JoBeth drückte ihr die Waffe ins Fleisch. »Und kümmere dich nicht um den toten

Jungen. Er wollte mitspielen, aber ich habe ihm gleich gesagt, dass er es nicht konnte.«

Grace senkte den Blick zu Boden und stieß einen unterdrückten Schrei aus. Ein dunkelhaariger Mann in einem Sakko und Jeans lag ausgestreckt auf dem Boden des Eingangs. Ein Pistolenhalfter schaute aus seinem Jackett hervor. Unter seinem Oberkörper bildete sich eine Blutlache. Seine Brust rührte sich nicht. Ihr Herz rutschte ihr in die Hose. Tot. Wie Lia und Janis und Allegheny Blue. Und Alex?

»Weißt du, der Plan war die ganze Zeit, dich allein in diese paar Zimmerchen unter der Garage zu sperren und dort sterben zu lassen. Allein, ganz allein. Das Wasser und die Klimatechnik laufen, also nehme ich an, du würdest verhungern. Was glaubst du?«

Die Zeit war ihr Verbündeter. Vielleicht hatte ihr Nachbar, Mr. Crimson, den Schuss gehört. Vielleicht hatte Hatch angerufen, und als sie nicht antwortete, entschieden, sie zu suchen. Oder vielleicht war Alex nicht ernsthaft verletzt und hatte es zu einem Telefon oder einem vorbeifahrenden Auto geschafft.

Alles, was sie tun musste, war, JoBeth am Reden zu halten.

»Oder vielleicht bricht ja auch das Luftkanalsystem zusammen, und ich würde an Kohlenmonoxidvergiftung sterben«, sagte Grace.

»Oh, das wäre auch keine schlechte Sache.«

»Du bist doch irre.« Grace konnte die Worte nicht zurückhalten.

JoBeth grinste. »Wie die Mutter, so die Tochter.«

Grace stellte sich ihre eigene Mutter vor – zeitweise eine starke Frau, zeitweise eine Frau, die Dinge sah, die sonst niemand sah. Ihr Vater … ihr Inneres verkrampfte sich. Sie wollte an diesen Mann nicht einmal mehr denken.

»Okay, also du wirst mich umbringen. Willst du mich erschießen?« Grace' Finger glitten über ihren Hals. »Was hältst du davon, mich an meinen eigenen Perlen aufzuhängen?«

»Oh, das gefällt mir. Dein Daddy hat mir erzählt, dass er dir deine erste Perlenkette im Alter von dreizehn geschenkt hat. Weißt du, was er mir geschenkt hat? Nichts. Ja, Daddy hat die dreckige Tochter, die im Keller vergraben war, doch ganz vergessen. Damals habe ich diese totale Gedankenlosigkeit, die Grausamkeit, mit der er handelte, nicht begriffen, aber als ich erst draußen war, dann doch.« Sie rieb sich mit den Fingern über den Hals. »Weißt du, was ich gemacht habe, nachdem ich entkommen war und mir mein eigenes Leben im Licht aufgebaut hatte? Ich habe mir meine eigene Kette gekauft.« Sie löste die Kette, die vorn an ihrem T-Shirt hing. Daran hing der Schlüssel, den sie für die Kellertür benutzt hatte. »Nettes kleines Souvenir dafür, wo ich herkomme und wo ich gelandet bin. Auch wenn ich den Symbolgehalt eines Todes durch Perlen liebe, fürchte ich, ich werde meine Pistole nehmen müssen. Viel zweckmäßiger. Ich überlege, dir in den Magen zu schießen und dabei ein Stück Darm zu treffen. Soviel ich weiß, ist das auch ganz schön eklig.«

Panik lief Grace über das Rückgrat. Grace hob die Hände. Hier war er. Ihr letzter Zug. »Okay, JoBeth, du hast gewonnen.«

»Und?«

»Ich habe verloren.«

JoBeth presste ihre Hände auf die Brust und kicherte. »Ich liebe es, wie diese Worte aus deinem Mund klingen.«

»Ich möchte dich aber um eines bitten. Wenn du mit mir fertig bist, bitte lass Hatch und Alex in Ruhe.«

»Unsere sonnigen Jungs? Mit ihnen habe ich ja auch kein Hühnchen zu rupfen. Ja, Schwester Gracie, wenn ich eine Kugel in deinen Eingeweiden versenkt habe, damit du verfaulst und verrottest, verschwinde ich. Das wird nicht ganz einfach sein, da dein starkes Team schon schwer geschuftet hat, aber ich habe in meinem Leben schon ganz andere Hürden genommen.«

Eigentlich nicht. Der Horror von JoBeths Kindheit hielt sie immer noch gefangen. Ihre Halbschwester war zwar den dunklen, winzigen Räumen unter dem großen Haus entkommen, nicht aber den Schrecken in ihrem Kopf. Konnte irgendjemand so etwas durchleben und dann ein normales Leben führen? Wenn es Grace gewesen wäre, im Keller versteckt, um das Sonnenlicht beraubt, um Freunde und Bildung, was wäre aus ihr geworden? Hätte sie sich von Hass auffressen und um den Verstand bringen lassen?

JoBeth zielte mit der Pistole auf Grace' Magen. »Das Spiel ist aus.«

Ihr zogen sich alle Eingeweide zusammen. »Du hast so viele Hürden genommen«, sagte Grace. »Es ist verwunderlich, JoBeth, woher du gekommen bist und wo du jetzt stehst. Wie hast du das geschafft? Und wie hast du es geschafft, mich zu schlagen? Das ist bisher noch niemandem gelungen. Nicht bei der Arbeit, nicht vor Gericht. Nur dir.«

JoBeth genoss das Lob sichtlich. »Lautlos wie eine Katze. Hinein ins Schwarze. Es ist ein Spiel, das Mom mir beigebracht hat für die Nächte, in denen wir aus dem Keller durften. Ich kann mich bewegen, ohne dass mich jemand sieht. Und natürlich habe ich gute Reflexe und eine gute Auge-Hand-Koordination, und ich bin eine verdammt gute Schützin. Videospiele sind nicht nur schlecht.«

»Und Lia und Janis und Linc?« Menschen, nicht Schachfiguren in einem Spiel. JoBeth schien nicht zu verstehen, dass sie lebende, atmende menschliche Wesen waren. »Haben sie dich nie gesehen?«

»Die ersten beiden Level, pille palle. Aber *Level drei* war ein bisschen schwieriger. Diese Figur war klein und schnell, der Einzige, der mir anfangs entkommen konnte. Hipp, hipp, hurra für Team Mini.«

»Glaubst du, er lebt noch?«

JoBeth zuckte die Schultern. Die Pistole hob und senkte sich unkontrolliert.

»Vielleicht. Die unterirdische Wasserleitung, in der er ist, hat einen ganz regelmäßigen Wasserfluss, und als ich meine Berechnungen angestellt habe, kam ich auf sechs Stunden, die ihm bleiben würden. Natürlich wäre die letzte Stunde ziemlich ungemütlich.«

»Der Wasserlauf. Der beim Minizypressenwald. Gute Wahl.«

»Nein, der nicht. Der in der Nähe des Forellenbachs.« JoBeth blinzelte, dann lachte sie. »Ausgezeichneter Zug, Gracie. Du hast Lincs Standort von mir erfahren. Nur schade, dass du niemandem davon erzählen kannst.«

35

Hatch ballte eine Hand zur Faust und hämmerte gegen Paul Crismons Tür.

Ein Häher kreischte von einem Ahorn herab.

Er klopfte immer weiter, als Hayden das Auto aus der Auffahrt fuhr, um die Gegend weiter nach Spuren des schlammverkrusteten weißen Trucks abzusuchen. Hatch hörte mit dem Hämmern auf und streckte seine Finger. Ein Stöhnen zerriss die Stille zu seiner Rechten.

»Mr. Crismon!«, rief Hatch.

Noch ein Stöhnen. Hatch rannte an der Vorderseite des Hauses entlang auf die Seite, wo sich das Gras in einen mit Schilf verstopften Abzugskanal absenkte. »Mr. Crismon!«

Das Schilf raschelte. Eine Hand hob sich, dann ein goldener Haarschopf.

»Alex!« Mit einem einzigen Sprung landete Hatch im Kanal und hob seinen Sohn hoch.

Der Junge schrie auf und umklammerte sein rechtes Bein.

»Du bist ja verletzt. Was ist passiert? Wo ist Grace?«

»Lass mich runter.« Alex drückte gegen Hatchs Brust, aber Hatch hielt den strampelnden Jungen fest.

»Ich bring dich zu einem Arzt.«

»Später. Zuerst musst du …«

»Nein. Bei diesem Bein ist es mit ein paar Stichen nicht getan.«

»Halt die Klappe, Dad, und hör mir zu!«

Es war, als würden die Worte … Das hier war kein verärgerter Junge, das war ein Junge, der Todesangst hatte. Hatch ließ etwas lockerer. Alex glitt zu Boden und stand auf einem Bein.

Alex packte Hatchs Hemd vorne mit zwei Händen und brachte seine Nase direkt an seinen Hals. »Grace ist in Gator Slide bei ihrer Schwester, JoBeth. JoBeth ist bewaffnet. Sie hat irgendeinen Kerl erschossen und Allegheny Blue, und jetzt will sie Grace umbringen. Sie ist eine gute Schützin und kann im Dunkeln richtig gut sehen. Bis jetzt habe ich noch keinen Schuss gehört. Da ist ein gruseliger Bunker unter der Garage. Es kann sein, dass sie Grace dahin bringt. Oder … oder …« Die Spannung ließ nach, dafür wurde Alex' ganzer Körper von einem Schluchzen geschüttelt.

Hatch lehnte ihn an den riesigen Ahornstamm. »Hier ist mein Handy. Ruf Hayden an und sag ihm alles, was du mir gesagt hast.«

»Und du?« Alex' Kinn zitterte.

Hatch legte seine Hand auf Alex' unverletztes Bein. Genau so wie an dem Tag, als er Alex zum ersten Mal getroffen hatte, konnte Hatch seinem Sohn nichts vormachen. »Ich lass dich jetzt hier und helfe Grace.«

»Und wer ist der Tote da?«, fragte Grace. Alex war seit mindestens fünfzehn Minuten weg, Zeit genug, um es zum Haus der Crismons und einem Telefon zu schaffen. Er hatte gehinkt, aber er war ein starker Junge, tough genug, sich einen Schnitt ohne Schmerzmittel nähen zu lassen.

»Ein Cop aus Kentucky«, sagte JoBeth. »Ziemlich smart.«

Der Mann hatte sich nicht bewegt. Sein Gesicht lag in einer Blutlache.

Sie hielt nach schaumigen Blasen Ausschau, nach einer schwachen Bewegung in dieser Flüssigkeit. Nichts.

»Wenn er so smart ist«, sagte Grace, »wie kommt es, dass er tot im Eingang liegt?«

»Mr. Schlaumeier Detective Holt hat herausbekommen, dass ich die lieben Alten Oliver und Emmaline umgebracht und in die Senke gestoßen habe.«

Grace biss sich so fest in die Unterlippe, dass sie Blut schmeckte. »Du hast die Lassens umgebracht?«

»Gehörten eindeutig nicht zum Spiel. Aber sie kamen auf die Idee, einen Monat früher nach Gator Slide zu kommen. So sehr haben sie dieses Haus geliebt. Zum Glück haben sie den Telefonmechaniker vorausgeschickt, um das Telefon anzubringen, als ich gerade dabei war, hier alles einzurichten. War kein Problem, sie aufzuspüren und ihre Reise zu beenden.«

Hatch kauerte sich an der Hintertür von Gator Slide auf den Boden. Blätter raschelten, und er wirbelte herum.

»Lieutenant Lang hat eine Sondereinheit und einen Scharfschützen angefordert«, sagte Hayden, als er seinen Dienstrevolver hervorholte.

»Keine Zeit. Grace und JoBeth sind im vorderen Wohnzimmer. Es gibt zwei Möglichkeiten, einzusteigen: die Hintertür und die Seitentür in der Garage. Ich übernehme hinten. Du die Garage. Wer immer die beste Sichtverbindung hat, schießt.«

»Willst du sie beruhigen?«, fragte Hayden.

Hatch zog bei seiner Art Job fast nie eine Waffe. Aus Überzeugung. Nicht zufällig. Er zog eine Lösung durch Worte, nicht durch Gewalt vor. »Schießbefehl.«

Hayden schlüpfte um das Haus herum.

Hatch zog seine Schuhe aus und huschte durch die Tür in die Küche. Grautöne verhüllten das Haus, aber er war ein paar Mal hier gewesen, als er und Grace verheiratet gewesen waren, und er erinnerte sich gut an den Grundriss. Nachdem sich seine Augen eingewöhnt hatten, kauerte er sich hin und glitt durch die Schatten auf die Stimmen im Eingang zu.

»Wie hat dieser Detective Holt dich denn finden können?« Grace' Stimme. Ruhig. Kühl. Die klassische Grace. Gott, wie er diese Frau liebte.

»Keine Ahnung. Er muss irgendwelche Supercopkräfte haben.« Die Stimme kicherte. Leise, schrill, fast wahnsinnig.

Er erreichte das Wohnzimmer und duckte sich hinter einem Stapel Umzugskartons. Er konnte den Eingang noch nicht sehen, aber er konnte ihn riechen. Blut und Angst. Er ließ sich auf den Boden fallen und rutschte auf dem Bauch auf ein langes, sperriges Möbelstück zu, das von einem Bettlaken verhüllt wurde. Mit dem Gesicht auf dem Boden konnte er das Gesicht des toten Mannes ausmachen und zwei Paar Füße – die einen barfuß, die anderen in blauen Seidenpumps.

Hatch hob seine Waffe. Von hier aus fand er nicht den richtigen Winkel. Hatte Hayden einen besseren? Wohl kaum. Sein Teampartner musste einen langen, leeren Flur durchqueren. Verdammt.

»Weißt du, Gracie, diese schwesterlichen Gespräche kommen gut zwanzig Jahre zu spät.«

»Das stimmt nicht. Es ist nie zu spät.« Leidenschaft, nicht Angst, sprach aus Grace' Worten. »Ich kann dir helfen.«

JoBeths Nüstern blähten sich auf. »Ich brauche deine Hilfe nicht! Ich brauche überhaupt niemanden! Hörst du? Ich komme sehr gut allein zurecht!«

»Tust du nicht, JoBeth. Du kannst mehr erreichen. Und du verdienst mehr.« Grace' Worte waren dieselben, die sie ihm entgegengeschleudert hatte. Damals wahr und jetzt wahr. »Lass mich deine Schwester sein. Lass mich dich lieben.«

»Mich lieben? Du kennst mich überhaupt nicht.«

»Gib mir Zeit.«

»Zeit? Kommt nicht in Frage. Die Spielzeit ist abgelaufen.« Sie hob einen Arm.

»Sie wissen, wer du bist, JoBeth.« Grace' Worte sprudelten in einem Ausbruch von Panik hervor. »Sie wissen, wo du lebst. Du kannst nicht zurück in dein altes Leben.«

»Glaubst du wirklich, das ist ein Problem für jemanden wie mich?« JoBeth spie die Worte heraus. »Gott, bist du dumm – und für mich ist diese Unterhaltung jetzt beendet.« Die Hand mit der Waffe schwenkte nach vorn.

»Warte!«, schrie Grace schluchzend auf. Sie strich sich die Haare aus dem Gesicht und durchsuchte hektisch den Raum. Nach einer Waffe? Einer Ablenkung? Einem göttlichen Eingriff? Hatch wusste, sie würde nicht kampflos untergehen.

Er griff in seine Jackentasche, seine Finger stießen auf die verbundenen Ringe. Er umschloss sie mit der Hand, das Metall klimperte.

Grace erstarrte.

JoBeth hatte das leise Klingeln nicht gehört, oder wenn doch, schenkte sie ihm keine Beachtung. »Gracie, das Spiel ist aus, und ich will jetzt hier weg.«

Grace glitt mit den Händen an ihren Hüften entlang. »Ich weiß. Du hast gewonnen. Du bist fertig. Wenn du erst … wenn du das gemacht hast, was du machen musst, kannst du einen Freund von mir informieren? Sein Name ist Theodore Hatcher.«

»Jetzt hör aber auf, Gracie, ich bin doch nicht so blöd, mit einem FBI-Agenten Kontakt aufzunehmen.«

»Nein. In diesem Fall ist er kein FBI-Agent, sondern der Mann, den ich liebe. Hinterlass eine Nachricht an seiner Windschutzscheibe, oder ruf ihn von einem nicht zurückverfolgbaren Prepaidhandy an. Und lass Hatch bitte wissen, dass ich auf dem Friedhof nicht neben meinem Vater begraben werden möchte.« Ihre Stimme zitterte. »Kannst … kannst du ihn bitten, meine Asche mit auf die ›No Regrets‹ zu nehmen und auf dem Meer zu verstreuen?«

Nein. Solange er das letzte Fünkchen Leben in seinem Körper fühlte, würde das auf keinen Fall passieren.

Immer noch auf dem Bauch, kroch Hatch hinter einen anderen Stapel Umzugskartons. Er spähte um die Ecke. Verdammt! Grace stand mit dem Rücken zu ihm, direkt in seiner Schusslinie. JoBeth, mit ihren wilden Haaren und den wilden Augen, stand still.

Als er sich auf die Knie erhob, fühlte er zwei weit aufgerissene Augen auf sich. Der Mann am Boden blinzelte drei Mal.

Verflucht, der Mann lebte.

Hatch formte mit den Lippen *eins, zwei, drei …*

»He, Arschgesicht …« Der blutende Mann hob eine Hand und wackelte mit den Fingern.

JoBeth wirbelte zu dem Mann herum. Grace stürzte sich hinter einen Stapel Kartons. Hatch schoss.

JoBeths Mund teilte sich zu einem lautlosen Schrei, ihr Oberkörper zuckte hoch, ihre Locken flogen vom Kopf wie bei einem schaurigen Clown. Sie sackte am Boden zusammen.

Hayden kam um die Ecke gelaufen und trat ihr die Waffe aus der Hand. Dann ließ er sich neben dem Mann auf die Knie fallen. Hatch rannte zu Grace, die sich hinter den zusammengestürzten Kartons aufrappelte. Ihr Hemd war blutdurchtränkt, die Perlen waren nicht mehr an ihrem Hals. »Alles okay? Hat sie auf dich geschossen? Wo …«

Grace schob seine Hände weg. »Dein Handy. Wo ist dein Handy?«

»Du blutest, Grace. Hat sie auf dich geschossen?«

Sie steckte die Hand in seine Tasche. »Wo zum Teufel ist dein Handy?«

»Ich habe es Alex gegeben, damit er Hayden anrufen kann.«

»Gut, finde noch eins und rufe Jon MacGregor an. Ich weiß, wo er Linc finden kann.«

36

»Margeriten, Grace.« Detective Tucker Holt umklammerte Grace' Hand, während einige Krankenpfleger ihn im Rollstuhl durch den Flur fuhren. »Hannahs Lieblingsblumen sind Margeriten.«

»Sie können sich darauf verlassen, ein Dutzend Margeriten. Ich bestelle sie, sobald Sie meine Hand loslassen.«

»Gelbe, damit sie …«

»… zu ihrem gelben Hummel-Tutu passen«, fügte Grace hinzu. »Ich habe es verstanden, Tuck. Hannahs Blumen werden beim Kunstzentrum pünktlich um sieben eintreffen und eine Nachricht enthalten: *In Liebe, Dad.*«

»Ja … in Liebe, Dad. So soll es heißen.« Seine Hände kletterten an ihrem Arm höher. Grace war erstaunt, dass er solch einen kräftigen Griff hatte. Er hatte so viel Blut verloren. Eigentlich hätte er schwächeln sollen. »Und die Mom der Kids, Sie haben sich mit ihr in Verbindung gesetzt, ihr alles erklärt, sodass sie Hannah sagen kann, dass ich wirklich zu ihrer Tanz-Aufführung kommen wollte, aber nicht kann. Richtig?«

»Mara hat alles verstanden, will den Kindern aber erst nach der Operation Bescheid sagen. So kann sie dann sagen, dass alles gut verlaufen ist und Daddy bald wieder zu Hause sein wird.«

»Zu Hause. Bald. Ja, das klingt gut.«

Sie kamen zu einer Doppeltür. »Es tut mir leid, Detective Holt«, sagte einer der Pfleger, »aber Sie müssen sich jetzt verabschieden. Die Ärzte sind jetzt bereit für Sie.«

Grace tätschelte ihm die Hand. »Alles wird gut.«

»Ja, gut, dass ich so zäh bin.« Er klopfte auf seinen Bauch, dann stöhnte er auf. »Der Arzt hat gesagt, dass Jackson und ich bald wieder draußen am See zum Angeln können, und zwar in weniger als zwei Wochen.«

Sie hatte es schon gesagt, aber sie musste es noch ein Mal tun. »Danke, Tucker. Sie sind ein toller Cop, und Sie haben heute mehr als nur mein Leben gerettet.«

Er zwinkerte ihr zu, als der Rollstuhl in Richtung Operationssaal geschoben wurde. »He, Grace«, rief er, hievte sich auf einen Ellbogen und blickte über seine Schulter.

»Ja, Tuck?«

»Die Guten: Eins. Die Arschgesichter: Null.«

Grace blieb in der Türöffnung zu einem sonnigen Zimmer im zweiten Stock des Krankenhauses stehen und lehnte sich mit der Schulter an den Türrahmen.

»… und dann, *krach*, bricht mein Bein«, sagte Alex zu den Zwillingen, die am unteren Ende seines Krankenhausbetts saßen und Bananeneis am Stiel aßen. »Ich glaube, es ist jetzt hin, und ich bin ziemlich sicher, die Ärzte werden amputieren müssen.«

»Amputieren«, sagten Ricky und Raymond unisono.

»Aber ich mach weiter. Grace braucht mich. Der Detective braucht mich. Aber vor allem braucht mich Linc.«

Alex zeigte mit einem Eis am Stiel auf einen sommersprossigen Jungen in einem Krankenhausnachthemd. Er hatte eine Infusion in seinem Arm und seine Füße auf dem Ständer mit den Infusionsbeuteln abgestützt. »Er wird in einer Plastikkiste gefangen gehalten, das Wasser steigt ihm bis zum Hals. Es sind nur noch Minuten, bis er ertrinkt. Habt ihr verstanden? Minuten.«

Die Augen der Zwillinge weiteten sich. »Minuten.«

»Zu diesem Zeitpunkt weiß ich, dass ich irgendwie meinen

Dad finden muss. Und wenn ich dabei draufgehe. Also lass ich mich auf den Boden fallen und krabbele auf Händen und Knien. Die ›Totengräberin‹ entdeckt mich, zielt und feuert.« Er klopfte auf die Bandage an seinem rechten Arm. »Aber ich kann nicht unten bleiben, weil sie Grace hat und mit ihren eigenen Perlen würgt.«

»Perlen.« Die Zwillinge rückten näher.

»Ich grabe tief, finde den letzten Rest Kraft und ziehe mich auf den Ellbogen durch Schilf und Schlamm und giftige Pflanzen.« Alex hielt seinen rechten Arm hoch, geschwollen und mit entzündeten Quaddeln.

»Giftige Pflanzen«, echoten die Zwillinge.

Grace lächelte. Alex hatte Glück gehabt. Er war JoBeth entkommen, nur mit einem gezerrten Knöchel, einer Fleischwunde am Oberarm und einem Arm voller Striemen von zu naher Begegnung mit Giftsumach. Aber das Schreckenserlebnis würde für den Rest seines Lebens für eine gute Story sorgen. Der Junge war sehr tapfer gewesen und einfallsreich und gerade so abgebrüht, wie es gut war.

Alex entdeckte sie endlich und winkte ihr. »Komm rein, Grace. Die Schwester hat uns massig Eis am Stiel gebracht. Sie machen sich alle Sorgen, dass Linc auch ja seine Elektrolyte wiederbekommt. Eins haben wir noch.«

»Ist für mich keins mehr da?« Ein großer Junge mit schwarzen Haaren und einem feixenden Grinsen kam in das Zimmer gesprungen und schnappte sich das Eis.

»Gabe!«, riefen Alex und Linc.

»Wo zum Teufel bist du gewesen, Mann?«, fragte Alex. »Du hast die ganze Action verpasst.«

Alex nahm Gabe das Eis wieder ab und bot es Grace an, die aber ablehnte. »Ich verschiebe es auf ein andermal«, sagte sie. »Ich habe gerade Nachricht von Hatch bekommen. Er hat seinen Bericht im Büro des Sheriffs unter Dach und Fach und ist auf dem Weg.«

»Okay«, sagte Gabe, riss das Papier von dem Eis ab und setzte sich auf die Fensterbank. »Fang bloß ganz von vorne an, Alex. Ich will die ganze Story hören.«

Die Macht einer guten Geschichte, musste Grace denken, als sie Alex' Zimmer verließ. Hatch war ein meisterhafter Geschichtenerzähler, und wie es schien, hatte sein Sohn dieses Talent geerbt. Sie wusste, es würde nicht immer alles glatt gehen, wenn sie mit Hatch und Alex segeln würde. Sie waren sich zu ähnlich, aber Grace war sich nicht zu schade, um ein Puffer zwischen den beiden zu sein – oder ein ruhender Pol, wenn sie aufeinander eindroschen.

In einem Schwall antiseptischer Luft verließ Grace die Klinik und suchte die Treppe ab, wo Hatch warten sollte. Keine blonden Haare, aber sie wusste, er hatte die Stadt nicht verlassen. Das wäre der alte Hatch gewesen.

Sie fand ihn unten an der Treppe sitzend, neben einer grauhaarigen Frau im Rollstuhl. Auf dem Schoß hatte sie eine Plastiktasche vom Krankenhaus. Er langte hinter das Ohr der Frau und zog eine Hibiskusblüte hervor. Er verbeugte sich und überreichte sie ihr feierlich. Sie kicherte, nahm die Blume in ihre geäderte Hand und küsste ihn auf die Wange.

Ein roter Minivan kam um die Ecke, ein Mann stieg aus und half der Frau hinein. Hatch blieb stehen und winkte ihr nach, bis der Van verschwunden war. Die untergehende Sonne ließ sein Haar leuchten und schuf Wellen aus Gold. Sie konnte sich ein Leben ohne diese goldenen Haare und Augen wie der Julihimmel nicht mehr vorstellen.

Als sie in die Mündung von JoBeths Pistole gesehen hatte, hatte sie gewusst, dass sie Hatch für zehn Minuten, eine Stunde, ein Jahr oder zwei nehmen würde. Er mochte ihr vielleicht kein *Für immer* anbieten, aber sie würde akzeptieren, was immer er ihr gab, denn obwohl sie unbedingt eine Familie und einen Job wollte, *brauchte* sie Hatch.

Ihre Füße berührten kaum den Boden, so schnell raste sie die Stufen hinunter und warf ihm die Arme um den Hals. »Trotz allem, was wir heute durchgemacht haben«, sagte Grace, »lässt du noch deinen ganzen Charme bei den alten Damen spielen.«

Hatch drehte sich um und nahm sie in die Arme. »Wegen des Tages, den wir hinter uns haben, könnte ich etwas Charme von dir gebrauchen.«

Ohne auch nur eine Sekunde zu zögern, umfasste sie Hatchs Nacken und zog seinen Kopf zu sich herunter. Ihre Zungen und ihr Atem vereinten sich lange genug, dass Grace' Lippenstift auf der Strecke blieb, und es fühlte sich herrlich an.

»Alles in Ordnung?«, fragte Grace, als sie endlich wieder nach Luft schnappten.

»Lieutenant Lang macht den restlichen Papierkram, und Lou Poole arrangiert mit Black Jack, dass JoBeths Leiche zusammen mit den sterblichen Überresten von CoraBeth und Skye neben ein paar schwarzen Tupelobäumen auf ihrem Grundstück beerdigt werden.«

»Geht das für die Bienen in Ordnung?«, fragte Grace mit einer Spur von Scherz.

»Lou sagte, es war die *Idee* der Bienen.«

Wer war Grace, Lou Pooles Version Vorstellung von normal anzuzweifeln? Normal war das, was man jeden Tag durchlebte und einatmete. Sie schob ihre Hand in die von Hatch, und sie gingen durch die heranbrechende Abenddämmerung zum SUV. Fünfzehn Minuten später saßen sie im Bug der »No Regrets« und beobachteten den Sonnenuntergang.

»Alles okay bei dir?«, fragte Hatch.

»Müde. Und ein bisschen wund am Hals.« Sie glitt mit ihren

Fingern über die Blutergüsse an ihrem Hals. »Aber erleichtert. Ich bin so froh, dass es vorbei ist.«

»Deine Augen sind ein bisschen rot.«

Grace biss sich auf die Unterlippe, konzentrierte sich auf den Schmerz und versuchte so, einen weiteren Tränenschwall zu verhindern. »Ich habe zwei Stunden geheult, Hatch. Zwei. Blöde. Stunden.«

Hatch hob seine Bierflasche. »Er war ein guter Hund.«

»Er hat gesabbert und Löcher gegraben und ist mir überallhin gefolgt.« Grace hob auch ihr Bier. »Aber Allegheny Blue war ein *großartiger* Hund.« Sie stießen an.

»Sein legendärer Status erreicht ganz neue Dimensionen«, sagte Hatch. »Einer der Fernsehleute bei der Pressekonferenz will ein Feature über ihn für eines ihrer Nachrichtenmagazine machen. Ich bin sicher, sie melden sich bei dir wegen eines Interviews.«

»Zu meinem *Hund*?«

»Zu *deinem* Hund?«

Sie lachte und schüttelte den Kopf. Sie setzte die Flasche an die Lippen, trank aber nicht.

Hatch legte ihr einen Arm um den Nacken und zog sie unter seine Achsel. Er küsste sie auf den Kopf, und sie blieb einfach sitzen, konzentrierte sich auf die sanfte Wärme seines Atems in ihrem Haar.

Ihre Hand klammerte sich fest um die Bierflasche. Wasserperlen liefen das eiskalte Bier herab, in einem Rinnsal auf ihre Hand und von da aus auf ihren Oberschenkel.

»Rede«, sagte er sanft.

»Wegen der anderen habe ich bis jetzt noch gar nicht geweint, nicht wegen JoBeth und nicht wegen … wegen ihm.« Grace wollte nach ihrer Halskette greifen, als sie sich erinnerte, dass sie sie in den Fluss geworfen hatte. Sie zog sich aus der sicheren Umklammerung seiner Arme. »Hatch, wie kann es sein, dass ich nicht gewusst habe, was mein Vater tat? JoBeth und ihre Mutter haben fünfzehn Jahre lang unter unserem Haus gelebt. Fünfzehn Jahre! Das macht mich zu einer Art Monster, meinst du nicht?«

»Nein, es macht dich genauso zu einem Opfer wie JoBeth.«

»Aber …«

»Grace, Henri Courtemanche war ein starker, selbstbewusster, kluger Mann. Er hat dich und Hunderte von Menschen getäuscht, darunter Kongressabgeordnete und Richter und Geschäftspartner. Er war ein mächtiger Mann, der an die Kraft der eigenen Person glaubte, was gut sein kann.«

»Bis man es auf die Spitze treibt.«

»Genau. Seine Stärke hat er seinen beiden Töchtern vererbt. Trotz seiner verzerrten Art, zu denken, hat er zwei unglaublich starke, kluge und selbstbewusste Töchter erzogen. JoBeth hätte das nicht tun können, was sie getan hat, und ich meine, sich selbst aus diesem Keller zu befreien, ohne den angeborenen Glauben an sich selbst. Ich glaube ehrlich, wenn sie sich entschlossen hätte, sich jemandem anzuvertrauen, aufzuschneiden, was in ihr schwärte, und das Gift herauszulassen, hätte sie nicht all das getan, was sie getan hat.«

»Mir sind ein paar Dinge an … ihr aufgefallen.« Grace konnte es noch nicht sagen, aber eines Tages würde sie vielleicht in der Lage sein, JoBeth *Schwester* zu nennen. »Sie hat an ihrer Halskette herumgefummelt und immer das Kinn vorgestreckt, wenn sie ein Argument vorbrachte.«

»Klingt wie jemand, den ich kenne.« Er fasste ihre Hand. »Und liebe.«

Sie verschränkte ihre Finger mit seinen. »Und ein paar Mal hat sie mich mit diesen großen aufgerissenen Augen angesehen, als ob sie etwas von mir wollte. Antworten. Führung.

Vielleicht sogar Liebe.« Grace legte Hatch ihren Kopf auf die Schulter. »Ich hätte sie lieben können, Hatch, wenn sie mir eine Chance gegeben hätte.«

»Ich weiß. Familie bedeutet dir viel.« Er warf seine leere Flasche in den Ködereimer. »Mir auch. Es ist nicht vorstellbar, dass ich von dir und Alex wegkann, jetzt nicht, und später auch nicht. Also, wann ziehen wir in das Haus auf dem Hügel?«

Grace dachte, sie hätte einen Zehnjahresvorrat an Tränen bereits aufgebraucht, als sie um den Hund – ihren Hund – geweint hatte, aber jetzt wurden ihre Augen wieder feucht. Wenn die Verteidiger, die sie alltäglich vor Gericht bekämpfte, sie jetzt sehen könnten, würde sie nie wieder einen Fall gewinnen. »Soll das heißen, du bleibst eine Weile?«

»Jepp. Ich habe mit Parker schon über eine mögliche Florida-Filiale der Apostel gesprochen. Ich habe noch keine Einzelheiten, aber ich kann dir jetzt schon sagen, du wirst es nicht leicht haben, mich loszuwerden.« Er umfasste ihr Kinn mit seiner Hand, seine Schwielen vertraut und wundervoll, und drehte ihr Gesicht seinem entgegen. »Ich werde wie Blue sein und dir den Rest deines Lebens auf den Fersen kleben.«

»Solange du nicht sabberst, glaube ich, können wir uns einig werden.«

Ihre Lippen pressten sich gegen seine, und trotz der windstillen Nacht schlingerte die »No Regrets«.

Epilog

»Er war ein toller Hund«, sagte Alex, als er eine weiße Lilie auf das glatte Rechteck der frisch umgegrabenen Erde legte.

»Der beste«, antworteten Ricky und Raymond unisono und verstreuten vier Handvoll verwelkter Sonnenblumen.

Grace warf einen Blick über die Schulter. Wo war Hatch? Das Begräbnis für Allegheny Blue war Alex' Idee gewesen, und Hatchs Sohn hatte eine unmäßige Menge an Zeit und Energie mit der Planung und Durchführung der Zeremonie verbracht. Das Grab lag auf einem sonnigen Streifen Land zwischen Lamar Giroux' Hütte und dem Bach. Anwesend waren die Zwillinge, die Großmutter der Jungen, Black Jack, Gabe und ein wieder agiler Linc. Alex hatte sogar eine Traueranzeige an den alten Lamar Giroux geschickt, der den Setzling einer Tränenkiefer geliefert hatte, die auf das Grab gepflanzt werden sollte. Grace war stolz auf den Jungen, der eindeutig Respekt und Verantwortungsgefühl zeigte.

»Gabe, du nimmst die Tränenkiefer«, sagte Alex. »Linc, hol die Schaufel. Ricky und Raymond, ihr könnt die Hacke und den Rechen nehmen. Wir pflanzen den Baum hierhin.« Hatchs Sohn zeigte auf eine Stelle oben am Grab und blickte rasch zu Black Jack auf, der feierlich nickte. Unter Alex' Anleitung grub Linc.

Als Alex gefragt hatte, wo sie die Asche des Hunds begraben sollten, wusste Grace, dass es nur einen Platz geben würde: ihr Land. Zwei Mal war der alte Hund auf blutigen Pfoten hundert Meilen zu diesem Stück Erde gelaufen. Wie die Bienen hatte er eine Botschaft. Und hier wollte er sterben.

Grace hatte die Bauarbeiten an ihrem neuen Heim abgesagt, jedenfalls vorübergehend. Es war jetzt eine Woche her, dass JoBeth gestorben war, aber der Wirbel musste sich noch legen. Grace war sich nicht sicher, ob sie jemals irgendetwas auf diesem Land neu bauen würde, vor allem kein Traumhaus, das ein Mann, den sie nicht kannte, auf die Rückseite einer Cocktailserviette gezeichnet hatte.

Sie tat sich immer noch schwer, mit dem schizophrenen Geist ihres Vaters zurechtzukommen. Hatch, ausgerechnet Hatch, war ihrem Vater zur Seite getreten. »Er war nicht nur schlecht, Grace. Er hat eine Menge gute Dinge für dich getan, und das wirst du sicher eines Tages erkennen.«

Wieder blickte sie über die Schulter. »Wo bleibt nur Hatch?«

»Er hat irgendetwas von einer Überraschung für dich gesagt«, sagte Trina Milanos.

»Vielleicht ist es mal ein Auto, das tatsächlich funktioniert«, sagte Alex. »Deins ist eine echte Plage.«

»Das bezweifle ich«, sagte Grace und nahm eine Flasche Sonnencreme aus ihrer Tasche. Raymonds Nacken wurde schon rötlich, und nachdem sie die Tränenkiefer gepflanzt hatten, wollten sie zu einem Segeltörn mit Picknick aufbrechen. Ein umsichtiger Hatch hatte den ganzen Morgen damit verbracht, die »No Regrets« auf den Terror der Zwillinge vorzubereiten und ein Geschenk für Grace auszusuchen. »Dein Dad weiß, dass ich gerade mit der Werkstatt ein Abkommen getroffen habe, dass sie den Anlasser, die Batterie und das gesamte Zündungssystem überholen.«

»Ich verwette mein Geld für einen schicken Diamantring«, sagte Trina Milanos, als sie sich auf den Stamm einer umgestürzten Zypresse setzte.

»Würg«, rief Ricky und steckte sich den Finger in den Hals.

»Küsst ihr euch dann noch mehr?«, stöhnte Raymond.

»Wahrscheinlich.« Grace schmierte Sonnencreme auf Raymonds Ohren. Sie und Hatch hatten sich auf *Für immer* geeinigt, über Heirat aber noch nicht gesprochen. Sie wäre geschockt, wenn Hatch mit einem Trauring auftauchen würde. Aber in den vergangenen Tagen hatte er sowieso voller Überraschungen gesteckt. Er hatte sich Freizeit genommen und Stunden mit Trina und allen drei Jungen verbracht.

Was Alex anging: keine großen Überraschungen an dieser Front. Er und Hatch probten immer noch den Vater-Sohn-Tanz, aber sie verbrachten eine Menge Zeit mit Raufereien am Boden. Erst gestern war Alex, nachdem seine Schicht auf dem Friedhof geendet hatte, mit Gabe Kajak fahren gegangen und hatte sich nicht die Mühe gemacht, Bescheid zu sagen. Als Alex dann endlich nach vier Stunden Toben durch den Sumpf nach Hause gekommen war, hatte Hatch ihm das Kajak für eine Woche abgenommen. Alex hatte geschmollt, aber der Junge hatte Hatch während des Abendessens auch immer verstohlene Blicke zugeworfen, als ob er überrascht sei, dass er einen Dad hatte, und zwar einen, der ihn genug liebte, um einen Aufstand zu machen.

Heute lächelte Alex. Wie sein Dad liebte er es, sich auf dem Ozean den Wind durch die Haare fahren zu lassen. Grace packte sich Ricky, überschüttete ihn mit Sonnencreme und gab die Flasche an Alex weiter. Er schüttelte den Kopf, aber sie schüttelte ihren länger. Gerade, als Alex mit der Sonnencreme fertig war, kam Hatch mit einem Picknickkorb den Weg herunter.

»Sieht so aus, als würde er etwas für das Picknick mitbringen«, sagte Grace. »Ich wette, es ist ein Nachtisch. Ich hoffe, es ist Pfirsichtarte.«

»Ich hoffe, es ist Schokosahne«, sagte Alex.

»Apfel!« Ricky.

»Nein, Kürbis mit geschlagener Sahne extra!« Raymond.

»Und ich hätte so richtig Lust auf Erdbeer-Rhabarber«, sagte Trina zwinkernd.

Hatch setzte den Korb oben auf dem Holzklotz ab. Mit einer Zauberergeste öffnete er den Deckel.

»Huch, was ist das denn?«, fragte Trina und runzelte die Stirn.

Hatch rieb sich mit der Hand über den Nacken. »Das könnte der größte Fehler meines Lebens werden.«

Die Zwillinge ließen die Hacke und den Rechen fallen und fielen vor dem Korb auf die Knie. »Ein Welpe!«, schrien sie unisono.

Ein Bündel blauweiß geflecktes Fell kletterte über den Rand, der Korb kippte um. Ein Welpe mit Ohren bis zum Boden und Pfoten so groß wie Grace' Handfläche purzelte heraus.

»Er hat viel von Allegheny Blue in sich«, sagte Hatch. »Ich habe die Papiere, ich kann es beweisen.«

Grace griff nach dem Hündchen, das gerade vom Klotz springen wollte. »Im Ernst?«

»Im Ernst, ich sage es dir. Der alte Hund hat seinen Samen überall verteilt. Hast du eine Ahnung, wie oft der alte Giroux diesen Hund rausgeschickt hat, um sich fortzupflanzen? Kein Wunder, dass Blue auf seine alten Tage dann so gottverdammt müde war.«

Grace lachte, die klotzige Halskette aus Glasperlen in ihrem Ausschnitt baumelte. Das Hündchen versuchte, die Kette zu packen. Sie nahm die Pfote in die Hand und strich mit dem seidigen, warmen Fell über ihre Wange. Der Kleine kuschelte sich in ihre Arme, gähnte und schloss die Augen.

»Siehst du. Genau wie sein Urururopa.« Hatch legte ihr einen Arm um die Schulter. »Bist du bereit?«

Sie atmete all das ein, was Hatch ausmachte: Sonne, Sommer und Grazie. Aber er war auch unerschütterlich, und er wollte sie für immer. Sie küsste Hatchs lächelnde Lippen, hob den Hund auf einen Arm und gab den Jungen, die gerade fertig geworden waren, Erde um die Trauerkiefer zu verteilen, ein Zeichen. »Okay, alle Mann, lasst uns lossegeln.«